邂逅

汪曾祺精选集

世纪文学经典
SHIJI WENXUE
JINGDIAN

汪曾祺 著

北京燕山出版社

"世纪文学60家"书系总策划

白烨、陈骏涛、倪培耕、贺绍俊、张红梅

"世纪文学60家"评选专家名单

(以姓氏笔画为序)

丁　帆　南京大学中文系教授

王中忱　清华大学中文系教授

王晓明　华东师范大学中文系教授

王富仁　汕头大学中文系教授

白　烨　中国社会科学院文学研究所研究员

孙　郁　鲁迅博物馆研究员

吴思敬　首都师范大学文学院教授

杨　义　中国社会科学院文学研究所研究员

杨匡汉　中国社会科学院文学研究所研究员

张中良　中国社会科学院文学研究所研究员

张　炯　中国社会科学院文学研究所研究员

张　健　北京师范大学文学院教授

陈子善　华东师范大学中文系教授

陈思和　复旦大学中文系教授

陈晓明　北京大学中文系教授

陈骏涛　中国社会科学院文学研究所研究员

於可训　武汉大学文学院教授

孟繁华　沈阳师范大学教授

赵　园　中国社会科学院文学研究所研究员

洪子诚　北京大学中文系教授

贺绍俊　沈阳师范大学教授

谢　冕　北京大学中文系教授

程光炜　中国人民大学中文系教授

雷　达　中国作家协会创研部研究员

黎湘萍　中国社会科学院文学研究所研究员

出版前言

　　"世纪文学 60 家"书系的创编与推出,旨在以名家联袂名作的方式,检阅和展示 20 世纪中国文学所取得的丰硕成果与长足进步,进一步促进先进文化的积累与经典作品的传播,满足新一代文学爱好者的阅读需求。

　　为使"世纪文学 60 家"书系的评选、出版活动,既体现文学专家的学术见识,又吸纳文学读者的有益意见,我们采取了专家评选与读者投票相结合的方式。我们依据 20 世纪华文作家在中国现当代文学史上的地位与影响,经过反复推敲和斟酌,确定了 100 位作家及其代表作作为候选名单。其后,又约请 25 位中国现当代文学专家组成"世纪文学 60 家"评选委员会,在 100 位候选人名单的基础上进行书面记名投票,以得票多少为顺序,产生了"世纪文学 60 家"的专家评选结果。为了吸纳广大读者对 20 世纪华文作家及作品的相关看法和阅读意向,我们与"新浪网·读书频道"全力合作,展开了为期两个月的"华文'世纪文学 60 家'全民网络大评选"活动。 2005 年 12 月 16 日,读者评选结果在"新浪网·读书频道"正式公布。为了使"世纪文学 60 家"的评选与编选,能够比较客观地反映专家和读者两方面的意见,经过反复协商,最终以各占 50%的权重,得出了"世纪文学 60 家"书系入选名单。

　　"世纪文学 60 家"书系入选作家,均以"精选集"的方式收入其代表性的作品。在作品之外,我们还约请有关专家、学者撰写了研究性序言,编制了作家的创作要目,为读者了解作家作品、创作特点和其在文学史上的地位,提供必要的导读和更多的资讯。

"世纪文学 60 家"评选结果

排名	作家	专家评分	读者评分	评选结果	排名	作家	专家评分	读者评分	评选结果
1	鲁 迅	100	100	100	31	赵树理	85	55	70
2	张爱玲	100	97	98.5	32	梁实秋	67	71	69
3	沈从文	100	96	98	33	郭沫若	70	65	67.5
4	老 舍	94	94	94	33	陈忠实	67	68	67.5
4	茅 盾	100	88	94	35	张恨水	64	70	67
6	贾平凹	94	92	93	36	苏 童	58	75	66.5
7	巴 金	94	90	92	36	冰 心	51	82	66.5
7	曹 禺	100	84	92	38	穆 旦	78	52	65
9	钱锺书	80	99	89.5	39	丁 玲	78	47	62.5
10	余 华	85	92	88.5	40	顾 城	29	95	62
11	汪曾祺	100	76	88	41	舒 婷	51	69	60
12	徐志摩	85	89	87	42	张承志	67	51	59
12	莫 言	94	80	87	43	王 朔	45	72	58.5
14	王安忆	94	77	85.5	44	刘震云	58	58	58
15	金 庸	70	98	84	45	韩少功	54	57	55.5
15	周作人	94	74	84	46	阿 城	54	56	55
17	朱自清	70	93	81.5	47	张 洁	64	44	54
18	郁达夫	78	83	80.5	48	三 毛	22	85	53.5
19	戴望舒	94	66	80	49	铁 凝	51	53	52
20	史铁生	80	79	79.5	50	张 炜	60	40	50
20	北 岛	78	81	79.5	50	李劼人	78	22	50
22	孙 犁	94	62	78	52	宗 璞	64	33	48.5
22	王 蒙	78	78	78	53	郭小川	58	36	47
24	艾 青	94	60	77	53	柳 青	58	36	47
25	余光中	78	73	75.5	55	施蛰存	51	42	46.5
26	白先勇	85	64	74.5	56	张贤亮	42	49	45.5
27	萧 红	85	61	73	56	刘 恒	64	27	45.5
27	路 遥	60	86	73	56	高晓声	45	46	45.5
29	闻一多	78	67	72.5	56	李 锐	51	40	45.5
30	林语堂	54	87	70.5	60	徐 訏	45	43	44

目录 CONTENTS

序言

在东西方文化的交汇处确立艺术的精神

季红真

一

汪曾祺是具有世界影响的著名作家。他 1920 年 3 月 5 日出生于江苏高邮县城一个工商地主家庭。这一天是农历正月十五元宵节,是中国人依照农时制定的重要节庆。

高邮地处苏北,气候温和,民风淳朴,风景秀丽宜人。大运河穿流而过,流转南北货物,是来往客商云集的繁华大码头。名列全国第六大湖的高邮湖,水域辽阔丰盈,物产丰富。县城所处低洼盆地,在河与湖的水位之下,故又名盂城。高邮以秦代设驿站于高处而得名,至今仍然保留着旧址,是一个历史悠久文化积淀深厚的地方。婉约派词宗秦少游故里在这里,文游台是他和苏东坡等文人雅聚的地方。明代散曲作家王磐,清代著名的训诂学家王念孙、王引之父子,都诞生在这里,文风可谓昌盛。此外还出过两个短命的皇帝,倭寇曾经来犯。由于交通便利,历来都可以得风气之先。

汪曾祺的祖父是清朝末科的拔贡,是略高于秀才的功名。清王朝的覆灭,截断了他由科举进身的功名之路,他以诚信为本的商业活动创立了一份家业。汪曾祺出生的时候,正值家道鼎盛,有田两千多亩,药店两家,房屋上千间。他的父亲受过新式教育,多才多艺,兴趣兼容新旧,不仅金石书画皆通,而且擅长运动,学过多种乐器,还养鸟、放风筝,是一个性情随和、兴趣广泛、富于同情心、能够平等待人、非常有情趣的人。汪曾祺从小在温暖的家庭环境中长大，养成了平易、温和的性格。从父辈到乡里，传统文化都有形无形地熏陶着他。他一满5岁，开明的父亲就把他送进了幼儿园，受到新式教育的启蒙。从小学开始，他就以文采著名。中学时代，父亲又为他延请了老师，辅导书法与桐城派的古文，打下了扎实的旧学底子。1937年，日寇进犯江南，为避战祸，汪曾祺随家人在一乡间小庵居住半年，熟读了屠格涅夫的《猎人笔记》和《沈从文小说选》，萌生了文学创作的终生志向。而兼得新旧的文化素养，决定了他思想和艺术的特点。

1939年，汪曾祺考入西南联大中文系，得以在闻一多、朱自清和沈从文等名师的指导下，开始自己的文学生涯。在这里，他受到存在主义等西方现代哲学的影响，也受到意识流等现代主义文学的启发。21岁，汪曾祺开始在校刊《文聚》上发表诗歌和小说。大学肄业后，在同学办的中学里教中文，结识施松卿并产生爱情。1946年起，在上海的民办致远中学教书两年。1948年，北上北平，与在北京大学英文系做助教的施松卿会合。失业半年后，找到在历史博物馆的工作。次年春天与施松卿结婚，4月，出版了第一本小说集《邂逅》。这十年，是他创作的发轫期，也是第一个高峰期。浓郁的乡愁与市井人物，奠定了他作品的基本风格。他和路翎被当时的批评界誉为两个最有前途的青年作家，可谓一抬脚就迈进了文学史。

为了适应新的时代，积累生活素材，写出格调刚健的作品，1949年，汪曾祺随"四野南下工作团"离京，在武汉被留下接管文教单位，被派往第二女子中学任副教导主任一年。1950年回到北京，在《北京文艺》任编辑，创作了京剧剧本《范进中举》，演出后获奖。1954年到《民间文学》当编辑，1958年因单位右派指标有余，被错划为右派，下放到张家口沙岭子农业科学研究所劳动。1960年"摘帽"，留所劳动。次年，写出了《羊舍一夕》，表现底层少年的劳动生活与思想感情。1961年底，调入北京京剧团任编剧。1963年出版小说集《羊舍的夜晚》。"文革"期间，参加了样板戏《沙家浜》的编剧工作，"文革"结束以后，反复地被审查至1978年底。1979年以后，他的创作一发而不可收，进入了第二个高峰期。此后，一直笔耕到20世纪末的暮年。

1997 年 5 月 16 日，汪曾祺因病医治无效，逝世于北京。

二

　　汪曾祺的一生是为艺术的一生。

　　他的作品从一开始，就是以民间生活的题材引人入胜。五行八作中的能工巧匠、倒了运的农民、各种各样的小商人、邂逅的囚徒、见多识广的食客、淳朴的劳动妇女、亦僧亦俗的和尚、风流倜傥的名士，是最基本的人物。从中可以看到他思想的丰富渊源，对于时代的独特回应。

　　他的思想有过明显的变化，一生经历了多次的自我否定与自我确立。

　　20 世纪 40 年代的战乱时期，他正值民族与个人的双重危机，精神陷入极度的迷惘。另一方面，西南联大民主自由的风气，对于他世界观的形成起到了重要的作用。在他早期的文章中，可以看到一些端倪。他的第一篇小说《复仇》是以仇雠和解为主题，而且写了两遍，可见他对于这个题材与主题的重视，其中是大有深意的。和平民主是 40 年代自由主义知识分子基本的社会理想，汪曾祺的业师中多有从学者到民主斗士的典型，比如闻一多和朱自清。经历了多年的压抑之后，他在晚年的不少文章中，以自己切身的感受表达了对于残酷的文化专制制度的愤懑，从中可以看到这一基本的政治立场。

　　经过了从 20 世纪 50 年代到 70 年代漫长的思想改造，他曾经真诚地相信马克思主义。他认为还是马克思主义好，可以解决生活中遇到的许多问题。80 年代，主流理论界正以人道主义重新阐释马克思主义。他在给朋友的信中，希望有人能够写文章，论述一下马克思主义与中国传统文化、与西方现代哲学思潮的关系。可见他是以人道主义为基础，理解和接受马克思主义的。和他同时代的许多知者一样，中国古代的大同理想与儒家的民本思想，是他接受马克思主义的文化心理基础。

　　这样的文化心理基础也是他理解、选择传统文化的枢机。他认为儒家是讲人情的,孔子是一个很可爱的普通人,甚至认为陶渊明是一个纯正的儒家。他深受道家思想的影响,作品中一再出现具有名士风度的人物。佛教的思想更是一开始就流露在他的笔下,"冤亲平等"的观念使他的《复仇》被选入佛教小说集,晚年撰写的《释迦牟尼》,更是充满了景仰之情。而所有的这一切,又是以艺术为轴心,融汇在他的思想血脉中。他称赞孔子以自然中的潇洒生命状态为人生的最高境界,推崇《庄子》的艺术成就,多次写到具有充满世俗精神与艺术趣味的僧人,都可以看出艺术化了的丰富思想源泉,成为他思想背景的一部分。

尽管他迷恋传统文化,但并不是不加选择地全盘接受。在他的作品中,对于封建礼教有着明显的批判。他笔下的妇女形象大致可以分为两类,一种是深受封建文化毒害与压迫的,另一种则是具有健康的人性。而这一类女性多数来自民间,属于乡村和市民阶级的劳动女性。从中可以看到"五四"新文化运动的思想遗风,不仅是对贞操观念的否定与对情感价值的肯定,也包括了对民间文化的重视。此外,对于民间人物的赞美,也体现着他对民族伟大精神的发掘,对文化失范的痛切感受。有读者写信称赞他的《七里茶坊》,写的是民族精神的支柱,这比任何专家的评价都使他更高兴。他评价一个青年作家的创作,用了"礼失求诸于野"的古语,反映了他对于民间文化所保留的先民道德的激赏。这些都体现了"五四"新文化的精神对他的深刻影响,成为他思想的组成部分。除此之外,他对于民众的愚昧有着深刻的洞察,愤怒于统治者的"神道设教"对于民众思想的钳制,说"愚昧是一种伟大的力量"。"五四"运动的启蒙理想,融化在他的思想血脉之中,使他和20世纪激进的民粹主义思潮保持了心理的距离。

他的思想还有一个重要的源头,就是以存在主义为核心的西方现代主义哲学与美学。他在西南联大的自由阅读中,存在主义是重要的部分,而以之为背景的现代主义作家对他的启发是决定性的,法国作家加缪、纪德,英国意识流小说家伍尔芙,西班牙作家阿左林,都是启发了他创作的重要人物。他在获得艺术滋养的同时,也相当程度地接受了他们的思想。尽管在20世纪80年代,他真诚地主张"回到民族传统,回到现实主义",忏悔早年对于现代主义的心仪，但是西方现代哲学与美学一直像暗流一样，隐蔽地存在于他的创作中。直到晚年，他才可以坦诚地说，一个完全没有困惑的人不是现代人，人经常是寂寞的、无聊的、孤独的，人都是孤儿。甚至劝告青年作家不要过早归于平淡，在作品中多注入一些悲悯。坦然地说，赞同加缪的观点，任何小说都是形象化了的哲学。

这样丰富的人文思想，使他的作品在历史与现实、传统与现代、本土与域外之间，以艺术的方式完成了个性化的表达。或者说，他在 20 世纪东西方文化的大冲撞、大交汇处，确立了艺术的精神。在这里，艺术具有世界观的意义。

三

汪曾祺是一个早慧的作家，这体现在他在青年时代就形成了自己成熟的美学理想。20 世纪 40 年代，他发表了多篇关于小说文体的创作谈，基本的理想是强调文体的自然，要接近生活的样式，要尊重读者的感受。在半个多世纪的坎坷经历中，他不断地在实践中修正、巩固着自己的艺术理想。

他在经历了帮派文学"假大空"的灾难之后，复出文坛之始，就以故乡昔日的生活场景、优美的抒情笔触，引起文坛的震动。他这个时期的美学理想接近儒家的诗教，强调作品要有益于世道人心，并且呼吁回到民族传统、回到现实主义。他以风俗为一个民族集体创作的抒情诗，把自己定位在中国的、抒情的人道主义。他阐释自己的美学宗旨是和谐、美和健康的人性。他写了大量关于语言的文章，表达了自己对于汉语的独特领悟。民族文化为本位的艺术精神，贯穿在他最后十几年的创作中，他最后干脆宣称"我是用汉字思维"。可见他对于民族文化的认同，从各个方面汇集，最终凝聚在对于民族语言的感悟。这就把价值观念、观物方式与审美理想，都落实在语言的形式中，在一般的文化思想和文学的表现之间找到了最科学的契合点。因为文学是语言的艺术，对于民族文化传统的认同必然要体现在语言风格中。

与此同时,他在忏悔早年对于西方现代派心仪的同时,又不自觉地时时流露出对西方现代主义的神往。他在回忆沈从文与废名的文章中,阐述着自己对于文学的理解,其中就有现代主义风格的要素。前者的象征与含蓄,后者的跳跃式、非逻辑的意识流动,都是现代派文学的重要特征。到了最后的岁月,他明确地说,要打通中外文学,立志衰年变法的主要途径是借鉴现代派文学的手法。而这和他民族文化为本位的基本原则并不相悖,因为他是以西方现代派文艺为参照系,对于传统文化有一个重新发现的过程。比如,他说"中国自有中国的意识流",中国古代也有魔幻小说。他改写了不少《聊斋志异》和民间传说中的故事,就是这一美学理念的尝试。

　　他的美学自觉,还体现在他对于自己性格与气质的清醒认识。他说自己是一个小品作家,即使有时间也写不出大部头的作品和华丽雄辩的论文。他反复强调自己的作品不可能成为主流,也不想成为主流,只可能处于边缘。而且把自己的绘画与创作都归纳为"人间送小温",真诚与美是他作品的核心。这样的自觉是艺术主体建构的重要内容,是一个作家的诚实,也是成熟的智慧。而且,他从青年时代开始,就顺乎自己的天性,凭着感觉找到适合自己的美学风格。真的性情也在这样的自觉中,像行云流水一样天然地流泻出来。这是他的作品能够被不同地域与职业的人激赏的重要原因。淳朴、自然、灵动带来的独特美学效果,都是基于率性而为的天性。他由这样的天性,达到对于文学本体的感悟。极言故乡和童年是文学永恒的主题,一切文学发展到极致都是儿童文学! 这就把自己的乡愁推向了形而上的层面,具有了诗性的心灵内涵。

　　汪曾祺是一个多才多艺的作家,诗、文、字、画都有很深的造诣,广博的艺术修养使他的美学理想建筑在丰厚的文化土壤中。与他民族文化为本位的艺术理念相协调的,是传统的艺术遗产。他由自己的性情出发,对宝贵的艺术传统有着自觉的择取和会心的感悟。苏东坡的文论、归有光的小品、倪云林的平远小景、包世臣的书法理论等,都是他美学理想的活水源头。与士大夫文化并行的另一个源头,则是民间艺术的魅力。早在他的青年时代,他的作品中就出现过民间艺术家。他复出之后的第一篇文章就是谈西北民歌"花儿"的格律,他一再告诫青年作家要向民间文学学习,要学习民间的口语。他作品中的民间人物,常有不同的艺术才能,而且范围很广,从音乐、绘画、剪纸、戏剧到武术,都体现出民间艺术的鲜活形态。对于旧戏曲的时空形式、徐文长的《歌代啸》的荒诞成分、中国民间的罗汉雕塑,他也有着深入的领悟。这一切都使他的美学理想具有了丰沛的文化容量,沟通了多个艺术传统。

四

汪曾祺曾经谦虚地说,自己是一个文体家。

这合乎他的创作实际。

他的一生所涉文体广泛,几乎达到了各体兼备。诗歌、散文、小说、评论、戏剧与理论,都曾经是他运用自如的形式。就连他早年极力排斥的长篇小说,晚年的时候也试图尝试,他构思以汉武帝为主人公的小长篇,多年酝酿,删繁就简为三个戏剧场景,可惜天不假年未能完成。就是他得心应手的散文小说,也在文体上多有探索,毫不重复。有的如诗如画,有的像方志,有的像游记,就是和朋友间的通信也写得温婉自如,充满艺术的感觉。

他多方面的文体实践,来源于高度的文体自觉,也是他审美理想的一个重要部分。没有形式就没有艺术,文体的思索是艺术创作的重要部分。他在很多的场合都谈到文体的问题,而且把它上升到世界观的高度。特别是小说的文体,他一开始就倾注了深刻的思考。他认为自然主义到了一些人的手里成了最不自然的主义,一般小说写得太像小说了,因而不十分是小说。长篇小说的因果律和结构都是和生活相背离的;中篇小说就自然得多,犹如对面闲谈;而短篇小说更应该写得不像小说。它要在诗歌、绘画和电影等各门艺术中汲取营养,同时又和它们区别开来。他的小说是这种美学理念的成功实践。他早期的作品中,以主观性极强的意识流动串联起故事与人物,充斥着声音、线条、色彩与气味儿。晚年复出之后的小说则近于风俗画,大量的景物描写像空镜头一样,铺垫出人物活动的生活场景。"回到现实主义、回到民族传统"的主张,首先是回到了诗画同源的古典美学理想,带给文体的变化是散文化和抒情性,对于以社会学为视野、以阶级论为基础的现实主义美学规范有着明显的突破。越到晚年他走得越远,引用海明威的话明确地说文学典型是撒谎,打破了现实主义以人物为中心的小说目的论。强调"一个小说的形式,是一种思索的方式、一种情感方式,是人类智慧的一种模样"。这就接续起萧红等现代作家们的文体探索,为日益僵化的小说文体注入了活力,从理论和实践两个方面推动了中国小说的发展。使中国小说从经历了八十多年的紧张痉挛中松弛下来,回归到它古老的文化源头,以边缘性、民间性与世俗性,来反映民众的心声。他的每一篇小说都有自己独特的形式,绝无重复雷同之处。叙事的技巧与语言的风格,在变化中见出统一,达到了出神入化的境界。

他轻松地说,自己写散文是"搂草打兔子",是写小说的副产品。但是从取材到形式他也多有自觉。他推崇桐城派的散文,认为是集中国散文之大成的一个流派。他引用苏东坡的文论,强调文理的自然。他借助韩愈的文气说,以"气盛言宜"来说明语言与文气的协调。这样的美学理想,体现在他的散文中,就是文气的贯通与文体的自由。他的散文平白如话,却有平淡的诗意。所记人物、草木、山川、掌故、文物,多是娓娓道来,文体的变化则在随心所欲的闲谈风格中充满了情趣。他反复强调自己是一个小品作家,恰恰是这一点使他沟通了中国古代小品文的一脉传统,也继承了周作人开创的中国现代散文中以平淡见长的一派散文风格。

他在文体上的贡献,在当代文学史上是独一无二的。

五

汪曾祺的艺术人生,贯穿了中国现代文化史、思想史与文学艺术史,也联系着世界现代的文化思想与美学潮流。

西南联大的学风是他获益终生的财富,把文化的创造看作一个民族存亡绝续的根本,是他一生艺术实践的精神支柱。文化史的基本视角,从始至终都或隐或显地存在于他的作品中。早在求学的青年时代，他为一个同学代写的作业中，就以画论诗分析李贺的生平与艺术；以豪华概括唐代的文化，从社会制度到器物形制都透着大气。一个悲哀的历史时刻来临了，这就是走向衰败的晚唐。李贺才华横溢，如果在盛唐自然不难"一日看尽长安花"，而他生活在晚唐则一生都贫困潦倒。他说唐代的诗人最喜欢用三种颜色，殷红、浓绿与赤金。盛唐的诗人把它画在白纸上，晚唐的诗人把它画在黑纸上。可以看出文化史的眼界，在个人才华中的主导作用。一直到晚年，他对于故乡风情的频频回首，都体现着这样的眼界。而且他经历着文化崩坏的历史过程，以思乡之作记录着正在消亡的文化，以诗性的惆怅做了最后的回眸，类似于文化史上的《广陵散》。而文化史的角度也是人类近代美学的主导潮流，这就使他的乡愁具有了人类普遍的价值。表达了远离自然的现代人共通的感受，也得以相通于文学的基本法则，这就是对于精神家园的渴望。由最朴素具体的乡土，达到了最广泛的象征意义。这是汪曾祺一生的文学实践的最大成就，也是他的作品可以被不同文化的读者接受的重要原因。他和他的老师沈从文一样，以永恒的乡愁真正地从乡土走向了世界。

他以民族文化为本位的艺术理想，以汉语的优美形态表达了对于祖国与人民的挚爱，打动了无数汉语读者的心。在全球化的历史语境中，现代民族国家的焦虑日益严重，文化认同的危机遍及全世界的汉语人口。他以纯粹民族民间的淳朴生存与汉语自身的神奇魅力，增加了整个族群的精神凝聚力，意义大大地超越了艺术本身，也具有文化精神的独特价值。充分个人化的创作，却带来了最广泛的文化认同，这也是艺术家的卓越之处，是为艺术的一生璀璨的光华。

他在 20 世纪 80 年代的创作，以对传统文化的重新发现轰动文坛。尽管他一再自谦自己的作品只能居于边缘，不能够进入主流，也不想进入主流，但还是开启了"寻根文学"的潮流，影响了一代人的创作，呈现出 20 世纪 80 年代最醒目的风景。对于文化失范的痛切感受、对于僵死的文学法典的反动、在国门洞开突然涌进的八面来风中自我确立的艰难、对全球化浪潮的本能反抗,都使当年的青年作家在汪曾祺的创作中,获得启示与灵感。许多的青年作家真诚地谈到汪曾祺先生对于他们的影响。他成为文学史上一个承前启后的重要作家,在接续起多个文学传统的同时,自己也成为传统的一个部分,被后来者师承效法。

汪曾祺以为艺术的一生,实现了生命价值的最高证明,永远行进在文学史中。他成功地表达了自己,在无数读者的心灵感应中永生。这个和蔼的小老头,生命戛然而止,却将灵魂留在了这个他挚爱的世界上。

复 仇
——给一个孩子讲的故事

一缶蜜茶,半支素烛,主人的深情。

"今夜竟挂了单呢,"年青人想想暗自好笑。

他的周身装束告诉曾经长途行脚的人,这样的一个人,走到这样冷僻的地方,即使身上没有带着干粮,也会自己设法寻找一点东西来慰劳一天的跋涉,山上多的是松鸡野兔子。所以只说一声:

"对不起,庙中没有热水,施主不能洗脚了。"

接过土缶放下烛台,深深一稽首竟自翩然去了,这一稽首里有多少无言的祝福,他知道行路的人睡眠是多么香甜,这香甜谁也没有理由分沾一点去。

然而出家人的长袖如黄昏蝙蝠的翅子,扑落一点神秘的迷惘,淡淡的却是永久的如陈年的清香的烟。

"竟连谢谢也不容说一声,知道我明早什么时候便会上路了呢?——这烛该是信男善女们供奉的,蜜呢?大概庙后有不少蜂巢吧,那一定有不少野生的花朵啊,花许是栀子花,金银花……"

他伸手一弹烛焰,其实烛花并没有长。

"这和尚是住持?是知客?都不是!因为我进庙后就没有看见过第二个人,连狗也不养一条,然而和尚决不像一个人住着,佛座前放着两卷经,木鱼旁还有一个磬,……他许有个徒弟,到远远的地方去乞食了吧……

"这样一个地方,除了俩和尚是什么都不适合的……"

何处有丁丁的声音,像一串散落的珠子,掉入静清的水里,一圈一圈漾开来，他知道这绝不是磬。他如同醒在一个淡淡的梦外。

集起涣散的眼光，回顾室内：沙地，白垩墙，矮桌旁一具草榻，草榻上一个小小的行囊，行囊虽然是小的，里面有破旧的物什，但是够他用了，他从未为里面缺少些什么东西而给自己加上一点不幸。

霍的抽出腰间的宝剑，烛影下寒光逼人，墙上的影子大有起舞之意。

在先，有一种力量督促他，是他自己想使宝剑驯服，现在是这宝剑不甘一刻被冷落，他归降于他的剑了，宝剑有一种夺人的魅力，她逼出青年人应有的爱情。

他记起离家的前夕，母亲替他裹了行囊，抽出这剑跟他说了许多话，那些话是他已经背得烂熟了的，他一日不会忘记自己的家，也决不会忘记那些话。最后还让他再念一遍父亲临死的遗嘱：

"这剑必须饮我的仇人的血！"

当他还在母亲的肚里的时候，父亲死了，滴尽了最后一滴血，只吐出这一句话。他未叫过一声父亲，可是他深深地记着父亲，如果父亲看着他长大，也许嵌在他心上的影子不会怎么深。

他走过多少地方，一些在他幼年的幻想之外的地方，从未对连天的烟波发过愁，对蓊郁的群山出过一声叹息，即使在荒凉的沙漠里也绝不对熠熠的星辰问过路。

起先，燕子和雁子会告诉他一声春秋的消息，但是节令的更递对于一个永远以天涯为家的人是不必有所在乎的，他渐渐忘了自己的年岁，虽然还依旧记得哪一天是生日。

"是有路的地方，我都要走遍，"他曾经跟母亲承诺过。

曾经跟年老的舵工学得风雨晴晦的知识，向江湖的术士处得来霜雪瘴疠的经验，更从背箱的郎中的口里掏出许多神奇的秘方，但是这些似乎对他都没有用了，除了将它们再传授给别人。

一切全是熟悉的了，倒是有时故乡的事物会勾起他一点无可奈何的思念，苦竹的篱笆，络着许多藤萝的；晨汲的井，封在滑足的青苔里的，……他有时有意使这些淡漫的记忆浓起来，但是这些纵然如秋来潮汐,仍旧要像潮汐一样的退下去,在他这样的名分下,不容有一点乡愁,而且年青的人多半不很承认自己为故土所累系,即使是对自己。

什么东西带在身上都会加上一点重量,(那重量很不轻啊)曾经有一个女孩子想送他一个盛水的土瓶,但是他说:

"谢谢你,好心肠的姑娘,

愿山岚保佑你颊上的桃红,

我不要,而且到要的时候自会有的。"

所以他一身无赘物,除了一个行囊,行囊也是不必要的,但没有行囊总不像个旅客啊。

当然,"这剑必须饮我仇人的血"他深深地记着。但是太深了,像已经溶化在血里,有时他觉得这事竟似与自己无缘。

今晚头上有瓦(也许是茅草吧),有草榻,还有蜡烛与蜜茶,这些都是在他希冀之外的,但是他除了感激之外只有一点很少的喜悦,因为他能在风露里照样做梦。

丁丁的声音紧追着夜风。

他跨出禅门(这门是圆的)。殿上一柱红火,在幡帐里跳着皈依的心,他从这一点静穆的发散着香气的光亮中走出,山门未闭,朦胧里看得很清楚。

山门外有一片平地,正是一个舞剑的场所。

夜已深,星很少。但是有夜的光。夜的本身的光,也能够照出他的剑花朵朵,他收住最后一着,很踌躇满志,一点轻狂圈住他的周身,最后他把剑平地一挥,一些干草飞起来,落在他的袖上。带着满足与珍惜,在丁丁的声息中,他小心地把剑插入鞘里。

"施主舞得好剑!"

"见笑,"他有一点失常的高兴,羞涩,这和尚什么时候来的?"师父还未睡,清韵不浅。"

"这时候,还有人带着剑。施主想于剑上别有因缘?不是想寻访着什么吗?走了这么多路。"

和尚年事已大,秃顶上隐隐有剃不去的白发,但是出家人有另外一副难描画的健康,炯明眸子在黑地里越叫人认识他有许多经典以外的修行,而且似乎并不拒绝人来叩问。

"师父好精神,不想睡么?"

"出家人尽坐禅,随时都可以养神,而且既无必做的日课,又没有经诵道场,格外清闲些,施主也意不想睡,何不谈谈呢。"

他很诚实的,把自己的矢志告诉和尚,也知道和尚本是行脚来到的,靠一个人的力量,把这个久已经颓圮的废庙修起来,便把漫漫的行程结束在这里,出家人照样有个家的,后来又来了个远方来的头陀,由挂单而常住了。

"怪不道,……那个师父在哪儿呢?"他想发问。

"那边,"和尚手一指,"这人似乎比施主更高一层,他说他要走遍天下所有的地方。"

"哦……"

"那边有一绝壁,由那边从未有人踏过一个脚印,他一来便发愿打通一条道路,你听那丁丁的声音,他日夜都在修这件功德。"

他浮游在一层无边的惆怅里,"竟有这样的苦心?"

他恨不得立即走到那丁丁的地方去,但是和尚说,"天就要发白了,等明天吧。"

明天一早,踏着草上的露水,他奔到那夜半欲往的山下,行囊都没有带,只带着一口剑,剑是不能离身须臾的。

一个破蒲团,一个瘦头陀。

头陀的长发披满了双肩,也遮去他的脸,只有两只眼睛,射出饿虎似的光芒,叫人感到要打个寒噤。年青人的身材面貌打扮和一口剑都照入他的眼里。

头陀的袖衣上风霜,画出他走过的天涯,年青人想这头陀一定知道许多事情,所以这地方比任何地方更无足流连,但他不能离开一步。

头陀的话像早干涸了,但几日相处他并不拒绝回答青年人按不住的问讯。

"师父知道这个人么?"一日他伸出左腕,左腕上有一个蓝色的人名,那是他父亲的仇人,这名字是母亲用针刺上去的。

头陀默不作声,也伸出自己的左腕,左腕上一样有一个蓝字的人名,是年青人的父亲的。

一种异样的空气袭过年青人的心,他的眼睛盯在头陀的脸上,头陀的瘦削的脸上没有表情,悠然挥动手里的斧凿。

在一阵强烈的颤抖后,年青人的手按到自己的剑柄上。

——这剑必须饮我仇人的血。

"孝顺的孩子,你别急,我绝不想逃避欠下自己的诺言——但是这还不是时候,须得我把这山凿通了!"

他决然收得未应的疑问,他,年青人,接受了头陀并没有发出的祈求或命令,从此他竟然一点复仇的举动都没有了。

从此丁丁的声音有了和应,青年人也挥起一副斧凿,服从在"走遍没有路的地方"的苦心下,很快似乎忘记身边有个头陀,正如头陀忘记身边有一个带剑的青年人。

日子和石头损蚀在丁丁的声音里。

你还要问再后么?

一天,凿子敲在空虚里,一线天光,第一次照入永久的幽黑。

"呵,"他们齐声礼赞。

再后呢?

宝剑在冷落里自然生锈的,骨头在世纪的内外也一定要腐烂或是变成了化石。

不许再往下问了,你看北斗星已经高挂在窗子上了。

小学校的钟声

瓶花收拾起台布上细碎的影子。瓷瓶没有反光,温润而寂静,如一个人的品德。瓷瓶此刻比它抱着的水要略微凉些。窗帘因为浑染,沉沉静垂。我可以开灯。开开灯,灯光下的花另是一个颜色。开灯后,灯光下的香气会不会变样子?可作的事好像都已作过了。我望望两只手,我该如何处置这个?我把它藏在头发里么?我的头发里保存有各种气味,自然它必也吸取了一点花香。我的头发,黑的和白的。每一游尘都带一点香。我洗我的头发,我洗头发时也看见这瓶花。

天黑了,我的头发是黑的。黑的头发倾泻在枕头上。我的手在我的胸上,我的呼吸振动我的手。我念了念我的名字,好像呼唤一个亲昵朋友。

小学校里的欢声和校园里的花都融解在静沉沉的夜气里。那种声音实在可见可触,可以供诸瓶几,一簇,又一簇。我听见钟声,像一个比喻。我没有数,但我知道它的疾徐,轻重,我听出今天是西南风。这一下打在那块铸刻着校名年月的地方。校工老詹的汗把钟绳弄得容易发潮了,他换了一下手。挂钟的铁索把两棵大冬青树干拉近了点,因此我们更不明白地上的一片叶子是哪一棵树上落下来的;它们的根须已经彼此要呵痒玩了吧。又一下,老詹的酒瓶没有塞好,他想他的猫已经看见他的五香牛肉了。可是又用力一下。秋千索子有点动,他知道那不是风。他笑了,两个矮矮的影子分开了。这一下敲过一定完了,钟绳如一条蛇在空中摆动,老詹偷偷地到校园里去,看看校长寝室的灯,掐了一枝花,又小心敏捷:今天有人因为爱这枝花而被罚清除花上的蚜虫。"韵律和生命合成一体，如钟声。"我活在钟声里。钟声同时在我生命里。天黑了。今年二十五岁。一种荒唐继荒唐的年龄。

十九岁的生日热热闹闹地过了，可爱得像一种不成熟的文体，到处是希望。酒阑人散，厅堂里只剩余一支红烛，在银烛台上。我应当夹一夹烛花，或是吹熄它，但我什么也不做。一地明月。满宫明月梨花白，还早得很。什么早得很，十二点多了！我简直像个女孩子。我的白围巾就像个女孩子的。该睡了，明天一早还得动身。我的行李已经打好了，今天我大概睡那条大红绫子被。

一早我就上了船。

弟弟们该起来上学去了。我其实可以晚点来，跟他们一齐吃早点，即是送他们到学校也不误事。我可以听见打预备钟再走。

靠着舱窗，看得见码头。堤岸上白白的，特别干净，风吹起鞭爆纸。卖饼的铺子门板上错了，从春联上看得出来。谁，大清早骑驴过去的？脸好熟。有人来了，这个人会多给挑夫一点钱，我想。这个提琴上流过多少音乐了，今天晚上它的主人会不会试一两支短曲子。夥，这个箱子出过国！旅馆老板应当在报纸上印一点诗，旅行人是应当读点诗的。这个，来时跟我一齐来的，他口袋里有一包胡桃糖，还认得我么？我记得我也有一大包胡桃糖，在箱子里，昨天大姑妈送的。我送一块糖到嘴里时，听见有人说话：

"好了，你回去吧，天冷，你还有第一堂课。"

"不要紧，赶得及；孩子们会等我。"

"老詹第一堂课还是常晚打五分钟么？"

"什么——是的。"

岸上的一个似乎还想说什么，嘴动了动，风大，想还是留到写信时说。停了停，招招手说：

"好，我走了。"

"再见。啊呀！——"

"怎么？"

"没什么。我的手套落到你那儿了。不要紧,大概在小茶几上,插梅花时忘了戴。我有这个!"

"找到了给你寄来。"

"当然寄来,不许昧了!"

"好小气!"

岸上的笑笑,又扬扬手,当真走了。风披下她的一绺头发来了,她已经不好意思歪歪地戴一顶绒线帽子了。谁教她就当了教师!她在这个地方待不久的,多半到暑假就该含一汪眼泪向学生告别了,结果必是老校长安慰一堆小孩子,连这个小孩子。我可以写信问弟弟:"你们学校里有个女老师,脸白白的,有个酒窝,喜欢穿蓝衣服,手套是黑的,边口有灰色横纹,她是谁,叫什么名字?声音那么好听,是不是教你们唱歌?——"我不能问么?不能,父亲必会知道,他会亲自到学校看看去。年纪大的人真没有办法!

我要是送弟弟去,就会跟她们一路来。不好,老詹还认得我。跟她们一路来呢,就可以发现船上这位的手套忘了,哪有女孩子这时候不戴手套的。我会提醒她一句。就为那个颜色,那个花式,自己挑的,自己设计的,她也该戴。——"不要紧,我有这个!"什么是"这个",手笼?大概是她到伸出手来摇摇时才发现手里有一个什么样的手笼,白的?我没看见,我什么也没看见。只缘身在此山中,我在船上。梅花,梅花开了?是朱砂还是绿萼?校园里就有两棵的。波——汽笛叫了。一个小轮船安了这么个大汽笛,岂有此理!我躺下吃我的糖。……

"老师早。"

"小朋友早。"

我们像一个个音符走进谱子里去。我多喜欢我那个棕色的书包。蜡笔上沾了些花生米皮子。小石子,半透明的,从河边捡来的。忽然摸到一块糖,早以为已经在我的嘴里甜过了呢。水泥台阶,干净得要我们想洗手去。"猫来了,猫来了,""我的马儿好,不喝水,不吃草。"下课钟一敲,大家噪得那么野,像一簇花突然一齐开放了,第一次栖来这个园里的树上的鸟吓得不加思索地便鼓翅飞了,看别人都不动,才又飞回来,歪着脑袋向下面端详。我六岁上幼稚园。玩具橱里有个 Joker 至今还在那儿傻傻地笑。我在一张照片里骑木马,照片在粉墙上发黄。

百货店里我一眼就看出那是我们幼稚园的老师。她把头发梳成圣玛丽的样子。她一定看见我了,看见我的校服,看见我的受过军训的特有姿势。她装作专心在一堆纱手巾上。她的脸有点红,不单是因为低头。我想过去招呼,我怎么招呼呢?到她家里拜访一次?学校寒假后要开展览会吧,我可以帮她们剪纸花,扎蝴蝶。不好,我不会去的。暑假我就要考大学了。

我走出舱门。

我想到船头看看。我要去的向我奔来了。我抱着胳膊,不然我就要张开了。我的眼睛跟船长看得一般远。但我改了主意。我走到船尾去。船头迎风,适于夏天,现在冬天还没有从我语言的惰性中失去。我看我是从哪里来的。

水面简直没有什么船。一只鹭鸶用青色的脚试量水里的太阳。岸上柳树枯干子里似乎已经预备了充分的绿。左手珠湖笼着轻雾。一条狗追着小轮船跑。船到九道湾了,那座庙的朱门深闭在逶迤的黄墙间,黄墙上面是蓝天下的苍翠的柏树。冷冷的是宝塔檐角的铃声在风里摇。

从呼吸里,从我的想象,从这些风景,我感觉我不是一个人。我觉得我不大自在,受了一点拘束。我不能吆喝那只鹭鸶,对那条狗招手,不能自作主张把那一堤烟柳移近庙旁,而把庙移在湖里的雾里。我甚至觉得我站着的姿势有点放肆,我不是太睥睨不可一世就是像不绝俯视自己的灵魂。我身后有双眼睛。这不行,我十九岁了,我得像个男人,这个局面应当由我来打破。我的胡桃糖在我手里。我转身跟人互相点点头。

"生日好。"

"好,谢谢。——"生日好!我眨了眨眼睛。似乎有点明白。这个城太小了。我拈了一块糖放进嘴里,其实胡桃皮已经麻了我的舌头。如此,我才好说。

"吃糖。"一来接糖,她就可走到栏杆边来,我们的地位得平行才行。我看到一个黑皮面的速写簿,它看来颇重,要从腋下滑下去的样子,她不该穿这么软的料子。黑的衬亮所有白的。

"画画?"

"当着人怎么动笔。"

当着人不好动笔,背着人倒好动笔?我倒真没见到把手笼在手笼里画画的,而且又是个白手笼!很可能你连笔都没有带。你事先晓得船尾上就有人?是的,船比城更小。

"再过两三个月,画画就方便了。"

"那时候我们该拼命忙毕业考试了。"

"噢呵,我是说树就都绿了。"她笑了笑,用脚尖踢踢甲板。我看见袜子上有一块油斑,一小块药水棉花凸起,既然敷得极薄,还是看得出。好,这可会让你不自在了,这块油斑会在你感觉中大起来,棉花会凸起,凸起如一个小山!

"你弟弟在学校里大家都喜欢。你弟弟像你,她们说。"

"我弟弟像我小时候。"

她又笑了笑。女孩子总爱笑。"此地实乃世上女子笑声最清脆之一隅。"我手里的一本书里印着这句话。我也笑了笑。她不懂。

我想起背乘数表的声音。现在那几棵大银杏树该是金黄色的了吧。它吸收了多少种背诵的声音。银杏树的木质是松的,松到可以透亮。我们从前的图画板就是用这种木头做的。风琴的声音属于一种过去的声音。灰尘落在教室的绉纸饰物上。

"敲钟的还是老詹?"

"剪校门口冬青的也还是他。"

冬青细碎的花,淡绿色;小果子,深紫色。我们仿佛并肩从那条拱背的砖路上一齐走进去。夹道是平平的冬青,比我们的头高。不多久,快了吧,冬青会生出嫩红色的新枝叶,于是老詹用一把大剪子依次剪去,就像剪头发。我们并肩走进去,像两个音符。

我们都看着远远的地方,比那些树更远,比那群鸽子更远。水向后边流。

要弟弟为我拍一张照片。呵,得再等等,这两天他怎么能穿那种大翻领的海军服。学校旁边有一个铺子里挂着海军服。我去买的时候,店员心里想什么,衣服寄回去时家里想什么,他们都不懂我的意思。我买一个秘密,寄一个秘密。我坏得很。早得很,再等等,等树都绿了。现在还只是梅花开在灯下。疏影横斜于我的生日之中。早得很,早什么,瞎,明天一早你得动身,别尽弄那梅花,看忘了事情,落了东西!听好,第一次钟是起身钟。

"你看,那是什么?"

"乡下人接亲,花轿子。"——这个东西不认得?一团红吹吹打打的过去,像个太阳。我看着的是指着的手。修得这么尖的指甲,不会把我戳破?我撮起嘴唇,河边芦苇嘘嘘响,我得警告她。

"你的手冷了。"

"哪有这时候接亲的。——不要紧。"

"路远,不到晌午就发轿。拣定了日子。就像人过生日,不能改的。你的手套,咳,得三天样子才能寄到。——"

她想拿一块糖,想拿又不拿了。

"用这个不方便,不好画画。"

她看了看指甲,一片月亮。

"冻疮是个讨厌的东西。"讨厌得跟记忆一样,"一走多路,发热。"

她不说话,可是她不用一句话简直把所有的都说了:她把速写簿放在旁边的凳子上,把另一只手也褪出来,很不屑地把手笼放在速写簿上。手笼像一头小猫。

她用右手指转正左手上一个石榴子的戒指,看了我一眼,这一眼的意思是:

看你还有什么可说的!

我若再说,只有说:

你看,你的左手就比右手红些,因为它受暖的时间长些。你的体温从你的戒指上慢慢消失了。李长吉说"腰围白玉冷",你的戒指一会儿就显得硬得多!

但是不成了,放下她的东西时她又稍稍占据比我后一点的地位了。我发现她的眼睛有一种跟人打赌的光,而且像邱比德一样有绝对的把握样子。她极不恭敬看着我的白围巾,我的围巾且是熏了一点香的。

来一阵大风,大风,大风吹得她的眼睛冻起来,哪怕也冻住我们的船。

她挪过她的眼睛,但原来在她眼睛里的立刻搬上她的眼角。

万籁无声。

胡桃皮硝制我的舌头。

一放手,我把一包糖掉落到水里,有意甚于无意。糖衣从胡桃上解去。但胡桃里面也透了糖。胡桃本身也是甜的。胡桃皮是胡桃皮。

"走吧,验票了。"她说话了,说了话,她恢复不了原来的样子了。感谢船是那么小:

"到我舱里来坐坐。我有不少橘子,这么重,才真不方便。我这是请客了。"

我的票子其实就在身上,不过我还是回去一下。我知道我是应当等一会才去赴约的。半个钟头,差不多了吧。当然我不能吹半点钟风,因为我已经吹了不止半点钟风。而且她一定预料我不会空了两手去,她知道我昨天过生日。(她能记得多少时候,到她自己过生日时会不会想起这一天?想到此,她会独自嫣然一笑,当她动手切生日蛋糕时。她自有她的秘密。)现在,正是时候了:

弟弟放午课回家了,为折磨皮鞋一路踢着石子。河堤西侧的阴影洗去了。弟弟的音乐老师在梅瓶前入神,鸟声灌满了校园。她拿起花瓶后面一双手套,一时还没有想到下午到邮局去寄。老詹的钟声颤动了阳光,像颤动了水,声音一半扩散,一半沉淀。

"好,当然来。我早闻见橘子香了。"

差点我说成橘子花。唢呐声消失了,也消失了湖上的雾,一种消失于不知不觉中,而并使人知觉于消失之后。

果然,半点钟内,她换了袜子。一层轻绡从她的脚上褪去。和怜和爱她看看自己的脚尖,想起雨后在洁白的浅滩上印一湾苗条的痕迹,一种难以言说的温柔。怕太娇纵了自己,她赶快穿上一双。

小桌上两个剥了的橘子,橘子旁边是那头白猫。

"好,你是来做主人了。"

放下手里的一盒点心,一个开好的罐头,我的手指接触到白色的毛,又凉又滑。

"你是哪一班的?"

"比你低两班。"

"我怎么不认识你。"

"我是插班进去的,当中还又停了一年。"

她心里一定也笑,还不认识!

"你看过我弟弟?"

"昨天还在我表姐屋里玩来的。放学时逗他玩,不让他回去,急死了!"

"欺负小孩子,你表姐是不是那里毕业的?"

"她生了一场病,不然比我早四班。"

"那她一定在那个教室上过课,窗户外头是池塘,坐在窗户台上可以把钓竿伸出去钓鱼。我钓过一条大乌鱼,想起祖母说,乌鱼头上有北斗七星,赶紧又放了。"

"池塘里有个小岛,大概本来是座坟。"

"岛上可以拣野鸭蛋。"

"我没拣过。"

"你一定拣过,没有拣到!"

"你好像看见似的。要橘子,自己拿。那个和尚的石塔还是好好的。你从前懂不懂刻在上面的字？"

"现在也未见得就懂。"

"你在校刊上老有文章。我喜欢塔上的莲花。"

"莲花还好好的。现在若能找到我那些大作，看看，倒非常好玩。"

"昨天我在她们那儿看到好些学生作文。"

"这个多吃点不会怎么，笋，怕什么。"

"你现在还画画么？"

"我没有速写簿子。你怎么晓得我喜欢过？"

我高兴有人提起我久不从事的东西。我实在应当及早学画。我老觉得我在这方面的成就会比我将要投入的工作可靠得多。我起身取了两个橘子，却拿过那个手笼尽抚弄。橘子还是人家拿了坐到对面去剥了。我身边空了一点，因此我觉得我有理由不放下那种柔滑的感觉。

"我们在小学顶高兴野外写生。美术先生姓王，说话老是'譬如''譬如'，——画来画去，大家老是画一个拥在丛树之上的庙檐；一片帆，一片远景；一个茅草屋子，黑黑的窗子，烟囱里不问早晚都在冒烟。老去的地方是东门大窑墩子。泰山庙文游台，王家亭子……"

"傅公桥，东门和西门的宝塔，……"

"西门宝塔在河堤上，实在我们去得最多的地方是河堤上，老是向姓瞿的老太婆买荸荠吃。"

"就是这条河，水会流到那里。"

"你画过那个渡头，渡头左近尽是野蔷薇，香极了。"

"那个渡头……渡过去是潭家坞子。坞子里树比人还多。画眉比鸭子还多……"

"可是那些树不尽是柳树，你画的全是一条一条的。"

"……"

"那张画至今还在成绩室里。"

"不记得了，你还给人家改了画。那天是全校春季远足，王老师忙不过来了，说大家可以请汪曾祺改，你改得很仔细，好些人都要你改。"

"我的那张画也还在成绩室里，也是一条一条的。表姐昨天跟我去看过。……"

我咽下一小块停留在嘴里半天的蛋糕，想不起什么话说，我的名字被人叫得如此自然。不自觉地把那个柔滑的感觉移到脸上，而且我的嘴唇也想埋在洁白的窝里。我的样子有点傻，我的年龄亮在我的眼睛里。我想一堆带露的蜜波花瓣拥在胸前。

一块橘子皮飞过来，刚好砸在我脸上，好像打中了我的眼睛。我用手掩住眼睛。我的手上感到百倍于那只猫的柔润，像一只招凉的猫，一点轻轻的抖，她的手。

波——岂有此理，一只小小的船安这么大一个汽笛。随着人声喧沸，脚步忽乱。

"船靠岸了。"

"这是××，晚上才能到□□。"

"你还要赶夜车？"

"大概不，我尽可以在□□耽搁几天，玩玩。"

"什么时候有兴给我画张画。——"

"我去看看，姑妈是不是来接我了，说好了的。"

"姑妈？你要上了？"

"她脾气不大好，其实很好，说叫去不能不去。"

我揉了揉眼睛，把手笼交给她，看她把速写簿子放进箱子，扣好大衣领子，知道她说的是真的。

"箱子我来拿，你笼着这个不方便。"

"谢谢，是真不方便。"

当然，老詹的钟又敲起来了。风很大，船晃得厉害，每个教室里有一块黑板。黑板上写许多字，字与字之间产生一种神秘的交通，钟声作为接引。我不知道我在船上还是在水上，我是怎么活下来的。有时我不免稍微有点疯，先是人家说起后来是我自己想起。钟！……

四月二十七日夜写成

二十九日改易数处，添写最后两句。

一月不熬夜，居然觉得疲倦。我的疲倦引诱我。

纪念我的生日，纪念几句话。

一九四四年四月二十七日

冬 天

——小说《豆腐店》之一片段

冬天，下雪。

冬天下雪，大和二和不大出来。冬天的孩子在家里。孩子在母亲膝头，小猫在我的膝头。孩子穿得厚厚的。冬天叫人觉得冷，我是觉得不冷。孩子的眼睛圆溜溜，孩子想。想，看着雪，想。冬天，大和二和睡觉，——我就看见他们睡觉，不睡觉他们做什么我不知道。我做不出一篇《大和跟二和的冬天》。

冬天的荒野一片白，就只有一个字：雪。要那样才叫雪：什么都没有，都不重要，只有雪。天白亮白亮的，雪花绵绵的往下飘，没有一点声息。雪的轻，积雪的软，都无可比拟。雪天叫人也不是想飞，也不是想骑(马)，不是俯卧在上面，叫人想怎么样呢？还是走走，一步一步的走。想又不顶想，又似乎想的也不是这个，都说不清。总而言之，一种兴奋，一种快乐，内在，飘逸，轻。树皮好黑，乌鸦也好黑，水池子冻得像玻璃。庙也是雪，船也是雪。侉奶奶的门不开，门槛上都是雪。……

下雪有时我们还是要出去的，或是冬天来得特别早，或是学校放寒假放得晚，还没有考大考就下了很像样子的雪了。新围巾，好质料的长统胶靴，这要到雪里去。我们要打那把大伞。为孩子们把伞造得轻便些是很要紧的事，不然他们就一心支持负担伞的笨重，再也无心做别的了。伞其实我们并不真要"打"它，雪很干，雪落在眉毛上化了也很好玩，要伞我们是要撑起来要旋来旋去，伞把我们都罩了起来，这很好玩，很美。看见那把伞倚在犄角，就提醒了我一句："我要走。我要上学去。"快点，快点，找铅笔，——想想看，昨天晚上……还没有想到如何搁下笔，即记起放在哪里了。

准备得停停当当，心里轻松了：好了。现在，"小莲我跟你买豆腐浆去，我跟你一起去，噢！"豆腐店顾老板看了那个淡蓝瓷罐子，点一点头。——顾老板差不多每天都跟这个罐子点一点头，我们会意，那等于说："就有，等一下。"我们照例就各处看看。两大锅白浆，咕噜咕噜，从锅底翻上来，向四周滚去。热气腾腾，一直腾到屋顶。(屋顶的雪呢?)顺着往上望，黑沉沉的椽子，黑沉沉的望砖。顾老板手扶锅台，看看锅里。时而把一个大铜勺拿在手里，掂一掂，又放在一个木架子上，一切动作全极准确，合乎理想，熟练而不流滑。看见他的动作，心里就会感动。我注意到铜勺把子后头一根钉，刚好卡搁在架子上，顾老板大概站得太久了，时而把全身重心落在脚跟，时而落在脚掌来回移动，看得出他脚面上那根筋一起一落，你可以想见他的大脚趾时而伸直，时而屈起一点。

他在等，等一会儿豆腐皮子结来。皮子结起来，用一根一根的皮棍那么一撩，一张，一撩，一张，一张一张的挂在木架上，嗯——噎，豆腐皮往上缩，皱起来了，皱得厉害！顾老板是个瘦子，高而瘦。稍微侧一点，从后面看过去，只见他的高颧骨。我们很少正面看顾老板，不知道为什么，偶尔他回过头来，他脸色青青的，眼球发浑，全是赤丝。他没有精神，好像他非常想睡觉而又不得睡的样子。这时窗后一定有人烧火，脸憋得通红通红，皮肤发紧，是顾大娘。到窗后看看。顾大娘总是没有梳头。她每天总是不知道什么时候梳头。(小莲是扫好地梳。)——一听到顾老板喊："起！"我们知道那是叫顾大娘不要烧了，这就要给我们留豆浆了。

我们就赶紧去看一看驴去，驴打喷嚏，跺它的小蹄子。驴养在后面一间小屋里。一屋子干草，够它吃的。驴看到这些草想必是喜欢的。我们从门口把头伸进去，(它的门只有半截。)喂！驴也看见我们了，它瞪了一眼。用一根柴棒把它的耳朵按下去，再看它竖起来，一定很有意思。而顾老板叫了："豆腐浆！"赶紧去拿！一把瓷罐提在手里,就非走不可了。

但是,提罐子的这个专注于罐子,专注于走路,边上的那个却还可以四顾一下,看一看那个榨床,看一看磐石,看一看滤豆汁的夹布兜,看一看壁上百灵机瓶改成的油灯,油灯在壁上熏出一道烟黑,若定若动。"走啊!"慢,看顾大娘出来了。顾大娘没有梳头。有人没有梳头可头发还是那么整齐,简直可以不梳,顾大娘的为什么那么乱?从炽热的火边走出来,出来一定全身一寒吧?顾大娘走出来,走到锅台旁边那张床前。小莲和我都驻足回头。床上一张帐子,顾大娘撩开帐子,帐子里睡的是大和跟二和。看到一角被窝,顾大娘掖一掖被窝。大和二和睡得暖呵呵的,睡得像两条小狗。如果有一个醒了,睁着眼睛醒在那儿,他一定叫一声"妈——",顾大娘就颔首,眼睛看眼睛。我们最后一眼就是那个灰黄的帐子,帐子放下来,所有这个店里的一切好像全罩在帐子里了:灰黄的帐子,一个补丁,很惹眼的一方。转过身来,门外一片白雪。

············

虽然是冬天,白天我们仍然有许多事在手上好做,在身上好动。到天黑下来,火红起来,(偶尔一掀窗帘,灯光铺在雪上,雪住了,——雪又大了,)我们就真个只有想了;或者说话,说出自己想的,把自己想的跟别人联起来。我们想到荒野;想到雪下面的小麦;小麦种在荒野的尽头,这时它们还绿? 想到野兔子,獾狗;獾狗在红毛草城头上赶野兔子;每回上坟,一路都要看到许多獾狗洞;想花胡不拉的野鸡冻在雪里,想冰底下的鱼,……李三酒醒了没有? 一到冬天,李三总是满身酒气。谁想让李三不喝酒,你也大雪里来敲敲三更呀! (冬天日子真短,夜真长。)李三的木梆子在雪下,木梆子底下露出一片砖地,雪所不及,还很干。老王吃过李三的狗肉,他说很香。侉奶奶的房子这时真是孤,全世界这时一定都把它忘了。侉奶奶点不点灯? 灯光在大雪的荒野上。这一冬天她纳了多少鞋底! 她那个针拔子正好借给人薅猪头上的毛! (猪眼皮上毛最多!)顾大娘一定跟她借过。借针拔子,顺便就在她小屋里谈谈,看她吃什么,看看房子结实不结实。——如果侉奶奶的小屋叫雪压垮了,一定是李三第一个知道。李三去打更。"可了不得了!"随后李三各处去说。——不至于,那间小屋看起来还好。然而怎么说得定!——大和二和一定很快就会知道。他们要去看。他们很久没有看见侉奶奶了,自从下雪。二和紧握着大和的手。……

大和二和现在,他们一定也想,想许多百想不厌的事,除非他们有什么新鲜事情好想。他们也在想野兔子,獾狗,野鸡,麦,李三,侉奶奶?他们那盏百灵机瓶子做的油灯点起来了,灯焰袅出一缕烟沫,石磨子冰冷冰冷的,水缸里上冻了。顾大娘丢一块木柴在水缸里,怕缸冻破了。顾大娘做鞋子。大和二和他们的爸爸,顾老板干什么呢?——他的黑布棉袄上有好多皱褶,里面落了许多灰,还有头皮。二和打盹了,他爸爸说:"不要睡!要睡上床睡!"他会不会说?二和醒了,他才离开这一切,又被唤回来了,他睁开惺忪的眼睛,门外沙沙的正有个人走过,二和听,大和也听,他们的妈妈也一起停针而听。那人一步一步的走,逐渐走远了。这是谁,这时还在街上走?他们一起全有点儿寂寞,正在把寂寞注满,又有一种平安之感,一种谢意。他们的排门从缝里漏出一线一线的灯光。……

有时候我做梦梦见大和二和,还有小莲;有时会梦见大和跟我打架。(那是不可能的事。)第二天起来我就告诉给小莲听。小莲说:"一起来就说梦!"然而她还是听。

翠　子

夜,刚才还藏在墙角的青苔深处,这时偷偷的溜了出来,占据了空空的庭院。天上黑黢黢的,星星一个一个地挂起来,乍起的风摇动着园子里花的叶子,叶子在沙沙的响。

家里面只有我和大丫头翠子,在屋里玩着,等待着父亲回来。

翠子抬起头,痴痴的望着远远的天边,抱在膝上的双手渐渐松了下来。

"翠子翠子,看看你那呆样子。翠子,你给我讲个故事好不好? 要拣顶顶美丽的,可是你不许瞎编油灯菜篮子! 今儿晚上天上没有多大的风,星星倒是挺不少,好看着哩。翠子,你讲个白娘娘的,我怕星子它们也都着迷了呢。"

翠子就像没有听见似的,她的眼睛还是睁得那么大,但是我自己听得很清楚,就连过道前的蝙蝠一定也听了一两句去了。有点什么亮亮的光在她的眼睛里,我觉出自己有点生气,默默地,我盯着地下的几个淡淡的影子,心里想:不理我,好! 看我的故事比你的也差不了多少!

"翠子,你别跟我说话了!"她站起来,伸手整一下让过道里的风披下来的几丝头发,(用黑夜的黑色染黑的头发!)她说:

"半夜了,我给你弄晚饭去。爹大概不会回来吃晚饭了。"

"爹,爹又不是你的爹,为什么你也这么叫呢?"一个丫头,把人家的爹叫爹爹,我心里笑过多少次了,不过我也没有说什么,转身讨堂屋里去了。堂屋里好像比哪天都空洞,壁虎在板壁上水槽边慢慢爬过,但我一点都不怕。母亲的棺材先前停在这儿时,我还一个人守着一盏长明照魂灯,(怕灯油被老鼠们喝干了,让妈在黑地里摸黑)现在更不怕了。只是桌子底下的大黑猫,喵呜喵呜叫得阴间佛阳间人听得都不好受。我连声地喝:"出去!出去!"它像聋了个耳朵,睬也不睬我。转过头找翠子,听厨房里翠子正响得紧,她一边点火,一边叫"马上就要来了!"我便想起翠子刚来的时候那个傻傻的样子,还穿上双鲤鱼脸的花鞋,一个大红的褂子,怯生生的,"锅边秀!"于是惹得自己笑起来。

吃饭时,我一手拿着筷子,一手拿根纸捻,在灯盏里滚一滚油,就火头上着起来,非常好玩。

"尽是坏点子,掉到碗里去,怎么这么皮!"

"哟,真真像个妈!"我学着小猫似的喵喵的说。

"爹一早就出去了,这会儿还不回来,老不肯呆在家里,把我一个人撇下!"

其实我知道,爹疼一晚上比别人疼我一天还要多,而且有翠子伴着我,也并不寂寞,但我仍急切的盼爹回来。晚上的风专门往人颈子里钻,邻家的那条大花狗,一听到脚步声音就向黑夜里叫,爹说他不怕狗,可是不怕我会担心他么?

"……爹今儿白天一定又到你娘的坟上去了,都这么些日子了!看看衣服上都沾了些泥斑,早上的露水多重。"

对了,父亲每晚回来握着一支白色的花,这花别处是没有的。人家说是鬼种出来的,娘的坟上开的全是这种花。听爹说过,娘的坟地是娘生前亲自看定的,一个风水先生说,这个地方不合适做坟地,但父亲非坚持要葬在这儿。

格格!一只披了绿色的小蚂蚱,振翅向灯飞过来,翠子一挥手把它赶去了。翠子嘴里唧咕着:"你为什么不在青草里玩着,却迷在这亮亮的一团火里?"

大家都不说话,风掀起壁上的条幅,刮刮的响,我想起父亲近来画儿也不画,字也不写,连话也不多说,便问翠子:

"爹近来是不是又老了些?下巴的胡子长得那么长,刺在人脸上,痒痒的,嗯。怎么回事?想娘?娘不想他也不再想我,睡在地下安安静静。什么也不想。"

"你爹,……哦,你明儿早上起来,叫他莫出去。明儿是他的生日,今年三十了吧。……快吃,看菜都冷了。"

咦! 我不是都吃完了吗? 她一定又想着什么了。连我放下筷子都不晓得,痴痴的真好玩。今晚上我还要告诉父亲,翠子这两天像丢了魂。她的魂生了翅膀,把翅膀一抬,就被风吹到远远的地方去。是一阵什么风? 我不知道,翠子也不知道。

翠子收了碗,把叠好的爹的衣服压在衣砖底下,便做起针线来。我倚在她身上,瞧着她胸前的起伏,我轻轻的唱:

> 小白菜呀,
> 点点黄啊,
> 小小年纪,
> 没了亲娘
> …………

"翠子,底下该是什么了?"

"——听,叫门,你爹回来了?"

翠子打了风雨灯,走到黑黑的过道里。我站在可以看到大门的地方等着。看灯火一步一步的近了,却是父亲提着的。翠子静静的跟在后面。

父亲一把抱起了我,在颊上亲了我一下,问我为什么还不睡?

"等你,你不疼我,只疼别人家的孩子!"

父亲轻轻叹了一声,进到房间里去了。一进房门,就听见屋角铁炉上的声音。他问我:

"五更鸡上煮的什么?"

"莲子。翠子在柜子里找出来的,说上好的建莲,再不吃要坏了。天也冷了,爹该吃点滋润清补的东西,所以煨了它,让我关照爹,糖在条几上的玻璃缸里。"

"哦，——家里，几时还有莲子？"

"谁知几时的……。"

"二宝，你睡吧！"

"你呢？"

"我也就要睡了。我很累。"

"我这么大了，自己还不会脱衣服么？不要你！不要你！"当父亲要给我解纽子时，我连忙闪开。脱了衣服："进窝了，进窝了，进窝喽！"便往被窝里一钻。被盖是翠子新浆洗的，非常暖和，有一点太阳气味，一点米浆气味，和一点(极少的一点点)香粉味。

爹只吃了几颗莲子，剩下的都给我吃了。他叫我不用起来，拿小银匙子一颗一颗的喂我。我一边吃，一边看着他的瘦脸：黑了，更瘦了，头发长得那么长，下巴全是青的。这么大的人了，自己不晓得打扮，还要人来照顾。呕……

想起了一件事，赶忙告诉爹：

"高家伯伯今儿来过了，饭前。一个人坐在客厅里面呆了老半天，跟我谈了很多话，问我想不想妈？'要是想，要爹替你再娶个妈。'又把你那支挂着的笛子拿下来吹了半天，他说吹的叫什么'汉宫秋'。——爹爹，你吹得好还是他吹得好？后来翠子给他送上茶，他才不吹了。一个人走来走去的笑笑，还拿纸写了些什么，叫我拿给你看。字那么草，它认识我，我可一个也不认得它。"

父亲看看那张字条，哈哈的笑起来。笑些什么呢？还那么大的声音。

父亲随后也脱了衣服睡下。点起一支烟，烟一丝丝的升起来，满帐子里都是烟了。

"二宝，你今天晚上吃的什么菜？"

"青菜虾子汤。"

"可好吃？"

"好吃，好吃！虾子又新鲜，买来时还活蹦乱跳；青菜是到园上现挑的，在薛大娘园上挑的！翠子说，这样有起水鲜。——唉，爹可晓得薛大娘？翠子新认了她作干妈。今儿大清早，我跟翠子上那儿去，草上露水还没有干，她把鞋都湿透了；我没有，我走道儿挺小心。到那儿，薛大娘的儿子大驹子正在浇水，看见我们来了，便笑吟吟的把剩下的半桶水往埂上一搁，替我们下园挑菜去，翠子坐在埂上跟他谈话。薛大娘给了我两个新摘的沙胡桃，我便一个人去找蟋蟀了。我蹑着脚走了半天，连个油葫芦的叫声都没听见，才过了白露啊，难道它们就哑了翅子，不好意思再大胆的'呼噜'了？爹，你不是告诉过我，蟋蟀儿的叫声是'呼噜'的？找不到，我便掐了几片芦叶，编成几个小船，把它们一只一只的送到河中流水堅，看哪个漂得最远。呜，一阵风把我的船全翻了。河下已经有人在淘中饭的米，我想已经来了老半天了，便回到园上找翠子去。

"我一去，他们都没看见，翠子还那么坐着，睁着大眼睛望着天，天上不见雁鹅，唔，就像我现在这样子，大驹子呢，就站在旁边，看定翠子的脸，篮子里只有两棵菜。我一叫翠子，他们都不看了，一块儿下园挑菜，大驹子还替我们下河把菜洗得干干净净。

"嗷，爹，你说翠子为什么老是呆呆的，望着天，天上有什么？人家说，天上有时会开天门，心里想什么，天门里就有什么！可是这要有福气的人才看得见。翠子是不是个有福气的人？你说。看天门开要在七月初七的晚上，早就过了时候！翠子一发呆，便不爱说话，不给我说故事，也不教我唱'白果树，开白花，南边来了个小亲家'了，也不爱跟我来'板凳板凳歪歪，菊花菊花开开'了。我想笑，又怕她笑我。爹，你说说她，要她陪我玩玩，不许发呆。"

嗯，父亲不知为什么，这时不理我了，也呆呆的，好像从帐顶可以透过屋顶，看到翠子白天发呆那个样子，怎么回事？

"嗷，爹，你怎么了？看落了一枕头的烟灰，你快埋在灰里了！翠了今天洗枕头时说，被你烧了那么大一个焦洞，赶明儿什么都烧了也不知道。"

父亲对我笑了笑，把灰拍去了些。

"翠子真好,又好看,又待我好,跟妈一样。爹,我们再也不要让她走,叫她永远在我们家里!"

"……十九岁了,……明年四月,……一个跛子男人,……哦,二宝,让她回到自己的家里去吧,她妈就要来带她了,这件事,我不能管!"

爹又叼上一支烟,划了根火柴,半天都不去点。等火柴把指头灼痛了,才把火柴扔了。我真不明白,为什么父亲的魂也生了翅膀,向虚空飞。便记得要跟他说先前翠子提起的话。

"爹,你是不是三十岁了?翠子让你明儿别出去,为你做生日,她烧菜!"

"三十了?三十了!为什么是三十呢?关翠子什么事?你也不用管,我不做生日了。二宝你睡吧,明儿要早点儿起来,跟我到你妈坟上去拜坟。你记不记得,明儿是你妈的忌辰?我要翠子回家,她长大了,留不住。"

为什么要让翠子走呢?我觉得鼻子很酸,忍受不住,我哭了。

父亲把我抱在怀中,脸贴着我的脸:"睡吧,半夜了!你听,豺狗叫。……"

灯油尽了,火头跳动了几下,熄了。满屋漆黑,三更梆已经敲过了。我不知道父亲什么时候方睡。我醒来时,父亲已经起了床,出院中做深呼吸去了。翠子站在我床前,眼睛红红的。

囚　犯

　　我们在河堤上站了一下,让跟我们一齐出城的犯人先过浮桥。是因为某种忌讳,不愿跟他们一伙走,还是对他们有一种尊重,(对于不幸的人,受苦难的人,或比较接近死亡的人的尊重?)觉得该让他们走在前头呢? 两者都有一点吧。这说不清,并无明白的意识,只是父亲跟我都自然而然的停下来了。没有说一句话,觉得要停一停。既停之后,我们才相互看了一眼。父亲和我离隔近十年,重相接处,几乎随时要忖度对方举止的意义。但是含浑而不刻露,因为契切,不求甚解。体贴之中有时不免杂一丝轻微嘲讽的,——一点生涩,一点轻微的窘困,这个离别的十年,这个战争加在我们身上的影响还是不小啊! 家庭制度有一天终会崩坏的。但像刚才那么偶然一相视却是骨肉之情的微波,风中之风,水中之水。这瞬间一小过程使我们彼此有不孤零之感,仿佛我们全可从一个距离外看到这里,父亲和儿子,差肩而立,情景如画。我一时都为这幅画所感动,得到生活的信心和勇气。——看来自自然然,好像什么都不为的站一站,好像要看一看对河长途汽车开来了没有,好像我要把提着的箱子放下来息一息力,我于此发现自己性格与父亲相似之处,纤细而含蓄。我更敏感,他更稳重。

　　我们差肩而立,看犯人过浮桥。

　　犯人三个,由两个兵押着。他们本来都是兵,现在一是兵,一是犯人了。一个兵荷老七九步枪,一个则腰里一根三号左轮,模样是个副班长。——凡曾度营伍生活者皆一眼可以看出副班长与班长举动精神之间有多大差异。班长是官，副班长则常顾此失彼的要维持他的官与兵之间的两难地位，有治人的责任感，有治于人的委曲，欲仰承，欲俯就，在矛盾挣扎之中他总站不稳，每个动作底下都带着一大堆苦衷，而显得窝囊可笑。犯人皆交叉着绑着肩胛，背后各有长绳一根牵出，捏在后面荷枪的兵的手里。犯人也都穿着灰布军服，不过破旧污脏得多。但兵与犯人的分别还在于一个有小皮带，一个没有皮带约束而更无可假借的显出衣服的不合身。——不合身的衣服比破烂衣服更可悲悯。我忽然想起一朋友怎么样也不肯换医院的"制服"。人格一半是衣服造成的，随便给你一件衣服就忽视了你是怎么一个人了。人要人尊重。两个犯人有帽子，但全戴得不是地方。一个还好，帽舌子歪在一边。虽然这个滑稽样子与他全身大不相称，但总算包住了他的头。另一个则没有戴实的，风一吹，或一根树枝刮一下即会落去的，看着很不舒服，令人有焦躁着急感，极想给他往下拉一拉。还有一个，则是科头，头发长得极蓊郁，(小时懒于理发，常被骂为"像个囚犯"，)很黑很黑，跟他的络腮胡子连为一片，倒是他还有点生气。他比较矮，但看起来还壮，虽经过折磨，还不是一下子即打得倒的人。(他们看样子不是新犯，已在大牢里关了不少日子，移案到什么地方，提出来的。)他脚步较重，一步一步还照着自己意志走，似乎浮桥因为他的脚步而有看得出的起伏。他眼睛张得大大的，坦率而稚气的，农民的眼睛，不很瞀乱惊惶，健康正常的眼睛，从粗粗的眉毛下看出去。他似乎不大忧伤，不大想他作过的事和明天的命运。他简直不大想着他是个犯人。他什么都不大想。一个简单淳朴的人。他现在若是想，想的是：我过浮桥。也许他还晓得到了对岸，坐一段汽车，过江，解到一个什么地方去，其余他就不知道了，也不大想知道。这段路好像他曾经走过几次，很熟，也许就是生长于这一带的，所以他很有自信的走着。要是除去绳索和罪名，他像个带路人，很好的带路人。他平日一定有走在第一个的习惯。现在他们让他走在第一个也非偶然。但形式上他得服从身边那个副班长的指挥，正如平日在部队受指挥一样。副班长与他之间并无敌意,好像都是按照规矩来,你押人,我被押,大家作着一件人家派下来的事情,无从拒绝,全非得已。他们要共走一段路,共同忍受颠簸,耽误,种种不快,(到任何地方去总望能早点到达)也许还有点同伴之谊。——他们常默默,话沉得很深,但一路上来,总有时候要谈两句什么的吧。副班长没有一般下级军官的金牙,也没有那种可笑的狂傲。看样子他是个厚道人,他不时回头看看后面的犯人和那个荷枪的兵的眼色是可感的,好像问:走得动吗?哦,这两个犯人可不成了!他们面色灰败,一个惨白,一个蜡渣黄,折倒他们的细脖子,(领圈显得特别宽大)已经撑不起他们的头。衰弱,虚乏,半透明,像是已经死过一次。他们机械的迁动脚步,踏不稳,不能调节快慢,每一脚都不知踏在什么地方。恐怕用什么节奏明显的音乐也无法让他们走得合拍,他们已经不能受感染。他们已经忘了走路的方法。他们脑子里布满破碎的,阴暗的意象,这些意象永不会结构成一串完整思想,就一直搅动,摧残,腐蚀他们淡薄的生命。他们现在并不在恐怖中,但恐怖已经把他们腌透,而留下杂乱的痕迹。脸上永远是那个样子,嘴角挂下来,像总要呕吐,眼睛茫茫瞟瞟,缩缩怯怯。一切全惨淡,没有一个形体能在他们眼睛里留一鲜明印象。除了皮肉上的痛痒之外,似乎他们已经没有感觉;而且即是痛痒也模糊昏暗了。帽子歪戴的那一个,衣服上有一大片血渍,暗赤,如铁锈,已经不少日子。荷枪的兵也瘦蒿蒿的。虽然他打着绑腿,但凄哀的神情使他跟那两个戴帽子犯人成了一组。他不时把枪往上提一提,显然不大背得动,枪托子常常要敲着他的腿。他甚至要羡慕那三个犯人了,因为他们没有这杆衰老的枪,没有责任,不需要警觉。他生来不惯怎么样押解犯人,他倒比较习惯怎么样被人押解,被人牵着走。因为那个络腮胡子犯人比较吸引我,所以对后面三个人没有能细看。

　　岸上人多注目于这个悲惨的队列。

　　他们已经过了河。

我忽然记了记今天是什么日子。

初春,但到处仍极荒凉,泥土暗。河水为天空染得如同铅汁,泛着冷冷的光。东北风一起,也许就要飘雪。汽车路在黑色的平野上。悲哀的,苦难的平野。有两三只乌鸦飞。

城在我们后面,细碎的市声起落绸缪。好几批人从我们身边走下河堤。

父亲跟我看了一眼,不说话,我们过浮桥。

大家抢着上汽车。车站码头上顶容易叫人悲观,大家尽量争夺一点方便舒服。但这样的场面见得也多了,已经不大有感触。等都上去了,父亲上去,然后是我。看父亲得到一个比较安稳站处,我看看有什么地方可以拉一拉我的手。而在我后面上来了那几个犯人。他们简直弄不清楚人家怎么把他们弄上来的。车门关上,车上人窜窜动动。我被挤到一个人缝里,勉强把一只脚放平,那一只则怎么摆都不是地方,我只有伸手捞着上面的杠子,把全身重量用一只胳膊吊起来。我想把腰伸伸直,可是实在不可能。好吧,无所谓,半个多钟头就到江边。我试一回头,勉强可以看到父亲半面,他的颧骨跟一只肩膀。父亲点点头:我很好,管你自己吧。我想,在人群中你无法跟要在一起的人在一起,一冲一撞,拉得多牢的手也只有撒开。我就我的头可以转动的方向一巡视,那个矮壮犯人不知在什么地方。副班长好像没有上来,大概跟司机坐在一处去了,这点门槛他懂。那个荷枪的兵笔直的贴在车门犄角,一个乡下人的笠子刚刚顶在他的脸前面,不时要擦着他的鼻子,而逼得他一脸尴尬相。两个有帽子犯人,我知道都在我身边。他们哪里也不自在,既然已经关上了车,就总得有块地方,毫无主意的他们就被挤到这儿来了。什么地方对他们全一样,他们没有求舒服的心,他们现在根本不知道在什么地方。他面前是两个女客,她们是什么模样我才不在乎,有一个好像是个老太太,我尝试怎么样可以把肋骨放平正一点,而车子剧烈的摇晃了一下,一个身体往我背上一靠,他的手拉了一下我的衣服。是我身后那个犯人。什么样的一只手！一只罪恶的手，死的手，生满了疥疮的手，我皮肤一紧，这感觉是不快的。我本能的有一点避让之意。似乎我的不快，我的厌恶，我的拒绝，立刻传过给他，拉了一下，他就放开了。他站不稳，我知道。他的胳臂无法伸直，伸直了也够不到杠子，而且这样英勇的生的争取的姿势根本就是他不会有的。他攀扶不到什么东西，习于被播弄了。我正想我是不是不该避让，一面又右顾那另一个犯人的手无意识的划动了两下，第二下更大的晃动又来了，我蓦然有了个决定，像赌徒下出一注，把我的身体迎给他！他懂得，接受了我的意思，一把抓住了。这不难，在生活的不断的抉择之中。这样的事情是比较易于成就的，因为没有时间让你掂斤播两的思索。我并没有太用力激励自己。请恕我，当时我对自己是有一点满意的。我如此作并非因为全车人都嫌弃他们，在这么紧密的地方还远之唯恐不及，而我愤怒，我要反抗。我是个不大会愤怒的人，我也能知道人没有理由把不愉快事情往身上拉，现在是什么时代！我知道他身后必尚有一点空隙，我跟他说："你蹲下来。"蹲下来他可以舒服些。我叫右边那一个也蹲下来。这只是半点钟的事，但如果可能，我想不太伤劳我的那一只胳臂，他们一蹲下来，好像松动了一点，我可以挪一挪脚步了。可是当我偏了偏腰时，一只手上来拉住了我的袖子。我这才看了看我面前那个女客，二十大几，也许三十出头，一个粉白大圆脸。她皱着眉头用两个指头拉我，我看了看那两个指头，不大方的指头，肉很多，秃秃的，一个鸡心形赤金戒指。好像这两个指头要我生了一点气，我想不理她，我凭什么要给你遮隔住这两个囚犯，一下了车你把早上吃的稀饭吐出来也不干我的事。然而我略扁了扁嘴，不大甘愿的决定了，就这么斜吊着身子吧，好在就是半个钟头的事。这才真是牺牲！我看了看那个老太太，真可怜，她偎在座位里，耗子似的眼睛看我的脸。那个梳着在她以为很时式的头发的女人（她一定用双妹老牌生发油！）这才算放了心，努力看着窗外。

这个倒楣的女人叫我嘲笑自己起来。这半点钟你好伟大，又帮助犯人，又保护妇女，你成了英雄！你不怕虱子，不怕疥疮，而且不怕那张俗气的粉脸，小市民的，涂了廉价雪花膏的胖脸！（老实说对着这样的脸比两个犯人靠在身上更不好受，更不幸。）——牺牲这半点钟你成了托尔斯泰之徒，觉得自己有资格活下去，但你这不是偷巧么？要是半点钟延长为一辈子，且瞧你怎么样吧。而且很重要的是，这两个犯人在你后面；面对面还能是一样么？好小子，你能够脱得光光的在他们之间睡下来么？

……

我相信这个车里有一个魔鬼。不过幸好我得用力挂住自己，胳臂的酸麻给我解了一点围，我不陷在这些挑拨性的思索之中。我希望时间快点过去。

好了，果然快，车停了。我一心下去取那只箱子，我们得赶上这一班过江轮渡。

一切都已过去，女人，犯人，我的胳臂的酸麻，那些无用的嘲讽，全过去了！外面的空气多新鲜！我跟父亲又在一起了。

在船上，父亲要了个小房舱。是的，我们要舒舒服服坐一坐，还可以在铺上歪一歪。父亲递给我烟，划了火，那一壶茶已经泡开了，他洗了洗杯子，给我倒了一杯。我看着他用他的从容雍和的风度作这一切，但没想起来叫他让我来。我的背上不快之感又爬上来，虽不厚重，可有黏性，有似涂了一层油。喝了一口茶，忽然我心里涌起了一股真情。我想刚才在车上，父亲一定不时看一看我。我非常喜慰于我有一个父亲，一个这样的父亲。我觉得有了攀泊，有了依靠。我在冥冥蠢蠢之中所作事情似乎全可向一个人交一笔账，他则看也不看，即收下搁起了。他不迫胁我，不挑剔我，不讥刺我，不用锋利的或钝缺的是非锯解我。他不希望，指导我作什么，但在他饱阅世故的眼睛，温和得几乎是淡淡的眼睛（我得坦白说，有时我为这种类似的淡漠所激恼）远远的关注下，我成了一个人。我不过分胡涂，尤其重要的是也不太清楚，而且只能虽然有点伤心的捐弃了我的夸张，使我的行为不是文字，使我平凡。——虽然，我还不知道到底该怎么活下去。今天晚上，我就要离开我的父亲，到一个大城市中去。

那几个犯人现在不知在哪里了，也许也在这只船上吧。我管不着了。那个科头犯人的样子我记在心里。大概因为他有一种美，一种吸力。我想他会在一个什么地方忽然逃跑了。他跑不了，那个副班长会拔出左轮枪不加思索的向他放射。犯人会死于枪下。我仿佛已经看到那幅图像。这是注定的，没有办法的悲剧。我心里乱起来。想起一个举世都说他对于人，对于人生没有兴趣，到末了躲到禅悟中去的诗人的话：

世间还有笔啊，我把你藏起来吧。

老　鲁

　　去年夏天我们过的那一段日子实在很好玩。我想不起别的恰当的词儿,只有说它好玩。学校四个月发不出薪水,饭也是有一顿没一顿的吃。——这个学校是一个私立中学,是西南联大的同学办的。校长、教务主任、训育主任、事务主任、教员,全部都是联大的同学。有那么几个有"事业心"的好事人物,不知怎么心血来潮,说是咱们办个中学吧,居然就办起来了。基金是靠暑假中演了一暑期话剧卖票筹集起来的。校址是资源委员会的一个废弃的仓库,有那么几排土墼墙的房子。教员都是熟人。到这里来教书,只是因为找不到,或懒得找别的工作。这也算是一个可以栖身吃饭的去处。上这儿来,也无须通过什么关系,说一句话,就来了。也还有一张聘书,聘书上写明每月敬奉薪金若干。薪金的来源,是靠从学生那里收来的学杂费。物价飞涨,那几个学杂费早就叫那位当校长的同学倒腾得精光了,于是教员们只好枵腹从教。校长天天在外面跑,通过各种关系想法挪借。起先回来还发发空头支票,说是有了办法,哪儿哪儿能弄到多少,什么时候能发一点钱。说了多次,总未兑现。大家不免发牢骚,出怨言。然而生气的是他说谎,至于发不发薪水本身倒还其次。我们已经穷到极限,再穷下去也不过如此。薪水发下来原也无济于事,顶多能约几个人到城里吃一顿。这个情形,没有在昆明,在我们那个中学教过书的人,大概无法明白。好容易学校挨到暑假,没有中途关门。可是一到暑假,我们的日子就更特别了。钱,不用说,毫无指望。我们已好像把这件事忘了。校长能做到的事是给我们零零碎碎的弄一餐两餐米,买二三十斤柴。有时弄不到,就只有断炊。菜呢,对不起,校长实在想不出办法。可是我们不能吃白斋呀！有了,有人在学校荒草之间发现了很多野生的苋菜(这个学校虽有土筑的围墙,墙内照例是不除庭草,跟野地也差不多)。这个菜云南人叫作小米菜,人不吃,大都是摘来喂猪,或是在胡萝卜田的堆锦积绣的丛绿之中留一两棵,到深秋时,在夕阳光中红晶晶的,看着好玩。——昆明的胡萝卜田里几乎都有一两棵通红的苋菜,这是种菜人的超乎功利,纯为观赏的有意安排。学校里的苋菜多肥大而嫩,自己动手去摘,半天可得一大口袋。借一二百元买点油,多加大蒜,爆炒一下,连锅子掇上桌,味道实在极好。能赊得到,有时还能到学校附近小酒店里赊半斤土制烧酒来,大家就着碗轮流大口大口地喝！小米菜虽多,经不得十几个正在盛年的为人师者每天食用,渐渐地,被我们吃光了。于是有人又认出一种野菜,说也可以吃的。这种菜,或不如说这种草更恰当些,枝叶深绿色,如猫耳大小而有缺刻,有小毛如粉,放在舌头上拉拉的。这玩意北方也有,叫作"灰藋菜",也有叫讹了叫成"回回菜"的。按即庄子所说"逃蓬藋者闻人足音则跫然喜"之"藋"也。据一个山东同学说,如果裹了面,和以葱汁蒜泥,蒸了吃,也怪好吃的。可是我们买不起面粉,只有少施油盐如炒苋菜办法炒了吃。味道比起苋菜,可是差远了。还有一种菜,独茎直生,周附柳叶状而较为绵软的叶子,长在墙角阴湿处,如一根脱了毛的鸡毛掸子,也能吃。不知为什么没有尝试过。大概这种很古雅的灰藋菜还足够我们吃一气。学校所在地名观音寺,是一荒村,也没有什么地方可去。时在暑假,我们的眠起居食,皆无定时。早上起来,各在屋里看书,或到山上四处走走,看看时间差不多了,就相互招呼去"采薇"了。下午常在校门外不远处一家可以欠账的小茶棚中喝茶,看远山近草,车马行人,看一阵大风卷起一股极细的黄土,映在太阳光中如轻霞薄绮,看黄土后面蓝得好像要流下来的天空。到太阳一偏西,例当想法寻找晚饭菜了。晚上无灯,——交不出电灯费叫电灯公司把线给铰了,大家把口袋里的存款倒出来,集资买一根蜡烛,会聚在一个未来的学者、教授的屋里,在凌乱的衣物书籍之间各自找一块空间,躺下坐好,天南地北,乱聊一气。或回忆故乡风物,或臧否一代名流,行云流水,不知所从来,也不知向何处去,高谈阔论,聊起来没完,而以一烛为度,烛尽则散。生活过成这样,却也无忧无虑,兴致不浅,而且还读了那么多书!

啊呀,题目是《老鲁》,我一开头就哩哩拉拉址了这么些闲话干什么?我还没有说得尽兴,但只得打住了。再说多了,不但喧宾夺主,文章不成格局(现在势必如此,已经如此),且亦是不知趣了。

但这些事与老鲁实有些关系,老鲁就是那时候来的。学校弄成那样,大家纷纷求去,真为校长担心,下学期不但请不到教员,即工役校警亦将无人敢来,而老鲁偏在这时候来了。没事在空空落落的学校各处走走,有一天,似乎看见校警们所住的房间热闹起来。看看,似乎多了两个人。想,大概是哪个来了从前队伍上的朋友了(学校校警多是退伍的兵)。到吃晚饭时常听到那边有欢笑的声音。这声音一听即知道是烧酒所翻搅出来的。噢,这些校警有办法,还招待得起朋友啊?要不,是朋友自己花钱请客,翻作主人?走过门前,有人说:"汪老师,来喝一杯。"我只说:"你们喝,你们喝。"就过去了,是哪几个人也没有看清。再过几天,我们在挑菜时看见一个光头瘦长个子穿半旧草绿军服的人也在那里低着头掐灰藋菜的嫩头。走过去,他歪了头似笑不笑地笑了一下。这是一种世故,也不失其淳朴。这个"校警的朋友"有五十岁了,额上一抬眉有细而密的皱纹,看他摘菜,极其内行,既迅速且准确。我们之中有一位至今对摘菜还未入门。摘苋菜摘了些野茉莉叶子,摘灰藋菜则更不知道什么麻啦蓟啦的都来了,总要别人再给鉴定一番。有时拣不胜拣,觉得麻烦,就不管三七二十一,哗啦一起倒下锅。这样,在摘菜时每天见面,即心仪神往起来,有点熟了。他不时给我们指点指点,说哪些菜吃得,哪些吃不得。照他说,可吃的简直太多了,这人是一部活的《救荒本草》!他打着一嘴山东话,说话神情和所用字眼都很有趣。

后来不但是蔬菜,即荤菜亦能随地找得到了。这大概可以说是老鲁的发明。——说"发明",不对,该说什么呢?在我看,那简直就是发明:是一种甲虫,形状略似金龟子,略长微扁,有一粒蚕豆大,村里人即叫它为蚕豆虫或豆壳虫。这东西自首夏至秋初从土里钻出来，黄昏时候，漫天飞，地下留下一个一个小圆洞。飞时鼓翅作声，声如黄蜂而微细，如蜜蜂而稍粗。走出门散步，满耳是这种营营的单调而温和的音乐。它们这样营营的，忙碌地飞，是择配。这东西一出土即迫切地去完成它的生物的义务。等到一找到对象，便在篱落枝头息下。或前或后于交合的是吃，极其起劲地吃，所吃的东西却只有一种：柏树的叶子。也许它并不太挑嘴，不过爱吃柏叶，是可以断言的。学校后面小山上有一片柏林，向晚时这种昆虫成千上万。老鲁上山挑水，——老鲁到朋友处闲住，但不能整天抄手坐着，总得找点事做做，挑水就成了他的义务劳动，——回来说，这种虫子可吃。当晚他就捉了好多。这一点不费事，带一个可以封盖的瓶罐，走到哪里，随便在一个柏枝上一捋，即可有三五七八个不等。这东西是既不挣扎也不逃避的，也不咬人螫人。老鲁笑嘻嘻地拿回来，掐了头，撕去甲翅，动作非常熟练。热锅里下一点油，煸炸一下，三颠出锅，上盘之后，撒上重重的花椒盐，这就是菜。老鲁举起酒杯，一连吃了几个。我们在一旁看着，对这种没有见过的甲虫能否佐餐下酒，表示怀疑。老鲁用筷子敲敲盘边，说："老师，请两个嘛！"有一个胆大的，当真尝了两个，闭着眼睛嚼了下去："唔，好吃！"我们都是"有毛的不吃掸子，有腿的不吃板凳"的，于是饭桌上就多了一道菜，而学校外面的小铺的酒债就日渐其多起来了。这酒账是到下学期快要开学时才由校长弄了一笔钱一总代付了的。豆壳虫味道有点像虾，还有点柏叶的香味。因为它只吃柏叶，不但干净，而且很"雅"。这和果子狸，松花鸡一样，顾名思义即可知道一定是别具风味的山珍。不过，尽管它的味道有点像虾，我若是有一盘油爆虾，就决不吃它。以后，即使在没有虾的时候也不会有吃这玩意的时候了。老鲁呢，则不可知了。不管以后吃不吃吧，他大概还会念及观音寺这地方，会跟人说："俺们那时候吃过一种东西，叫豆壳虫……"

　　不久，老鲁即由一个姓刘的旧校警领着见了校长，在校警队补了一个名字。校长说："饷是一两个月发不出来的哩。"老刘自然知道，说不要紧的,他只想清清静静地住下,在队伍上时间久了,不想干了,能吃一口这样的饭就行(他说到"这样的饭"时,在场的人都笑了)。他姓鲁,叫鲁庭胜(究竟该怎么写,不知道,他有个领饷用的小木头戳子,上头刻的是这三个字),我们都叫他老鲁,只有事务主任一个人叫他的姓名(似乎这样连名带姓地叫他的下属,这才像个主任)。济南府人氏。何县,不详。和他同时来的一个,也"补"上了,姓吴,河北人。

什么叫"校警",这恐怕得解释一下,免得过了一二十年,读者无从索解。"校警"者,学校之警卫也。学校何需警卫?因为那时昆明的许多学校都在乡下,地方荒僻,恐有匪盗惊扰也。那时多数学校都有校警。其实只是有几个穿军服的人(也算一个队),弄几支旧枪,壮壮胆子。无非是告诉宵小之徒:这里有兵,你们别来!年长日久,一向又没有发生过什么事情,这个队近于有名无实了。他们也上下班。上班时抱着一根老捷克式,搬一条长凳,坐在门口晒太阳,或看学生打篮球。没事时就到处走来走去,嘴里咬着一根狗尾巴草,"朵朵来米西",唱着不成腔调的无字曲。这地方没有什么热闹好瞧。附近有一个很奇怪的机关,叫作"灭虱站",是专给国民党军队消灭虱子的。他们就常常去看一队瘦得脖子挺长的弟兄开进门去,大概在里面洗了一通,喷了什么药粉,又开出来,走了。附近还有个难童收容所。有二三十也是饿得脖子挺长的孩子,还有个所长。这所长还教难童唱歌,唱的是"一马离了西凉界,不由人一阵阵泪洒胸怀",而且每天都唱这个。大概是该所长只会唱这一段。这些校警也愿意趴在破墙上去欣赏这些瘦孩子童声齐唱《武家坡》。他们和卖花生的老头搭讪,帮赶马车的半大孩子钉马掌,去看胡萝卜,看蝌蚪,看青苔,看屎壳郎,日子过得极其从容。有的住上一阵,耐不住了,就说一声"没意思",告假走了。学校负责人也觉这样一个只有六班学生的学校,设置校警大可不必,这两支老枪还是收起来吧,就一并捆起来靠在校长宿舍的墙角上锈生灰去了。校警呢,愿去则去,愿留的,全部屈才做了本来是工友所做的事了。人各有志,留下来的都是喜爱这里的生活方式的。这里的生活方式,就是:随便。你别说,原来有一件制服在身上,多少有点拘束,现在脱下了二尺半,想穿什么就穿什么,就更添了一分自在。可是他们过于喜爱这种方式,对我们就不大方便。他们每天必做的事是挑水。当教员的,水多重要!上了两节课,唇干舌燥。到茶炉前去看看,水缸是空的。挑水的呢?他正在软草浅沙之中躺着,眯着眼在看天上的云哩。毫无办法,这学校上上下下都透着一股相当浓厚的老庄哲学的味道:适性自然。自从老吴和老鲁来了,气象才不同起来。

老吴留长发,梳了一个背头。头顶微秃,看起来脑门子很高。高眉直鼻,瘦长身材,微微驼背。走路步子很碎,稍急一点就像是在小跑。这样的人让他穿一件干干净净的蓝布长衫比穿军服要合适得多(他怎么会去当兵,是一个谜)。他的家乡大概离北京不远,说的是相当标准的"国语",张嘴就是"您哪,您哪"的。他还颇识字,能读书报,字也写得不错,酒后曾在墙上题诗一首:

山上青松山下花
花笑青松不及他
有朝一日狂风起
只见青松不见花

兴犹未尽,又题了两句:

贫居闹市无人问
富在深山有远亲

"补上"不久,有发奋做人之意,又写了一副对联:

烟酒不戒哉
不可为人也

老吴岁数不比老鲁小多少，也是望五十的人了，而能如此立志，实在难得。——不过他似乎并未真的戒掉。而且，何必呢！因为他知书识字，所管工作是进城送公函信件。在家里则有什么做什么，从不让自己闲着。哪里地不平，下雨时容易使人摔跤，他借了一把铁锹平了，垫了。谁的窗户纸破了（这学校里没有一扇玻璃，窗户上都是糊着皮纸），他瞧在眼里，不一会就打了糨糊来糊上了，糊得端端正正，平平展展，连一个褶子都没有。而且出主意教主人出钱买一点清油来抹上，说这样结实，也透亮。果然！他爱整洁，路上有草屑废纸，他见到，必要捡去。整天看见他在院里不慌不忙而快快地走来走去。他大概是很勤快的。当然，也有点故示勤快。有一天，需派人到城里一个什么机关交涉一宗公事，教员里都是不入官衙的，谁也不愿去，有人说："让老吴去！"校长把自己的一套旧西服取下来，说："行！"老吴换了那身咖啡色西服，梳梳头，就去了。结果自然满好，比我们哪个去都好。因此，老吴实际上是介乎工友与职员之间的那么一个人物。老吴所以要戒除嗜好，立志为人，所争取的，暂时也无非是这样的地位。他已经争取到了。

一到快放暑假时，大家说：完了，准备瘦吧。不是别的，每年春末夏初，几乎全校都要泻一次肚，泻肚的同时，大家的眼睛又必一起通红发痒。是水的关系。这村子叫观音寺，按说应该不缺水，——观音不是跟水总是有点联系的么？可是这一带的大地名又叫黄土坡，这倒真是名副其实的。昆明春天不下雨，是风季，或称干季，灰沙很大。黄土坡尤其厉害。我们穿的衣服，在家里看看还过得去。一进城就觉得脏得一塌糊涂。你即使新换了衣服进城，人家一看就知道是从哪里来的：我们的头发总是黄的！学校附近没有河，——有一条很古老的狭窄的水渠，雨季时渠里流着清水，渠的两岸开满了雪白的木香花，可是平常是干涸的，也没有井，我们食用的水只能从两处挑来：一个是前面胡萝卜田地里的一口塘；一个是后面山顶的一个"龙潭"。龙潭，昆明人叫泉水为龙潭。那也是一口塘，想是下面有泉水冒上来,故终年盈满,水清可鉴。在龙泉边坐一坐,便觉得水气沁人,眼目明爽。如果从山上龙潭里挑水来吃,自然极好。但是,我们平日饮用、炊煮、漱口、洗面的水其实都是田地里的塘水。塘水是雨水所潴积,大小虽不止半亩,但并无源头,乃是死水,照一学生物的同学的说法:浮游生物很多。他去舀了一杯水,放在显微镜下,只见草履虫、阿米巴来来往往,十分活跃。向学校抗议呀!是的。找事务主任。主任说:"我是管事务的,我也是×××呀!"这意思是说,他也是一个人,也有不耐烦的时候。他跟由校警转业的工友三番两次说:"上山挑!"没用。说一次,上山挑两天;第三天,仍旧是塘水。你不能看着他,不能每次都跟着去。实在的,上山路远,路又不好走。也难怪,我们有时去散散步,来回一趟,还怪累的,何况挑了一担水乎?再说,山上风景不错,可是没人没伴,一个人挑着两桶水,斤共斤共走着,有什么意思?田里塘边常常有几个姑娘媳妇锄地薅草,漂衣洗菜,谈谈笑笑,热闹得多。教员们呢,不到眼红肚泻时也想不起这码事。等想起来,则已经红都红了,泻都泻了。到时候每人一包六味地黄丸或舒发什么片,倒了一杯(还是塘里挑来的)水,相对吞食起来。自从老鲁来了,情况才有所改变。老鲁到山上、田里两处都看了看,说底下那个水"要不的"。——老鲁的专职是挑水。全校三百人连吃带用的水由他一个人挑,真也够瞧的。老鲁天一模糊亮就起来,来回不停地挑。一担两桶。有时用得急,一担四桶。四桶水,走山路,用山东话说:"斤半锅盔——够呛。"可是老鲁好像不在意。水挑回来,还得劈柴。劈了柴,一个人关在茶炉间里烧。自此,我们之间竟有人买了茶叶,泡起茶来了!因为水实在太方便。老鲁提了一个很大的铅铁水壶,挨着个儿往各个房间里送,一天送三次。

下一学期开始后,学校情况有所好转。昆明气候好,秋来无一点萧瑟之感,只是百物似乎更老熟深沉了一些。早晚稍凉,半夜读书写字需加件衣服。白天太阳照着,温暖平和,完全像一个稍稍删改过一番的春天。经过了雨季,草木都极旺盛。波斯菊尚未尽,绮丽如昔。美人蕉结了籽,远看猩红一片,仍旧像开着花。饭能像一顿饭那样开出,破旧的藤箱里还有一件毛衣,就允许人们对未来做一点梦。饭后课余,在屋前小草坪上,各人搬一把椅子,又漫无边际地聊开了。昆明七八年,都只是一群游子,谁也没有想到在这里落地生根。包括老吴和老鲁。教员里有的是想出国的,有的想到清华、北大当助教,也有想回家乡办一种什么事业……有一位老兄似乎自己是注定了要当副教授的。他还设想他有一所小住宅,三间北房,四白落地,后面还有一个小园子,可以种花种菜。他还把老吴、老鲁也都设计在他的住宅里。老吴住前院,管洒扫应对。主人不在,有客人来,沏茶奉烟,请客人留字留言。他可以偷空到天桥落子馆里坐坐。他去买东西,会跟铺子里要一个二八回扣。老鲁呢,挑水,还可以把左邻右舍的用水都包下来,包括对门卖柿子的老太婆。唔,老鲁多半还要回家种两年地。到地里庄稼被蝗虫吃光了时,又会坐在老吴的屋里等主人回来,请求还在这里吃一碗饭……他把将来的生活设想这样具体,而且梦寐以求,有点像契诃夫小说《醋栗》中的主人,于是大家就叫他"醋栗"。醋栗先生对这个称呼毫不在意。这时正好老吴给他送来两封远地来信和一卷报刊,老鲁提了铅壶来送水,他还当真把他们叫住,把这个设想告诉他们,征求他们的同意。一个说:"好唉好唉!"一个说:"那敢情好!"

醋栗先生的设想,不是毫无道理。他自己能不能当副教授,我不敢替他下保证,他所设想老吴和老鲁的前途,倒是相当有根据,合乎实际的。世界上会有很多副教授,会有那么一所小宅子,会有一定数量的能够洒扫应对的老吴和一辈子挑水的老鲁的。

自从老吴和老鲁来了,学校的教员中竟分成了两派。一派拥护老吴,一派拥护老鲁。有时为了他们的优劣竟展开了辩论(其实人是不能论优劣的,优劣只能用于钢笔、手表、热水壶,这些东西可以有个绝对标准)。人之爱恶,各不相同,不能勉强。从拥护老鲁和老吴上,也可以看出两派人的特点,一派重实际,讲功利;一派重感情,多幻想。人以群分,物以类聚,什么地方都有这两类人。我是拥鲁一派。老鲁来了,我们且问问他:

"老鲁,你累不累?"

"累什么,我的精神是顶年幼儿的来!"

这个"顶年幼儿的",好新鲜的词儿!老鲁身体很好(老吴有时显得有点衰颓)。他并不高大,但很结实。他不是像一个运动员那样浑身都是练出来的腱子肉,他是瘦长的,连他的微微向外的八字脚也是瘦瘦长长且是薄薄的,然而他一天挑那么多的水!他哪里来的那么多的力气呢?老鲁是从沙土里长起来的一棵枣树。说像枣树好像不大合适。然而像什么呢?得,就是枣树!

老鲁是见过世面的。有一天,学校派我进城买米(我们那个学校,教员都要轮流做这一类的事),我让老鲁跟我一同去,因为我实在不善于做这一类事。老鲁夹着两个麻袋,走到米市上,这一家抄起一把看看,那一家抄起一把看看,显得很活泼。米有成色粗细,沙多沙少,干湿之分,这些我都不懂,只是很有兴趣跟在他后面,等他看定了付钱。他跟一个掌柜的论了半天价,没有成交。"不卖?好,不卖咱们走下家!"其实他是看中了这份米。哪里走什么下家呢,他领着我去看了半天猪秧子,评头论足了半天,转身又走回原来那家铺子,偏着身子(像是准备买不成立刻就走),扬着头(掌柜的高高地爬在米垛子上),"哎,胡子!卖不卖,就是那个数,二八,卖,咱就量来!"掌柜的乐了乐,当真就卖了,大概是因为一则"二八"这个数他并不吃亏;二则这掌柜显然也极中意这个称呼,他有一嘴乌青匝密的牙刷胡子!——诸位,我说的这些有点是题外之言。我真的要说的是另外一件事。就是买米的这一天,我知道老鲁是见过世面的。我们在进城的马车上,马车上坐的是庄稼人、保长、小茶棚的老板娘(进城去买办芝麻糖葵花子),还有两个穿军装的小伙子。这两个小伙子大概是机械士或勤务兵,显得很时髦。一个的手腕上戴着手表(我仔细瞧了瞧,这只表不走,只能装装样子),一个的左边犬齿上镶了金牙,金牙上嵌了绿色的桃形饰物。这两个低声说话,忽然无缘无故地大声说:"我们哪里没有去过,什么'交通工具'没有坐过!飞机、火车、坦克车,法国大菜钢丝床!"老鲁没有什么表示,只是低着头抽他的烟。等这两个下了车,端着肩膀走了,老鲁说:"两个烧包子!"好,这真是老鲁说的话!

老鲁十几岁就当兵了。他在过的部队的番号,数起来就有一长串。这人的生活写出来将是一部骇人的历史。我跟老鲁说:"老鲁,什么时候你来,弄一点酒,谈谈你自己的事情。"老鲁说:"有什么可谈的?作孽受苦就是了。好唉,哪天。今儿不行,事多。"说了几次,始终没有找到适当机会。

我只是片片段段地知道:老鲁在张宗昌手下当过兵。"童子队",他说。我到现在还不知道这三个字怎样写,是"童子队",还是"筒子队"。听那意思大概是马弁。"童子队,都挑一些年轻漂亮的小伙子,才出头二十岁。"老鲁说。大家微笑。笑什么呢?笑老鲁过去的模样。大家自然相信老鲁曾经是个年轻漂亮的小伙子,盒子炮,两尺长的鹅黄色的丝穗子!他说了一点张大帅的事,也不妨说是老鲁自己的事吧:"大帅烧窑子。北京。大帅走进胡同。一个最红的窑姐儿。窑姐儿叼了支烟(老鲁摆了个架势,跷起二郎腿,抬眉细眼,眼角迤斜),让大帅点火。大帅说:'俺是个土包子,俺不会点火。'豁呵,窑姐儿慌了,跪下咧,问你这位,是什么官衔。大帅说:'俺是山东梗,梗,梗!'(老鲁跷起大拇指,圆睁两眼,嘴微张开。从他的神情中,我们大概知道'梗梗梗'是一个什么东西,但是这三个字实在不知道该怎么写。大帅的同乡们,你们贵处有些说法么?)窑姐儿说,你老开恩带我走吧。大帅说:'好唉!'(大帅也说'好唉'?)真凄惨(老鲁用了一个形容词),烧!大帅有令:十四岁以下,出来;十四岁过了的,一个不许走,烧!一烧烧了三条街,都烧死咧。"老鲁的叙述方法有点特别。你也许不大明白。可不是,我也不知这究竟是咋一回事,大帅为什么要烧窑子?这是什么年头的事?我们就大概晓得那么一回事就得了。当然,老鲁也是点火烧的一个了,他是"童子队"嘛。

另外,我们还知道一点老鲁吃过的东西。其一是猪食。队伍到了一个地方,什么都没有了。饿了好几天了,老百姓不见影子,粮食没有一颗。老鲁一看,嘻!有个猪圈。猪是早没有了,猪食盆在呐,没有办法，用手捧了两把。嘻，"还有两爿儿整个包谷一剖俩的呢，怪好吃！"老鲁说，这比羊肉好吃多了。"比羊肉好吃？"有人奇怪。唉，什么羊肉，白煮羊肉。"也是，老百姓都逃了，拖到一只羊，杀倒了，架上火烀烂了，没盐！"没盐的羊肉，你没吃过，你就无法知道那多难吃，何况，又是瘪了多少日子的肚子！喷喷，老鲁吃过棉花。那年，败了，一阵一阵地退。饿得太凶了，都走不动，"有的，"老鲁说："像一个空口袋似的就出溜下去了。"昏昏糊糊的。"队伍像一根烂草绳穿了一绳子烂草鞋。"（老鲁的描写真是奇绝！）实在饿极了。老鲁说："不觉得那是自己。"可是得走呀。在那个一眼看不到一棵矮树、一块石头的大平地上走。（这是什么地方？）浑身没一丝力气，光眼皮那还有点动（很难想象），不撑住，就搭拉下来了。老鲁看见前头一个人的衣服破了一块，露出了白花花的棉花，"吃棉花！前后肚皮都贴上了。棉花啊！也就是填到肚里，有点儿东西。吃下去什么样儿，拉出来还是个什么样儿！"我知道棉花只有纤维，纤维是不易溶解的，没想到这点科学常识却在一个人的肚肠里得到证实。

老鲁的行伍生活，我所知道的，只有这些。

老鲁这辈子"下来"过好几次。用他的话说，当兵叫"补上"，不当了，叫"下来"。他到过很多大城市，在上海、南京都住过。下来时，自然是都攒了一些钱。他说他在上海曾经有过两间房子。"有过"是什么意思呢？是从二房东那里租来的？还是在蕰藻浜那样的地方自己用茅草盖的呢？我没有问清楚。在南京，他弄过一个磨坊。这是抗战以前的事。一打仗，他摔下就跑了。临走时磨坊里还有一百六十多担麦子！离开南京，身上还有一点钱，钱慢慢花完了，"又干上咧"。老鲁是"活过来的"，他对过去不太怀念。只有一次，我见他似乎颇有点惘然的样子。黄昏时候，在那个小茶棚前，一队驮马过去。赶马的是个小姑娘。呵叱一声，十头八匹马一起撒开步子，马背上的木鞍敲得马脊梁郭答郭答地响。老鲁眯着眼睛，目送驮马走过，兀立良久，若有所思。但是在他脱下军帽，抓一抓光头时，他已经笑了："南京城外赶驴子的，都是小姑娘，一根小鞭子，哈哧哈哧，不打站，不歇力，一口气赶三四十里地，一串几十个，光着脚巴丫子，戴得一头的花!"老鲁似乎在他的描叙中得到一点快乐。"戴得一头的花"，他说得真好。这样一来，那一百六十担麦子就再也不能折磨他了。

可是话说回来了，一百六十担麦子是一百六十担麦子呀，不是别的。一百六十担麦子比起一斗四升豆子，就更多了，也难怪老鲁提起过好几次。且说这一斗四升豆子。老鲁爱钱。他那样出力挑水，也一半是为了钱。"公家用的"水挑完之后，他还给几个成了家，有了孩子，自己起火的教员家里挑私人用的水，多少可以得一点钱。老鲁这回"下来"，本有几个钱，约有十万多一点(我们那学期的薪水一月二万五)。他一下来时请老校警喝酒，花了一些。又为一个老朋友花了四万元。那个朋友从队伍上下来，带了一支枪，路上让人查到了，关了起来，老鲁得为他花钱，把他赎出来。一块在枪林里蹚过来的，他能不吐这个血么？剩下那点钱，再加上挑水的钱，他就买了一斗四升豆子囤积起来。他这大概是世界上规模最小的囤积了。不过，有了一斗四，就不愁没有一百六。他等着行情涨，希望重新挣起一座磨坊。不料，什么都涨，豆子直跌！没法，就只好卖给在门口路上拉马车的。他自己常常看到那匹瘦骨嶙峋的白马，掀动着大嘴，格嘣格嘣地嚼他的豆子。可真是气人，一脱手，豆子的价钱就抬起来了！有人问老鲁："你要钱干什么？"意思是说：你活了大半辈子，看过多少事情，还对这个东西认识不清么？有人还告诉他几个故事：某人某人，白手起家，弄了三部卡车，跑缅甸仰光，几千万的家私，一炮就完了。护国路有一所大楼，黄铜窗槛，绿绒窗帘，里面住了一个"扁担"(昆明人管挑夫叫"扁担")。这扁担挑了二十年，忽然发了一笔横财，钱是有了，可是生活过得很无意思。家里的白瓷澡盆他觉得光滑冰冷，牛奶面包他也吃不惯。从前在车站码头上一同吃猪耳朵、闷小肠的老朋友又没有人敢来高攀他，他觉得孤独寂寞，连一个能说说话的人都没有。又有一家，原是个马车夫，得了法，房子盖得半条街，又怎么呢？儿子们整天为一块瓦片吵架，一家子鸡犬不宁……总而言之，钱不是什么好东西。老鲁说："话不是这么说。眼珠子是黑的，洋钱是白的。我家里挣下的几亩地,一定叫叔叔舅舅占了,卖了。我回去,我老娘不介意(老鲁还有个老娘,想当有七十多岁了),欢欢喜喜的,'啊!我儿子回来了!'我就是光着屁股也不要紧。别人嚛,我回去吃什么?"

寒假以后,学校搬了家,从观音寺搬到白马庙。我是跟老鲁坐一个马车去的。老鲁早已到那边看过,远远的就指给我们看:"那边,树郁郁的,嚛,是了,就是那儿!"老鲁好像很喜欢,很兴奋。原因是"那边有一口大井,就在开水炉子旁边,方便!"

自从学校迁到白马庙,我不在学校里住,在学校附近租了一间民房,除了上课,很少到学校来。下了课,就回宿舍了。对老鲁的情况就不大了解了。

转眼过年了。一清早,到学校去看看。学校里打扫得很干净,台阶上还有几盆花!老吴在他的房间的门上贴了一副春联:

一夜连双岁
五更分二年

这是记实,又似乎有点感慨。我去看看老鲁,彼此作了一个揖,算是拜年。我听说老鲁最近不大快乐。原因是,一,和老吴的关系处得不好。老吴很受重用。事务主任近来不到校,他俨然是大总管。他穿着校长送他的咖啡色西服,叼着一个烟斗,背着手各处看来看去,有时站在办公室门口,大叫:"老鲁——!"——"耳朵上哪去了?"——"要关照你多少次!"——得,醋栗先生的计划大概要吹,老鲁和老吴不会同时呆在一个小宅子里! 二,是他有一笔钱又要漂。老鲁苦巴苦做,积积攒攒,也有了卯二十万样子。这钱为一个事务员借去,合资买了谷子。不知怎么弄的,久久未有下文。原因究竟是否如此,也说不清。只是老鲁的脾气变得坏了。他离群索居,吃饭睡觉都在他的茶炉间里。校警之中只有一个老刘还有时带了一条大狗上他屋里坐坐,有时跟他一处吃饭。老鲁现在几乎顿顿喝酒。"吃了,喝了,都在我肚子里,谁也别想!"意思是有谁想他的钱似的。老鲁哪里来的这么多的牢骚呢?

后来,我看老鲁脾气又好了一些,常常请客吃包子,一盘二三十个,请老刘,请一个女教员雇用的女工。我想,这可不得了,老鲁这个花法!他是怎么啦?不过了?慢慢地,我才听说,老鲁做了老板了。这包子是从学校旁边的包子铺端来的。铺子里有老鲁的十多万股本。

果然,老鲁常常蹲在包子铺的门口抽他的烟筒,呼噜呼噜。他拿着新买的烟筒向我照了照:

"我买了个高射炮!"

佛笃——吹着了纸枚,抽了一筒,非常满意的样子。

"到云南来,有钱没钱的,带两样东西回去。有钱的,带斗鸡。云南出斗鸡。没钱,带个水烟筒,——高射炮!"

今春看又过,何日是归年?老鲁啊,咱们什么时候回去呢?

一九四五年写,在昆明白马庙

戴车匠

　　"戴车匠"在我们不但是一个人,一间小店,还是一个地名。他住在东街与草巷相交地方。东街与草巷相交处大家称为草巷口。但对我们说起来这实在不够精确。虽然东街也还比不上别处的巷子大,但街与巷相交总就有四个"口",左边右边,这边那边。大人们凡事都含胡,因为他们生活中只须这么含胡即可对付过去。我们可不成。比如:巷口街这边有个老太婆摆摊子,卖的是桃子,杏子,香瓜,柿饼,牙枣子,风荸荠,杨花萝卜,泥娃娃,咽咽鸡;对面也有一个老太婆,卖的是咽咽鸡,泥娃娃(有好多种),杨花萝卜,(我在别处虽亦见过这种水红色,粗长如指,杨花飞时挑出来卖,生嚼凉拌都脆爽细嫩无比的萝卜,可是没有吃过;我总觉不是我们故乡的那一种,仅略具形似而已。)风荸荠,牙枣子,桃子杏子,香瓜,还有柿饼子,完全一样! 你说过怎么办? 有时还好,可以随便;在她们生意都还不错,在有新货下市时候,她们彼此也都和颜悦色的时候,亲热得像对老姊妹的时候,那就无所谓,我们买谁的都觉得一样。这边那边。一样。有时,可就麻烦,又要处心积虑,又要临时见机,又要为自己利害打算,又要用自己几个钱和显明的倾向态度来打抱不平。而且我们之间意见常不一样。那就得辩论,甚至出恶言恶声,吵闹起来,麻油拌芥菜,各有心中爱,各走各的路。完了,我们之间有一道鸿沟! 要十分钟,或要半点钟,或半天,甚至三两天时间才填平了它,又志同道合,莫逆无间,不恨,不轻视。这两个老太婆又有时这个显得比那个穷,有时那个显得比这个穷。有时这边得到伢儿一点支助,买了一堆骄傲的货色,盛气凌人,不可一世。有时那个的女儿给她作了件新毛蓝布裰子,她就觉得不屑与裤裆里都有补丁的人相较量。她们老是骂架,一骂一整天,老是那些话,骂骂、歇歇,又骂骂。作一笔买卖,数钱拣货;青菜汤送下一大碗干饭,这就有时间准备新的武器,聚了一堆她们自以为更泼辣淋漓的言语,投过去,抛回来,希望伤人要害。这对我们说起来,未免可厌,因为骂人都不好看。尤其她们相骂时,大都是坏天气,全世界都不舒服的时候。她们的生意都非常坏,摊子上尽是些陈旧干瘪的货品,又稀少可怜。她们的恨毒沾泡在颓老之中,像下雨天城门口的泥泞。她们的肝火焚烧她们的太阳穴,她们的头发披下来,她们都无望无助,孤苦凄怆,哀哀欲绝。——为什么没有人劝劝她们呢?你想想看,手放在口袋里,搓摩着温热的铜钱,我们何以为情?我们立着看了半天,渐渐已忘记了想买的东西;不想吃什么,也不想玩什么,为一种十分深沉黏着的痛楚所孕育,所教化。——有时,她们会扭住衣角和一点小小发髻打起来,一面嘶声诅咒一面打。她们都打不动了,然而她们用坚硬的瘦骨相冲撞,撕、咬、抓头发,拉破别人的衣服。一场心长力拙,松懈干枯的争斗。她们会有一天有一个打死的。不是死在人手上,自己站脚不稳,跟跄跄一交摔在石头角上碰破脑袋死去。……啊,不说这个吧。告诉你这些只是借此而告诉你虽是那么一街之隔可是距离多远。所以不能含胡,所以不能含胡的说是"草巷口"。草巷口一边是个旱烟店,另一边是戴车匠店。你看要是有个捏小面人的来了,吹糖人的来了,耍木偶戏的来了,背负韦驮,化缘的游方僧人来了,走江湖挂水碗的来了,各种各样惊心动魄的人物事情在那里出现,我们飞奔着去看,你要是说:"草巷口",那多急人。你一说"戴车匠家",就多省事明白。大家就一直去,不需东张西望。"戴车匠","戴车匠",这在我们不是三个字,是相连不可分,成为一体的符号。戴车匠是一点,集聚许多东西,是一个中心,一个底子。这是我们生活中的一格,一区,一个本土和一个异国,我们的岁月的一个见证。我们说"戴车匠家",不说"戴车匠家门前"。一则那么说太啰嗦,再我们似把门外这一切活动,一切景物情感都收纳到他的那间小店里去,似乎是属于它,为它所有;为他,为戴车匠所有了;虽然戴车匠的铺子那么那么小,戴车匠是不沾蘸什么的那么一个人。戴车匠是一颗珠子,从水里拿出来,不留一滴。——正因为他是那么一个人吧。

我记得戴车匠的板壁上贴的一付小红春联,每年都是那么两句,极普通常见的两句:

　　室雅何须大
　　花香不在多

虽是极普通常见,甚至叫人觉得俗,俗得令人厌恶反感,可是贴在戴车匠家就有意义,合适,感人。虽然他那半间店面说不上雅不雅,而且除了过年插一枝山茶,端午菖蒲艾叶石榴花,八九月或者偶然一枝金桂,一朵白荷以外,平常也极少插花——插花的壶是总有一个的,老竹根,他自己车床上琢出来的,总供在一个极高的方几上。说是"供",不是随便说,确是觉得那有一种恭敬,一种神圣,一种寄托和一种安慰,即使旁边没有那个小小的瓦香炉,后面不贴一小幅神像。我想我不是自以为然,确是如此。我想,你若是喜爱那个竹根壶,想花钱向他买来,戴车匠准是笑笑,"不卖的"。戴车匠一生没有遇过几个这样坚老奇怪的根节,一生也不会再为自己车旋一个竹壶。它供在那里已经多少年,拿去了你不是叫他那个家整个变了个样子?他没有想得太多,可是卖这个壶是他从来没有想到过的。他只有那么一句话,笑笑,"不卖的"。别的问答他不知道,他不考虑。你若是真的去要,他也高兴。因为有人喜爱他喜爱得成了习惯的东西,你就醋新了他的感情。他也感激你,但他只能说:"我给你留意吧,要再遇到这样的竹子。"会留意的,他当真会留意的,他忘不了。有了,他就作好,放在高高的地方,等你去发现,来拿。——你自然会发现,因为你天天经过,经过了总要看一看。他那个店面是真小。小,而充实。

小,而充实。堆着,架着,钉着,挂着,各种各样的东西。留出来的每一空间都是必须的。从这些空间里比从那些物件上更看出安排的细心，温情，思想，习惯，习惯的修改与新习惯的养成，你看出一个人怎样过日子。

当门是一具横放的榉木车床，又大又重，坚硬得无从想象可以用到什么时候。它本身即代表了永远。那是永远也不会移动的，简直好像从地里长出来的，一个稳定而不表露的生命。这个车床没有问题比戴车匠岁数还要大，必是他父亲兼业师所传留下来的。超过需要的厚实是前代人制作法式。（我们看从前的许多东西老觉得一个可以改成两个三个用。）这个车床的形貌有些地方看起来不大讲究。有的因材就用，不拘小节，歪着扭着一点就听它歪着扭着一点，不削斫太多以求其平直，然而这无妨于它大体的俨然方正。用了这许多年了，许多不光致斧凿痕迹还摸得出来，可是接榫卡缝处吻投得真紧，真确切，仿佛天生的一个架子，不是一块块拼摆来的。多少年了，不摇，不晃，不走一点样！这个车床占了几乎二分之一的店堂，显然这是最重要的东西，其余一切都附属于它，且大半是从这个车床上作出来的。大车床里头是一个小车床。戴车匠作一点小巧东西则在小车床上。那就轻便得多，秀气得多，颜色也浅，常擦摩处呈牙黄色，光泽异常，木理依约可见，这是后来戴车匠自己手制的。再往里去，一伸手是那张供香炉竹壶高几。车床后面有仅容一人的走道。挨着靠墙而放的一条桌向里去，是内室了。想来是一床，一灯案，低梁小窗，紧凑而不过分杂乱。当有一小侧门，通出去是个狭长小天井。看见一点云，一点星光，下雨天雨水流在浅浅的阴沟里。天井中置水缸二口，一吃一用；煮饭烧茶风炉两只。墙阴凤仙花自开自落，砖缝里几丝草，在轻风中摇曳，贴地爬着几片马齿苋，有灰蓝色螟蛾飞息。凡此虽非目睹，但你见过许多这样格局的房子，原是极契熟的。其实即从外面情形，亦不难想象得知。——他吃饭用的碗筷放在哪里呢？条桌上首墙上，他挖开了一块，四边钉板，安小门两扇，这就成了个柜子。分成几隔，不但碗筷，他自己的茶叶罐子烟荷包，重要小工具，祖传手绘的图样，订货的底子，跟他儿子的纸笔，女人的梳头家什，全都有了妥停放处。屈半膝在骨牌凳上，可以方便取得。我小时颇希望能有个房间有那样一个柜子,觉得非常有趣。他的白蜡杆子,黄杨段子,桑木枣木梨木材料则搁在高几上一个特制架上,堆得不十分整齐,然而有一种秩序,超乎整齐以上的秩序。(车匠所需木料不多,)架子的支脚翘出如壶嘴,就正好挂一个蝈蝈笼子!

戴车匠年纪还不顶大,如果他有时也想想老,想得还很暧昧,不管惨切安和,总离着他还远,不迫切。他不是那种一步即跌入老境的人,他只是缓缓的,从容的与他的时光厮守。是的,他已经过了人生的峰顶。有那么一点的,颤栗着,心沉着,急促的呼吸着,张张望望,彷徨不安,不知觉中就越过了那一点。这一点并不突出,闪耀,戴车匠也许纪念着,也许忽略了。这就是所谓中年。

吃过了早饭,看儿子夹了青布书包,(知道他的生书已经在油灯下读熟,为他欢喜,)拿了零用钱,跳下台阶,转身走了,戴车匠还在条桌边坐了一会。天气很好。街上扫过不久,还极干净。店铺开了门的不少,也还有没有开的。这就都要一家一家的全打开的。也许有一家从此就开不了那几块排门了,不过这样的事究竟不多。巷口卖烧饼油条的摊子热闹过一阵,又开始第二阵热闹了。烧饼槌子敲得极有精神,(槌子是从戴车匠家买去的,)油条锅里涌着金色泡沫。风吹着丁家绵线店的大布招卷来卷去。在公安局当书办的徐先生埋着头走来,匆忙的向准备好点头的戴车匠点一个头,过去了,一个党部工友提一桶糨子在对面墙上贴标语。戴车匠笑,因为有一张贴倒了。正看到知道一定有的那一张,"中华民国万岁",他那把短嘴南瓜形老紫砂壶已经送了出来,茶泡好了,这他就要开始工作了。把茶壶带过去,放在大小车床之间的一个小几上,小几连在车床上。坐到与车床连在一起的高凳上,戴车匠也就与车床连在一起,是一体了。人走到他的工作之中去,是可感动的。先试试,踹两下踏板,看牛皮带活不活;迎亮看一看旋刀,装上去,敲两下;拿起一块材料,估量一下,眼睛细一细,这就起手。旋刀割削着木料,发出轻快柔驯的细细声音,狭狭长长,轻轻薄薄的木花吐出来……

木花吐出来,车床的铁轴无声而精亮,滑滑润润转动,牛皮带往来牵动,戴车匠的两脚一上一下。木花吐出来,旋刀服从他的意志,受他多年经验的指导,旋成圆球,旋成瓶颈状,旋成苗条的腰身,旋出一笔难以描画的弧线,一个悬胆,一个羊角弯,一个螺纹,一个杵脚,一个瓢状的、铲状的空槽,一个银锭元宝形,一个云头如意形……狭狭长长轻轻薄薄木花吐出来,如兰叶,如书带草,如新韭,如番瓜瓤,戴车匠的背佝偻着,左眉低一点,右眉挑一点,嘴唇微微翕合,好像总在轻声吹着口哨。木花吐出来,挂一点在车床架子上,大部分从那个方洞里落下去,落在地板上,落在戴车匠的脚上。木花吐出来,宛转的,绵缠的,谐和的,安定的,不慌不忙的吐出来,随着旋刀悦耳的吟唱。……

戴车匠上下午各连续工作两个时辰。其中稍稍中断几次,走下来拿点材料,翻翻图样,比较比较两批所作货色是否划一,给车轴加点油。作成了一个货色,握在手里,四方八面端详端详,再修一两刀,看看已经合乎理想,中规应矩了,就放在车床前一块狭板上,一个一个排起来。虽然他不赶急,但也十分盼待着把这块板上排得满满的吧。他笑他儿子写字总望一口气写满一张纸,他自己也未始不愿人知道他是个快手。这样的年纪也还有好胜心的。似乎他每天派给自己多少工作,把那点工作做好,即为满意。能分外多作几件就很按捺不住得意了。这点得意只有告诉他女人听,甚至想得到两句夸奖,一点慰劳,哈!他自然可以有时间抽一袋烟,喝两口茶,伸个懒腰;高兴,不怕难为情,也尽管哼两句朱买臣桃花宫老戏,他允许自己看半天洋老鼠踩车推磨,——他的洋老鼠越来越多,它们的住家也特别干净,曲折;逗逗檐前黄雀,用各种亲密调侃言语。黄雀就竭其所能的唱起来,蓬松了脖子上的毛,耸耸肩,剔剔足,恣酣而矜庄的哢弄了半天,然后用珊瑚小嘴去啄一口食,饮一点水。戴车匠,可又认为它跟叫天子学了坏样,唱不成腔,——初学养鸟人注意:凡百鸟雀不可与叫天子结邻并挂,叫天子是个嗓子冲而无修养训练的野狐禅唱歌家,油腔滑调,乱用表情!在合唱时尤其只听到它的荒怪的逗喉极叫。——一面戴车匠又俯到他的工作上去,有的时候,忽然,他停下来,那就是想到了一点什么事。或是记一记王老五请的一会什么时候该他自己首会了;或是儿子塾师过生日,该备一点礼物送去,今年是整五十;或是刘长福托他斡旋一件什么事,那一头今天该给回话;或是澡堂里听来一个治风湿痛秘方,他麻二叔正用得着,可是六味药中有一味比较生疏,得去问问;或是,哦,老张呀,死了半年多,昨天夜里怎么梦见他了,还好好的,还是那样子,还说了几句话,话可一句也记不得了;老张儿子在湖西屠宰税上跑差,该没有什么吧? 这就教他大概筹计筹计下午该往哪里走走,碰些什么人,作点什么事,怎么说那些话。他的手就扶上了左额,眼睛眯眯,不时眨一眨。甚至有时等不及吃饭时再说,就大声唤女人出来商量。有时,甚至立刻进去换了件衣服,拿了扇子就出去了,临走时关照下来,等不等他吃饭;有谁来让候一候还是明天再来;船上人来把挂在门柱上那一串东西交给他拿去,钱或现交下次转来再带来都可以。……他走了,与他的店,他的车床小别。

　　平常日子,下午,戴车匠常常要出去跑跑,车匠店就空在那儿。但是看上去一点都不虚乏,不散漫,不寂寞,不无主。仍旧是小,而充实,若是时间稍久,一切,店堂、车床、黄雀、洋老鼠、蝈蝈,伸进来的一片阳光,阳光中浮尘飞舞,物件,空间;隔壁侯银匠的槌子声音与戴车匠车床声音是不解因缘,现在银匠槌子敲在砧子上像绳索少了一股;门外的行人,和屋后补着一件衣服的他的女人,都在等待,等待他回来,等待把缺了一点什么似的变为完满。——戴车匠店的店身特别高,为了他的工作,(第一木料就怕潮)又垫了极厚的地板,微仰着头看上去有一种特别感觉。也许因为高,有点像个小戏台,所以有那种感觉吧。——自然不完全是。

　　戴车匠所作东西我们好多叫不出名字,不知道干什么用的。比如二尺长的大滑车,戴车匠告诉我是湖里粮船上用的,因为没有亲身验证,所以都无真切印象。——也许后来,我稍长大,有机会在江湖漂泛,看见过的,但因为悬结得那么高,又在那么大的帆前面,那么大的船,那么大的水,汪洋浩瀚之中,这么一个滑车看上去也算不得什么了吧。人也大了,不复充满好奇,什么事多失去惊愕兴趣了。——不过在大帆船上看那些复杂绳索在许多滑车之中溜动牵引,上上下下,想到它们在航行时可起作用,仍是极迷人的。我真希望向戴车匠询问各种滑车号数,好到船上混充内行!滑车真多,一串一串挂在梁上。也许戴车匠自己也没有看人怎样用它吧?不过不要紧,有烧饼槌子,搓烧麦皮子小棒,擀面杖,之字形活动衣架,蝇拂上甘露子形状柄子,……他随处可以看见自己手里作出来的东西在人手里用。老太太们都有个捻线棰,早晚不离手的在巷口廊前搓,一面与人谈桑麻油米,儿女婚嫁。木碗木勺是小儿恩物,轻便,发脾气摔在地下不致挨打挨骂,敲着橐橐的响又可以想它是个什么它就是个什么,木鱼,更柝,取鱼梆子,还有你想也想不出的什么声音的代表。——不过自从我有一次听说从前大牢里的囚犯是以木碗吃饭的,(瓷碗怕他们敲破了用来挖洞逃跑或以破片割断喉管自杀,)则不免对这个东西有了一种悲惨印象。自然这与戴车匠没有什么关系,不该由他负责。看见有人卖放风筝绕线用的小车子,我们眼中盈盈的是羡慕的光。我们放的是酒坛、三尾、瓦片,不知什么时候才能使用这么豪侈的器械。啊,我们是忘不了戴车匠的。秋天,他给我们作陀螺,作空竹。夏天,作水枪。春天,作竹蜻蜓。过年糊兔儿灯,我们去买轳辘。戴车匠看着一个一个兔儿灯从街上牵过去,在结了一点冰的街上,在此起彼歇锣鼓声中,爆竹硝磺气味中,影影沉沉纸灯柔光中。但我最喜欢的还是爬上高台阶向他买"螺蛳弓"。别处不知有无这样的风俗,清明,抹柳球,种荷秧,还吃螺蛳。家家悉煮五香螺蛳一锅,街上也有卖的。一人一碗,坐在门槛上一个一个掏出来吃。吃倒没有什么,(自然也极鲜美,)主要还是把螺蛳壳用螺蛳弓一个一个打出去。——这说起不易清楚,明年春天我给你作一个吧。戴车匠作螺蛳弓卖。我们看着他作,自己挑竹子,选麻线,交他一步一步作好,戴车匠自己在小几上蓝花大碗中拈一个螺蛳吃了,螺壳套在"箭"上,很用力的样子(其实毫不用力。)拉开,射出去,半天,听得得的落在瓦沟里,(瓦匠扫屋每年都要扫下好些螺壳来。)然后交给我们。——他自己儿子那一把弓特别大，有劲，射得远。戴车匠看着他儿子跟别人比射，细了眼睛，半晌，又没有什么意义的摇摇头。

为什么要摇摇头呢？也许他想到儿子一天天大起来了么？也许。我离开故乡日久，戴车匠如果还在，也颇老了。我不知因何而觉得他儿子不会再继续父亲这一行业。车匠的手艺从此也许竟成了绝学，因为世界上好像已经无须那许多东西，有别种东西替代了。我相信你们之中有很多人根本就无从知道车匠店到底是怎么回事，你们没有见过。或者戴车匠是最后的车匠了。那么他的儿子干什么呢？也许可以到铁工厂当一名练习生吧。他是不是像他父亲呢，就不知道了。——很抱歉，我跟你说了这么些平淡而不免沉闷的琐屑事情，又无起伏波澜，又无熔裁结构，逶逶迤迤，没一个完。真是对不起得很。真没有法子，我们那里就是这样的，一个平淡沉闷，无结构起伏的城，沉默的城；城里充满像戴车匠这样的人；如果那也算是活动，也不过就是这样的活动。——唔，不尽然，当然，下回我们可以说一点别的。我想想看。

一九四七年七月二十四日

艺术家

抽烟的多，少，悠缓，猛烈，可以作为我的灵魂状态的纪录。在一个艺术品之前，我常是大口大口的抽，深深的吸进去，浓烟弥满全肺，然后吹灭烛火似的撮着嘴唇吹出来。夹着烟的手指这时也满带表情。抽烟的样子最足以显示体内浅微的变化，最是自己容易发觉的。

只有一次，我有一次近于"完全"的经验。在一个展览会上，我一下子没在很高的情绪里。我眼睛睁大，眯住；胸部开张，腹下收小，我的确感到我的踝骨细起来；我走近，退后一点，猿行虎步，意气扬扬；我想把衣服全脱了，平贴着卧在地下。沉酣了，直是"尔时觉一座无人"。我对艺术的要求是能给我一种高度的欢乐，一种仙意，一种狂：我想一下子砸碎在它面前，化为一阵青烟，想死，想"没有"了。这种感情只有恋爱可与之比拟。平常或多或少我也享受到一点，为有这点享受，我才愿意活下去，在那种时候我可以得到生命的实证；但"绝对的"经验只有那么一次。我常常为"不够"所苦，像爱喝酒的人喝得不痛快，不过瘾，或是酒里有水，或是才馋起来酒就完了。或是我不够；或是作品本身不够。真正笔笔都到了，作者处处惬意，真配(作者自愿)称为"杰作"的究竟不多；(一个艺术家不能张张都是杰作，真苦！)欣赏的人又不易适逢其会的升华到精纯的地步，所以狂欢难得完全。我最易在艺术品之前敏锐的感到灵魂中的杂质，沙泥，垃圾，感到不满足，我确确实实感觉到体内的石灰质。这个时候我想尖起嗓子来长叫一声，想发泄，想破坏；最后是一团涣散，一阵空虚掩袭上来，归于平常，归于俗。

我想学音乐的人最有福，但我于此一无所知；我有时不甘隔靴搔痒,不甘用累赘笨重的文字来表达,我喜欢画。用颜色线条究竟比较直接得多,自由得多。我对于画没有天分;没有天分,我还是喜欢拿起笔来乱涂,虽不能至,心向往之。而结果都是愤然掷笔,想痛哭。要不就是"寄沉痛于悠闲",我会很滑稽的唱两句流行歌曲,说一句下流粗话。模仿舞台上的声调向自己说"可怜的,亲爱的××,你可以睡了"。我画画大都在深夜,(如果我有个白天可以练习的环境,也许我可以做一个"美术放大"的画师吧!)种种怪腔,无人窥见,尽管放心。

从我的作画与看画(其实是一回事)的经验,我明白"忍耐"是个什么东西;抽着烟,我想起米盖朗基罗,——这个巨人,这个王八蛋!我也想起白马庙,想起白马庙那个哑巴画家。

白马庙是昆明城郊一小村镇,我在那里住了一些时候。

搬到白马庙半个多月我才走过的那座桥。

在从前,对于我,白马庙即是这个桥,桥是镇的代表。——我们上西山回来,必经白马庙。爬了山,走了不少路;更因为这一回去,不爬山,不走路了,人感到累。回来了,又回到一成不变的生活,又将坐在那个办公桌前,又将吃那位"毫无想象"的大师傅烧出来的饭菜,又将与许多熟脸见面,招呼,(有几张脸现在即在你身边,在同一条船上!)一想到这个,真累。没有法子,还是乖乖的,帖然就范,不作陡然的反抗。但是,有点惘然了。这点惘然实在就是一点反抗,一点残余的野。于是抱头靠在船桅上,不说话,眼睛空落落看着前面。看样子,倒真好像十分怀念那张极有个性而颇体贴的跛脚椅子,想于一杯茶,一支烟,一点"在家"之感中求得安慰似的。于是你急于想"到",而专心一意白马庙。到白马庙就快了,到白马庙看得见城内的万家灯火。——但是看到白马庙者,你看到的是那座桥。除桥而外,一无所见,房屋,田畴,侧着的那棵树,全附属于桥,是桥的一部分。(自然,没有桥,这许多景物仍可集中于另一点上,而指出这是白马庙。然而有桥呀,用不着假设。)我搬来之时即冉冉升起一个欲望:从桥上走一走。既然这个桥曾经涂抹过我那么多感情,我一直从桥下过,

（在桥洞里有一种特别感觉，一种安全感，有如在母亲怀里，在胎里，）我极想以新证旧，从桥上走一走。这么一点小事，也竟然搁了半个多月！我们的日子的浪费呀。

这一天我终于没有什么"事情"了，我过了桥，我到一个小茶馆里去坐坐。我早知道那边有个小茶馆。我没有一直到茶馆里去，我在堤边走了半天，看了半天。我看麦叶飘动，看油菜花一片，看黄昏，看一只黑黑的水牯牛自己缓步回家，看它偏了头，好把它的美丽的长角顺进那口窄窄的门，我这才去"访"这家茶馆。

第一次去，我要各处看看。

进一个有门框而无门的门是一个一头不过的短巷。巷子一头是一个半人高的小花坛。花坛上一盆茶花，（和其他几色花木，杜鹃，黄杨，迎春，罗汉松。）我的心立刻落在茶花上了。我脚下走，我这不是为喝茶而走，是走去看茶花。我一路看到茶花面前。我爱茶花。这是我见过的最好的茶花，（云南多茶花，）仿佛从我心里搬出来放在那儿的。花并不出奇，地位好。暮色沉沉，朦胧之中，红艳艳的，分量刚对。我想用舌尖舔舔花，而我的眼睛像蝴蝶从花上起来时又向前伸了出去，定在那里了，花坛后面粉壁上有画，画叫我不得不看。

画以墨线勾勒而成，再敷了色的。装饰性很重，可以说是图案，（一切画原都是图案，）而取材自写实中出。画若需题目，题目是"茶花"。填的颜色是黑，翠绿，赭石和大红。作风情巧而不卖弄；含浑，含浑中觉出一种安分，然而不凝滞。线条严紧匀直，无一处虚弱苟且，笔笔诚实，不笔在意先，无中生有，不虚妄。各部分平均，对称，显见一种深厚的农民趣味。

谁在这里画了这么一壁画？我心里沉吟，沉吟中已转入花坛对面一小侧门，进了屋了。我靠窗坐下，窗外是河。我招呼给我泡茶。

——这是……这是一个细木作匠手笔；这个人曾在苏州或北平从名师学艺，熟习许多雕刻花式，熟能生巧，遂能自己出样；因为战争，辗转到了此地，或是回乡，回到自己老家，住的日子久了，无适当事情可作，才能跃动，偶而兴作，来借这堵粉壁小试牛刀来了？……

这个假设看来亦近情理,然而我笑了。我笑那个为我修板壁的木匠。

我一搬来,一看,房子还好,只是需做一个板壁隔一隔。我请人给我找个木匠来。找了三天,才来,说还是硬挪腾出时候来的。他鞋口里还嵌着锯屑,果然是很忙的样子。这位木匠师傅样子极像他自己脚上那双方方的厚底硬帮子青布鞋子。他钉钉刨刨,刨刨钉钉,整整弄了三天,一丈来长的壁子还是一块一块的稀着缝,他自己也觉得板壁好像不应当是这样的,看看板壁看看我,笑了:

"像入伍新兵,不会看齐!"

我只有随着他说:"更像是壮丁队,才从乡下抓来,没有穿制服,颜色黑一块白一块。"而且,最后一块还是我自己钉上去的。他闺女来报信,说家里猪病了,看样子不大好,他撇下榔头就跑,我没有办法,只有追出去,请他把含在嘴里的洋钉吐出来给我,自己动手。这一去,不回来了,过了两天才来取回他的家什。不知是猪好了,还是连猪带病吃在他的肚子里了。这个人长于聊天,说话极有风趣,作活实在不大在行。——哦,我还欠他一顿酒呢,他老是东拉西扯的没个完,谈到得意处,把斧头錾子全撂在一边,尽顾伸手问我:"美国烟可还有?"我说:"烟有,可是你一边做事一边抽烟。先把板壁钉好,否则我要头痛伤风,有趣的话太多,二天我打二斤升掺市,切一盘猪耳朵,咱们痛痛快快谈谈。"这个约不必真,却也不假,他想当记在心里。可别看这位大师傅呀!他说乡下生活本来只是修水车,钉船桨,板壁不大有人家有,所以弄得不顶理想;但是除了他,更没有人干得了;白马庙一带从来就是他家三代单传,泥木两作,所以他那么忙。

这个画当然不可能是他画的!

乡下房子暗,天又晚了,黑沉沉的。眼睛拣亮处看,外头还有光,所以我坐近窗口。来喝茶的目的还就是想凭窗而看,河里船行,岸上人走,一切在逐渐深浓起来的烟雾中活动,脉脉含情,极其新鲜;又似曾相识,十分亲切。水草气味,淤泥气味,烧饭的豆秸烟微带忧郁的焦香,窗下几束新竹,给人一种雨意,人"远"了起来。我这样望了很久,直到在场上捉迷藏的孩子都回了家,田里的苜蓿消失了紫色,野火在远远的山头晶明的游动起来,我才回过身来。

我想起口袋里的一本小书,一个朋友今天刚送我的。我想这本书想到多时,终于他给我找到一本了。我抽出书来,用手摸摸封面。这时我本没有看书的意思,只是想摸摸它罢了,而坐在炉旁的老板看见了,他叫他的小老二拿灯。为了我拿灯,多不好意思;我想说,不要,不必,我倒愿意这么黑黑的坐着,这一说,更麻烦,老板必以为我是客气;好了,拿就拿吧。

灯来了,好亮,是电石灯。有人喝住小老二:

"挂在那边得了,有臭气,先生闻不惯。"

我这才看见,这可不是我们三代单传,泥木两作的大师傅吗!久违了。刚才我似乎觉得角落上有人伏在桌上瞌睡,黑影中看不清,他是什么时候梦回莺啭的醒来了?好极了,这个时候有人聊聊再好没有。他过来,我过去;我掏烟,他摸火柴,但是他火柴划着了时我不俯首去点烟,小老二灯挂在柱子上,灯光照出,墙上也有画!我搁下他,尽顾看画了。走到墙前,我自己点烟。

一望而知与花坛后面的是同一手笔,画的仍是茶花,仍是墨线勾成,敷以朱黑赭绿,墙有三丈多长,高二丈许,满墙都是画,设计气魄大,笔画也很整饬。笔画经过一番苦心,一番挣扎,多少割舍,一个决定;高度的自觉之下透出丰满的精力,纯澈的情欲;克己节制中成就了高贵的浪漫情趣,各部分安排得对极了,妥帖极了。干净,相当简单,但不缺少深度。真不容易,不说别的,四尺长的一条线从头到底在一个力量上,不踟蹰,不衰竭!如果刚才花坛后面的还有稿样的意思,深浅出入多少有可以商量地方,这一幅则作者已做到至矣尽矣地步。他一边洗手,一边依次的看一看,又看一看自己作品,大概还几度把湿的手在衣服上随便哪里擦一擦,拉起笔又过去描那么两下的;但那都只是细节,极不重要,是作者舍不得离开自己作品的表示而已,他此时"提刀却立,踌躇满志",得意达于极点,真正是"虽南面王不与易也"。这点得意与这点不舍,是他下次作画的本钱。不信试再粉白一堵墙壁,他准立刻又会欣然命笔。他余勇可贾,灵感尚新。但是一洗完手,他这才感到可真有点累了。他身体各部分松下来,由一个艺术家变为一个常人,好适应普通生活,好休息。好老板,给他泡的茶在哪里?他最好吃一点甜甜的,厚厚的,一咬满口的,软软的点心,像吉庆祥的重油蛋糕即很好。

Ladies and gentlemen,来!大家一齐来,为我们的艺术家欢呼,为艺术的产生欢呼!

我站着看,看了半天,我已经抽了三支烟,而到第四根烟掏出来,叼上,点着时,我知道我身后站着的茶馆老板,木匠师傅,甚至小老二,会告诉我许多事,我把茶杯端到当中一张桌子上,请他们说。

(啊,怎么半天不见一个人来喝茶?)

茶馆老板一望而知是个阅历极深的人。他眼睛很黑,额上皱纹深,平,一丝不乱,唇上一抹整整齐齐的浓八字胡子,他声音深沉,而清亮,说得很慢,很有条理,有时为从记忆中汲取真切的印象,左眼皮常常搭一点下来,手频频抚摸下巴,——手上一个羊脂玉扳指。我两手搁在茶碗盖上,头落在手上,听他娓娓而说。

这是村子里一个哑巴画的。这个人出身农家,却不知为什么的,自小就爱画,别的孩子捉田鸡烧蚱蜢吃,他画画;别的孩子上树掏鸟蛋,下河摸螺蛳,他画画;人抽陀螺,放风筝,他画画;黄昏时候大家捉迷藏,他画画;别人干别的,他画画,有人教过他么?——没有。他简直没有见过一个人画之前自己就已经开始能把看到的东西留个样子下来了,他见什么,画什么;有什么,在什么上画。平常倒也一样,小时候吃饭,大了学种田,一画画,他就痴了。乡下人见得少,却并不大惊小怪,他爱画,随他画去吧。他是个哑子,不能唱花灯,打连厢,画正好让他松松,乐乐。大家见他画得不比城里摆摊子画花样的老太太画的差,就有人拿鞋面,拿枕头帐檐之类东西让他画。一到有人家娶媳妇嫁女儿,他都要忙好几天。那个时候村子里姑娘人人心中搁着这个哑巴。

"我出过门,南北东西也走过数省,我真真假假见过一点画,一懂不懂,我喜欢看。我看哑巴画的跟画花样的老婆子的不一样,倒跟那些古画有些地方相同。我说不出来,……"

老板逐字逐句的说,越慢,越沉。我连连点头,我试体会老板要说而迟疑着的意思:

"比如说,他画得'活',画里有一种东西,一种说不出来的东西,看久了,人会想,想哭?"

老板点头,点头很郑重其事。我看到老板眼中有一点湿意。

"从前他没事常来我这里坐坐,我早就有意想请他给我画点东西。他让我买了几样颜色,说画就画。外头那个画得快。里头这张画了好些时候。他老是对着墙端详,端详,比来比去的比,这么比那么比。……"

老板大拇指摸他的扳指,摸来,摸去,眼睛看在扳指上,眉头锁了一点起来。水开了,漫出壶外,嗤嗤的响。老板起来,为我提水来冲,并通了通炉子。我对着墙。细起眼睛看,似乎墙已没有了,消失了:剩下画,画凸出来,凌空而在。水冲好了,我喝了一口茶,好酽,我问:

"现在? ——"

老板知道我问什么,水壶往桌上一顿:

"唉,死了还不到半年。"

我不知如何接下去说了。而木匠忽然呵呵大笑起来,笑得上气不接下气,我愕然。他说出来,他笑的是哑巴喜欢看戏,看起怪有味。他以为听又听不见,红脸杀黑脸,看个什么!

灯光太亮,我还是挪近窗口坐坐,窗外已经全黑了,星星在天上。水草气更浓郁,竹声萧萧。水流,静静的流,流过桥桩,旋出一个一个小涡,转一转,顺流而下。我该回去了,我看见我所住的小楼上已有灯光,有人在等我。

散步回来之后,我一直坐在这里,坐在这张临窗的藤椅里。早晨在一瓣一瓣的开放。露水在远处的草上濛濛的白,近处的晶莹透澈,空气鲜嫩,发香,好时间,无一点宿气,未遭败坏的时间,不显陈旧的时间。我一直坐在这里,坐在小楼的窗前。树林,小河,蔷薇色的云朵,路上行人轻捷的脚步……一切很美,很美。

一清早,天才亮,我在庙前河边散步,一个汉子挑了两桶泔水跟我擦身而过,七成新的泔水桶周围画了一带极其细密缠绵的串枝莲,笔笔如同乌金嵌出的。

我走了很久,很久,我随便拿起一本书,翻,翻,摊在我面前的是龚定庵的记王隐君:

> 于外王父箧中见书一诗,不能忘。于西湖僧经见书心
> 经,蠹且半,如遇箧中诗,益不能忘。

一九四八年

邂 逅

船开了一会,大家坐定下来。理理包篓,接起刚才中断的思绪,回味正在进行中的事务已过的一段的若干细节,想一想下一步骤可能发生的情形;没有目的的擒纵一些飘忽意象;漫然看着窗外江水;接过茶房递上来的手巾擦脸;掀开壶盖让茶房沏茶;口袋里摸出一张什么字条,看一看,又搁了回去;抽烟;打盹;看报;尝味着透入脏腑的机器的浑沉的震颤,——震得身体里的水起了波纹。一小圈,一小圈;暗数着身下靠背椅的一根一根木条;什么也不干,听而不闻,视而不见,近乎是虚设的"在"那里;观察,感觉,思索着这些,……各种生活式样摆设在船舱座椅上,展放出来;若真实,又若空幻,各自为政,没有章法,然而为一种什么东西范围概括起来,赋之以相同的一点颜色。——那也许是"生活"本身。在现在,即使"过江",大家同在一条"船"上。

在分割了的空间之中,在相忘于江湖的漠然之中,他被发现了,像从一棵树下过,忽然而发现了这里有一棵树。他是什么时候进来的呢? 他一定是刚刚进来。虽没有人注视着舱门如何进来了一个人,然而全舱都已经意识到他,在他由动之静,迈步之间有停止之意而终于果然站立下来的时候,他的进来完全成为了一个事实。像接到了一个通知似的,你向他看。

你觉得若有所见了。

活在世上,你好像随时都在期待着,期待着有什么可以看一看的事。有时你疲疲困困,你的心休息,你的生命匍伏着像一条假寐的狗,而一到有什么事情来了,你醒豁过来,白日里闪来了清晨。

常常也是一涉即过，清新的后面是沉滞，像一缕风。

他停立在两个舱门之间的过道当中，正好是大家都放弃而又为大家所共有的一个自由地带。——他为什么不坐，有的是空座位。——他不准备坐，没有坐的意思，他没有从这边到那边看一看，他不是在挑选哪一张椅子比较舒服。他好像有所等待的样子。——动人的是他的等待么？

他脉脉的站在那里。在等待中总是有一种孤危无助的神情的。然而他不放纵自己的情绪，不强迫人怜恤注意他。他意态悠远，肤体清和，目色沉静，不纷乱，没有一点焦躁不安，没有忍耐。——你疑心他也许并不等待着什么，只是他的神情总像在等待着什么似的而已。

他整洁，漂亮，颀长，而且非常的文雅，身体的态度，可欣可感，都好极了。难得的，遇到这样一个人。

哦，——他是个瞎子，——他来卖唱，——他是等着这个女孩子进来，那是他女儿，他等待着茶房沏了茶打了手巾出去，(茶房从他面前经过时他略为往后退了退，让他过去，)等着人定，等着一个适当的机会开口。

她本来在那里的？是等在舱门外头？她也进来得正是时候，像她父亲一样，没有人说得出她怎么进来的，而她已经在那里了，毫不突兀，那么自然，那么恰到好处，刚刚在点儿上。他们永远找得到那个千载一时的成熟的机缘，一点不费力。他已经又在许多纷纭褶曲的心绪的空隙间插进他的声音，不知道什么时候，说了一句简单的开场白，唱下去了。没有跳踉呼喝，振足拍手，没有给任何旅客一点惊动，一点刺激，仿佛一切都预先安排，这支曲子本然的已经伏在那里，应当有的，而且简直不可或缺，不是改变，是完成；不是反，是正；不是二，是一。……

一切有点出乎意外。

我高兴我已经十年不经过这一带，十年没有坐这种过江的渡轮了，我才不认识他。如果我已经知道他，情形会不会不同？一切令我欣感的印象会不会存在？——也不，总有个第一次的。在我设想他是一种什么人的时候我没有想出,没有想到他是卖唱的。他的职业特征并不明显,不是一眼可见,也许我全心倾注在他的另一种气质,而这种气质不是,或不全是生成于他的职业,我还没有兴趣也没有时间来判断,甚至设想他是何以为生的?如果我起初就发现——为什么刚才没有,一直到他举出来轻轻拍击的时候我才发现他手里有一副檀板呢?

从前这一带轮船上两个卖唱的,一个鸦片鬼,瘦极了,嗓子哑得简直发不出声音,咤咤的如敲破竹子;一个女人,又黑又肥,满脸麻子。——他样子不像是卖唱的?其实要说,也像,——卖唱的样子是一个什么样子呢?——他不满身是那种气味。腐烂了的果子气味才更强烈,他还完完整整的,好好的。他样子真是好极了。这是他女儿,没有问题。

他唱的什么?

有一回,那年冬天特别冷,雪下得大极了,河封住了,船没法子开,我因事须赶回家去,只有起早走,过湖,湖都冻得实实的,船没法子过去,冰面上倒能走。大风中结了几个伴在茫茫一片冰上走,心里感动极了,抽一支烟划一支洋火好费事!一个人划洋火成了全队人的事情。……(我掏了一支烟抽,)远远看见那只轮船冻在湖边,一点活意都没有,被遗弃在那儿,红的,黑的,都是可怜的颜色。我们坐过它很多次,天不这么冷,现在我们就要坐它的。忽然想起那两个卖唱的。他们在哪里了呢,雪下了这么多天了。沿河堤有许多小客栈,本来没有什么人知道的,你想不到有那么多,都有了生意了,近年下,起早走路的客人多,都有事。他们大概可以一站一站的赶,十多里,二三十里,赶到小客栈里给客人解闷去。他们多半会这么着的。封了河不是第一次,路真不好走。一个人走起来更苦,他们其实可以结成伴。——哈,他们可以结婚!

这我想过不止一次了,颇有为他们做媒之意。"结婚"哈!但是他们一起过日子很不错,同是天涯沦落人,彼此有个照应。可是怪,同在一路,同在一条船上卖唱,他们好像并没有同类意识,见了面没有看他们招呼过,谈话中也未见彼此提起过,简直不认识似的。不会,认识是当然认识的。利害相妨,同行妒忌,未必罢,他们之间没有竞争。

男的鸦片抽成了精,没有几年好活了,但是他机灵,活络得多,也皮赖,一定得的钱较多。女的可以送他葬,到时候有个人哭他,买一陌纸钱烧给他。——你是不是想男的可以戒烟,戒了烟身体好起来,不喝酒,不赌钱,做两件新蓝布大褂,成个家,立个业,好好过日子,同偕到老?小孩子!小孩子!——不,就是在一个土地庙神龛鬼脚下安身也行,总有一点温暖的。——说不定他们还会生个孩子。

现在,他们一定结伴而行了,在大风雪中挨着冻饿,挨着鸦片烟,十里二十里的往前赶一家一家的小客栈了。小客栈里咸菜辣椒煮小鲫鱼一盘一盘的冒着热气,冒着香,锅里一锅白米饭。——今天米价是多少?一百八?

下来一半(路程)了罢?天气好,风平浪静。

他们不会结婚,从来没有想到这个上头去过。这个鸦片鬼不需要女人,这个女人没有人要。别看这个鸦片鬼,他要也才不要这个女人!他骨干肢体毁蚀了,走了样,可是本来还不错的,还起原来很有股子潇洒劲儿。那样的身段是能欣赏女人的身段,懂得风情的身段。这个女人没有女人味儿!鸦片鬼老是一段"活捉张三郎",挤眉瞪眼,伸头缩脖子,夸张,恶俗,猥亵,下流极了。没法子。他要抽鸦片。可是要是没法子不听还是宁可听他罢。他聪明,他用两支竹筷子丁丁当当敲一个青花五寸盘子,敲得可是神极了,溅跳洒泼,快慢自如,有声有势,活的一样。他很有点才气,适于干这一行的,他懂。那个黑麻子女人拖把胡琴唱"你把那,冤枉事勒欧欧欧欧欧欧……"实在不敢领教。或者,更坏,不知哪里学来的一段黑风帕。这个该死的蠢女人!

他们禀赋各异,玩意儿不同,凑不到一起去。

真不大像是——这女孩了配不上他父亲,——达个错,不算难看,气派好,庄静稳重,不轻浮,现在她接她父亲的口唱了。

有熟人懂得各种曲子的要问问他,他们唱的这种叫什么调子。这其实应当说是一种戏文,用的是代言体,上台彩扮大概不成罢,声调过于逶迤曼长了。虽是两人递接着唱,但并非对口,唱了半天,仍是一个人口吻。全是抒情,没有情节。事实自《红楼梦》敷衍而出。黛玉委委屈屈向宝玉倾诉心事。每一段末尾长呼"我的宝哥哥儿来"。可是唱得含蓄低宛,居然并不觉得刺耳,颇有人细细的听,凝着神,安安静静,脸上恻恻的,身体各部松弛解放下来,气息深深,偶然舒一舒胸,长长透一口气,纸烟灰烧出一长段,跌落在衣襟上。碎了,这才霍然如梦如醒。有人低语:

"他的眼睛——"

"瞎子,雀盲。"

"哦——"

进门站下来的时候就觉得,他的眼睛有点特别,空空落落,不大有光彩,不流动。可是他女儿没有进来之先他向舱门外望了一眼,他一扬头,样子不像瞎眼的人。瞎眼人脸上都有一种焦急愤恨。眼角嘴角大都要变形的,雀盲尤其自卑,扭扭捏捏,藏藏躲躲,他没有,他脸上恬静平和极了。他应当是生下来就双眼不通,不会是半途上瞎的。

女孩子唱的还不如他父亲。——听是还可以听。

这段曲子本来跟多数民间流行曲子一样,除了感伤,剩下就没有什么东西了,可是他唱得感伤也感伤,一点都不厉害。唱得深极了,远极了,素雅极了,醇极了,细运轻输,不枝不蔓,舒服极了。他唱的时候没有一处摇摆动晃,脸上都不大变样子,只有眉眼间略略有点凄愁。像是在深深思念之中,不像在唱。——啊不,是在唱,他全身都在低唱,没有哪一处是散涣叛离的,他唱得真低,然而不枯,不弱,声声匀调,字字透达,听得清楚分明极了,每一句,轻轻的拍一板,一段,连拍三四下。女儿所唱,格韵虽较一般为高,但是听起来薄,松,含糊,懒懒的,她是受她父亲的影响,模仿父亲而没有其精华神髓,她尽量压减洗涤她的嗓音里的野性和俗气,可是她的生命不能与那个形式蕴合,她年纪究竟轻,而且性格不够。她不能沉湎,她心不专,她唱,她自己不听。她没有想跳出这个生活,她是个老实孩子。老实孩子,但不是没有一些片片段段的事实足以叫她分心,叫她不能全神贯注,入乎其中。

她有十七八岁了罢?有啰,可能还要大一点,样子还不难看。脸宽宽的,鼻子有一点塌,眼睛分得很开。搽了一点脂粉,胭脂颜色不好,桃红的。头发修得很齐,梳得光光的,稍为平板了一点,前面一个发卷于是显得像个筒子,跟后面头发有点不能相连属,腰身粗粗的,眼前还不要紧,千万不能再胖。站着能够稳稳的,腿分得不太开,脚不乱动,上身不扭,然而不僵,就算难得的了。她的态度救了她的相貌不少。她神色间有点疲倦,一种心理的疲倦。——她有了人家没有?一件黑底小红碎花布棉袍,青鞋,线袜,干干净净。——又是父亲了,他们轮着来。她唱得比较少,大概是父亲唱两段,女儿唱一段。

天气真好,简直没有什么风。船行得稳极了。

谁把茶壶跟茶杯挨近着放,船震,轻轻的碴出瓷的声音,细细的,像个金铃子叫。——哎呀,叫得有点烦人!心里不舒服,觉得恶心。——好了,平息了,心上一点霉斑。——让它叫去罢,不去管它。

是不是这么分的,一个两段,一个一段?这么分法有什么理由?要是倒过来,——现在这么听着挺合适,要是女儿唱两段父亲唱一段呢。这个布局想象得出么?两种花色编结起来的连续花边,两朵蓝的,间有一朵绿的,(紫的、黄的、银红的、杂色的,)如果改成两朵绿的一朵蓝的呢?……什么蓝的绿的,不像!干什么用比喻呢,比喻不伦!——有没有女儿两段父亲一段的时候?——分开了唱四段比连着唱三段省力,——两个人比一个人唱好,有变化,不单调,起来复舒卷感,像花边,——比喻是个陷阱,还是摔不开!——接口接得真好,一点不露痕迹,没有夺占,没有缝隙,水流云驻,叶落花开,相契莫逆,自自在在,当他末一声的有余将尽,她的第一字恰恰出口,不颔首,不送目,不轻轻咳嗽,看不出一点点暗示和预备的动作。

他们并排站着,稍有一段距离。他们是父女,是帅徒,也还是同伴。她唱得比较少,可是并不就是附属陪衬。她并不多余,在她唱的时候她也是独当一面,她有她的机会,他并不完全笼罩了她,他们之间有的是平等,合作时不可少的平等。这种平等不是力求,故不露暴,于是更圆满了。——真的平等不包含争取。父亲唱的时候女儿闲着,她手里没有一样东西,可是她能那么安详!她垂手直身,大方窈窕,有时稍稍回首,看她父亲一眼,看他的侧面,他的手。——她脚下不动。

他自己唱的时候他拍板,女儿唱的时候他为女儿拍板,他从头没有离开过曲子一步。他为女儿拍板时也跟为自己拍板时一样,好像他女儿唱的时候有两起声音,一起直接散出去,一起流过他,再出去。不,这两条路亦分亦合,还有一条路,不管是他和她所发的声音都似乎不是从这里,不是由这两个人,不是在我们眼前这个方寸之地传来的,不复是一个现实,这两个声音本身已经连成一个单位。——不是连成,本是一体,如藕于花,如花于镜,无所凭借,亦无落着,在虚空中,在天地水土之间。……

女孩子眼睛里看见什么了?一个客人袖子带翻了一只茶杯,残茶流出来,渐成一线,伸过去,伸过去,快要到那个纸包了,——纸包里是什么东西?——嘻,好了,桌子有一条缝,茶透到缝里去了——还没有,还没有——滴下来了!这种茶杯底子太小,不稳,轻轻一偏就倒了。她一边看,一边唱,唱完了,还在看,不知是不是觉得有人看出了,有点不好意思,微低了头。面色肃然。——有人悄悄的把放在桌上的香烟火柴放回口袋里,快到了罢?对岸山浅浅的一抹。他唱完了这一段大概还有一段,由他开头,也由他收尾。

完了,可是这次好像只有一段?女儿走下来收钱,他还是等在那儿。他收起檀板,敛手垂袖而立,温文恭谨,含情脉脉,跟进来时候一样。

他样子真好极了,人高高的,各部分都称配,均衡,可是并不伟岸,周身一种说不出来的优雅高贵。稍稍有点衰弱,还好,还看不出有病苦的痕迹。总有五十岁左右了。……今天是……十三,过了年才这么几天,风吹着已经似乎不同了。——他是理了发过的年罢,发根长短正合适。梳得妥妥帖帖，大大方方。头发还看不出白的。——他不能自己修脸罢？也还好，并不惨厉，而且稍为有点阴翳于他正相宜，这是他的本来面目，太光滑了就不大像他了。他脸上轮廓清晰而固定，不易为光暗影响改变。手指白白皙皙，指甲修得齐齐的。——干净极了！一眼看去就觉得他的干净。可是干净得近人情，干净得叫人舒服，不萧索，不干燥，不冷，不那么兢兢冀冀，时刻提防，觉得到处都脏，碰不得似的。一件灰色棉袍，剪裁得合身极了。布的。——看上去料子像很好？——是布的，不单是袍子，里面衬的每一件衣裤也一定都舒舒齐齐，不破，不脏，没有气味，不窝囊着，不扯起来，口袋纽子都不残缺，一件套着一件，一层搜着一层，袖口一样长短，领子差不多高低，边对边，缝对缝。……还很新，是去年冬天做的。——袍子似乎太厚了一点，有点臃肿，减少了他的挺拔。——不，你看他的腮，他真该穿得暖些啊。他的胸，他的背，他的腰肋，都暖洋洋的，他全身正在领受着一重丰厚的暖意，——一脉近于叹息的柔情在他的脸上。

　　她顺着次序走过一个一个旅客，不说一句话，伸出她的手，坦率，无邪，不局促，不忸怩，不争多较少，不泼辣，不纠缠，规规矩矩老老实实。——这女孩子实在不怎样好看。她鼻子底下有颗痣。都给的。——有一两个，她没有走近，看样子他也许没有，然而她态度中并无轻蔑之意，不让人不安，有的脸背着，或低头扣好皮箱的锁，她轻轻在袖子上拉一拉。——真怪，这样一个动作中居然都包含一点卖弄风情，没有一点冒昧。被拉的并不嗔怪，不声不响，掏出钱来给她。——有人看着他，他脸一红，想分辩，我不是——是的，你忙着有事，不是规避，谁说你小器的呢，瞧瞧你这样的人，像么，——于是两人脸上似笑非笑了一下，眼光各向一个方向挪去。——这两个人说不定有机会认识，他们老早谈过话了。——在澡堂里，饭馆里，街上，隔若干日子，碰着了，他们有招呼之意，可是匆匆错过了，回来，也许他们会想，这个人好面熟，哪里见过的？——大概想不出究竟是哪里见过的了罢？——人应当记日记。——给的钱上下都差不多，这也好像有个行情,有个适当得体的数目,切合自己生活,也不触犯整个社会。这玩意儿真不易,够学的! 过到老,学不了,学的就是这种东西? 这是老练,是人生经验,是贾宝玉反对的学问文章。我的老天爷! ——这一位,没有零的,掏出来一张两万关金券,一时张皇极了,没有主意,连忙往她手里一搁,心直跳,转过身来伏在船窗上看江水,他简直像大街上摔了一大跤。——哎,别介,没有关系。——差不多全给的,然而送给舱里任何一位一定没有人要。一点不是一个可羡慕的数目。——上海正发行房屋奖券,这里头一定有人买的,就快开奖了,你见过设计图样么? ——从前用铜子,卖唱的多用一个小藤册子接钱,投进去磬磬的响。

都收了,她回去,走近她父亲,——她第一次靠着她父亲,伸一个手给他,拉着他,她在前,他在后,一步一步走出去了。他是个瞎子。——我这才真正的觉得他瞎。看到他眼睛看不见,十分的动了心。他的一切声容动静都归纳摄收在这最后的一瞥,造成一个印象,完足,简赅,具体。他走了,可是印象留下来。——他们是父女,无条件的,永远的,没有一丝缝隙的亲骨肉。不,她简直是他的母亲啊! 他们走了。……

"他们一天能得多少钱?"

"也不多——轮渡一天来回才开几趟。夏天好,夏天晚上还有人叫到家里唱。"

"那他们穿的?"

"哎——"

船平平稳稳的行进,太阳光照在船上,船在柔软的江水上。机器的震动均匀而有力,充满健康,充满自信。舱壁上几道水影的反光晃荡。船上安静极了,有秩序极了。——忽然乱起来,像一个灾难,一个麻袋挣裂了,滚出各种果实。一个脚夫像天神似的跳到舱里。——到了,下午两点钟。

一九四八年

异秉(一)

　　一天已经过去了。不管用什么语气把这句话说出来,反正这一天从此不会再有。然而新的一页尚未盖上来,就像火车到了站,在那儿喷气呢,现在是晚上。晚上,那架老挂钟敲过了八下,到它敲十下则一定还有老大半天。对于许多人,至少在这儿的几个人说起来,这是好的时候。可以说是最好的时候,如果把这也算在一天里头。更合适的是让这一段时候独立自足,离第二天还远,也不挂在第一天后头。

　　晚饭已经开过了。

　　"用过了?"

　　"偏过偏过,你老?"

　　"吃了,吃了。"

　　照例的,须跟某几个人交换这么两句问询。说是毫无意思自然也可以,然而这也与吃饭不可分,是一件事,非如此不能算是吃过似的。

　　这是一个结束,也是一个开始。

　　账簿都已一本一本挂在账桌旁边"钜万"斗子后头一溜钉子上,按照多少年来的老次序。算盘收在柜台抽屉里,手那么抓起来一振,梁上的珠子,梁下的珠子,都归到两边去,算盘珠上没有一个数字,每一个珠子只是一个珠子。该盖上的盖上,该关好的关好。(鸟都栖定了,雁落在沙洲上。)只有一个学徒的在"真不二价"底下拣一堆货,算是做着事情。但那也是晚上才做的事情。而且他的鼻涕分明已经吸得大有一种自得其乐的意趣,与白天挨骂时吸得全然两样。其余的人或捧了个茶杯,茶色的茶带烟火气;或托了个水烟袋,钱板子反过来才搓了的两根新媒子;坐着靠着,蹾那么两步,搓一搓手,都透着一种安徐自在。一句话,把自己还给自己了。白天他们属于这个店,现在这个店里有这么几个人。

每天必到的两个客人早已来了,他们把他们的一切都带了来,他们的声音笑貌,委屈嘲讪,他们的胃气疼和老刀牌香烟都带来了。像小孩子玩"做人家",各携瓜皮菜叶来入了股。一来,马上就合为一体,一齐度过这个"晚上",像上了一条船。他们已经聊了半天,换了几次题目。他们唏嘘感叹,啧啧慕响,讥刺的鼻音里有酸味,鄙夷时撇撇嘴,混合一种猥亵的刺激,舒放的快感,他们哗然大笑。这个小店堂里洋溢感情,如风如水,如店中货物气味。

而大家心里空了一块。真是虚应以待,等着,等王二来,这才齐全。王二一来,这个晚上,这个八点到十点就什么都不缺了。

今天的等待更是清楚,热切。

王二呢,王二这就来了。

王二在这个店前廊下摆一个摊子,一个什么摊子,这就难一句话说了。实在,那已经不能叫摊子,应当算得一个小店。摊子是习惯说法。王二他有那么一套架子,板子;每天支上架子,搁上板子;板子上一排平放着的七八个玻璃盒子,一排直立着的玻璃盒子,也七八个;再有许多大大小小搪瓷盆子,钵子。玻璃盒子里是瓜子,花生米,葵花籽儿,盐豌豆,……洋烛,火柴,茶叶,八卦丹,万金油,名牌香烟,……盆子钵子里是卤肚,蒸鱼,香肠,盐虾,牛腱,猪头肉,口条,咸鸭蛋,酱豆瓣儿,盐水百叶结,回卤豆腐干。……一交冬,一个朱红蜡笺底洒金字小长方镜框子挂出来了,"正月初一日起新增美味羊羔五香兔腿"。先生,你说这该叫个什么名堂?这一带人呢,就省事了,只一句"王二的摊子",谁都明白。话是一句,十数年如一日,意义可逐渐不同起来。

晚饭前后是王二生意最盛的时候。冬天,喝酒的人多,王二就更忙了。王二忙得喜欢。随便抄一抄,一张纸包了;(试数一数看,两包相差不作兴在五粒以上,)抓起刀来,(新刀,才用趁手,)刷刷刷切了一堆;(薄可透亮,)铛的一声拍碎了两根骨头:花椒盐,辣椒酱,来点儿葱花。好,葱花!王二的两只手简直像做着一种熟练的游戏,流转轻巧,可又笔笔送到,不苟且,不油滑,像一个名角儿。五寸盘子七寸盘子,寿字碗,青花碗,没带东西的用荷叶一包,路远的扎一根麻线。王二的钱笼里一阵阵响,像大電子。钱笼满了时,王二面前的东西也稀疏了,搪瓷盆子这才现出它的白,王二这才看见那两盏高罩子美孚灯,灯上加了一截纸套子。于是王二才想起刚才原就一阵一阵的西北风,到他脖子里是一个冷。一说冷,王二可就觉得他的脚有点麻木了,他掇过一张凳子坐下来,膝碰膝摇他的两条腿。手一不用,就想往袖子里笼,可是不行,一手油!倒也是油才不皴。王二回头,看见儿子扣子。扣子伏在板上记账,弯腰曲背,窝成一团。这孩子!一定又是蒋沈韩杨的韩字弄不对了,多一划少一划在那里一个人商量呢。

里边谈笑声音他听得见,他入神,皱眉,张目结舌,笑。他们说雷打泰山庙旗杆,这事他清楚,他很想插一句,脚下有欲动之势。还是留在凳子上吧!他不愿留下扣子一个人,零碎生意却还有几个的。

到承天寺幽冥钟声音越来越清楚,拉洋车的徐大虎子,一路在人家墙上印过走马灯似的影子,王二把他老婆送来的晚饭打开,父子两个吃起来。照例他们吃晚饭时抽大烟的烤鸭架子夹了个酒瓶来切搁风。放下碗,打更的李三买去羊尿泡。再,大概就不会有人来了。王二又坐了一会,今天早一点吧,趁三碗饭的暖气未消,把摊子收拾了,一件一件放到店堂后头过道里来。

王二东西多,他跟扣子两个人还得搬三四趟。店堂里这几位是每天看熟了,然而他们还是看,看他过来,过去,像姑娘看人家发嫁妆。用手用脚的是这两个人,然而好像大家全来合作似的。自然这其间淡漠热烈程度不同。最后至那块镜框子摘下来,王二从过道里带出一捆白天买好的葱。王二把他的葱放在两脚之间而坐下了。坐在那张空着的椅了上。

“二老板!生意好?”

"托福托福,什么话,'二老板!'不要开玩笑好不好!"

王二这一坐下,大家重新换了一回烟茶:王二一坐下,表示全城再没有什么活动了。灯火照在人家槅子纸上,河边园上乌青菜叶子已抹了薄霜。阻风的船到了港,旅馆子茶房送完了洗脚汤。知道所有人都已得到舒休,这叫自己的轻松就更完全。

谈话承前启后的接下来。

这里并未"多"这么一个王二。无庸为王二而把一套话收起来,或特为搬出一套。而且王二来,说话的人高兴,高兴多了一个人听。不止多了一个人听,是来了个听话的人。王二从不打断别人的话,跟人抬杠,抢别人的话说。他简直没有什么话,听别人的。王二总像知道得那么少,虚怀若谷的听,听得津津有味,"唉","噢",诚诚恳恳的惊奇动色,像个小孩子。最多,比方说像雷打泰山庙旗杆,他知道,他也让你说,末了他补充发挥几句,而已。王二他大概不知道谦虚这两个字到底该怎样讲,可是他就谦虚得到了家了。

这里的人,自然不会有什么优越感。王二呢,他自己要自己懂得分寸。这里几位,都是店里的"先生",两个客人,一个在外地做过师爷,看过琼花观的琼花;一个教蒙馆,他儿子扣子都曾经是他学生。王二知道自己决写不出一封"某某仁翁台电"的信,用他自己的话说,"不敢乱来"。

叫一声"二老板"的,当然有一种调侃的意思在。不过这实在全非恶意,叫这么一声真是欢欢喜喜的。为王二欢喜,简直连嫉妒的意思都没有。那个学徒的这时把货拣完了,一齐捊到一张大匾子里。他看过《老申报》,晓得一个新名词,他心里念"王二是个'幸运儿'"。他笑,笑王二是个幸运儿,笑他自己知道这三个字。

王二真的是不敢当。他红了若干次脸才能不红。(他是为"二老板"而红脸。)

王二随时像做官的见上司一样,不落落实实的坐,虽然还不至于"斜签着"。即是跟他儿子,他老婆在一处,甚至一个人,他也从不往椅子背上一靠,两条腿伸得挺挺的。他的胳臂总是贴着他的肋骨。

他说话时也兴奋，激动，鼓舞，但动跳的是他的肌肉，他的心，他不指手画脚，不为加重语气而来一个响榧子。他吃饭，尽管什么事都没有，也是赶活儿一样急急吃了。喝茶，到后头大锡壶里倒得一杯，咕噜噜灌下去，不会一口一口的呷，更不会一边呷，一边把茶杯口在牙齿上轻轻的叩。就说那捆葱，他不会到临走时再去拿吗？可他不，随手就带了来。王二从不缺薄，谢三秀才就是谢三秀才，不是什么"黑漆皮灯笼谢三秀才"。他也叫烤鸭架子为烤鸭架子，那是因为烤鸭架子姓名久经湮没，王二无法觅访也。

"王二的摊子"虽然已经像一个小店了，还是"王二的摊子"。

今天实在是王二的摊子最后一天了。明天起世界上就没有王二的摊子。

王二赁定了隔壁旱烟店半间门面。旱烟店虽还开着门，这两年来实在生意清淡，本钱又少，只能卖两个泡烟师傅一个站柜台的伙食，王二来了，自然欢迎。老板且想到不出一年，自己要收生意，一齐顶给王二。王二的哥哥王大是个挑箩的，也对付着能做一点木匠活，（王大王二原不住在一起，这以后，王二叫他搬到他家里来住。）已经丁丁东东的弄了两天，一个小柜台即将完成。王二又买了十几个带盖子的洋油铁箱，一口玻璃橱子，一张小桌子，扣子可以记记账。准备准备，三天之后即可搬了过去。

能不搬，王二决不搬。王二在这个檐下吹过十几个冬天的西北风，他没有想到要舒服舒服。这么一丈来长，四尺宽的地方他爱得很。十几年来他在一定时候，依一定步骤在这里支开架子，搁上板子，哪里地上一个坑，该垫一个砖片，哪里一根椽子特别粗，他熟得很。春天燕子在对面电话线上唧唧呱呱，夏天瓦沟里长瓦松，蜘蛛结网，壁虎吃苍蝇，他记得清清楚楚。晚上听里边说话已成了个习惯。要他离开这里简直是从画儿上剪下一朵花来。而且就这个十几年里头，他娶了老婆生了扣子，扣子还有个妹妹。他这些盒子盆子一年一年多起来，满起来。可是就因为多起来满起来，他要搬家了。这么点地方实在挤得很。这些东西每天搬进搬出，在人家那儿堆了一大堆也过意不去。风沙大,雨大,下雪的时候,化雪的时候,就别提多不方便了。还有,他不愿意他的扣子像他一样在这个檐下坐一辈子。扣子也不小了。

你不难明白王二听到"二老板"时心里一些综错感情。

于是王二搬家了。王二这就不再在店前摆摊子了。

虽然只隔一层墙,究竟是个分别。王二没事时当然会来坐坐,晚上尤其情不自禁的要溜过来的,但彼此将终不免有一分冷清。王二现在来,是来辞行了。他们没有想到这四个字:依依不舍,但说出来就无法否认,虽然只一点点,一点点,埋在他们心里。人情,是不可免的。只缺少一个倾吐罢了。然而一定要倾什么?

王二呢,他是说来谈谈的。"谈谈"的意思是商量一点事情,什么事情王二都肯听听别人意见。今天更有须要向人请教的。他过三天,大小开了一爿店。是店得有个字号。这事前些日子大家早就提到过。

"二老板!黑漆招牌金漆字,如意头子上扎红彩。写魏碑的有崔老夫子,王二太爷石门颂。四个吹鼓手,两根杠子,嗨哟嗨哟,南门抬到北门! 从此青云直上,恭喜恭喜!"

王二又是"托福托福,莫开玩笑"。自然心里也有些东西闪闪烁烁翻动。招牌他不想做,但他少不了有些往来账务,收条发单,上头得有个图章。他已经到市场逛了逛,买了两本蓝油夏布面子的新账本,一个青花方瓷印色盒子。他一想到扣子把一方万胜边枣木戳子沾上印色,呵两口气,盖在一张粉连子纸上,他的心扑通扑通直跳,他一直想问问他们可给他斟酌定了,不好意思。现在,他正在盘算着怎么出口。他嘀咕着:"明天,后天,大后天,哎呀! ——"他着急要来不及了。刻图章的陈才三认识,赶是可以赶的,总不能弄到最后一天去。他心里有事,别人说什么事,那么起劲,他没听到。他脸上发热,耳朵都红了。

教蒙馆的陆先生叫了一声,

"王老二!"

"嗳，什么事陆先生？"

"你的那个字号啊，——"

"嗳。"

"我们大家推敲过了。"

"承情承情！"

"乾啦，泰啦，丰啦，隆啦，昌啦，……都不大合适，这个，这个，你那个店不大，怕不大称。（王二正想到这个。）你么，叫王义成，你儿子叫王坤和，你不是想日后把店传给儿子吗，我们觉得还是从你们两个名字当中各取一个字，就叫王义和好了。你这个生意路宽，不限什么都可以做，也不必底下再赘什么字，就叫'王义和号'好了。如何，你以为？"

王二一句一句的听进去，他听王少堂说"武十回"打虎杀嫂也没这么经心，他一辈子没听过这么好听的声音，陆先生点火吃烟，他连忙说：

"好极了，好极了。"

陆先生还有话：

"图章呢，已经给你刻好了，在卢先生那儿。"

王二嘴里一声"啊——"他说不出话来。这他实在没有想到！王二如果还能哭，这时他一定哭。别人呢，这时也都应当唱起来。他们究竟是那么样的人，感情表达在他们的声音里，话说得快些，高些，活泼些。他们忘记了时间，用他们一生之中少有的狂兴往下谈。扣子已经把一盏马灯点好，靠在屏门上等了半天，又撑开罩子吹熄了。

自然先谈了许多往事。这里有几个老辈子，事情记得真清楚。王二父亲什么时候死的，那时候他怎么瘦得像个猴子，到粥厂拾个橛子打粥去。怎么那年跌了一跤，额角至今有个疤，怎么挎了个篮子卖花生，卖梨，卖柿饼子，卖荸荠；怎么开始摆熏烧摊子；……王二痛定思痛，简直伤心，伤心又快乐，总结起来心里满是感激。他手里一方木戳子不歇的揿来揿去。

"一切是命。八个字注得定定的。抬头朱洪武，低头沈万山，猴一猴是个穷范单。除了命,是相。耸肩成山字,可以麒麟阁上画图。朱洪武生来一副五岳朝天的脸!汉高祖屁股上有七十二颗黑痣,少一颗坐不了金銮宝殿!一个人多少有点异像,才能发。"

于是谈了古往今来,远山近水的穷达故事。

最后自然推求王二如何能有今天了。

王二这回很勇敢,用一种非常严肃的声音,声音几乎有点抖,说:

"我呀,我有一个好处:大小解分清。大便时不小便。喏,上毛房时,不是大便小便一齐来。"

他是坐着说的,但听声音是笔直的站着。

大家肃然。随后是一片低低的感叹。

这时门外一声:

"爹!你怎么还不回去?"

来的是王二女儿,瘦瘦小小,像他爹,她手里一盏灯笼,女儿后面是他哥哥王大,王大又高又大,一脸络腮胡子,瞪着两眼。

那架老钟抖抖擞擞的一声一声的敲,那个生锈的钢簧一圈一圈振动,仿佛声音也是一个圈一个圈扩散开来,像投石子水,颤颤巍巍。数。铛,——铛,——铛,——铛,……一共十下。

王二起来。

"来了来了。这么冷的天,谁教你来的!"

"妈!"

忽然哄堂大笑。

"少陪少陪。"

王二走了一步,又站着:

"大后儿,在对面聚兴楼,给个脸,一定到,早到,没有什么菜,喝一杯,意思意思,那天一早晨我来邀。

"少陪你老。少陪,卢先生。少陪,陆先生,……

"扣子!把妹妹手上灯笼接过来!马灯不用点了,我拿着。"

大家目送王二一家出门。

街上这时已断行人,家家店门都已上了。门缝里面有的尚有一线光透出来。王二一家稍为参差一点的并排而行。王大在旁，过来是扣子，王二护定他女儿走在另一边。灯笼的光圈晃，晃，晃过去。更锣声音远远的在一段高高的地方敲，狗吠如豹，霜已经很重了。

"聋子放炮仗，我们也散了。"师爷与学究连袂出去，这家店门也阖起来。

学徒的上毛房。

一九四八年十二月三日写成。上海

异秉(二)

王二是这条街的人看着他发达起来的。

不知从什么时候起,他就在保全堂药店廊檐下摆一个熏烧摊子。"熏烧"就是卤味。他下午来,上午在家里。

他家在后街濒河的高坡上,四面不挨人家。房子很旧了,碎砖墙,草顶泥地,倒是不仄逼,也很干净,夏天很凉快。一共三间。正中是堂屋,在"天地君亲师"的下面便是一具石磨。一边是厨房,也就是作坊。一边是卧房,住着王二的一家。他上无父母,嫡亲的只有四口人,一个媳妇,一儿一女。这家总是那么安静,从外面听不到什么声音。后街的人家总是吵吵闹闹的。男人揪着头发打老婆,女人拿火叉打孩子,老太婆用菜刀剁着砧板诅咒偷了她的下蛋鸡的贼。王家从来没有这些声音。他们家起得很早。天不亮王二就起来备料,然后就烧煮。他媳妇梳好头就推磨磨豆腐。——王二的熏烧摊每天要卖出很多回卤豆腐干,这豆腐干是自家做的。磨得了豆腐,就帮王二烧火,火光照得她的圆盘脸红红的。(附近的空气里弥漫着王二家飘出的五香味。)后来王二喂了一头小毛驴,她就不用围着磨盘转了,只要把小驴牵上磨,不时往磨眼里倒半碗豆子,注一点水就行了。省出时间,好做针线。一家四口,大裁小剪,很费功夫。两个孩子,大儿子长得像妈,圆乎乎的脸,两个眼睛笑起来一道缝。小女儿像父亲,瘦长脸,眼睛挺大。儿子念了几年私塾,能记账了,就不念。他一天就是牵了小驴去饮,放它到草地上去打滚。到大了一点,就帮父亲洗料备料做生意,放驴的差事就归了妹妹了。

每天下午,在上学的孩子放学,人家淘晚饭米的时候,他就来摆他的摊子。他为什么选中保全堂来摆他的摊子呢?是因为这地点好,东街西街和附近几条巷子到这里都不远;因为保全堂的廊檐宽,柜台到铺门有相当的余地;还是因为这是一家药店,药店到晚上生意就比较清淡,——很少人晚上上药铺抓药的,他摆个摊子碍不着人家的买卖,都说不清。当初还一定是请人向药店的东家说了好话,亲自登门叩谢过的。反正,有年头了。他的摊子的全副"生财"——这地方把做买卖的用具叫作"生财",就寄放在药店店堂的后面过道里,挨墙放着,上面就是悬在二梁上的赵公元帅的神龛,这些"生财"包括两块长板,两张三条腿的高板凳(这种高凳一边两条腿,在两头;一边一条腿在当中),以及好几个一面装了玻璃的匣子。他把板凳支好,长板放平,玻璃匣子排开。这些玻璃匣子里装的是黑瓜子、白瓜子、盐炒豌豆,油炸豌豆,兰花豆,五香花生米,长板的一头摆开"熏烧"。"熏烧"除回卤豆腐干之外,主要是牛肉、蒲包肉和猪头肉。这地方一般人家是不大吃牛肉的。吃,也极少红烧、清炖,只是到熏烧摊子去买。这种牛肉是五香加盐煮好,外面染了通红的红曲,一大块一大块的堆在那里。买多少,现切,放在送过来的盘子里,抓一把青蒜,浇一勺辣椒糊。蒲包肉似乎是这个县里特有的。用一个三寸来长直径寸半的蒲包,里面衬上豆腐皮,塞满了加了粉子的碎肉,封了口,拦腰用一道麻绳系紧,成一个葫芦形。煮熟以后,倒出来,也是一个带有蒲包印迹的葫芦。切成片,很香。猪头肉则分门别类的卖,拱嘴、耳朵、脸子,——脸子有个专门名词,叫"大肥"。要什么,切什么。到了上灯以后,王二的生意就达到了高潮。只见他拿了刀不停地切,一面还忙着收钱,包油炸的、盐炒的豌豆、瓜子,很少有歇一歇的时候。一直忙到九点多钟,在他的两盏高罩的煤油灯里煤油已经点去了一多半,装熏烧的盘子和装豌豆的匣子都已经见了底的时候,他媳妇给他送饭来了,他才用热水擦一把脸,吃晚饭。吃完晚饭,总还有一些零零星星的生意,他不忙收摊子,就端了一杯热茶,坐到保全堂店堂里的椅子上,听人聊天,一面拿眼睛瞟着他的摊子,见有人走来,就起身切一盘,包两包。他的主顾都是熟人,谁什么时候来,买什么,他心里都是有数的。

这一条街上的店铺、摆摊的,生意如何,彼此都很清楚。近几年,景况都不大好。有几家好一些,但也只是能维持。有的是逐渐地败落下来了。先是货架上的东西越来越空,只出不进,最后就出让"生财",关门歇业。只有王二的生意却越做越兴旺。他的摊子越摆越大,装炒货的匣子,装熏烧的洋瓷盘子,越来越多。每天晚上到了买卖高潮的时候,摊子外面有时会拥着好些人。好天气还好,遇上下雨下雪(下雨下雪买他的东西的比平常更多),叫主顾在当街打伞站着,实在很不过意。于是经人说合,出了租钱,他就把他的摊子搬到隔壁源昌烟店的店堂里去了。

源昌烟店是个老名号,专卖旱烟,做门市,也做批发。一边是柜台,一边是刨烟的作坊。这一带抽的旱烟是刨成丝的。刨烟师傅把烟叶子一张一张立着叠在一个特制的木床子上,用皮绳木楔卡紧,两腿夹着床子,用一个刨刃有半尺宽的大刨子刨。烟是黄的。他们都穿了白布套裤。这套裤也都变黄了。下了工,脱了套裤,他们身上也到处是黄的。头发也是黄的。——手艺人都带着他那个行业特有的颜色。染坊师傅的指甲缝里都是蓝的,碾米师傅的眉毛总是白蒙蒙的。原来,源昌号每天有四个师傅、四副床子刨烟。每天总有一些大人孩子站在旁边看。后来减成三个,两个,一个。最后连这一个也辞了。这家的东家就靠卖一点纸烟、火柴、零包的茶叶维持生活,也还卖一点趸来的旱烟、皮丝烟。不知道为什么,原来挺敞亮的店堂变得黑暗了,牌匾上的金字也都无精打采了。那座柜台显得特别的大。大,而空。

王二来了,就占了半边店堂,就是原来刨烟师傅刨烟的地方。他的摊子原来在保全堂廊檐是东西向横放着的,迁到源昌,就改成南北向,直放了。所以,已经不能算是一个摊子,而是半个店铺了。他在原有的板子之外增加了一块，摆成一个曲尺形，俨然也就是一个柜台。他所卖的东西的品种也增加了。即以熏烧而论，除了原有的回卤豆腐干、牛肉、猪头肉、蒲包肉之外，春天，卖一种叫作"鵽"的野味，——这是一种候鸟，长嘴长脚，因为是桃花开时来的，不知是哪位文人雅士给它起了一个名字叫"桃花鵽"；卖鹌鹑；入冬以后，他就挂起一个长条形的玻璃镜框，里面用大红蜡笺写了泥金字："即日起新添美味羊羔五香兔肉"。这地方人没有自己家里做羊肉的，都是从熏烧摊上买。只有一种吃法：带皮白煮，冻实，切片，加青蒜、辣椒糊，还有一把必不可少的胡萝卜丝（据说这是最能解膻气的）。酱油、醋，买回来自己加。兔肉，也像牛肉似的加盐和五香煮，染了通红的红曲。

这条街上过年时的春联是各式各样的。有的是特制嵌了字号的。比如保全堂，就是由该店拔贡出身的东家拟制的"保我黎民，全登寿域"；有些大字号，比如布店，口气很大，贴的是"生涯宗子贡，贸易效陶朱"，最常见的是"生意兴隆通四海，财源茂盛达三江"；小本经营买卖的则很谦虚地写出"生意三春草，财源雨后花"。这末一副春联，用于王二的超摊子准铺子，真是再贴切不过了，虽然王二并没有想到贴这样一副春联，——他也没处贴呀，这铺面的字号还是"源昌"。他的生意真是三春草、雨后花一样的起来了。"起来"最显眼的标志是他把长罩煤油灯撤掉，挂起一盏呼呼作响的汽灯。须知，汽灯这东西只有钱庄、绸缎庄才用，而王二，居然在一个熏烧摊子的上面，挂起来了。这白亮白亮的汽灯，越显得源昌柜台里的一盏煤油灯十分的暗淡了。

王二的发达，是从他的生活也看得出来的。第一，他可以自由地去听书。王二最爱听书。走到街上，在形形色色招贴告示中间，他最注意的是说书的报条。那是三寸宽，四尺来长的一条黄颜色的纸，浓墨写道："特聘维扬×××先生在×××（茶馆）开讲××（三国、水浒、岳传……）是月×日起风雨无阻"。以前去听书都要经过考虑。一是花钱，二是费时间，更主要的是考虑这于他的身份不大相称：一个卖熏烧的,常常听书,怕人议论。近年来,他觉得可以了,想听就去。小蓬莱、五柳园(这都是说书的茶馆),都去,三国、水浒、岳传,都听,尤其是夏天,天长,穿了竹布的或夏布的长衫,拿了一吊钱,就去了。下午的书一点开书,不到四点钟就"明日请早"了(这里说书的规矩是在说书先生说到预定的地方,留下一个扣子,跑堂的茶房高喝一声"明日请早——!"听客们就纷纷起身散场),这耽误不了他的生意。他一天忙到晚,只有这一段时间得空。第二,过年推牌九,他在下注时不犹豫。王二平常绝不赌钱,只有过年赌五天。过年赌钱不犯禁,家家店铺里都可赌钱。初一起,不做生意,铺门关起来,里面黑洞洞的。保全堂柜台里身,有一个小穿堂,是供神农祖师的地方,上面有个天窗,比较亮堂。拉开神农画像前的一张方桌,哗啦一声,骨牌和骰子就倒出来了。打麻将多是社会地位相近的,推牌九则不论,谁都可以来。保全堂的"同仁"(除了陶先生和陈相公),替人家收房钱的抡元,卖活鱼的疤眼——他曾得外症,治愈后左眼留一大疤,小学生给他起了个外号叫"巴颜喀拉山",这外号竟传开了,一街人都叫他巴颜喀拉山,虽然有人不知道这是什么意思,——王二。输赢说大不大,说小可也不小。十吊钱推一庄。十吊钱相当于三块洋钱。下注稍大的是一吊钱三三四,一吊钱分三道:三百、三百、四百。七点赢一道,八点赢两道,若是抓到一副九点或是天地杠,庄家赔一吊钱。王二下"三三四"是常事。有时竟会下到五吊钱一注孤丁,把五吊钱稳稳地推出去,心不跳,手不抖。(收房钱的抡元下到五百钱一注时手就抖个不住。)赢得多了,他也能上去推两庄。推牌九这玩意,财越大,气越粗,王二输的时候竟不多。

王二把他的买卖乔迁到隔壁源昌去了,但是每天九点以后他一定还是揣了一杯茶到保全堂店堂里来坐个点把钟。儿子大了,晚上再来的零星生意,他一个人就可以应付了。

且说保全堂。

这是一家门面不大的药店。不知为什么,这药店的东家用人,不用本地人，从上到下，从管事的到挑水的，一律是淮城人。他们每年有一个月的假期，轮流回家，去干传宗接代的事。其余十一个月，都住在店里。他们的老婆就守十一个月的寡。药店的"同仁"，一律称为"先生"。先生里分为几等。一等的是"管事"，即经理。当了管事就是终身职务，很少听说过有东家把管事辞了的。除非老管事病故，才会延聘一位新管事。当了管事，就有"身股"，或称"人股"，到了年底可以按股分红。因此，他对生意是兢兢业业，忠心耿耿的。东家从不到店，管事负责一切。他照例一个人单独睡在神农像后面的一间屋子里，名叫"后柜"。总账、银钱，贵重的药材如犀角、羚羊、麝香，都锁在这间屋子里，钥匙在他身上，——人参、鹿茸不算什么贵重东西。吃饭的时候，管事总是坐在横头末席，以示代表东家奉陪诸位先生。熬到"管事"能有几人？全城一共才有那么几家药店。保全堂的管事姓卢。二等的叫"刀上"，管切药和"跌"丸药。药店每天都有很多药要切"饮片"，切得整齐不整齐，漂亮不漂亮，直接影响生意好坏。内行人一看，就知道这药是什么人切出来的。"刀上"是个技术人员，薪金最高，在店中地位也最尊。吃饭时他照例坐在上首的二席，——除了有客，头席总是虚着的。逢年过节，药王生日（药王不是神农氏，却是孙思邈），有酒，管事的举杯，必得"刀上"先喝一口，大家才喝。保全堂的"刀上"是全县头一把刀，他要是闹脾气辞职，马上就有别家抢着请他去。好在此人虽有点高傲，有点偏，却轻易不发脾气。他姓许。其余的都叫"同事"。那读法却有点特别，重音在"同"字上。他们的职务就是抓药，写账。"同事"是没有什么了不起的，每年都有被辞退的可能。辞退时"管事"并不说话，只是在腊月有一桌辞年酒，算是东家向"同仁"道一年的辛苦，只要是把哪位"同事"请到上席去，该"同事"就二话不说，客客气气地卷起铺盖另谋高就。当然，事前就从旁漏出一点风声的，并不当真是打一闷棍。该辞退"同事"在八月节后就有预感。有的早就和别家谈好，很潇洒地走了；有的则请人斡旋，留一年再看。后一种，总要作一点"检讨"，下一点"保证"。"回炉的烧饼不香",辞而不去,面上无光,身价就低了。保全堂的陶先生,就已经有三次要被请到上席了。他咳嗽痰喘,人也不精明。终于没有坐上席,一则是同行店伙纷纷来说情:辞了他,他上谁家去呢?谁家会要这样一个痰篓子呢?这岂非绝了他的生计?二则,他还有一点好处,即不回家。他四十多岁了,却没有传宗接代的任务,因为他没有娶过亲。这样,陶先生就只有更加勤勉,更加谨慎了。每逢他的喘病发作时,有人问:"陶先生,你这两天又不大好吧?"他就一面咳嗽着一面说:"啊不,很好,很(呼噜呼噜)好!"

以上,是"先生"一级。"先生"以下,是学生意的。药店管学生意的却有一个奇怪称呼,叫作"相公"。

因此,这药店除煮饭挑水的之外,实有四等人:"管事"、"刀上"、"同事"、"相公"。

保全堂的几位"相公"都已经过了三年零一节,满师走了。现有的"相公"姓陈。

陈相公脑袋大大的,眼睛圆圆的,嘴唇厚厚的,说话声气粗粗的——呜噜呜噜地说不清楚。

他一天的生活如下:起得比谁都早。起来就把"先生"们的尿壶都倒了涮干净控在厕所里。扫地。擦桌椅、擦柜台。到处掸土。开门。这地方的店铺大都是"铺闼子门",——一列宽可一尺的厚厚的门板嵌在门框和门槛的槽子里。陈相公就一块一块卸出来,按"东一"、"东二"、"东三"、"东四"、"西一"、"西二"、"西三"、"西四"次序,靠墙竖好。晒药,收药。太阳出来时,把许先生切好的"饮片"、"跌"好的丸药,——都放在匾筛里,用头顶着,爬上梯子,到屋顶的晒台上放安;傍晚时再收下来。这是他一天最快乐的时候。他可以登高四望。看得见许多店铺和人家的房顶,都是黑黑的。看得见远处的绿树,绿树后面缓缓移动的帆。看得见鸽子,看得见飘动摇摆的风筝。到了七月,傍晚,还可以看巧云。七月的云多变幻,当地叫作"巧云"。那真好看呀:灰的、白的、黄的、橘红的,镶着金边,一会一个样,像狮子的、像老虎的、像马的,像狗的。此时的陈相公,真是古人所说的"心旷神怡"。其余的时候,就很刻板枯燥了。碾药。两脚踏着木板,在一个船形的铁碾槽子里碾。倘若碾的是胡椒,就要不停地打喷嚏。裁纸。用一个大弯刀,把一沓一沓的白粉连纸裁成大小不等的方块,包药用。刷印包装纸。他每天还有两项例行的公事。上午,要搓很多抽水烟用的纸枚子。把装铜钱的钱板翻过来,用"表心纸"一根一根地搓。保全堂没有人抽水烟,但不知什么道理每天都要搓许多纸枚子,谁来都可取几根,这已经成了一种"传统"。下午,擦灯罩。药店里里外外,要用十来盏煤油灯。所有灯罩,每天都要擦一遍。晚上,摊膏药。从上灯起,直到王二过店堂里来闲坐,他一直都在摊膏药。到十点多钟,把先生们的尿壶都放到他们的床下,该吹灭的灯都吹灭了,上了门,他就可以准备睡觉了。先生们都睡在后面的厢屋里,陈相公睡在店堂里。把铺板一放,铺盖摊开,这就是他一个人的天地了。临睡前他总要背两篇《汤头歌诀》,——药店的先生总要懂一点医道。小户人家有病不求医,到药店来说明病状,先生们随口就要说出"吃一剂小柴胡汤吧","服三付藿香正气丸","上一点七厘散"。有时,坐在被窝里想一会家,想想他的多年守寡的母亲,想想他家房门背后的一张贴了多年的麒麟送子的年画。想不一会,困了,把脑袋放倒,立刻就响起了很大的鼾声。

陈相公已经学了一年多生意了。他已经给赵公元帅和神农爷烧了三十次香。初一、十五,都要给这二位烧香,这照例是陈相公的事。赵公元帅手执金鞭,身骑黑虎,两旁有一副八寸长的黑地金字的小对联:"手执金鞭驱宝至,身骑黑虎送财来。"神农爷虬髯披发,赤身露体,腰里围着一圈很大的树叶,手指甲、脚指甲都很长,一只手捏着一棵灵芝草,坐在一块石头上。陈相公对这二位看得很熟,烧香的时候很虔敬。

陈相公老是挨打。学生意没有不挨打的,陈相公挨打的次数也似稍多了一点。挨打的原因大都是因为做错了事:纸裁歪了,灯罩擦破了。这孩子也好像不大聪明,记性不好,做事迟钝。打他的多是卢先生。卢先生不是暴脾气,打他是为他好,要他成人。有一次可挨了大打。他收药,下梯一脚踩空了,把一匾筛泽泻翻到了阴沟里。这回打他的是许先生。使用一根闩门的木棍没头没脸的把他痛打了一顿,打得这孩子哇哇地乱叫:"哎呀!哎呀!我下回不了!下回不了!哎呀!哎呀!我错了!哎呀!哎呀!"谁也不能去劝,因为知道许先生的脾气,越劝越打得凶,何况他这回的错是不小。(泽泻不是贵药,但切起来很费工,要切成厚薄一样,状如铜钱的圆片。)后来还是煮饭的老朱来劝住了。这老朱来得比谁都早,人又出名的忠诚耿直。他从来没有正经吃过一顿饭,都是把大家吃剩的残汤剩水泡一点锅巴吃。因此,一店人都对他很敬畏。他一把夺过许先生手里的门闩,说了一句话:"他也是人生父母养的!"

陈相公挨了打,当时没敢哭。到了晚上,上了门,一个人呜呜地哭了半天。他向他远在故乡的母亲说:"妈妈,我又挨打了!妈妈,不要紧的,再挨两年打,我就能养活你老人家了!"

王二每天到保全堂店堂里来,是因为这里热闹,别的店铺到九点多钟,就没有什么人,往往只有一个管事在算账,一个学徒在打盹。保全堂正是高朋满座的时候。这些先生都是无家可归的光棍,这时都聚集到店堂里来。还有几个常客,收房钱的抡元,卖活鱼的巴颜喀拉山,给人家熬鸦片烟的老炳,还有一个张汉。这张汉是对门万顺酱园连家的一个亲戚兼食客,全名是张汉轩,大家却都叫他张汉。大概是觉得已经沦为食客,就不必"轩"了。此人有七十岁了,长得活脱像一个伏尔泰,一张尖脸,一个尖尖的鼻子。他年轻时在外地做过幕,走过很多地方,见多识广,什么都知道,是个百事通。比如说抽烟,他就告诉你烟有五种:水、旱、鼻、雅、潮,"雅"是鸦片。"潮"是潮烟,这地方谁也没见过。说喝酒,他就能说出山东黄、状元红、莲花白……说喝茶,他就告诉你狮峰龙井、苏州的碧螺春、云南的"烤茶"是在怎样一个罐里烤的,福建的功夫茶的茶杯比酒盅还小,就是吃了一只炖肘子,也只能喝三杯,这茶太酽了。他熟读《子不语》、《夜雨秋灯录》,能讲许多鬼狐故事。他还知道云南怎样放蛊,湘西怎样赶尸。他还亲眼见到过旱魃、僵尸、狐狸精,有时间,有地点,有鼻子有眼。三教九流,医卜星相,他全知道。他读过《麻衣神相》、《柳庄神相》,会算"奇门遁甲"、"六壬课"、"灵棋经"。他总要到快九点钟时才出现(白天不知道他干什么),他一来,大家精神为之一振,这一晚上就全听他一个人刮话。他很会讲,起承转合,抑扬顿挫,有声有色。他也像说书先生一样,说到筋节处就停住了,慢慢地抽烟,急得大家一劲地催他:"后来呢?后来呢?"这也是陈相公一天比较快乐的时候。他一边摊着膏药,一边听着。有时,听得太入神了,摊膏药的扦子停留在油纸上,会废掉一张膏药。他一发现,赶紧偷偷塞进口袋里。这时也不会被发现,不会挨打。

有一天,张汉谈起人生有命。说朱洪武、沈万山、范丹是同年同月同日同时,都是丑时建生,鸡鸣头遍。但是一声鸡叫,可就命分三等了:抬头朱洪武,低头沈万山,勾一勾就是穷范丹。朱洪武贵为天子,沈万山富甲天下,穷范丹冻饿而死。他又说凡是成大事业,有大作为,兴旺发达的,都有异相,或有特殊的禀赋。汉高祖刘邦,股有七十二黑子——就是屁股上有七十二颗黑痣,谁有过?明太祖朱元璋,生就是五岳朝天,——两额、两颧、下巴,都突出,状如五岳,谁有过?樊哙能把一个整猪腿生吃下去,燕人张翼德,睡着了也睁着眼睛。就是市井之人,凡有走了一步好运的,也莫不有与众不同之处。必有非常之人,乃成非常之事。大家听了,不禁暗暗点头。

张汉猛吸了几口旱烟,忽然话锋一转,向王二道:

"即以王二而论,他这些年飞黄腾达,财源茂盛,也必有其异秉。"

"……"

王二不解何为"异秉"。

"就是与众不同,和别人不一样的地方。你说说,你说说!"

大家也都怂恿王二:"说说!说说!"

王二虽然发了一点财，却随时不忘自己的身份，从不僭越自大，在大家敦促之下，只有很诚恳地欠一欠身说：

"我呀，有那么一点：大小解分清。"他怕大家不懂，又解释道："我解手时，总是先解小手，后解大手。"

张汉一听，拍了一下手，说："就是说，不是屎尿一起来，难得！"

说着，已经过了十点半了，大家起身道别。该上门了。卢先生向柜台里一看，陈相公不见了，就大声喊："陈相公！"

喊了几声，没人应声。

原来陈相公在厕所里。这是陶先生发现的，他一头走进厕所，发现陈相公已经蹲在那里。本来，这时候都不是他们俩解大手的时候。

一九四八年旧稿

一九八〇年五月二十日重写

受　戒

明海出家已经四年了。

他是十三岁来的。

这个地方的地名有点怪，叫庵赵庄。赵，是因为庄上大都姓赵。叫作庄，可是人家住得很分散，这里两三家，那里两三家。一出门，远远可以看到，走起来得走一会儿，因为没有大路，都是弯弯曲曲的田埂。庵，是因为有一个庵。庵叫菩提庵，可是大家叫讹了，叫成荸荠庵。连庵里的和尚也这样叫。"宝刹何处?"——"荸荠庵。"庵本来是住尼姑的。"和尚庙"、"尼姑庵"嘛。可是荸荠庵住的是和尚。也许因为荸荠庵不大，大者为庙，小者为庵。

明海在家叫小明子。他是从小就确定要出家的。他的家乡不叫"出家"，叫"当和尚"。他的家乡出和尚。就像有的地方出劁猪的，有的地方出织席子的，有的地方出箍桶的，有的地方出弹棉花的，有的地方出画匠，有的地方出婊子，他的家乡出和尚。人家弟兄多，就派一个出去当和尚。当和尚也要通过关系，也有帮。这地方的和尚有的走得很远。有到杭州灵隐寺的、上海静安寺的、镇江金山寺的、扬州天宁寺的。一般的就在本县的寺庙。明海家田少，老大、老二、老三，就足够种的了。他是老四。他七岁那年，他当和尚的舅舅回家，他爹、他娘就和舅舅商议，决定叫他当和尚。他当时在旁边，觉得这实在是在情在理，没有理由反对。当和尚有很多好处。一是可以吃现成饭。哪个庙里都是管饭的。二是可以攒钱。只要学会了放瑜伽焰口，拜梁皇忏，可以按例分到辛苦钱。积攒起来，将来还俗娶亲也可以;不想还俗，买几亩田也可以。当和尚也不容易，一要面如朗月,二要声如钟磬,三要聪明记性好。他舅舅给他相了相面,叫他前走几步,后走几步,又叫他喊了一声赶牛打场的号子:"格当嘚——",说是"明子准能当个好和尚,我包了!"要当和尚,得下点本,——念几年书。哪有不认字的和尚呢!于是明子就开蒙入学,读了《三字经》、《百家姓》、《四言杂字》、《幼学琼林》、《上论、下论》、《上孟、下孟》,每天还写一张仿。村里都夸他字写得好,很黑。

舅舅按照约定的日期又回了家,带了一件他自己穿的和尚领的短衫,叫明子娘改小一点,给明子穿上。明子穿了这件和尚短衫,下身还是在家穿的紫花裤子,赤脚穿了一双新布鞋,跟他爹、他娘磕了一个头,就随舅舅走了。

他上学时起了个学名,叫明海。舅舅说,不用改了。于是"明海"就从学名变成了法名。

过了一个湖。好大一个湖!穿过一个县城。县城真热闹:官盐店,税务局,肉铺里挂着成爿的猪肉,一个驴子在磨芝麻,满街都是小磨香油的香味,布店,卖茉莉粉、梳头油的什么斋,卖绒花的,卖丝线的,打把式卖膏药的,吹糖人的,耍蛇的,……他什么都想看看。舅舅一劲地推他:"快走! 快走!"

到了一个河边,有一只船在等着他们。船上有一个五十来岁的瘦长瘦长的大伯,船头蹲着一个跟明子差不多大的女孩子,在剥一个莲蓬吃。明子和舅舅坐到舱里,船就开了。

明子听见有人跟他说话,是那个女孩子。

"是你要到荸荠庵当和尚吗?"

明子点点头。

"当和尚要烧戒疤呕! 你不怕?"

明子不知道怎么回答,就含含糊糊地摇了摇头。

"你叫什么?"

"明海。"

"在家的时候?"

"叫明子。"

"明子！我叫小英子！我们是邻居。我家挨着荸荠庵。——给你！"

小英子把吃剩的半个莲蓬扔给明海，小明子就剥开莲蓬壳，一颗一颗吃起来。

大伯一桨一桨地划着，只听见船桨拨水的声音：

"哗——许！哗——许！"

……

荸荠庵的地势很好，在一片高地上。这一带就数这片地势高，当初建庵的人很会选地方。门前是一条河。门外是一片很大的打谷场。三面都是高大的柳树。山门里是一个穿堂。迎门供着弥勒佛。不知是哪一位名士撰写了一副对联：

　　大肚能容容天下难容之事
　　开颜一笑笑世间可笑之人

弥勒佛背后，是韦驮。过穿堂，是一个不小的天井，种着两棵白果树。天井两边各有三间厢房。走过天井，便是大殿，供着三世佛。佛像连龛才四尺来高。大殿东边是方丈，西边是库房。大殿东侧，有一个小小的六角门，白门绿字，刻着一副对联：

　　一花一世界
　　三藐三菩提

进门有一个狭长的天井，几块假山石，几盆花，有三间小房。

小和尚的日子清闲得很。一早起来，开山门，扫地。庵里的地铺的都是箩底方砖，好扫得很，给弥勒佛、韦驮烧一炷香，正殿的三世佛面前也烧一炷香，磕三个头，念三声"南无阿弥陀佛"，敲三声磬。这庵里的和尚不兴做什么早课、晚课，明子这三声磬就全都代替了。然后，挑水，喂猪。然后，等当家和尚，即明子的舅舅起来，教他念经。

教念经也跟教书一样,师父面前一本经,徒弟面前一本经,师父唱一句,徒弟跟着唱一句。是唱哎。舅舅一边唱,一边还用手在桌上拍板。一板一眼,拍得很响,就跟教唱戏一样。是跟教唱戏一样,完全一样哎。连用的名词都一样。舅舅说,念经:一要板眼准,二要合工尺。说:当一个好和尚,得有条好嗓子。说:民国二十年闹大水,运河倒了堤,最后在清水潭合龙,因为大水淹死的人很多,放了一台大焰口,十三大师——十三个正座和尚,各大庙的方丈都来了,下面的和尚上百。谁当这个首座?推来推去,还是石桥——善因寺的方丈!他往上一坐,就跟地藏王菩萨一样,这就不用说了;那一声"开香赞",围看的上千人立时鸦雀无声。说:嗓子要练,夏练三伏,冬练三九,要练丹田气!说:要吃得苦中苦,方为人上人!说:和尚里也有状元、榜眼、探花!要用心,不要贪玩!舅舅这一番大法要说得明海和尚实在是五体投地,于是就一板一眼地跟着舅舅唱起来:

炉香乍爇——
炉香乍爇——
法界蒙薰——
法界蒙薰——
诸佛现金身……
诸佛现金身……
……

等明海学完了早经,——他晚上临睡前还要学一段,叫作晚经,——荸荠庵的师父们就都陆续起床了。

这庵里人口简单,一共六个人。连明海在内,五个和尚。

有一个老和尚,六十几了,是舅舅的师叔,法名普照,但是知道的人很少,因为很少人叫他法名,都称之为老和尚或是老师父,明海叫他师爷爷。这是个很枯寂的人,一天关在房里,就是那"一花一世界"里。也看不见他念佛,只是那么一声不响地坐着。他是吃斋的,过年时除外。

下面就是师兄弟三个，仁字排行：仁山、仁海、仁渡。庵里庵外，有的称他们为大师父、二师父；有的称之为山师父、海师父。只有仁渡，没有叫他"渡师父"的，因为听起来不像话，大都直呼之为仁渡。他也只配如此，因为他还年轻，才二十多岁。

仁山，即明子的舅舅，是当家的。不叫"方丈"，也不叫"住持"，却叫"当家的"，是很有道理的，因为他确确实实干的是当家的职务。他屋里摆的是一张账桌，桌子上放的是账簿和算盘。账簿共有三本。一本是经账，一本是租账，一本是债账。和尚要做法事，做法事要收钱，——要不，当和尚干什么？常做的法事是放焰口。正规的焰口是十个人。一个正座，一个敲鼓的，两边一边四个。人少了，八个，一边三个，也凑合了。荸荠庵只有四个和尚，要放整焰口就得和别的庙里合伙。这样的时候也有过。通常只是放半台焰口。一个正座，一个敲鼓，另外一边一个。一来找别的庙里合伙费事；二来这一带放得起整焰口的人家也不多。有的时候，谁家死了人，就只请两个，甚至一个和尚咕噜咕噜念一通经，敲打几声法器就算完事。很多人家的经钱不是当时就给，往往要等秋后才还。这就得记账。另外，和尚放焰口的辛苦钱不是一样的。就像唱戏一样，有份子。正座第一份。因为他要领唱，而且还要独唱。当中有一大段"叹骷髅"，别的和尚都放下法器休息，只有首座一个人有板有眼地曼声吟唱。第二份是敲鼓的。你以为这容易呀？哼，单是一开头的"发擂"，手上没功夫就敲不出迟疾顿挫！其余的，就一样了。这也得记上：某月某日、谁家焰口半台，谁正座，谁敲鼓……省得到年底结账时赌咒骂娘。……这庵里有几十亩庙产，租给人种，到时候要收租。庵里还放债。租、债一向倒很少亏欠，因为租佃借钱的人怕菩萨不高兴。这三本账就够仁山忙的了。另外香烛、灯火、油盐"福食"，这也得随时记记账呀。除了账簿之外，山师父的方丈的墙上还挂着一块水牌，上漆四个红字："勤笔免思"。

仁山所说当一个好和尚的三个条件，他自己其实一条也不具备。

他的相貌只要用两个字就说清楚了:黄,胖。声音也不像钟磬,倒像母猪。聪明么? 难说,打牌老输。他在庵里从不穿袈裟,连海青直裰也免了。经常是披着件短僧衣,袒露着一个黄色的肚子。下面是光脚趿拉着一双僧鞋,——新鞋他也是趿拉着。他一天就是这样不衫不履地这里走走,那里走走,发出母猪一样的声音:"咽——咽——"

二师父仁海。他是有老婆的。他老婆每年夏秋之间来住几个月,因为庵里凉快,庵里有六个人,其中之一,就是这位和尚的家眷。仁山、仁渡叫她嫂子,明海叫她师娘。这两口子都很爱干净,整天的洗涮。傍晚的时候,坐在天井里乘凉。白天,闷在屋里不出来。

三师父是个很聪明精干的人。有时一笔账大师兄扒了半天算盘也算不清,他眼珠子转两转,早算得一清二楚。他打牌赢的时候多,二三十张牌落地,上下家手里有些什么牌,他就差不多都知道了。他打牌时,总有人爱在他后面看歪头胡。谁家约他打牌,就说"想送两个钱给你"。他不但经忏俱通(小庙的和尚能够拜忏的不多),而且身怀绝技,会"飞铙"。七月间有些地方做盂兰会,在旷地上放大焰口,几十个和尚,穿绣花袈裟,飞铙。飞铙就是把十多斤重的大铙钹飞起来。到了一定的时候,全部法器皆停,只几十副大铙紧张急促地敲起来。忽然起手,大铙向半空中飞去,一面飞,一面旋转。然后,又落下来,接住。接住不是平平常常地接住,有各种架势,"犀牛望月"、"苏秦背剑"……这哪是念经,这是耍杂技。也许是地藏王菩萨爱看这个,但真正因此快乐起来的是人,尤其是妇女和孩子。这是年轻漂亮的和尚出风头的机会。一场大焰口过后,也像一个好戏班子过后一样,会有一个两个大姑娘、小媳妇失踪,——跟和尚跑了。他还会放"花焰口"。有的人家,亲戚中多风流子弟,在不是很哀伤的佛事——如做冥寿时,就会提出放花焰口。所谓"花焰口"就是在正焰口之后,叫和尚唱小调,拉丝弦,吹管笛,敲鼓板,而且可以点唱。仁渡一个人可以唱一夜不重头。仁渡前几年一直在外面,近二年才常住在庵里。据说他有相好的,而且不止一个。他平常可是很规矩,看到姑娘媳妇总是老老实实的,连一句玩笑话都不说,一句小调山歌都不唱。有一回,在打谷场上乘凉的时候,一伙人把他围起来,非叫他唱两个不可。他却情不过,说:"好,唱一个。不唱家乡的。家乡的你们都熟,唱个安徽的。"

姐和小郎打大麦,
一转子讲得听不得。
听不得就听不得,
打完了大麦打小麦。

唱完了,大家还嫌不够,他就又唱了一个:

姐儿生得漂漂的,
两个奶子翘翘的。
有心上去摸一把,
心里有点跳跳的。
……

这个庵里无所谓清规,连这两个字也没人提起。

仁山吃水烟,连出门做法事也带着他的水烟袋。

他们经常打牌。这是个打牌的好地方。把大殿上吃饭的方桌往门口一搭,斜放着,就是牌桌。桌子一放好,仁山就从他的方丈里把筹码拿出来,哗啦一声倒在桌上。斗纸牌的时候多,搓麻将的时候少。牌客除了师兄弟三人,常来的是一个收鸭毛的,一个打兔子兼偷鸡的,都是正经人。收鸭毛的担一副竹筐,串乡串镇,拉长了沙哑的声音喊叫:

"鸭毛卖钱——!"

偷鸡的有一件家什——铜蜻蜓。看准了一只老母鸡,把铜蜻蜓一丢,鸡婆子上去就是一口。这一啄,铜蜻蜓的硬簧绷开,鸡嘴撑住了,叫不出来了。正在这鸡十分纳闷的时候,上去一把薅住。

明子曾经跟这位正经人要过铜蜻蜓看看。他拿到小英子家门前试了一试,果然! 小英子的娘知道了,骂明子:

"要死了! 明子! 你怎么到我家来玩铜蜻蜓了!"

小英子跑过来:

"给我! 给我!"

她也试了试,真灵,一个黑母鸡一下子就把嘴撑住,傻了眼了!

下雨阴天,这二位就光临荸荠庵,消磨一天。

有时没有外客,就把老师叔也拉出来,打牌的结局,大都是当家和尚气得鼓鼓的:"×妈妈的! 又输了! 下回不来了!"

他们吃肉不瞒人。年下也杀猪。杀猪就在大殿上。一切都和在家人一样,开水、木桶、尖刀。捆猪的时候,猪也是没命地叫。跟在家人不同的,最多一道仪式,要给即将升天的猪念一道"往生咒",并且总是老师叔念,神情很庄重:

  ……一切胎生、卵生、息生,来从虚空来,还归虚空去,往生再世,皆当欢喜。南无阿弥陀佛!

三师父仁渡一刀子下去,鲜红的猪血就带着很多沫子喷出来。
……

明子老往小英子家里跑。

小英子的家像一个小岛,三面都是河,西面有一条小路通到荸荠庵。独门独户,岛上只有这一家。岛上有六棵大桑树,夏天都结大桑椹,三棵结白的,三棵结紫的;一个菜园子,瓜豆蔬菜,四时不缺。院墙下半截是砖砌的,上半截是泥夯的。大门是桐油油过的,贴着一副万年红的春联:

  向阳门第春常在
  积善人家庆有余

门里是一个很宽的院子。院子里一边是牛屋、礁棚；一边是猪圈、鸡窠，还有个关鸭子的栅栏。露天地放着一具石磨。正北面是住房，也是砖基土筑，上面盖的一半是瓦，一半是草。房子翻修了才三年，木料还露着白茬。正中是堂屋，家神菩萨的画像上贴的金还没有发黑。两边是卧房。隔扇窗上各嵌了一块一尺见方的玻璃，明亮亮的，——这在乡下是不多见的。房檐下一边种着一棵石榴树，一边种着一棵栀子花，都齐房檐高了。夏天开了花，一红一白，好看得很。栀子花香得冲鼻子。顺风的时候，在荸荠庵都闻得见。

这家人口不多。他家当然是姓赵。一共四口人：赵大伯、赵大妈，两个女儿，大英子、小英子。老两口没得儿子。因为这些年人不得病，牛不生灾，也没有大旱大水闹蝗虫，日子过得很兴旺。他们家自己有田，本来够吃的了，又租种了庵上的十亩田。自己的田里，一亩种了荸荠，——这一半是小英子的主意，她爱吃荸荠，一亩种了茨菇。家里喂了一大群鸡鸭，单是鸡蛋鸭毛就够一年的油盐了。赵大伯是个能干人。他是一个"全把式"，不但田里场上样样精通，还会罾鱼、洗磨、凿砻、修水车、修船、砌墙、烧砖、箍桶、劈篾、绞麻绳。他不咳嗽，不腰疼，结结实实，像一棵榆树。人很和气，一天不声不响。赵大伯是一棵摇钱树，赵大娘就是个聚宝盆。大娘精神得出奇。五十岁了，两个眼睛还是清亮亮的。不论什么时候，头都是梳得滑滴滴的，身上衣服都是格挣挣的。像老头子一样，她一天不闲着。煮猪食，喂猪，腌咸菜，——她腌的咸萝卜干非常好吃，舂粉子，磨小豆腐，编蓑衣，织芦席。她还会剪花样子。这里嫁闺女，陪嫁妆，瓷坛子、锡罐子，都要用梅红纸剪出吉祥花样，贴在上面，讨个吉利，也才好看："丹凤朝阳"呀、"白头到老"呀、"子孙万代"呀、"福寿绵长"呀。二三十里的人家都来请她："大娘，好日子是十六，你哪天去呀？"——"十五，我一大清早就来！"

"一定呀！"——"一定！一定！"

两个女儿，长得跟她娘像一个模子里脱出来的。眼睛长得尤其像，白眼珠鸭蛋青，黑眼珠棋子黑，定神时如清水，闪动时像星星。浑身上下，头是头，脚是脚。头发滑滴滴的，衣服格挣挣的。——这里的风俗，十五六岁的姑娘就都梳上头了。这两个丫头，这一头的好头发！通红的发根，雪白的簪子！娘女三个去赶集，一集的人都朝她们望。

姐妹长得很像，性格不同。大姑娘很文静，话很少，像父亲。小英子比她娘还会说，一天咭咭呱呱地不停。大姐说：

"你一天到晚咭咭呱呱——"

"像个喜鹊！"

"你自己说的！——吵得人心乱！"

"心乱？"

"心乱！"

"你心乱怪我呀！"

二姑娘话里有话。大英子已经有了人家。小人她偷偷地看过，人很敦厚，也不难看，家道也殷实，她满意。已经下过小定，日子还没有定下来。她这二年，很少出房门，整天赶她的嫁妆。大裁大剪，她都会。挑花绣花，不如娘。她可又嫌娘出的样子太老了。她到城里看过新娘子，说人家现在绣的都是活花活草。这可把娘难住了。最后是喜鹊忽然一拍屁股："我给你保举一个人！"

这人是谁？是明子。明子念"上孟下孟"的时候，不知怎么得了半套《芥子园》，他喜欢得很。到了荸荠庵，他还常翻出来看，有时还把旧账簿子翻过来，照着描。小英子说：

"他会画！画得跟活的一样！"

小英子把明海请到家里来，给他磨墨铺纸，小和尚画了几张，大英子喜欢得不得：

"就是这样！就是这样！这就可以乱孱！"——所谓"乱孱"是绣花的一种针法：绣了第一层，第二层的针脚插进第一层的针缝，这样颜色就可由深到淡，不露痕迹，不像娘那一代绣的花是平针，深浅之间，界限分明，一道一道的。小英子就像个书童，又像个参谋：

"画一朵石榴花！"

"画一朵栀子花!"

她把花掐来,明海就照着画。

到后来,凤仙花、石竹子、水蓼、淡竹叶、天竺果子、腊梅花,他都能画。

大娘看着也喜欢,搂住明海的和尚头:

"你真聪明! 你给我当一个干儿子吧!"

小英子捺住他的肩膀,说:

"快叫! 快叫!"

小明子跪在地下磕了一个头,从此就叫小英子的娘做干娘。

大英子绣的三双鞋,三十里方圆都传遍了。很多姑娘都走路坐船来看。看完了,就说:"啧啧啧,真好看! 这哪是绣的,这是一朵鲜花!"她们就拿了纸来央大娘求了小和尚来画。有求画帐檐的,有求画门帘飘带的,有求画鞋头花的。每回明子来画花,小英子就给他做点好吃的,煮两个鸡蛋,蒸一碗芋头,煎几个藕团子。

因为照顾姐姐赶嫁妆,田里的零碎生活小英子就全包了。她的帮手,是明子。

这地方的忙活是栽秧、车高田水、薅头遍草,再就是割稻子、打场了。这几茬重活,自己一家是忙不过来的。这地方兴换工。排好了日期,几家顾一家,轮流转。不收工钱,但是吃好的。一天吃六顿,两头见肉,顿顿有酒。干活时,敲着锣鼓,唱着歌,热闹得很。其余的时候,各顾各,不显得紧张。

薅三遍草的时候,秧已经很高了,低下头看不见人。一听见非常脆亮的嗓子在一片浓绿里唱:

栀子哎开花哎六瓣头哎……
姐家哎门前哎一道桥哎……

明海就知道小英子在哪里,三步两步就赶到,赶到就低头薅起草来。傍晚牵牛"打汪",是明子的事。——水牛怕蚊子。这里的习惯,

105

牛卸了轭,饮了水,就牵到一口和好泥水的"汪"里,由它自己打滚扑腾,弄得全身都是泥浆,这样蚊子就咬不透了。低田上水,只要一挂十四轧的水车,两个人车半天就够了。明子和小英子就伏在车杠上,不紧不慢地踩着车轴上的拐子,轻轻地唱着明海向三师父学来的各处山歌。打场的时候,明子能替赵大伯一会,让他回家吃饭。——赵家自己没有场,每年都在荸荠庵外面的场上打谷子。他一扬鞭子,喊起了打场号子:

"格当嘚——"

这打场号子有音无字,可是九转十三弯,比什么山歌号子都好听。赵大娘在家,听见明子的号子,就侧起耳朵:

"这孩子这条嗓子!"

连大英子也停下针线:

"真好听!"

小英子非常骄傲地说:

"一十三省数第一!"

晚上,他们一起看场。——荸荠庵收来的租稻也晒在场上。他们并肩坐在一个石磙子上,听青蛙打鼓,听寒蛇唱歌,——这个地方以为蝼蛄叫是蚯蚓叫,而且叫蚯蚓叫"寒蛇",听纺纱婆子不停地纺纱,"唦——",看萤火虫飞来飞去,看天上的流星。

"呀!我忘了在裤带上打一个结!"小英子说。

这里的人相信,在流星掉下来的时候在裤带上打一个结,心里想什么好事,就能如愿。

……

"挺"荸荠,这是小英子最爱干的生活。秋天过去了,地净场光,荸荠的叶子枯了,——荸荠的笔直的小葱一样的圆叶子里是一格一格的,用手一挺,哔哔地响,小英子最爱挺着玩,——荸荠藏在烂泥里。赤了脚,在凉浸浸滑溜溜的泥里踩着,——哎,一个硬疙瘩!伸手下去,一个红紫红紫的荸荠。她自己爱干这生活,还拉了明子一起去。她老是故意用自己的光脚去踩明子的脚。

她挎着一篮子荸荠回去了，在柔软的田埂上留了一串脚印。明海看着她的脚印，傻了。五个小小的趾头，脚掌平平的，脚跟细细的，脚弓部分缺了一块。明海身上有一种从来没有过的感觉，他觉得心里痒痒的。这一串美丽的脚印把小和尚的心搞乱了。

……

明子常搭赵家的船进城，给庵里买香烛，买油盐。闲时是赵大伯划船；忙时是小英子去，划船的是明子。

从庵赵庄到县城，当中要经过一片很大的芦花荡子。芦苇长得密密的，当中一条水路，四边不见人。划到这里，明子总是无端端地觉得心里很紧张，他就使劲地划桨。

小英子喊起来：

"明子！明子！你怎么啦？你发疯啦？为什么划得这么快？"

……

明海到善因寺去受戒。

"你真的要去烧戒疤呀？"

"真的。"

"好好的头皮上烧十二个洞，那不疼死啦？"

"咬咬牙。舅舅说这是当和尚的一大关，总要过的。"

"不受戒不行吗？"

"不受戒的是野和尚。"

"受了戒有啥好处？"

"受了戒就可以到处云游，逢寺挂褡。"

"什么叫'挂褡'？"

"就是在庙里住。有斋就吃。"

"不把钱？"

"不把钱。有法事，还得先尽外来的师父。"

"怪不得都说'远来的和尚会念经'。就凭头上这几个戒疤？"

"还要有一份戒牒。"

“闹半天,受戒就是领一张和尚的合格文凭呀!”

“就是!”

“我划船送你去。”

“好。”

小英子早早就把船划到荸荠庵门前。不知是什么道理,她兴奋得很。她充满了好奇心,想去看看善因寺这座大庙,看看受戒是个啥样子。

善因寺是全县第一大庙,在东门外,面临一条水很深的护城河,三面都是大树,寺在树林子里,远处只能隐隐约约看到一点金碧辉煌的屋顶,不知道有多大。树上到处挂着“谨防恶犬”的牌子。这寺里的狗出名的厉害。平常不大有人进去。放戒期间,任人游看,恶狗都锁起来了。

好大一座庙!庙门的门坎比小英子的胊膝都高。迎门矗着两块大牌,一边一块,一块写着斗大两个大字:“放戒”,一块是:“禁止喧哗”。这庙里果然是气象庄严,到了这里谁也不敢大声咳嗽。明海自去报名办事,小英子就到处看看。好家伙,这哼哈二将、四大天王,有三丈多高,都是簇新的,才装修了不久。天井有二亩地大,铺着青石,种着苍松翠柏。“大雄宝殿”,这才真是个“大殿”!一进去,凉嗖嗖的。到处都是金光耀眼。释迦牟尼佛坐在一个莲花座上,单是莲座,就比小英子还高。抬起头来也看不全他的脸,只看到一个微微闭着的嘴唇和胖墩墩的下巴。两边的两根大红蜡烛,一搂多粗。佛像前的大供桌上供着鲜花、绒花、绢花,还有珊瑚树、玉如意、整棵的大象牙。香炉里烧着檀香。小英子出了庙,闻着自己的衣服都是香的。挂了好些幡。这些幡不知是什么缎子的,那么厚重,绣的花真细。这么大一口磬,里头能装五担水!这么大一个木鱼,有一头牛大,漆得通红的。她又去转了转罗汉堂,爬到千佛楼上看了看。真有一千个小佛!她还跟着一些人去看了看藏经楼,藏经楼没有什么看头,都是经书!妈吔!逛了这么一圈,腿都酸了。小英子想起还要给家里打油,替姐姐配丝线,给娘买鞋面布,给自己买两个坠围裙飘带的银蝴蝶,给爹买旱烟,就出庙了。

　　等把事情办齐,晌午了。她又到庙里看了看,和尚正在吃粥。好大一个"膳堂",坐得下八百个和尚。吃粥也有这样多讲究:正面法座上摆着两个锡胆瓶,里面插着红绒花,后面盘膝坐着一个穿了大红满金绣袈裟的和尚,手里拿了戒尺。这戒尺是要打人的。哪个和尚吃粥吃出了声音,他下来就是一戒尺。不过他并不真的打人,只是做个样子。真稀奇,那么多的和尚吃粥,竟然不出一点声音! 他看见明子也坐在里面,想跟他打个招呼又不好打。想了想,管他禁止不禁止喧哗,就大声喊了一句:"我走啦!"她看见明子目不斜视地微微点了点头,就不管很多人都朝自己看,大摇大摆地走了。

　　第四天一大清早小英子就去看明子。她知道明子受戒是第三天半夜,——烧戒疤是不许人看的。她知道要请老剃头师傅剃头,要剃得横摸顺摸都摸不出头发茬子,要不然一烧,就会"走"了戒,烧成了一片。她知道是用枣泥子先点在头皮上,然后用香头子点着。她知道烧了戒疤就喝一碗蘑菇汤,让它"发",还不能躺下,要不停地走动,叫作"散戒"。这些都是明子告诉她的。明子是听舅舅说的。

　　她一看,和尚真的在那里"散戒",在城墙根底下的荒地里。一个一个,穿了新海青,光光的头皮上都有十二个黑点子。——这黑疤掉了,才会露出白白的、圆圆的"戒疤"。和尚都笑嘻嘻的,好像很高兴。她一眼就看见了明子。隔着一条护城河,就喊他:

　　"明子!"

　　"小英子!"

　　"你受了戒啦?"

　　"受了。"

　　"疼吗?"

　　"疼。"

　　"现在还疼吗?"

　　"现在疼过去了。"

　　"你哪天回去?"

"后天。"

"上午？下午？"

"下午。"

"我来接你！"

"好！"

……

小英子把明海接上船。

小英子这天穿了一件细白夏布上衣,下边是黑洋纱的裤子,赤脚穿了一双龙须草的细草鞋,头上一边插着一朵栀子花,一边插着一朵石榴花。她看见明子穿了新海青,里面露出短褂子的白领子,就说:"把你那外面的一件脱了,你不热呀!"

他们一人一把桨。小英子在中舱,明子扳艄,在船尾。

她一路问了明子很多话,好像一年没有看见了。

她问,烧戒疤的时候,有人哭吗？喊吗？

明子说,没有人哭,只是不住地念佛。有个山东和尚骂人:

"俺日你奶奶！俺不烧了!"

她问善因寺的方丈石桥是相貌和声音都很出众吗?

"是的。"

"说他的方丈比小姐的绣房还讲究?"

"讲究。什么东西都是绣花的。"

"他屋里很香?"

"很香。他烧的是伽楠香,贵得很。"

"听说他会做诗,会画画,会写字?"

"会。庙里走廊两头的砖额上,都刻着他写的大字。"

"他是有个小老婆吗?"

"有一个。"

"才十九岁?"

"听说。"

"好看吗?"

“都说好看。”

“你没看见?”

“我怎么会看见? 我关在庙里。”

明子告诉她,善因寺一个老和尚告诉他,寺里有意选他当沙弥尾,不过还没有定,要等主事的和尚商议。

“什么叫‘沙弥尾’?”

“放一堂戒,要选出一个沙弥头,一个沙弥尾。沙弥头要老成,要会念很多经。沙弥尾要年轻,聪明,相貌好。”

“当了沙弥尾跟别的和尚有什么不同?”

“沙弥头,沙弥尾,将来都能当方丈。现在的方丈退居了,就当。石桥原来就是沙弥尾。”

“你当沙弥尾吗?”

“还不一定哪。”

“你当方丈,管善因寺? 管这么大一个庙?!”

“还早呐!”

划了一气,小英子说:“你不要当方丈!”

“好,不当。”

“你也不要当沙弥尾!”

“好,不当。”

又划了一气,看见那一片芦花荡子了。

小英子忽然把桨放下,走到船尾,趴在明子的耳朵旁边,小声地说:

“我给你当老婆,你要不要?”

明子眼睛鼓得大大的。

“你说话呀!”

明子说:“嗯。”

“什么叫‘嗯’呀! 要不要,要不要?”

明子大声地说:“要!”

“你喊什么!”

明子小小声说:"要——!"

"快点划!"

英子跳到中舱,两只桨飞快地划起来,划进了芦花荡。

芦花才吐新穗。紫灰色的芦穗,发着银光,软软的,滑溜溜的,像一串丝线。有的地方结了蒲棒,通红的,像一支一支小蜡烛。青浮萍,紫浮萍。长脚蚊子,水蜘蛛。野菱角开着四瓣的小白花。惊起一只青桩(一种水鸟),擦着芦穗,扑鲁鲁飞远了。

······

一九八〇年八月十二日,写四十三年前的一个梦

大淖记事

一

这地方的地名很奇怪,叫作大淖。全县没有几个人认得这个淖字。县境之内,也再没有别的叫作什么淖的地方。据说这是蒙古话。那么这地名大概是元朝留下的。元朝以前这地方有没有,叫作什么,就无从查考了。

淖,是一片大水。说是湖泊,似还不够,比一个池塘可要大得多,春夏水盛时,是颇为浩渺的。这是两条水道的河源。淖中央有一条狭长的沙洲。沙洲上长满茅草和芦荻。春初水暖,沙洲上冒出很多紫红色的芦芽和灰绿色的蒌蒿①,很快就是一片翠绿了。夏天,茅草、芦荻都吐出雪白的丝穗,在微风中不住地点头。秋天,全都枯黄了,就被人割去,加到自己的屋顶上去了。冬天,下雪,这里总比别处先白。化雪的时候,也比别处化得慢。河水解冻了,发绿了,沙洲上的残雪还亮晶晶地堆积着。这条沙洲是两条河水的分界处。从淖里坐船沿沙洲西面北行,可以看到高阜上的几家炕房。绿柳丛中,露出雪白的粉墙,黑漆大书四个字"鸡鸭炕房",非常显眼。炕房门外,照例都有一块小小土坪,有几个人坐在树桩上负曝闲谈。不时有人从

---

① 蒌蒿是生于水边的野草,粗如笔管,有节,生狭长的小叶,初生二寸来高,叫作"蒌蒿薹子",加肉炒食极清香。苏东坡诗:"竹外桃花三两枝,春江水暖鸭先知,蒌蒿满地芦芽短,正是河豚欲上时。"蒌蒿见之于诗,这大概是第一次。他很能写出节令风物之美。

113

门里挑出一副很大的扁圆的竹笼,笼口络着绳网,里面是松花黄色的,毛茸茸,挨挨挤挤,啾啾乱叫的小鸡小鸭。由沙洲往东,要经过一座浆坊。浆是浆衣服用的,这里的人,衣服被里洗过后,都要浆一浆。浆过的衣服,穿在身上沙沙作响。浆是芡实水磨,加一点明矾,澄去水分,晒干而成。这东西是不值什么钱的。一大盆衣被,只要到杂货店花两三个铜板,买一小块,用热水冲开,就足够用了。但是全县浆粉都由这家供应(这东西是家家用得着的),所以规模也不算小了。浆坊有四五个师傅忙碌着。喂着两头毛驴,轮流上磨。浆坊门外,有一片平场,太阳好的时候,每天晒着浆块,白得叫人眼睛都睁不开。炕房、浆坊附近还有几家买卖荸荠、茨菇、菱角、鲜藕的鲜货行,集散鱼蟹的鱼行和收购青草的草行。过了炕房和浆坊,就都是田畴麦垄,牛棚水车,人家的墙上贴着黑黄色的牛屎粑粑,——牛粪和水,拍成饼状,直径半尺,整齐地贴在墙上晾干,作燃料,已经完全是农村的景色了。由大淖北去,可至北乡各村。东去可至一沟、二沟、三垛,直达邻县兴化。

大淖的南岸,有一座漆成绿色的木板房,房顶、地面,都是木板的。这原是一个轮船公司。靠外手是候船的休息室。往里去,临水,就是码头。原来曾有一只小轮船,往来本城和兴化,隔日一班,单日开走,双日返回。小轮船漆得花花绿绿的,飘着万国旗,机器突突地响,烟筒冒着黑烟,装货、卸货、上客、下客,也有卖牛肉、高粱酒、花生瓜子、芝麻灌香糖的小贩,吆吆喝喝,是热闹过一阵的。后来因为公司赔了本,股东无意继续经营,就卖船停业了。这间木板房子倒没有拆去。现在里面空荡荡、冷清清,只有附近的野孩子到候船室来唱戏玩,棍棍棒棒,乱打一气;或到码头上比赛撒尿。七八个小家伙,齐齐地站成一排,把一泡泡骚尿哗哗地撒到水里,看谁尿得最远。

大淖指的是这片水,也指水边的陆地。这里是城区和乡下的交界处。从轮船公司往南,穿过一条深巷,就是北门外东大街了。坐在大淖的水边,可以听到远远地一阵一阵朦朦胧胧的市声,但是这里的一切和街里不一样。这里没有一家店铺。这里的颜色、声音、气味和街里不一样。这里的人也不一样。他们的生活,他们的风俗,他们的是非标准、伦理道德观念和街里的穿长衣念过"子曰"的人完全不同。

二

从轮船公司往东往西,各距一箭之遥,有两丛住户人家。这两丛人家,也是互不相同的,各是各的乡风。

西边是几排错错落落的低矮的瓦屋。这里住的是做小生意的。他们大都不是本地人,是从下河一带,兴化、泰州、东台等处来的客户。卖紫萝卜的(紫萝卜是比荸荠略大的扁圆形的萝卜,外皮染成深蓝紫色,极甜脆),卖风菱的(风菱是很大的两角的菱角,壳极硬),卖山里红的,卖熟藕(藕孔里塞了糯米煮熟)的。还有一个从宝应来的卖眼镜的,一个从杭州来的卖天竺筷的。他们像一些候鸟,来去都有定时。来时,向相熟的人家租一间半间屋子,住上一阵,有的住得长一些,有的短一些,到生意做完,就走了。他们都是日出而作,日入而息。吃罢早饭,各自背着、扛着、挎着、举着自己的货色,用不同的乡音,不同的腔调,吟唱吆唤着上街去。到太阳落山,又都像鸟似的回到自己的窝里。于是从这些低矮的屋檐下就都飘出带点甜味而又呛人的炊烟(所烧的柴草都是半干不湿的)。他们做的都是小本生意,赚钱不大。因为是在客边,对人很和气,凡事忍让,所以这一带平常总是安安静静的,很少有吵嘴打架的事情发生。

这里还住着二十来个锡匠,都是兴化帮。这地方兴用锡器,家家都有几件锡制的家伙。香炉、蜡台、痰盂、茶叶罐、水壶、茶壶、酒壶,甚至尿壶,都是锡的。嫁闺女时都要陪送一套锡器。最少也要有两个能容四五升米的大锡罐,摆在柜顶上,否则就不成其为嫁妆。出阁的闺女生了孩子,娘家要送两大罐糯火粥(另外还要有两只老母鸡,一百只鸡蛋),装粥用的就是娘柜顶上的这两个锡罐。因此,二十来个锡匠并不显多。

锡匠的手艺不算费事,所用的家什也较简单。一副锡匠担子,一头是风箱,绳系着夹着几块锡板;一头是炭炉和两块二尺见方、一面裱着好几层表芯纸的方砖。锡器是打出来的,不是铸出来的。人家叫锡匠来打锡器,一般都是自己备料,——把几件残旧的锡器回炉重打。锡匠在人家门道里或是街边空地上,支起担子,拉动风箱,在锅里把旧锡化成锡水,——锡的熔点很低,不大一会就化了;然后把两块方砖对合着(裱纸的一面朝里),在两砖之间压一条绳子,绳子按照要打的锡器圈成近似的形状,绳头留在砖外,把锡水由绳口倾倒过去,两砖一压,就成了锡片;然后,用一个大剪子剪剪,焊好接口,用一个木槌在铁砧上敲敲打打,大约一两顿饭工夫就成型了。锡是软的,打锡器不像打铜器那样费劲,也不那样吵人。粗使的锡器,就这样就能交活。若是细巧的,就还要用刮刀刮一遍,用砂纸打一打,用竹节草(这种草中药店有卖的)磨得锃亮。

这一帮锡匠很讲义气。他们扶持疾病,互通有无,从不抢生意。若是合伙做活,工钱也分得很公道。这帮锡匠有一个头领,是个老锡匠,他说话没有人不听。老锡匠人很耿直,对其余的锡匠(不是他的晚辈就是他的徒弟)管教得很紧。他不许他们赌钱喝酒;嘱咐他们出外做活,要童叟无欺,手脚要干净;不许和妇道嬉皮笑脸。他教他们不要怕事,也绝不要惹事。除了上市应活,平常不让到处闲游乱窜。

老锡匠会打拳,别的锡匠也跟着练武。他屋里有好些白蜡杆,三节棍,没事便搬到外面场地上打对儿。老锡匠说:这是消遣,也可以防身,出门在外,会几手拳脚不吃亏。除此之外,锡匠们的娱乐便是唱唱戏。他们唱的这种戏叫作"小开口",是一种地方小戏,唱腔本是萨满教的香火(巫师)请神唱的调子,所以又叫"香火戏"。这些锡匠并不信萨满教,但大都会唱香火戏。戏的曲调虽简单,内容却是成本大套,李三娘挑水推磨,生下咬脐郎;白娘子水漫金山;刘金定招亲;方卿唱道情……可以坐唱,也可以化了装彩唱。遇到阴天下雨,不能出街,他们能吹打弹唱一整天。附近的姑娘媳妇都挤过来看,——听。

老锡匠有个徒弟,也是他的侄儿,在家大排行第十一,小名就叫个十一子,外人都只叫他小锡匠。这位十一子是老锡匠的一件心事。因为他太聪明,长得又太好看了,他长得挺拔四称,肩宽腰细,唇红齿白,浓眉大眼,头戴遮阳草帽,青鞋净袜,全身衣服整齐合体。天热的时候,敞开衣扣,露出扇面也似的胸脯,五寸宽的雪白的板带煞得很紧。走起路来,高抬脚,轻着地,麻溜利索。锡匠里出了这样一个一表人才,真是鸡窝里飞出了金凤凰。老锡匠心里明白:唱"小开口"的时候,那些挤过来的姑娘媳妇,其实都是来看这位十一郎的。

老锡匠经常告诫十一子,不要和此地的姑娘媳妇拉拉扯扯,尤其不要和东头的姑娘媳妇有什么勾搭:"她们和我们不是一样的人!"

三

轮船公司东头都是草房,茅草盖顶,黄土打墙,房顶两头多盖着半片破缸破瓮,防止大风时把茅草刮走。这里的人,世代相传,都是挑夫。男人、女人、大人、孩子,都靠肩膀吃饭。

挑得最多的是稻子。东乡、北乡的稻船,都在大淖靠岸。满船的稻子,都由这些挑夫挑走。或送到米店,或送进哪家大户的廒仓,或挑到南门外琵琶闸的大船上,沿运河外运。有时还会一直挑到车逻、马棚湾这样很远的码头上。单程一趟,或五六里,或七八里、十多里不等。一二十人走成一串,步子走得很匀,很快。一担稻子一百五十斤,中途不歇肩。一路不停地打着号子。换肩时一齐换肩。打头的一个,手往扁担上一搭,一二十副担子就同时由右肩转到左肩上来了。每挑一担,领一根"筹子",——尺半长,一寸宽的竹牌,上涂白漆,一头是红的。到傍晚凭筹领钱。

稻谷之外,什么都挑。砖瓦、石灰、竹子(挑竹子一头拖在地上,在砖铺的街面上擦得刷刷地响),桐油(桐油很重,使扁担不行,得用木杠,两人抬一桶)……因此,一年三百六十天,天天有活干,饿不着。

十三四岁的孩子就开始挑了。起初挑半担,用两个柳条笆斗。练上一二年,人长高了,力气也够了,就挑整担,像大人一样的挣钱了。

挑夫们的生活很简单：卖力气，吃饭。一天三顿，都是干饭。这些人家都不盘灶，烧的是"锅腔子"——黄泥烧成的矮瓮，一面开口烧火。烧柴是不花钱的。淖边常有草船，乡下人挑芦柴入街去卖，一路总要撒下一些。凡是尚未挑担挣钱的孩子，就一人一把竹笆，到处去搂。因此，这些顽童得到一个稍带侮辱性的称呼，叫作"笆草鬼子"。有时懒得费事，就从乡下人的草担上猛力抽出一把，拔腿就溜。等乡下人撂下担子叫骂时，他们早就没影儿了。锅腔子无处出烟，烟子就横溢出来，飘到大淖水面上，平铺开来，停留不散。这些人家无隔宿之粮，都是当天买，当天吃。吃的都是脱壳的糙米。一到饭时，就看见这些茅草房子的门口蹲着一些男子汉，捧着一个蓝花大海碗，碗里是骨堆堆的一碗紫红紫红的米饭，一边堆着青菜小鱼、臭豆腐、腌辣椒，大口大口地在吞食。他们吃饭不怎么嚼，只在嘴里打一个滚，咕咚一声就咽下去了。看他们吃得那样香，你会觉得世界上再没有比这个饭更好吃的饭了。

他们也有年，也有节。逢年过节，除了换一件干净衣裳，吃得好一些，就是聚在一起赌钱。赌具，也是钱。打钱，滚钱。打钱：各人拿出一二十铜元，叠成很高的一摞。参与者远远地用一个钱向这摞铜钱砸去，砸倒多少取多少。滚钱又叫"滚五七寸"。在一片空场上，各人放一摞钱；一块整砖支起一个斜坡，用一个铜元由砖面落下，向钱注密处滚去，钱停住后，用事前备好的两根草棍量一量，如距钱注五寸，滚钱者即可吃掉这一注；距离七寸，反赔出与此注相同之数。这种古老的博法使挑夫们得到极大的快乐。旁观的闲人也不时大声喝彩，为他们助兴。

这里的姑娘媳妇也都能挑。她们挑得不比男人少，走得不比男人慢。挑鲜货是她们的专业。大概是觉得这种水淋淋的东西对女人更相宜，男人们是不屑于去挑的。这些"女将"都生得颀长俊俏，浓黑的头发上涂了很多梳头油，梳得油光水滑（照当地说法是：苍蝇站上去都会闪了腿）。脑后的发髻都极大。发髻的大红头绳的发根长到二寸,老远就看到通红的一截。她们的发髻的一侧总要插一点什么东西。清明插一个柳球(杨柳的嫩枝,一头拿牙咬着,把柳枝的外皮连同鹅黄的柳叶使劲往下一抹,成一个小小球形),端午插一丛艾叶,有鲜花时插一朵栀子,一朵夹竹桃,无鲜花时插一朵大红剪绒花。因为常年挑担,衣服的肩膀处易破,她们的托肩多半是换过的。旧衣服,新托肩,颜色不一样,这几乎成了大淖妇女的特有的服饰。一二十个姑娘媳妇,挑着一担担紫红的荸荠、碧绿的菱角、雪白的连枝藕,走成一长串,风摆柳似的嚓嚓地走过,好看得很!

她们像男人一样的挣钱,走相、坐相也像男人。走起来一阵风,坐下来两条腿叉得很开。她们像男人一样赤脚穿草鞋(脚指甲却用凤仙花染红)。她们嘴里不忌生冷,男人怎么说话她们怎么说话,她们也用男人骂人的话骂人。打起号子来也是"好大娘个歪歪子咧!"——"歪歪子咧……"

没出门子的姑娘还文雅一点,一做了媳妇就简直是"姜太公在此百无禁忌",要多野有多野。有一个老光棍黄海龙,年轻时也是挑夫,后来腿脚有了点毛病,就在码头上看看稻船,收收筹子。这老头儿老没正经,一把胡子了,还喜欢在媳妇们的胸前屁股上摸一把,拧一下。按辈分,他应当被这些媳妇称呼一声叔公,可是谁都管他叫"老骚胡子"。有一天,他又动手动脚的,几个媳妇一咬耳朵,一二三,一齐上手,眨眼之间叔公的裤子就挂在大树顶上了。有一回,叔公听见卖饺面①的挑着担子,敲着竹梆走来,他又来劲了:"你们敢不敢到淖里洗个澡?——敢,我一个人输你们两碗饺面!"——"真的?"——"真的!"——"好!"几个媳妇脱了衣服跳到淖里扑通扑通洗了一会,爬上岸就大声喊叫:

"下面!"

这里人家的婚嫁极少明媒正娶,花轿吹鼓手是挣不着他们的钱的。媳妇,多是自己跑来的;姑娘,一般是自己找人。她们在男女关

---

① 一半馄饨一半面下在一起,当地叫作饺面。

系上是比较随便的。姑娘在家生私孩子；一个媳妇，在丈夫之外，再"靠"一个，不是稀奇事。这里的女人和男人好，还是恼，只有一个标准：情愿。有的姑娘、媳妇相与了一个男人，自然也跟他要钱买花戴，但是有的不但不要他们的钱，反而把钱给他花，叫作"倒贴"。

因此，街里的人说这里"风气不好"。

到底是哪里的风气更好一些呢？难说。

四

大淖东头有一户人家。这一家只有两口人，父亲和女儿。父亲名叫黄海蛟，是黄海龙的堂弟（挑夫里姓黄的多）。原来是挑夫里的一把好手。他专能上高跳。这地方大粮行的"窝积"（长条芦席围成的粮囤），高到三四丈，只支一只单跳，很陡。上高跳要提着气一口气窜上去，中途不能停留。遇到上了一点岁数的或者"女将"，抬头看看高跳，有点含糊，他就走过去接过一百五十斤的担子，一支箭似的上到跳顶，两手一提，把两箩稻子倒在"窝积"里，随即三五步就下到平地。因为为人忠诚老实，二十五岁了，还没有成亲。那年在车逻挑粮食，遇到一个姑娘向他问路。这姑娘留着长长的刘海，梳了一个"苏州俏"的发髻，还抹了一点胭脂，眼色张皇，神情焦急，她问路，可是连一个准地名都说不清，一看就知道是大户人家逃出来的使女。黄海蛟和她攀谈了一会，这姑娘就表示愿意跟着他过。她叫莲子。——这地方丫头、使女多叫莲子。

莲子和黄海蛟过了一年，给他生了个女儿。七月生的，生下的时候满天都是五色云彩，就取名叫作巧云。

莲子的手很巧、也勤快，只是爱穿件华丝葛的裤子，爱吃点瓜子零食，还爱唱"打牙牌"之类的小调："凉月子一出照楼梢，打个呵欠伸懒腰，瞌睡子又上来了。哎哟，哎哟，瞌睡子又上来了……"这和大淖的乡风不大一样。

巧云三岁那年，她的妈莲子，终于和一个过路戏班子的一个唱小生的跑了。那天,黄海蛟正在马棚湾。莲子把黄海蛟的衣裳都浆洗了一遍,巧云的小衣裳也收拾在一起,焖了一锅饭,还给老黄打了半斤酒,把孩子托给邻居,说是她出门有点事,锁了门,从此就不知去向了。

巧云的妈跑了,黄海蛟倒没有怎么伤心难过。这种事情在大淖这个地方也值不得大惊小怪。养熟的鸟还有飞走的时候呢,何况是一个人!只是她留下的这块肉,黄海蛟实在是疼得不行。他不愿巧云在后娘的眼皮底下委委屈屈地生活,因此决心不再续娶。他就又当爹又当妈,和女儿巧云在一起过了十几年。他不愿巧云去挑扁担,巧云从十四岁就学会结渔网和打芦席。

巧云十五岁,长成了一朵花。身材、脸盘都像妈。瓜子脸,一边有个很深的酒窝。眉毛黑如鸦翅,长入鬓角。眼角有点吊,是一双凤眼。睫毛很长,因此显得眼睛经常是眯缝着;忽然回头,睁得大大的,带点吃惊而专注的神情,好像听到远处有人叫她似的。她在门外的两棵树杈之间结网,在淖边平地上织席,就有一些少年人装着有事的样子来来去去。她上街买东西,甭管是买肉、买菜,打油、打酒,撕布、量头绳,买梳头油、雪花膏,买石碱、浆块,同样的钱,她买回来,分量都比别人多,东西都比别人的好。这个奥秘早被大娘、大婶们发现,她们都托她买东西。只要巧云一上街,都挎了好几个竹篮,回来时压得两个胳臂酸疼酸疼。泰山庙唱戏,人家都自己扛了板凳去。巧云散着手就去了。一去了,总有人给她找一个得看的好座。台上的戏唱得正热闹,但是没有多少人叫好。因为好些人不是在看戏,是看她。

巧云十六了,该张罗着自己的事了。谁家会把这朵花迎走呢?炕房的老大?浆坊的老二?鲜货行的老三?他们都有这意思。这点意思黄海蛟知道了,巧云也知道。不然他们老到淖东头来回晃摇是干什么呢?但是巧云没怎么往心里去。

巧云十七岁,命运发生了一个急转直下的变化。她的父亲黄海蛟在一次挑重担上高跳时,一脚踏空,从三丈高的跳板上摔下来,摔断了腰。起初以为不要紧,养养就好了。不想喝了好多药酒,贴了好多膏药,还不见效。她爹半瘫了,他的腰再也直不起来了。他有时下床,扶着一个剃头担子上用的高板凳,咯噔咯噔地走一截,平常就只好半躺下靠在一摞被窝上。他不能用自己的肩膀为女儿挣几件新衣裳,买两枝花,却只能由女儿用一双手养活自己了。还不到五十岁的男子汉,只能做一点老太婆做的事:绩了一捆又一捆的供女儿结网用的麻线。事情很清楚:巧云不会撇下她这个老实可怜的残废爹。谁要愿意,只能上这家来当一个倒插门的养老女婿。谁愿意呢?这家的全部家产只有三间草屋(巧云和爹各住一间,当中是一个小小的堂屋)。老大、老二、老三时不时走来走去,拿眼睛瞟着隔着一层渔网或者坐在雪白的芦席上的一个苗条的身子。他们的眼睛依然不缺乏爱慕,但是减少了几分急切。

老锡匠告诫十一子不要老往淖东头跑,但是小锡匠还短不了要来。大娘、大婶、姑娘、媳妇有旧壶翻新,总喜欢叫小锡匠来;从大淖过深巷上大街也要经过这里,巧云家门前的柳荫是一个等待雇主的好地方。巧云织席,十一子化锡,正好做伴。有时巧云停下活计,帮小锡匠拉风箱。有时巧云要回家看看她的残废爹,问他想不想吃烟喝水,小锡匠就压住炉里的火,帮她织一气席。巧云的手指划破了(织席很容易划破手,压扁的芦苇薄片,刀一样地锋快),十一子就帮她吮吸指头肚上的血。巧云从十一子口里知道他家里的事:他是个独子,没有兄弟姐妹。他有一个老娘,守寡多年了。他娘在家给人家做针线,眼睛越来越不好,他很担心她有一天会瞎……

好心的大人路过时会想:这倒真是两只鸳鸯,可是配不成对。一家要招一个养老女婿,一家要接一个当家媳妇,弄不到一起。他们俩呢,只是很愿意在一处谈谈坐坐。都到岁数了,心里不是没有。只是像一片薄薄的云,飘过来,飘过去,下不成雨。

有一天晚上,好月亮,巧云到淖边一只空船上去洗衣裳,(这里的船泊定后,把桨拖到岸上,寄放在熟人家,船就拴在那里,无人看管,谁都可以上去。)她正在船头把身子往前倾着,用力涮着一件大衣裳,一个不知轻重的顽皮野孩子轻轻走到她身后,伸出两手胳肢她的腰。她冷不防,一头栽进了水里。她本会一点水,但是一下子懵了。这几天水又大,流很急。她挣扎了两下,喊救人,接连喝了几口水。她被水冲走了!正赶上十一子在炕房门外土坪上打拳,看见一个人冲了过来,头发在水上漂着。他褪下鞋子,一猛子扎到水底,从水里把她托了起来。

十一子把她肚子里的水控了出来,巧云还是昏迷不醒。十一子只好把她横抱着,像抱一个婴儿似的,把她送回去。她浑身是湿的,软绵绵,热乎乎的。十一子觉得巧云紧紧挨着他,越挨越紧。十一子的心怦怦地跳。

到了家,巧云醒来了。(她早就醒来了!)十一子把她放在床上。巧云换了湿衣裳(月光照出她的美丽的少女的身体)。十一子抓一把草,给她熬了半锦子姜糖水,让她喝下去,就走了。

巧云起来关了门,躺下。她好像看见自己躺在床上的样子。月亮真好。

巧云在心里说:"你是个呆子!"

她说出声来了。

不大一会,她也就睡死了。

就在这一天夜里,另外一个人,拨开了巧云家的门。

五

由轮船公司对面的巷子转东大街,往西不远,有一个道士观,叫作炼阳观。现在没有道士了,里面住了不到一营水上保安队。这水上保安队是地方武装。他们名义上归县政府管辖,饷银却由县商会开销,水上保安队的任务是下乡剿土匪。这一带土匪很多,他们抢了人,绑了票,大都藏匿在芦荡湖泊中的船上(这地方到处是水),如遇追捕,便于脱逃。因此,地方绅商觉得很需要成立一个特殊的武装力量来对付这些成帮结伙的土匪。水上保安队装备是很好的。他们乘的船是"铁板划子"——船的三面都有半人高、三四分厚的铁板,子弹是打不透的。铁板划子就停在大淖岸边,样子很高傲。一有任务,就看见大兵们扛着两挺水机关,用箩筐抬着多半筐子弹(子弹不用箱装,却使箩抬,颇奇怪),上了船,开走了。

或七八天,或十天半月,他们得胜回来了(他们有铁板划子,又有水机关,对土匪有压倒优势,很少有伤亡)。铁板划子靠了岸,上岸列队,由深巷,上大街,直奔县政府。这队伍是四列纵队。前面是号队。这不到一营的人,却有十二支号。一上大街,就"打打打滴打大打滴大打"齐齐整整地吹起来。后面是全队弟兄,一律荷枪实弹。号队之后,大队之前的正中,是捉来的土匪。有时三个五个,有时只有一个,都是五花大绑。这队伍是很神气的。最妙的是被绑着的土匪也一律都和着号音,步伐整齐,雄赳赳气昂昂地走着。甚至值日官喊"一、二、三、四",他们也随着大声地喊。大队上街之前,要由地保事先通知沿街店铺,凡有鸟笼的(有的店铺是养八哥、画眉的),都要收起来,因为土匪大哥看见不高兴,这是他们忌讳的(他们到了县政府,都下在大狱里,看见笼中鸟,就无出狱希望了)。看看这样的铜号放光,刺刀雪亮,还夹着几个带有传奇色彩的土匪英雄的威武雄壮的队伍,是这条街上的民众的一件快乐事情。其快乐程度不下于看狮子、龙灯、高跷、抬阁、和僧道齐全、六十四杠的大出丧。

除了下乡办差,保安队的弟兄们没有什么事。他们除了把两挺水机关扛到大淖边突突地打两梭(把淖岸上的泥土打得簌簌地往下掉),平常是难得出操、打野外的。使人们感觉到这营把人的存在的,是这十二个号兵早晚练号。早晨八九点钟,下午四五点钟,他们就到大淖边来了。先是拔长音,然后各自吹几段,最后是合吹进行曲、三环号,(他们吹三环号只是吹着玩,因为从来没有接受检阅的时候。)吹完号,就解散,想干什么干什么。有的,就轻手轻脚,走进一家的门外,咳嗽一声,随着,走了进去,门就关起来了。

这些号兵大都衣着整齐,干净爱俏。他们除了吹吹号,整天无事干,有的是闲空。他们的钱来得容易,——饷钱倒不多,但每次下乡,总有犒赏;有时与土匪遭遇,双方谈条件,也常从对方手中得到一笔钱,手面很大方,花钱不在乎。他们是保护地方绅商的军人,身后有靠山,即或出一点什么事,谁也无奈他何。因此,这些大爷就觉得不风流风流,实在对不起自己,也辜负了别人。

十二个号兵,有一个号长,姓刘,大家都叫他刘号长。这刘号长前后跟大淖几家的媳妇都很熟。

拨开巧云家的门的,就是这个号长!

号长走的时候留下十块钱。

这种事在大淖不是第一次发生。巧云的残废爹当时就知道了。他拿着这十块钱,只是长长地叹了一口气。邻居们知道了,姑娘、媳妇并未多议论,只骂了一句:"这个该死的!"

巧云破了身子,她没有淌眼泪,更没有想到跳到淖里淹死。人生在世,总有这么一遭! 只是为什么是这个人? 真不该是这个人? 怎么办? 拿把菜刀杀了他? 放火烧了炼阳观? 不行! 她还有个残废爹。她怔怔地坐在床上,心里乱糟糟的。她想起该起来烧早饭了。她还得结网,织席,还得上街。她想起小时候上人家看新娘子,新娘子穿了一双粉红的缎子花鞋。她想起她的远在天边的妈。她记不得妈的样子,只记得妈用一个筷子头蘸了胭脂给她点了一点眉心红。她拿起镜子照照,她好像第一次看清楚自己的模样。她想起十一子给她吮手指上的血,这血一定是咸的。她觉得对不起十一子,好像自己做错了什么事。她非常失悔:没有把自己给了十一子!

她的这个念头越来越强烈。这个号长来一次,她的念头就更强烈一分。

水上保安队又下乡了。

一天,巧云找到十一子,说:"晚上你到大淖东边来,我有话跟你说。"

十一子到了淖边。巧云踏在一只"鸭撇上"上,(放鸭子用的小船,极小,仅容一人。这是一只公船,平常就拴在淖边。大淖人谁都可以撑它到沙洲上挑蒌蒿,割茅草,拣野鸭蛋。)把篙子一点,撑向淖

125

中央的沙洲,对十一子说:"你来!"

过了一会,十一子凫水到了沙洲上。

他们在沙洲的茅草丛里一直待到月到中天。

月亮真好啊!

六

十一子和巧云的事,师兄们都知道,只瞒着老锡匠一个人。他们偷偷地给他留着门,在门窝子里倒上水(这样推门进来没有声音)。十一子常常到天快亮的时候才回来。有一天,又是这时候才推开门。刚刚要钻进被窝,听见老锡匠说:

"你不要命啦!"

这种事情怎么瞒得住人呢?终于,传到刘号长的耳朵里。其实没有人跟他嚼古头,刘号长自己还不知道?巧云看见他就讨厌,她的全身都是冷淡的。刘号长咽不下这口气。本来,他跟巧云又没有拜过堂,完过花烛,闲花野草,断了就断了。可是一个小锡匠,夺走了他的人,这丢了当兵的脸。太岁头上动土,这还行!这种事从来没有发生过。连保安队的弟兄也都觉得面上无光,在人前矮了一截。他是只许自己在别人头上拉屎撒尿,不许别人在他脸上溅一星唾沫的。若是闭着眼过去,往后,保安队的人还混不混了?

有一天,天还没亮,刘号长带了几个弟兄,踢开巧云家的门,从被窝里拉起了小锡匠,把他捆了起来。把黄海蛟、巧云的手脚也都捆了,怕他们去叫人。

他们把小锡匠弄到泰山庙后面的坟地里,一人一根棍子,搂头盖脸地打他。

他们要小锡匠卷铺盖走人,回他的兴化,不许再留在大淖。

小锡匠不说话。

他们要小锡匠答应不再走进黄家的门,不挨巧云的身子。

小锡匠还是不说话。

他们要小锡匠告一声饶,认一个错。

小锡匠的牙咬得紧紧的。

小锡匠的硬铮把这些向来是横着膀子走路的家伙惹怒了,"你这样硬!打不死你!"——"打,"七八根棍子风一样、雨一样打在小锡匠的身上。

小锡匠被他们打死了。

锡匠们听说十一子被保安队的人绑走了,他们四处找,找到了泰山庙。

老锡匠用手一探,十一子还有一丝悠悠气。老锡匠叫人赶紧去找陈年的尿桶。他经验过这种事,打死的人,只有喝了从桶里刮出来的尿碱,才有救。

十一子的牙关咬得很紧,灌不进去。

巧云捧了一碗尿碱汤,在十一子的耳边说:"十一子,十一子,你喝了!"

十一子微微听见一点声音,他睁了睁眼。巧云把一碗尿碱汤灌进了十一子的喉咙。

不知道为什么,她自己也尝了一口。

锡匠们摘了一块门板,把十一子放在门板上,往家里抬。

他们抬着十一子,到了大淖东头,还要往西走。巧云拦住了:

"不要。抬到我家里。"

老锡匠点点头。

巧云把屋里存着的渔网和芦席都拿到街上卖了,买了七厘散,医治十一子身子里的瘀血。

东头的几家大娘、大婶杀了下蛋的老母鸡,给巧云送来了。

锡匠们凑了钱,买了人参,熬了参汤。

挑夫,锡匠,姑娘,媳妇,川流不息地来看望十一子。他们把平时在辛苦而单调的生活中不常表现的热情和好心都拿出来了。他们觉得十一子和巧云做的事都很应该,很对。大淖出了这样一对年轻人,使他们觉得骄傲。大家的心喜洋洋,热乎乎的,好像在过年。

刘号长打了人,不敢再露面。他那几个弟兄也都躲在保安队的队部里不出来。保安队的门口加了双岗。这些好汉原来都是一窝"草鸡"!

锡匠们开了会。他们向县政府递了呈子,要求保安队把姓刘的交出来。

县政府没有答复。

锡匠们上街游行。这个游行队伍是很多人从未见过的。没有旗子,没有标语,就是二十来个锡匠挑着二十来副锡匠担子,在全城的大街上慢慢地走。这是个沉默的队伍,但是非常严肃。他们表现出不可侵犯的威严和不可动摇的决心。这个带有中世纪行帮色彩的游行队伍十分动人。

游行继续了三天。

第三天,他们举行了"顶香请愿"。二十来个锡匠,在县政府照壁前坐着,每人头上用木盘顶着一炉炽旺的香。这是一个古老的风俗:民有沉冤,官不受理,被逼急了的百姓可以用香火把县大堂烧了,据说这不算犯法。

这条规矩记载于《六法全书》,现在不是大清国,县政府可以不理会这种"陋习"。但是这些锡匠是横了心的,他们当真干起来,后果是严重的。县长邀请县里的绅商商议,一致认为这件事不能再不管。于是由商会会长出面,邀请了有关的人:一个承审——作为县长代表,保安队的副官,老锡匠和另外两个年长的锡匠,还有代表挑夫的黄海龙,四邻见证,——卖眼镜的宝应人,卖天竺筷的杭州人,在一家大茶馆里举行会谈,来"了"这件事。

会谈的结果是:小锡匠养伤的药钱由保安队负担(实际是商会拿钱),刘号长驱逐出境。由刘号长画押具结。老锡匠觉得这样就给锡匠和挑夫都挣了面子,可以见好就收了。只是要求在刘某人的具结上写上一条:如果他再踏进县城一步,任凭老锡匠一个人把他收拾了!

过了两天,刘号长就由两个弟兄持枪护送,悄悄地走了。他被调到三垛去当了税警。

十一子能进一点饮食，能说话了。巧云问他：

"他们打你，你只要说不再进我家的门，就不打你了，你就不会吃这样大的苦了。你为什么不说？"

"你要我说么？"

"不要。"

"我知道你不要。"

"你值么？"

"我值。"

"十一子，你真好！我喜欢你！你快点好。"

"你亲我一下，我就好得快。"

"好，亲你！"

巧云一家有了三张嘴。两个男的不能挣钱，但要吃饭。大淖东头的人家都没有积蓄，也没有什么东西可以变卖典押。结渔网，打芦席，都不能当时见钱。十一子的伤一时半会不会好，日子长了，怎么过呢？巧云没有经过太多考虑，把爹用过的箩筐找出来，磕磕尘土，就去挑担挣"活钱"去了。姑娘媳妇都很佩服她。起初她们怕她挑不惯，后来看她脚下很快，很匀，也就放心了。从此，巧云就和邻居的姑娘媳妇在一起，挑着紫红的荸荠、碧绿的菱角、雪白的连枝藕，风摆柳似的穿街过市，发鬌的一侧插着大红花。她的眼睛还是那么亮，长睫毛忽扇忽扇的。但是眼神显得更深沉，更坚定了。她从一个姑娘变成了一个很能干的小媳妇。

十一子的伤会好么？

会。

当然会！

一九八一年二月四日，旧历大年三十

129

岁寒三友

这三个人是：王瘦吾、陶虎臣、靳彝甫。王瘦吾原先开绒线店，陶虎臣开炮仗店，靳彝甫是个画画的。他们是从小一块长大的。这是三个说上不上，说下不下的人。既不是缙绅先生，也不是引车卖浆者流。他们的日子时好时坏。好的时候桌上有两个菜，一荤一素，还能烫二两酒；坏的时候，喝粥，甚至断炊。三个人的名声倒都是好的。他们都没有做过伤天害理的事，对人从不尖酸刻薄，对地方的公益，从不袖手旁观。某处的桥坍了，要修一修；哪里发现一名"路倒"，要掩埋起来；闹时疫的时候，在码头路口设一口瓷缸，内装药茶，施给来往行人；一场大火之后，请道士打醮禳灾……遇有这一类的事，需要捐款，首事者把捐簿伸到他们的面前时，他们都会提笔写下一个谁看了也会点头的数目。因此，他们走在街上，一街的熟人都跟他们很客气地点头打招呼。

"早！"

"早！"

"吃过了？"

"偏过了，偏过了！"

王瘦吾真瘦，瘦得两个肩胛骨从长衫的外面都看得清清楚楚。他年轻时很风雅过几天。他小时开蒙的塾师是邑中名士谈甓渔，谈先生教会了他做诗。那时，绒线店由父亲经营着，生意不错，这样他就有机会追随一些阔的和不太阔的名士，春秋佳日，文酒雅集。遇有什么张母吴太夫人八十寿辰征诗，也会送去两首七律。瘦吾就是那时落下的一个别号。自从父亲一死，他挑起全家的生活，就不再做一句诗，和那些诗人们也再无来往。

他家的绒线店是一个不大的连家店。店面的招牌上虽写着"京广洋货，零趸批发"，所卖的却只是：丝线、绦子、头号针、二号针、女人钳眉毛的镊子、刨花①、抿子(涂刨花水用的小刷子)、品青、煮蓝、僧帽牌洋蜡烛、太阳牌肥皂、美孚灯罩……种类很多，但都值不了几个钱。每天晚上结账时都是一堆铜板和一角两角的零碎的小票，难得看见一块洋钱。

这样一个小店，维持一家生活，是困难的。王瘦吾家的人口日渐增多了。他上有老母，自己又有了三个孩子。小的还在娘怀里抱着。两个大的，一儿一女，已经都在上小学了。不用说穿衣，就是穿鞋也是个愁人的事。

儿子最恨下雨。小学的同学几乎全部在下雨天都穿了胶鞋来上学，只有他穿了还是他父亲穿过的钉鞋②。钉鞋很笨，很重，走起来还嘎啦嘎啦地响。他一进学校的大门，同学们就都朝他看，看他那双鞋。他闹了好多回。每回下雨，他就说："我不去上学了！"妈都给他说好话："明年，明年就买胶鞋。一定"——"明年！您都说了几年了！"最后还是嘟着嘴，夹了一把补过的旧伞，走了。王瘦吾听见街石上儿子的钉鞋愤怒的声音，半天都没有说话。

女儿要参加全县小学秋季运动会，表演团体操，要穿规定的服装：白上衣、黑短裙。这都还好办。难的是鞋，——要一律穿白球鞋。女儿跟妈要。妈说："一双球鞋，要好几块钱。咱们不参加了。就说生病了，叫你爸写个请假条。"女儿不像她哥发脾气，闹，她只是一声不响，眼泪不停地往下滴。到底还是去了。这位能干的妈跟邻居家

---

① 桐木刨出来的薄薄的长条。泡在水里，稍带黏性。过去女人梳头掠发，离不开它。

② 现在的年轻人连钉鞋也不知道了！钉鞋是一种纳帮很结实的布鞋，也有用生牛皮做的，在桐油里浸过，鞋底钉了很多奶头大的铁钉。在未有胶鞋之前，这便是雨鞋。

借来一双球鞋,比着样子,用一块白帆布连夜赶做了一双。除了底子是布的,别处跟买来的完全一样。天亮的时候,做妈的轻轻地叫:"妞子,起来!"女儿一睁眼,看见床前摆着一双白鞋,趴在妈胸前哭了。王瘦吾看见妻子疲乏而凄然的笑容,他的心酸。

因此,王瘦吾老想发财。

这财,是怎么个发法呢?靠这个小绒线店,是不可能有什么出息的。他得另外想办法。这城里的街,好像是傍晚时的码头,各种船只,都靠满了。各行各业,都有个固定的地盘,想往里面再插一只手,很难。他得把眼睛看到这个县城以外,这些行业以外。他做过许多不同性质的生意。他做过虾籽生意,醉蟹生意,腌制过双黄鸭蛋。张家庄出一种木瓜酒,他运销过。本地出一种药材,叫作豨莶,他收过,用木船装到上海(他自己就坐在一船高高的药草上),卖给药材行。三叉河出一种水仙鱼,他曾想过做罐头……他做的生意都有点别出心裁,甚至是想入非非。他隔个把月就要出一次门,四乡八镇,到处跑。像一只饥饿的鸟,到处飞,想给儿女们找一口食。回来时总带着满身的草屑灰尘;人,越来越瘦。

后来他想起开工厂。他的这个工厂是个绳厂,做草绳和钱串子。蓑衣草两股,绞成细绳,过去是穿制钱用的,所以叫作钱串子。现在不使制钱了,店铺里却离不开它。茶食店用来包扎点心,席子店捆席子,卖鱼的穿鱼鳃。绞这种细绳,本来是湖西农民冬闲时的副业,一大捆一大捆挑进城来兜售。因为没有准人,准时,准数,有时需用,却遇不着。有了这么个厂,对于用户方便多了。王瘦吾这个厂站住了。他就不再四处奔跑。

这家工厂,连王瘦吾在内,一共四个人。一个伙计搬运,两个做活。有两架"机器",倒是铁的,只是都要用手摇。这两架机器,摇起来嘎嘎的响,给这条街增添了一种新的声音,和捶铜器、打烧饼、算命瞎子的铜铛的声音混合在一起。不久,人们就习惯了,仿佛这声音本来就有。

初二、十六①的傍晚，常常看到王瘦吾拎了半斤肉或一条鱼从街上走回家。

每到天气晴朗，上午十来点钟，在这条街上，就可以听到从阴城方向传来爆裂的巨响：

"砰——磅！"

大家就知道，这是陶虎臣在试炮仗了。孩子们就提着裤子向阴城飞跑。

阴城是一片古战场。相传韩信在这里打过仗。现在还能挖到一种有耳的尖底陶瓶，当地叫作"韩瓶"，据说是韩信的部队所用的行军水壶。说是这种陶瓶冬天插了梅花，能结出梅子来。现在这里是乱葬岗，不知道从什么时候起叫作"阴城"。到处是坟头、野树、荒草、芦荻。草里有蛤蟆、野兔子、大极了的蚂蚱、油葫芦、蟋蟀。早晨和黄昏，有许多白颈老鸦。人走过，就哑哑地叫着飞起来。不一会，又都纷纷地落下了。

这里没有住户人家。只有一个破财神庙，里面住着一个侉子。这侉子不知是什么来历。他杀狗，吃肉，——阴城里野狗多的是，还喝酒。

这地方很少有人来。只有孩子们结伴来放风筝，掏蟋蟀。再就是陶虎臣来试炮仗。

试的是"天地响"。这地方把双响的大炮仗叫"天地响"，因为地下响一声，飞到半空中，又响一声，炸得粉碎，纸屑飘飘地落下来。陶家的"天地响"一听就听得出来，特别响。两响之间的距离也大——蹿得高。

"砰——磅！"

"砰——磅！"

他走一二十步，放一个，身后跟着一大群孩子。孩子里有胆大

---

① 这是店铺里打牙祭的日子。

的,要求放一个,陶虎臣就给他一个:

"点着了快跑! ——崩疼了可别哭!"

其实是崩不着的。陶虎臣每次试炮仗,特意把其中的几个的捻子加长,就是专为这些孩子预备的。捻子着了,嗤嗤地冒火,半天,才听见响呢。

陶家炮仗店的门口也是经常围着一堆孩子,看炮仗师父做炮仗。两张白木的床子,有两块很光滑的木板。把一张粗草纸裹在一个钢钎上,两块木板一搓,吱溜——,就是一个炮仗筒子。

孩子们看师傅做炮仗,陶虎臣就伏在柜台上很有兴趣地看这些孩子。有时问他们几句话:

"你爸爸在家吗? 干吗呢?"

"你的疟腮好了吗?"

孩子们都知道陶老板人很和气,很喜欢孩子,见面都很愿意叫他:

"陶大爷!"

"陶伯伯!"

"哎,哎。"

陶家炮仗店的生意本来是不错的。

他家的货色齐全。除了一般的鞭炮,还出一种别家不做的鞭,叫作"遍地桃花"。不但外皮,连里面的筒子都一色是梅红纸卷的。放了之后,地下一片红,真像是一地的桃花瓣子。如果是过年,下过雪,花瓣落在雪地上,红是红,白是白,好看极了。

这种鞭,成本很贵,除非有人定做,平常是不预备的。

一般的鞭炮,陶虎臣自己是不动手的。他会做花炮。一筒大花炮,能放好几分钟。他还会做一种很特别的花,叫作"酒梅"。一棵弯曲横斜的枯树,埋在一个瓷盆里,上面串结了许多各色的小花炮,点着之后,满树喷花。火花射尽,树枝上还留下一朵一朵梅花,蓝荧荧的,静悄悄地开着,经久不息。这是棉花浸了高粱酒做的。

他还有一项绝技,是做焰火。一种老式的焰火,有的地方叫作花盒子。

酒梅,焰火,他都不在店里做,在家里做。因为这有许多秘方,不能外传。

做焰火,除了配料,关键是串捻子。串得不对,会轰隆一声,烧成一团火。弄不好,还会出事。陶虎臣的一只左眼坏了,就是因为有一次放焰火,出了故障,不着了,他搭了梯子爬到架上去看,不想焰火忽然又响了,一个火球迸进了瞳孔。

陶虎臣坏了一只眼睛,还看不出太大的破相,不像一般有残疾的人往往显得很凶狠。他依然随时是和颜悦色的,带着宽厚而慈祥的笑容。这种笑容,只有与世无争,生活上容易满足的人才会有。

但是他的这种心满意足的神情逐年在消退。鞭炮生意,是随着年成走的。什么时候风调雨顺,国泰民安,什么时候炮仗店就生意兴隆。这样的年头,能够老是有么?

"遍地桃花"近年很少人家来定货了。地方上多年未放焰火,有的孩子已经忘记放焰火是什么样子了。

陶虎臣长得很敦实,跟他的名字很相称。

靳彝甫和陶虎臣住在一条巷子里,相隔只有七八家。谁家的火灭了,孩子拿了一块劈柴,就能从另一家引了火来。他家很好认,门口钉着一块铁皮的牌子,红地黑字:"靳彝甫画寓"。

这城里画画的,有三种人。

一种是画家。这种人大都有田有地,不愁衣食,作画只是自己消遣,或作为应酬的工具。他们的画是不卖钱的。求画的人只是送几件很高雅的礼物。或一坛绍兴花雕,或火腿、鲥鱼、白沙枇杷,或一套讲究的宜兴紫砂茶具,或两大盆正在苗箭子的剑兰。他们的画,多半是大写意,或半工半写。工笔画他们是不耐烦画的,也不会。

一种是画匠。他们所画的,是神像。画的最多的是"家神菩萨"。这"家神菩萨"是一个大家族:头一层是南海观音的一伙,第二层是玉皇大帝和他的朝臣,第三层是关帝老爷和周仓、关平,最下一层是财神爷。他们也在玻璃的反面用油漆画福禄寿三星(这种画美术史家称之为"玻璃油画"),作插屏。他们是在制造一种商品,不是作画。而且是流水作业,描花纹的是一个人(照着底子描),"开脸"的是一个人,着色的是另一个人。他们的作坊,叫作"画匠店"。一个画匠店里常有七八个人同时做活,却听不到一点声音,因为画匠多半是哑巴。

靳彝甫两者都不是。也可以说是介乎两者之间的那么一种人。比较贴切些,应该称之为"画师",不过本地无此说法,只是说"画画的"。他是靠卖画吃饭的,但不像画匠店那样在门口设摊或批发给卖门神"欢乐"的纸店①,他是等人登门求画的(所以挂"画寓"的招牌)。他的画按尺论价,大青大绿另加,可以点题。来求画的,多半是茶馆酒肆、茶叶店、参行、钱庄的老板或管事。也有那些闲钱不多,送不起重礼,攀不上高门第的画家,又不甘于家里只有四堵素壁的中等人家。他们往往喜欢看着他画,靳彝甫也就欣然对客挥毫。主客双方,都很满意。他的画署名(画匠的作品是从不署名的),但都不题上款,因为不好称呼,深了不是,浅了不是,题了,人家也未必高兴,所以只是简单地写四个字:"靳彝甫铭"。若是佛像,则题"靳铭沐手敬绘"。

靳家三代人都是画画的。家里积存的画稿很多。因为要投合不同的兴趣,山水、人物、翎毛、花卉,什么都画。工笔、写意、浅绛、重彩不拘。

他家家传会写真,都能画行乐图(生活像)和喜神图(遗像)。中国的画像是有诀窍的。画师家都藏有一套历代相传的"百脸图"。把人的头面五官加以分析,定出一百种类型。画时端详着对象,确定属于哪一类,然后在此基础上加减,画出来总是有几分像的。靳彝甫多年不画喜神了。因为画这种像,经常是在死人刚刚断气时,被请了

---

① 在梅红纸上用刻刀镂刻出透空的细致的吉祥花纹,贴在门头上,小的叫"吊钱",大的叫"欢乐",有的地方叫"吊挂"。

去,在床前对着勾描。他不愿看死人。因此,除了至亲好友,这种活计,一概不应。有来求的,就说不会。行乐图,自从有了照相馆之后,也很少有人来要画了。

靳彝甫自己喜欢画的,是青绿山水和工笔人物。青绿山水、工笔人物,一年能收几件呢?因此,除了每年端午,他画几十张各式各样的钟馗,挂在巷口如意楼酒馆标价出售,能够有较多的收入,其余的时候,全家都是半饥半饱。

虽然是半饥半饱,他可是活得有滋有味,他的画室里挂着一块小匾,书"四时佳兴"。画室前面有一个很小的天井。靠墙种了几竿玉屏萧竹。石条上摆着茶花、月季。一个很大的钩窑平盘里养着一块玲珑剔透的上水石,蒙了半寸厚的绿苔,长着虎耳草和铁线草。冬天,他总要养几头单瓣的水仙。不到三寸长的碧绿的叶子,开着白玉一样的繁花。春天,放风筝。他会那样耐烦地用一个称金子用的小戥子约着蜈蚣风筝两边脚上的鸡毛(鸡毛分量稍差,蜈蚣上天就会打滚)。夏天,用莲子种出荷花。不大的荷叶,直径三寸的花,下面养了一二分长的小鱼。秋天,养蟋蟀。他家藏有一本托名贾似道撰写的《秋鱼谱》。养蟋蟀的泥罐还是他祖父留下来的旧物。每天晚上,他点一个灯笼,到阴城去掏蟋蟀。财神庙的那个侉子,常常一边喝酒、吃狗肉,一边看这位大胆的画师的灯笼走走,停停,忽上,忽下。

他有一盒爱若性命的东西,是三块田黄石章。这三块田黄都不大,可是跟三块鸡油一样!一块是方的,一块略长,还有一块不成形。数这块不成形的值钱,它有文三桥①刻的边款(篆文不知叫一个什么无知的人磨去了)。文三桥呀,可着全中国,你能找出几块?有一次,邻居家失火,他什么也没拿,只抢了这三块图章往外走。吃不饱的时候,只要把这三块图章拿出来看看,他就觉得对这个世界没有什么可抱怨的了。

---

① 文徵明的长子,名彭,字寿承,三桥是他的别号。

这一年,这三个人忽然都交了好运。

王瘦吾的绳厂赚了钱。他可又觉得这个买卖货源、销路都有限,他早就想好了另外一宗生意。这个县北乡高田多种麦,出极好的麦秸,当地农民多以掐草帽辫为副业。每年有外地行商来,以极便宜的价钱收去。稍经加工,就成了草帽,又以高价卖给农民。王瘦吾想:为什么不能就地制成草帽呢?这钱为什么要给外地人赚去呢?主意已定,他就把两台绞绳机盘出去,买了四架扎草帽的机子,请了一个师傅,教出三个徒弟,就在原来绳厂的旧址,办起了一个草帽厂。城里的买卖人都说:王瘦吾这步棋看得准,必赚无疑! 草帽厂开张的那天,来道喜和看热闹的人很多。一盘草帽辫,在师傅手里,通过机针一扎,嗒嗒地响,一会儿工夫,哎,草帽盔出来了——又一会,草帽边! ——成了! 一顶一顶草帽,顷刻之间,摞得很高。这不是草帽,这是大洋钱呀! 这一天,靳彝甫送来一张"得利图",画着一个白须的渔翁,背着鱼篓,提着两尾金鳞赤尾的大鲤鱼。凡看了这张画的,无不大笑:这渔翁的长相,活脱就是王瘦吾! 陶虎臣特地送来一挂遍地桃花满堂红的一千头的大鞭,砰砰磅磅响了好半天!

陶虎臣从来没有做过这么大的焰火生意。这一年闹大水。运河平了漕。西北风一起,大浪头翻上来,把河堤上丈把长的青石都卷了起来。看来,非破堤不可。很多人家扎了筏子,预备了大澡盆,天天晚上不敢睡,只等堤决水下来时逃命。不料,河水从下游泻出,伏汛安然度过,保住了无数人畜。秋收在望,市面繁荣,城乡一片喜气。有好事者倡议:今年放放焰火! 东西南北四城,都放! 一台七套,四七二十八套。陶家独家承做了十四套,——其余的,他匀给别的同行了。

四城的焰火错开了日子,——为的是人们可以轮流赶着去看。东城定在八月十六。地点:阴城。

这天天气特别好。万里无云,一天皓月。阴城的正中,立起一个四丈多高的架子。有人早早吃了晚饭,就扛了板凳来等着了。各种卖小吃的都来了。卖牛肉高粱酒的,卖回卤豆腐干的,卖五香花生米的、芝麻灌香糖的,卖豆腐脑的,卖煮荸荠的,还有卖河鲜——卖紫皮鲜菱角和新剥鸡头米的……到处是"气死风"的四角玻璃灯,到处是白蒙蒙的热气、香喷喷的茴香八角气味。人们寻亲访友,说短道长,来来往往,亲亲热热。阴城的草都被踏倒了。人们的鞋底也叫秋草的浓汁磨得滑溜溜的。

忽然,上万双眼睛一齐朝着一个方向看。人们的眼睛一会儿睁大,一会儿眯细;人们的嘴一会儿张开,一会儿又合上;一阵阵叫喊,一阵阵欢笑,一阵阵掌声。——陶虎臣点着了焰火了!

这种花盒子是有一点简单的故事情节的。最热闹的是"炮打泗州城"。起先是梅、兰、竹、菊四种花,接着是万花齐放。万花齐放之后,有一个间歇,木架子下面黑黑的,有人以为这一套已经放完了。不料一声炮响,花盒子又落下一层,照眼的灯球之中有一座四方的城,眼睛好的还能看见城门上"泗州"两个字(不知道为什么是泗州而不是别的城)。城外向里打炮,城里向外打,灯球飞舞,砰磅有声。最有趣的是"芦蜂追瘌子",这是一个喜剧性的焰火。一阵火花之后,出现一个人,——一个泥头的纸人,这人是个瘌痢头,手里拿着一把破芭蕉扇。霎时间飞来了许多马蜂,这些马蜂——火花,纷纷扑向瘌痢头,瘌痢头四面躲闪,手里的芭蕉扇不停地挥舞起来。看到这里,满场大笑。这些辛苦得近于麻木的人,是难得这样开怀一笑的呀。最后一套是平平常常的,只是一阵火花之后,扑鲁扑鲁吊下四个大字:"天下太平"。字是灯球组成的。虽然平淡,人们还是舍不得离开。火光炎炎,逐渐消隐,这时才听到人们呼喊:

"二丫头,回家咧!"

"四儿,你在哪儿哪?"

"奶奶,等等我,我鞋掉了!"

人们摸摸板凳,才知道:呀,露水下来了。

靳彝甫捉到一只蟹壳青蟋蟀。消息很快就传开了。每天有人提了几罐蟋蟀来斗。都不是对手,而且都只是一个回合就分胜负。这只蟹壳青的打法很特别。它轻易不开牙,只是不动声色,稳稳地站着。突然扑上去,一口就咬破对方的肚子(据说蟋蟀的打法各有自己的风格,这种咬破肚子的打法是最厉害的)。它嘤嘤地叫起来,上下摆动它的触须,就像戏台上的武生耍翎子。负伤的败将,怎么下"探子"①,也再不敢回头。于是有人怂恿他到兴化去。兴化养蟋蟀之风很盛,每年秋天有一个斗蟋蟀的集会。靳彝甫被人们说得心动了。王瘦吾、陶虎臣给他凑了一笔路费和赌本,他就带了几罐蟋蟀,搭船走了。

斗蟋蟀也像摔跤、击拳一样,先要约约运动员的体重。分量相等,才能入盘开斗。如分量低于对方而自愿下场者,听便。

没想到,这只蟋蟀给他赢了四十块钱。——四十块钱相当于一个小学教员两个月的薪水!靳彝甫很高兴,在如意楼定了几个菜,约王瘦吾、陶虎臣来喝酒。

(这只身经百战的蟋蟀后来在冬至那天寿终了,靳彝甫特地打了一个小小的银棺材,送到阴城埋了。)

没喝几杯,靳彝甫的孩子拿了一张名片,说是家里来了客。靳彝甫接过名片一看:"季匋民!"

"他怎么会来找我呢?"

季匋民是一县人引为骄傲的大人物。他是个名闻全国的大画家,同时又是大收藏家,大财主,家里有好田好地,宋元名迹。他在上海一个艺术专科大学当教授,平常难得回家。

"你回去看看。"

"我少陪一会。"

季匋民和靳彝甫都是画画的,可是气色很不一样。此人面色红润,双眼有光,浓黑的长髯,声音很洪亮。衣着很随便,但质料很讲究。

---

① 探子是刺激蟋蟀的斗志用的。北方多用鼠须,南方多用四杈草瓣成细须,九蒸九晒。

"我冒进宝府，唐突得很。"

"哪里哪里。只是我这寒舍，实在太小了。"

"小，而雅，比大而无当好！"

寒暄之后，季匋民说明来意：听说靳彝甫有几块好田黄，特地来看看。靳彝甫捧了出来，他托在手里，一块一块，仔仔细细看了。"好，——好，——好。匋民平生所见田黄多矣，像这样润的，少。"他估了估价，说按时下行情，值二百洋。有文三桥边款的一块就值一百。他很直率地问靳彝甫肯不肯割爱。靳彝甫也很直率地回答："不到山穷水尽，不能舍此性命。"

"好！这像个弄笔墨的人说的话！既然如此，匋民绝不夺人所爱。不过，如果你有一天想出手，得先尽我。"

"那可以。"

"一言为定。"

"一言为定。"

买卖不成，季匋民倒也没有不高兴。他又提出想看看靳彝甫家藏的画稿。靳彝甫祖父的，父亲的。——靳彝甫本人的，他也想看看。他看得很入神，拍着画案说：

"令祖，令尊，都被埋没了啊！吾乡固多才俊之士，而皆困居于蓬牖之中，声名不出于里巷，悲哉！悲哉！"

他看了靳彝甫的画，说：

"彝甫兄，我有几句话……"

"您请指教。"

"你的画，家学渊源。但是，有功力，而少境界。要变！山水，暂时不要画。你见过多少真山真水？人物，不要跟在改七芗、费晓楼后面跑，倪墨耕尤为甜俗。要越过唐伯虎，直追两宋南唐。我奉赠你两个字：古，艳。比如这张杨妃出浴，披纱用洋红，就俗。用朱红，加一点紫！把颜色搞得重重的！脸上也不要这样干净，给她贴几个花子！——你是打算就这样在家乡困着呢？还是想出去闯闯呢？出去，走走，结识一些大家，见见世面！到上海，那里人才多！"

他建议靳彝甫选出百十件画，到上海去开一个展览会。他认识朵云轩，可以借他们的地方。他还可以写几封信给上海名流，请他们为靳彝甫吹嘘吹嘘。他还嘱咐靳彝甫，卖了画，有了一点钱，要做两件事：读万卷书，行万里路。最后说：

"我今天很高兴。看了令祖、令尊的画稿，偷到不少的东西。——我把它化一化，就是杰作！哈哈哈哈……"

这位大画家就这样疯疯癫癫，哈哈大笑着，提了他的筇竹杖，一阵风似的走了。

靳彝甫一边卷着画，一边想：季匋民是见得多。他对自己的指点，很有道理，很令人佩服。但是，到上海、开展览会，结识名流……唉，有钱的名士的话怎么能当得真呢！他笑了。

没想到，三天之后，季匋民真的派人送来了七八封朱丝栏玉版宣的八行书。

靳彝甫的画展不算轰动，但是卖出去几十张画。那张在季匋民授意之下重画的杨妃出浴，一再有人重订。报上发了消息，一家画刊还选了他两幅画。这都是他没有想到的。王瘦吾和陶虎臣在家乡看到报，很替他高兴："彝甫出了名了！"

卖了画，靳彝甫真的按照季匋民的建议，"行万里路"去了。一去三年，很少来信。

这三年啊！

王瘦吾的草帽厂生意很好。草帽没个什么讲究，买的人只是一图个结实，二图个便宜。他家出的草帽是就地产销，省了来回运费，自然比外地来的便宜得多。牌子闯出去了，买卖就好做。全城并无第二家，那四台嗒嗒作响的机子，把带着钱想买草帽的客人老远地就吸过来了。

不想遇见一个王伯韬。

这王伯韬是个开陆陈行的。这地方把买卖豆麦杂粮的行叫作陆陈行。人们提起陆陈行，都暗暗摇头。做这一行的，有两大特点：其一,是资本雄厚,大都兼营别的生意,什么买卖赚钱,他们就开什么买卖,眼尖手快。其二,都是流氓——都在帮。这城里发生过几起大规模的斗殴,都是陆陈行挑起的。打架的原因,都是抢行霸市。这种人一看就看得出来。他们的衣着和一般的生意人就不一样。不论什么时候,长衫里面的小褂的袖子总翻出很长的一截。料子也是老实商人所不用的。夏天是格子纺,冬天是法兰绒。脚底下是黑丝袜,方口的黑纹皮面的硬底便鞋。王伯韬和王瘦吾是同宗,见面总是"瘦吾兄"长,"瘦吾兄"短。王瘦吾不爱搭理他,尽可能地躲着他。

谁知偏偏躲不开,而且天天要见面。王伯韬也开了一家草帽厂,就在王瘦吾的草帽厂的对门!他新开的草帽厂有八台机子,八个师傅,门面、柜台,一切都比王瘦吾的大一倍。

王伯韬真是不顾血本,把批发、零售价都压得极低。王瘦吾算算,这样的定价,简直无利可图。他不服这口气,也随着把价钱落下来。

王伯韬坐在对面柜台里,还是满脸带笑,"瘦吾兄"长,"瘦吾兄"短。

王瘦吾撑了一年,实在撑不住了。

王伯韬放出话来:"瘦吾要是愿意把四台机子让给我,他多少钱买的,我多少钱要!"

四台机子,连同库存的现货,辫子,全部倒给了王伯韬。王瘦吾气得生了一场重病。一病一年多。卖机子的钱、连同小绒线店的底本,全变成了药渣子,倒在门外的街上了。

好不容易,能起来坐一坐,出门走几步了。可是人瘦得像一张纸,一阵风吹过,就能倒下。

陶虎臣呢?

头　年,因为四乡闹土匪,连城里都出了几起抢案,县政府和当地驻军联名出了一张布告:"冬防期间,严禁燃放鞭炮。"炮仗店平时生意有限,全指着年下。这一冬防,可把陶虎臣防苦了。且熬着,等明年吧。

明年！蒋介石搞他娘的"新生活"①，根本取缔了鞭炮。城里几家炮仗店统统关了张。陶虎臣别无产业，只好做一点"黄烟子"和蚊烟混日子。"黄烟子"也像是个炮仗，只是里面装的不是火药而是雄黄，外皮也是黄的。点了捻子，不响，只是从屁股上冒出一股黄烟，能冒半天。这种东西，端午节人家买来，点着了扔在床脚柜底熏五毒；孩子们把黄烟屁股抵在板壁上写"虎"字。蚊烟是在一个皮纸的空套里装上锯末，加一点芒硝和鳝鱼骨头，盘成一盘，像一条蛇。这东西点起来味道很呛，人和蚊子都受不了。这两种东西，本来是炮仗店附带做做的，靠它赚钱吃饭，养家活口的，怎么行呢？——一年有几个端午节？蚊子也不是四季都有啊！

第三年，陶家炮仗店的铺闼子门下了一把牛鼻子铁锁，再也打不开了。陶家的锅，也揭不开了。起先是喝粥，——喝稀粥，后来连稀粥也喝不成了。陶虎臣全家，已经饿了一天半。

有那么一个缺德的人敲开了陶家的门。这人姓宋，人称宋保长，他是什么事都干得出来，什么钱也敢拿的。他来做媒了。二十块钱，陶虎臣把女儿嫁给了一个驻军的连长。这连长第二天就开拔。他倒什么也不挑，只要是一个黄花闺女。陶虎臣跳着脚大叫："不要说得那么好听！这不是嫁！这是卖！你们到大街去打锣喊叫:我陶虎臣卖女儿！你们喊去！我不害臊！陶虎臣！你是个什么东西！陶虎臣！我操你八辈祖奶奶！你就这样没有能耐呀！"女儿的妈和弟弟都哭。女儿倒不哭，反过来劝爹："爹！爹！您别这样！我愿意！——真的！爹！我真的愿意！"她朝上给爹妈磕了头，又趴在弟弟的耳边说了一句话。这一句话是:"饿的时候，忍着，别哭。"弟弟直点头。女儿走到爹床前，说了声:"爹！我走啦！您保重！"陶虎臣脸对墙躺着，连头都没有回，他的眼泪哗哗地往下淌。

---

① "新生活"是蒋介石搞的"新生活"运动，提倡"礼义廉耻"，到处刷写着"礼义廉耻，国之四维，四维不张，国乃灭亡"；限制行人靠左边走；废除作揖，改行握手；禁止燃放鞭炮等等。总之，大家都过新生活，不许过旧生活。

两个半月过去了。陶家一直就花这二十块钱。二十块钱剩得不多了,女儿回来了。妈脱下女儿的衣服一看,什么都明白了:这连长天天打她。女儿跟妈妈偷偷地说:"妈,我过上了他的脏病。"

岁暮天寒,彤云酿雪,陶虎臣无路可走,他到阴城去上吊。

他没有死成。他刚把腰带拴在一棵树上,把头伸进去,一个人拦腰把他抱住,一刀砍断了腰带。这人是住在财神庙的那个侉子。

靳彝甫回来了,他一到家,听说陶虎臣的事,连脸都没洗,拔脚就往陶家去。陶虎臣躺在一领破芦席上,拥着一条破棉絮。靳彝甫掏出五块钱来,说:"虎臣,我才回来,带的钱不多,你等我一天!"

跟脚,他又奔王瘦吾家。瘦吾也是家徒四壁了。他正在对着空屋发呆。靳彝甫也掏出五块钱,说:"瘦吾,你等我一天!"

第三天,靳彝甫约王瘦吾、陶虎臣到如意楼喝酒。他从内衣口袋里掏出两封洋钱,外面裹着红纸。一看就知道,一封是一百。他在两位老友面前,各放了一封。

"先用着。"

"这钱——?"

靳彝甫笑了笑。

那两个都明白了:彝甫把三块田黄给季匋民送去了。

靳彝甫端起酒杯说:"咱们今天醉一次。"

那两个同意。

"好,醉一次!"

这天是腊月三十。这样的时候,是不会有人上酒馆喝酒的。如意楼空荡荡的,就只有这三个人。

外面,正下着大雪。

一九八〇年八月二十日初稿

十一月二十日二稿

故里三陈

陈 小 手

我们那地方,过去极少有产科医生。一般人家生孩子,都是请老娘。什么人家请哪位老娘,差不多都是固定的。一家宅门的大少奶奶、二少奶奶、三少奶奶,生的少爷、小姐,差不多都是一个老娘接生的。老娘要穿房入户,生人怎么行? 老娘也熟知各家的情况,哪个年长的女佣人可以当她的助手,当"抱腰的",不需临时现找。而且,一般人家都迷信哪个老娘"吉祥",接生顺当。——老娘家都供着送子娘娘,天天烧香。谁家会请一个男性的医生来接生呢? ——我们那里学医的都是男人,只有李花脸的女儿传其父业,成了全城仅有的一位女医人。她也不会接生,只会看内科,是个老姑娘。男人学医,谁会去学产科呢? 都觉得这是一桩丢人没出息的事,不屑为之。但也不是绝对没有。陈小手就是一位出名的男性的产科医生。

陈小手的得名是因为他的手特别小,比女人的手还小,比一般女人的手还更柔软细嫩。他专能治难产。横生、倒生,都能接下来(他当然也要借助于药物和器械)。据说因为他的手小,动作细腻,可以减少产妇很多痛苦。大户人家,非到万不得已,是不会请他的。中小户人家,忌讳较少,遇到产妇胎位不正,老娘束手,老娘就会建议:"去请陈小手吧。"

陈小手当然是有个大名的,但是都叫他陈小手。

接生,耽误不得,这是两条人命的事。陈小手喂着一匹马。这匹

146

马浑身雪白,无一根杂毛,是一匹走马。据懂马的行家说,这马走的脚步是"野鸡柳子",又快又细又匀。我们那里是水乡,很少人家养马。每逢有军队的骑兵过境,大家就争着跑到运河堤上去看"马队",觉得非常好看。陈小手常常骑着白马赶着到各处去接生,大家就把白马和他的名字联系起来,称之为"白马陈小手"。

同行的医生,看内科的、外科的,都看不起陈小手,认为他不是医生,只是一个男性的老娘。陈小手不在乎这些,只要有人来请,立刻跨上他的白马,飞奔而去。正在呻吟惨叫的产妇听到他的马脖子上的銮铃的声音,立刻就安定了一些。他下了马,即刻进产房。过了一会(有时时间颇长),听到哇的一声,孩子落地了。陈小手满头大汗,走了出来,对这家的男主人拱拱手:"恭喜恭喜!母子平安!"男主人满面笑容,把封在红纸里的酬金递过去。陈小手接过来,看也不看,装进口袋里,洗洗手,喝一杯热茶,道一声"得罪",出门上马。只听见他的马的銮铃声"哗棱哗棱"……走远了。

陈小手活人多矣。

有一年,来了联军。我们那里那几年打来打去的,是两支军队。一支是国民革命军,当地称之为"党军";相对的一支是孙传芳的军队。孙传芳自称"五省联军总司令",他的部队就被称为"联军"。联军驻扎在天王寺,有一团人。团长的太太(谁知道是正太太还是姨太太),要生了,生不下来。叫来几个老娘,还是弄不出来。这太太杀猪也似的乱叫。团长派人去叫陈小手。

陈小手进了天王寺。团长正在产房外面不停地"走柳"。见了陈小手,说:

"大人,孩子,都得给我保住!保不住要你的脑袋!进去吧!"

这女人身上的脂油太多了,陈小手费了九牛二虎之力,总算把孩子掏出来了。和这个胖女人较了半天劲,累得他筋疲力尽。他迤里歪斜走出来,对团长拱拱手:

"团长!恭喜您,是个男伢子,少爷!"

团长龇牙笑了一下,说:"难为你了! ——请!"

外边已经摆好了一桌酒席。副官陪着。陈小手喝了两盅。团长拿出二十块现大洋，往陈小手面前一送：

"这是给你的！——别嫌少哇！"

"太重了！太重了！"

喝了酒，揣上二十块现大洋，陈小手告辞了："得罪！得罪！"

"不送你了！"

陈小手出了天王寺，跨上马。团长掏出枪来，从后面，一枪就把他打下来了。

团长说："我的女人，怎么能让他摸来摸去！她身上，除了我，任何男人都不许碰！这小子，太欺负人了！日他奶奶！"

团长觉得怪委屈。

陈　四

陈四是个瓦匠，外号"向大人"。

我们那个城里，没有多少娱乐。除了听书，瞧戏，大家最有兴趣的便是看会，看迎神赛会，——我们那里叫作"迎会"。

所迎的神，一是城隍，一是都土地。城隍老爷是阴间的一县之主，但是他的爵位比阳间的县知事要高得多，敕封"灵应侯"。他的气派也比县知事要大得多。县知事出巡，哪有这样威严，这样多的仪仗队伍，还有各种杂耍玩意的呢？再说打我记事起，就没见过县知事出巡过，他们只是坐了一顶小轿或坐了自备的黄包车到处去拜客。都土地东西南北四城都有，保佑境内的黎民，地位相当于一个区长。他比活着的区长要神气得多，但比城隍菩萨可就差了一大截了。他的爵位是"灵显伯"。都土地都是有名有姓的。我所居住的东城的都土地是张巡。张巡为什么会到我的家乡来当都土地呢，他又不是战死在我们那里的，这一点我始终没有弄明白。张巡是太守，死后为什么倒降职成了区长了呢？我也不明白。

都土地出巡是没有什么看头的。短簇簇的一群人，打着一些稀稀落落的仪仗,把都天菩萨(都土地为什么被称为"都天菩萨",这一点我也不明白)抬出来转一圈,无声无息地,一会儿就过完了。所谓"看会",实际上指的是看赛城隍。

我记得的赛城隍是在夏秋之交,阴历的七月半,正是大热的时候。不过好像也有在十月初出会的。

那真是万人空巷,倾城出观。到那天,凡城隍所经的耍闹之处的店铺就都做好了准备:燃香烛,挂宫灯,在店堂前面和临街的柜台里面放好了长凳,有楼的则把楼窗全部打开,烧好了茶水,等着东家和熟主顾人家的眷属光临。这时正是各种瓜果下来的时候,牛角酥、奶奶哼(一种很"面"的香瓜)、红瓤西瓜、三白西瓜、鸭梨、槟子、海棠、石榴,都已上市,瓜香果味,飘满一街。各种卖吃食的都出动了,争奇斗胜,吟叫百端。到了八九点钟,看会的都来了。老太太、大小姐、小少爷。老太太手里拿着檀香佛珠,大小姐衣襟上挂着一串白兰花。佣人手里提着食盒,里面是兴化饼子、绿豆糕,各种精细点心。

远远听见鞭炮声、锣鼓声,"来了,来了!"于是各自坐好,等着。

我们那里的赛会和鲁迅先生所描写的绍兴的赛会不尽相同。前面并无所谓"塘报"。打头的是"拜香的"。都是一些十六七岁的小伙子,光头净脸,头上系一条黑布带,前额缀一朵红绒球,青布衣衫,亦脚草鞋,手端一个红漆的小板凳,板凳一头钉着一个铁管,上插一支安息香。他们合着节拍,依次走着,每走十步,一齐回头,把板凳放到地上,算是一拜,随即转身再走。这都是为了父母生病到城隍庙许了愿的,"拜香"是还愿。后面是"挂香"的,则都是壮汉,用一个小铁钩勾进左右手臂的肉里,下系一个带链子的锡香炉,炉里烧着檀香。挂香多的可至香炉三对。这也是还愿的。后面就是各种玩意了。

十番锣鼓音乐篷子。一个长方形的布篷,四面绣花篷檐,下缀走水流苏。四角支竹竿,有人撑着。里面是吹手,一律是笙箫细乐,边走边吹奏。锣鼓篷悉有五七篷,每隔一段玩意一篷。

茶担子。金漆木桶,桶口翻出,上置一圈细瓷茶杯,桶内和杯内都装了香茶。

花担子。鲜花装饰的担子。

挑茶担子、花担子的扁担都极软，一步一颤。脚步要匀，三进一退，各依节拍，不得错步。茶担子、花担子虽无很难的技巧，但几十副担子同时进退，整整齐齐，亦颇婀娜有致。

舞龙。

舞狮子。

跳大头和尚戏柳翠。①

跑旱船。

跑小车。

最清雅好看的是"站高肩"。下面一个高大结实的男人，挺胸调息，稳稳地走着，肩上站着一个孩子，也就是五六岁，都扮着戏，青蛇、白蛇、法海、许仙、关、张、赵、马、黄、李三娘、刘知远、咬脐郎、火公窦老……他们并无动作，只是在大人的肩上站着，但是衣饰鲜丽，孩子都长得清秀伶俐，惹人疼爱。"高肩"不是本城所有，是花了大钱从扬州请来的。

后面是高跷。

再后面是跳判的。判有两种，一种是"地判"，一文一武，手执朝笏，边走边跳。一种是"抬判"。两根杉篙，上面绑着一个特制的圈椅，由四个人抬着。圈椅上蹲着一个判官。下面有人举着一个扎在一根细长且薄的竹片上的红绸做的蝙蝠，逗着判官。竹片极软，有弹性，忽上忽下，判官就追着蝙蝠，做出各种带舞蹈性的动作。他有时会跳到椅背上，甚至能在上面打飞脚。抬判不像地判只是在地面做一些滑稽的动作，这是要会一点"轻功"的。有一年看会，发现跳抬判的竟是我的小学的一个同班同学，不禁哑然。

迎会的玩意到此就结束了。这些玩意的班子，到了一些大店铺的门前，店铺就放鞭炮欢迎，他们就会停下来表演一会，或绕两个圈

---

① 即唐宋杂戏里的《月明和尚戏柳翠》，演和尚的戴一个纸浆做成的很大的和尚脑袋，白色的脑袋，淡青的头皮，嘻嘻地笑着。我们那里已不知和尚法名月明，只是叫他"大头和尚"。

子。店铺常有犒赏。南货店送几大包蜜枣,茶食店送糕饼,药店送凉药洋参,绸缎店给各班挂红,钱庄则干脆扛出一钱板一钱板的铜元,俵散众人。

后面才真正是城隍老爷(叫城隍为"老爷"或"菩萨"都可以,随便的)自己的仪仗。

前面是开道锣。几十面大筛同时敲动。筛极大,得吊在一根杆子上,前面担在一个人的肩上,后面的人担着杆子的另一头,敲。大筛的节奏是非常单调的:哐(锣槌头一击)定定(槌柄两击筛面)哐定定哐,哐定定哐定定哐……如此反复,绝无变化。唯其单调,所以显得很庄严。

后面是虎头牌。长方形的木牌,白漆,上画虎头,黑漆扁宋体黑字,大书"肃静"、"回避"、"敕封灵应侯"、"保国佑民"。

后面是伞,——万民伞。伞有多柄,都是各行同业公会所献,彩缎绣花,缂丝平金,各有特色。我们县里最讲究的几柄伞却是纸伞。硖石所出。白宣纸上扎出芥子大的细孔,利用细孔的虚实,衬出虫鱼花鸟。这几柄宣纸伞后来被城隍庙的道士偷出来拆开一扇一扇地卖了,我父亲曾收得几扇。我曾看过纸伞的残片,真是精细绝伦。

最后是城隍老爷的"大驾"。八抬大轿,抬轿的都是全城最好的轿夫。他们踏着细步,稳稳地走着。轿顶四面鹅黄色的流苏均匀地起伏摆动着。城隍老爷一张油白大脸,疏眉细眼,五绺长须,蟒袍玉带,手里捧着一柄很大的折扇,端端地坐在轿子里。这时,人们的脸上都严肃起来了,正如鲁迅先生所说:诚惶诚恐,不胜屏营待命之至。

城隍老爷要在行宫(也是一座庙里)待半天,到傍晚时才"回宫"。回宫时就只剩下少许人扛着仪仗执事,抬着轿子,飞跑着从街上走过,没有人看了。

且说高跷。

我见过几个地方的高跷,都不如我们那里的。我们那里的高跷,一是高,高至丈二。踩高跷的中途休息,都是坐在人家的房檐口。我们县的踩高跷的都是瓦匠,无一例外。瓦匠不怕高。二是能玩出许多花样。

高跷队前面有两个"开路"的,一个手执两个棒槌,不停地"郭郭,郭郭"地敲着。一个手执小铜锣,敲着"光光,光光"。他们的声音合在一起,就是"郭郭,光光;郭郭,光光"。我总觉得这"开路"的来源是颇久远的。老远地听见"郭郭,光光",就知道高跷来了,人们就振奋起来。

高跷队打头的是渔、樵、耕、读。就中以渔公、渔婆最逗。他们要矮身蹲在高跷上横步跳来跳去做钓鱼撒网各种动作,重心很不好掌握。后面是几出戏文。戏文以《小上坟》最动人。小丑和旦角都要能踩"花梆子"碎步。这一出是带唱的。唱的腔调是柳枝腔。当中有一出"贾大老爷"。这贾大老爷不知是何许人,只是一个衙役在戏弄他,贾大老爷不时对着一个夜壶口喝酒。他的颠颠总是引得看的人大笑。垫底的是"火烧向大人"。三个角色:一个铁公鸡,一个张嘉祥,一个向大人。向大人名荣,是清末的大将,以镇压太平天国有功,后死于任。看会的人是不管他究竟是谁的,也不论其是非功过,只是看扮演向大人的"演员"的功夫。那是很难的。向大人要在高跷上蹬马,在高跷上坐轿,——两只手抄在前面,"存"着身子,两只脚(两只跷)一撩一撩地走,有点像戏台上"走矮子"。他还要能在高跷上做"探海"、"射雁"这些在平地上也不好做的高难动作(这可真是"高难",又高又难)。到了挨火烧的时候,还要左右躲闪,簸脑袋,甩胡须,连连转圈。到了这时,两旁店铺里的看会人就会炸雷也似的大声叫起"好"来。

擅长表演向大人的,只有陈四,别人都不如。

到了会期,陈四除了在县城表演一回,还要到三垛去赶一场。县城到三垛,四十五里。陈四不卸装,就登在高跷上沿着澄子河堤赶了去。赶到那里准不误事。三垛的会,不见陈四的影子,菩萨的大驾不起。

有一年,城里的会刚散,下了一阵雷暴雨,河堤上不好走,他一路赶去,差点没摔死。到了三垛,已经误了。

三垛的会首乔三太爷抽了陈四一个嘴巴,还罚他当众跪了一炷香。

陈四气得大病了一场。他发誓从此再也不踩高跷。

陈四还是当他的瓦匠。

到冬天,卖灯。

冬天没有什么瓦匠活,我们那里的瓦匠冬天大都以糊纸灯为副业,到了灯节前,摆摊售卖。陈四的灯摊就摆在保全堂廊檐下。他糊的灯很精致。荷花灯、绣球灯、兔子灯。他糊的蛤蟆灯,绿背白腹,背上用白粉点出花点,四只爪子是活的,提在手里,来回划动,极其灵巧。我每年要买他一盏蛤蟆灯,接连买了好几年。

陈 泥 鳅

邻近几个县的人都说我们县的人是黑屁股。气得我的一个姓孙的同学,有一次当着很多人褪下了裤子让人看:"你们看!黑吗?"我们当然都不是黑屁股。黑屁股指的是一种救生船。这种船专在大风大浪的湖水中救人、救船,因为船尾涂成黑色,所以叫作黑屁股。说的是船,不是人。

陈泥鳅就是这种救生船上的一个水手。

他水性极好,不愧是条泥鳅。运河有一段叫清水潭。因为民国十年、民国二十年都曾在这里决口,把河底淘成了一个大潭。据说这里的水深,三篙子都打不到底。行船到这里,不能撑篙,只能荡桨。水流也很急,水面上拧着一个一个漩涡。从来没有人敢在这里游水。陈泥鳅有一次和人打赌,一气游了个来回。当中有一截,他半天不露脑袋,半天半天,岸上的人以为他沉了底,想不到一会,他笑嘻嘻地爬上岸来了!

他在通湖桥下住。非遇风浪险恶时,救生船一般是不出动的。他看看天色,知道湖里不会出什么事,就待在家里。

他也好义,也好利。湖里大船出事,下水救人,这时是不能计较报酬的。有一次一只装豆子的船在琵琶闸炸了,炸得粉碎。事后知道,是因为船底有一道小缝漏水,水把豆子浸湿了,豆子吃了水,突然间一齐膨胀起来,"砰"的一声把船撑炸了——那力量是非常之大的。船碎了,人掉在水里。这时跳下水救人,能要钱么?民国二十年,运河决口,陈泥鳅在激浪里救起了很多人。被救起的都已经是家破人亡,一无所有了,陈泥鳅连人家的姓名都没有问,更谈不上要什么酬谢了。在活人身上,他不能讨价;在死人身上,他却是不少要钱的。

人淹死了,尸首找不着。事主家里一不愿等尸首泡胀漂上来,二不愿尸首被"四水捞子"①钩得稀烂八糟,这时就会来找陈泥鳅。陈泥鳅不但水性好,且在水中能开眼见物。他就在出事地点附近,察看水流风向,然后一个猛子扎下去,潜入水底,伸手摸触。几个猛子之后,他准能把一个死尸托上来。不过得事先讲明,捞上来给多少酒钱,他才下去。有时讨价还价,得磨半天。陈泥鳅不着急,人反正已经死了,让他在水底多待一会没事。

陈泥鳅一辈子没少挣钱,但是他不置产业,一个积蓄也没有。他花钱很散漫,有钱就喝酒尿了,赌钱输了。有的时候,也偷偷地周济一些孤寡老人,但嘱咐千万不要说出去。他也不娶老婆。有人劝他成个家,他说:"瓦罐不离井上破,大将难免阵头亡。淹死会水的。我见天跟水闹着玩,不定哪天龙王爷就把我请了去。留下孤儿寡妇,我死在阴间也不踏实。这样多好,吃饱了一家子不饥,无牵无挂!"

通湖桥桥洞里发现了一具女尸。怎么知道是女尸?她的长头发在洞口外飘动着。行人报了乡约,乡约报了保长,保长报到地方公益会。桥上桥下,围了一些人看。通湖桥是直通运河大闸的一道桥,运河的水由桥下流进澄子河。这座桥的桥洞很高,洞身也很长,但是很狭窄,只有人的肩膀那样宽。桥以西,桥以东,水面落差很大,水势很急,翻花卷浪,老远就听见訇訇的水声,像打雷一样。

---

① "四水捞子"是一种在水中打捞东西的用具,四面有弯钩,状如一小铁锚,而钩尖极锐利。

大家研究,这女尸一定是从大闸闸口冲下来的,不知怎么会卡在桥洞里了。不能就让她这么在桥洞里堵着。可是谁也想不出办法,谁也不敢下去。

去找陈泥鳅。

陈泥鳅来了,看了看。他知道桥洞里有一块石头,突出一个尖角(他小时候老在洞里钻来钻去,对洞里每一块石头都熟悉)。这女人大概是身上衣服在这个尖角上绊住了。这也是个巧劲儿,要不,这样猛的水流,早把她冲出来了。

"十块现大洋,我把她弄出来。"

"十块?"公益会的人吃了一惊,"你要得太多了!"

"是多了点,我有急用。这是玩命的事!我得从桥洞西口顺水窜进桥洞,一下子把她拨拉动了,就算成了。就这一下。一下子拨拉不动,我就会塞在桥洞里,再也出不来了!你们也都知道,桥洞只有肩膀宽,没法转身。水流这样急,退不出来。那我就只好陪着她了。"

大家都说:"十块就十块吧!这是砂锅捣蒜,一锤子!"

陈泥鳅把浑身衣服脱得光光的,道了一声"对不起了!"纵身入水,顺着水流,笔直地窜进桥洞。大家都捏着一把汗。只听见欻地一声,女尸冲出来了。接着陈泥鳅从东面洞口凌空蹿出了水面。大家伙发了一声喊:"好水性!"

陈泥鳅跳上岸来,穿了衣服,拿了十块钱,说了声"得罪得罪!"转身就走。

大家以为他又是进赌场、进酒店了。没有,他径直地走进陈五奶奶家里。

陈五奶奶守寡多年。她有个儿子,去年死了,儿媳妇改了嫁,留下一个孩子。陈五奶奶就守着小孙子过,日子很折籹①。这孩子得了急惊风,浑身滚烫,鼻翅扇动,四肢抽搐,陈五奶奶正急得两眼发

————————
① 这是我的家乡话,意思是很困难,很不顺利。

直。陈泥鳅把十块钱交在她手里,说:"赶紧先到万全堂,磨一点羚羊角,给孩子喝了,再抱到王淡人那里看看!"

说着抱了孩子,拉了陈五奶奶就走。

陈五奶奶也不知哪里来的劲,跟着他一同走得飞快。

一九八三年八月一日急就

鸡 毛

西南联大有一个文嫂。

她不是西南联大的人。她不属于教职员工,更不是学生。西南联大的各种名册上都没有"文嫂"这个名字。她只是在西南联大里住着,是一个住在联大里的校外的人。然而她又的的确确是"西南联大"的一个组成部分。她住在西南联大的新校舍。

西南联大有许多部分:新校舍、昆中南院、昆中北院、昆华师范、工学院……其他部分都是借用的原有的房屋,新校舍是新建的,也是联大的主要部分。图书馆、大部分教室、各系的办公室、男生宿舍……都在新校舍。

新校舍在昆明大西门外,原是一片荒地。有很多坟,几户零零落落的人家。坟多无主。有的坟主大概已经绝了后,不难处理,有一个很大的坟头,一直还留着,四面环水,如一小岛,春夏之交,开满了野玫瑰,香气袭人,成了一处风景。其余的,都平了。坟前的墓碑,有的相当高大,都搭在几条水沟上,成了小桥。碑上显考显妣的姓名分明可见,全都平躺着。每天有许多名师大儒、莘莘学子从上面走过。住户呢,由学校出几个钱,都搬迁了。文嫂也是这里的住户。她不搬。说什么也不搬。她说她在这里住惯了。联大的当局是很讲人道主义的,人家不愿搬,不能逼人家走。可是她这两间破烂烂的草屋,不当不间地戳在那里,实在也不成个样子。新校舍建筑虽然极其简陋,但是是经过土木工程系的名教授设计过的,房屋安排疏密有致,空间利用十分合理。那怎么办呢?主其事者跟文嫂商量,把她两间草房拆了,另外给她盖一间,质料比她原来的要好一些。她同意了,

157

只要求再给她盖一个鸡窝。那好办。

她这间小屋,土墙草顶,有两个窗户(没有窗扇,只有一个窗洞,有几根直立着的带皮的树棍),一扇板门。紧靠西面围墙,离二十五号宿舍不远。

宿舍旁边住着这样一户人家,学生们倒也没有人觉得奇怪。学生叫她文嫂。她管这些学生叫"先生"。时间长了,也能分得出张先生、李先生、金先生、朱先生……但是,相处这些年了,竟没有一个先生知道文嫂的身世,只知道她是一个寡妇,有一个女儿。人很老实。虽然没有知识,但是洁身自好,不贪小便宜。除非你给她,她从不伸手要东西。学生丢了牙膏肥皂、小东小西,从来不会怀疑是她顺手牵羊拿了去。学生洗了衬衫,晾在外面,被风吹跑了,她必为捡了,等学生回来时交出:"金先生,你的衣服。"除了下雨,她一天都是在屋外待着。她的屋门也都是敞开着的。她的所作所为,都在天日之下,人人可以看到。

她靠给学生洗衣服、拆被窝维持生活。每天大盆大盆地洗。她在门前的两棵半大榆树之间拴了两根棕绳,拧成了麻花。洗得的衣服,夹紧在两绳之间。风把这些衣服吹得来回摆动,霍霍作响。大太阳的天气,常常看见她坐在草地上(昆明的草多丰茸齐整而极干净)做被窝,一针一针,专心致意。衣服被窝洗好做得了,为了避免嫌疑,她从不送到学生宿舍里去,只是叫女儿隔着窗户喊:"张先生,来取衣服,"——"李先生,取被窝。"

她的女儿能帮上忙了,能到井边去提水,踮着脚往绳子上晾衣服,在床上把衣服抹煞平整了,叠起来。

文嫂养了二十来只鸡(也许她原是靠喂鸡过日子的)。联大到处是青草,草里有昆虫蚱蜢种种活食,这些鸡都长得极肥大,很肯下蛋。隔多半个月,文嫂挎了半篮鸡蛋,领着女儿,上市去卖。蛋大,也红润好看,卖得很快。回来时,带了盐巴、辣子,有时还用马兰草提着一块够一个猫吃的肉。

每天一早,文嫂打开鸡窝门,这些鸡就急急忙忙,迫不及待地奔出来,散到草丛中去,不停地啄食。有时又抬起头来,把一个小脑袋很有节奏地转来转去,顾盼自若,——鸡转头不是一下子转过来,都是一顿一顿地那么转动。到觉得肚子里那个蛋快要坠下时,就赶紧跑回来,红着脸把一个蛋下在鸡窝里。随即得意非凡地高唱起来:"郭格答!郭格答!"文嫂或她的女儿伸手到鸡窝里取出一颗热烘烘的蛋,顺手赏了母鸡一块土坷垃:"去去去!先生要用功,莫吵!"这鸡婆子就只好咕咕地叫着,很不平地走到草丛里去了。到了傍晚,文嫂抓了一把碎米,一面撒着,一面"喞喞,喞喞"叫着,这些母鸡就都即即足足地回来了。它们把碎米啄尽,就鱼贯进入鸡窝。进窝时还故意把脑袋低一低,把尾巴向下耷拉一下,以示雍容文雅,很有鸡教。鸡窝门有一道小坎,这些鸡还都一定两脚齐齐,站在门坎上,然后向前一跳。这种礼节,其实大可不必。进窝以后,咕咕嚷嚷一会,就寂然了。于是夜色就降临抗战时期最高学府之一,国立西南联合大学的新校舍了。阿门。

文嫂虽然生活在大学的环境里,但是大学是什么,还有什么用,为什么要办它,这些,她可一点都不知道。只知道有许多"先生",还有许多小姐,或按昆明当时的说法,有很多"摩登",来来去去;或在一个洋铁皮房顶的屋子(她知道那叫"教室")里,坐在木椅子上,呆呆地听一个"老倌"讲话。这些"老倌"讲话的神气有点像耶稣堂卖福音书的教士(她见过那种教士)。但是她隐隐约约地知道,先生们将来都是要做大事,赚大钱的。

先生们现在可没有赚大钱,做大事,而且越来越穷,找文嫂洗衣服、做被子的越来越少了。大部分先生非到万不得已,不拆被子。一年也不定拆洗一回,有的先生虽然看起来衣冠齐楚,西服皮鞋,但是皮鞋底下有洞。有一位先生还为此制了一则谜语"天不知地知,你不知我知。"他们的袜子没有后跟,穿的时候就把袜尖往前拽拽,窝在脚心里,这样后跟的破洞就露不出来了。他们的衬衫穿脏了,脱下来换一件。过两天新换的又脏了,看看还是原先脱下的 件干净些,于是又换回来。有时要去参加 Party,没有一件洁白的衬衫,灵机一动:有了！把衬衫反过来穿！打一条领带，把纽扣遮住，这样就看不出反正了。就这样，还很优美地跳着《蓝色的多瑙河》。有一些，就完全不修边幅，衣衫褴褛，囚首垢面，跟一个叫花子差不多了。他们的裤子破了，就有一根麻绳把破处系紧。文嫂看到这些先生，常常跟女儿说："可怜！"

来找文嫂洗衣的少了，她还有鸡，而且她的女儿已经大了。

女儿经人介绍，嫁了一个司机。这司机是下江人，除了他学着说云南话："为哪样"、"咋个整"，其余的话，她听不懂，但她觉得这女婿人很好。他来看过老丈母，穿了麂皮夹克，大皮鞋，头上抹了发蜡。女儿按月给妈送钱。女婿跑仰光、腊戍，也跑贵州、重庆。每趟回来，还给文嫂带点曲靖韭菜花，贵州盐酸菜，甚至宣威火腿。有一次还带了一盒遵义板桥的化风丹，她不知道这有什么用。他还带了一些奇形怪状的果子。有一种果子，香得她的头都疼。下江人女婿答应养她一辈子。

文嫂胖了。

男生宿舍全都一样，是一个窄长的大屋子，土墼墙，房顶铺着木板，木板都没有刨过，留着锯齿的痕迹，上盖稻草；两面的墙上开着一列像文嫂的窗洞一样的窗洞。每间宿舍里摆着二十张双层木床。这些床很笨重结实，一个大学生可以在上面放放心心地睡四年，一直睡到毕业，无须修理。床本来都是规规矩矩地靠墙排列着的，一边十张。可是这些大学生需要自己的单独的环境，于是把它们重新调动了一下，有的两张床摆成一个曲尺形，有的三张床摆成一个凹字形，就成了一个一个小天地。按规定，每一间住四十人，实际都住不满。有人占了一个铺位，或由别人替他占了一个铺位而根本不来住；也有不是铺主却长期睡在这张铺上的；有根本不是联大学生，却在新校舍住了好几年的。这些曲尺形或凹字形的单元里，大都只有两三个人。个别的，只有一个。一间宿舍住的学生，各系的都有。有一些互相熟悉，白天一同进出，晚上联床夜话；也有些老死不相往来，连贵姓都不打听。二十五号南头一张双层床上住着一个历史系学生，一个中文系学生,一个上铺,一个下铺,两个人合住了一年,彼此连面都没有见过:因为这二位的作息时间完全不同。中文系学生是个夜猫子,每晚在系图书馆夜读,天亮才回来;而历史系学生却是个早起早睡的正常的人。因此,上铺的铺主睡觉时,下铺是空的;下铺在酣睡时,上铺没有人。

联大的人都有点怪。"正常"在联大不是一个褒词。一个人很正常,就会被其余的怪人认为"很怪"。即以二十五号宿舍而论,如果把这些先生的事情写下来,将会是一部很长的小说。如今且说一个人。

此人姓金,名昌焕,是经济系的。他独占北边的一个凹字形的单元。他不欢迎别人来住,别人也不想和他搭伙。他不知从哪里弄来一些木板,把双层床的一边都钉了木板,就成了一间屋中之屋,成了他的一统天下。凹字形的当中,摆着几个装肥皂的木箱——昆明这种木箱很多,到处有得卖,这就是他的书桌。他是相当正常的。一二年级时,按时听讲,从不缺课。联大的学生大都很狂,讥弹时事,品藻人物,语带酸咸,词锋很锐。金先生全不这样。他不发狂论。事实上他很少跟人说话。其特异处有以下几点:一是他所有的东西都挂着,二是从不买纸,三是每天吃一块肉。他在他的床上拉了几根铁丝,什么都挂在这些铁丝上,领带、袜子、针线包、墨水瓶……他每天就睡在这些叮叮当当的东西的下面。学生离不开纸。怎么穷的学生,也得买一点纸。联大的学生时兴用一种灰绿色布制的夹子,里面夹着一叠白片页纸,用来记笔记,做习题。金先生从不花这个钱。为什么要花钱买呢? 纸有的是! 联大大门两侧墙上贴了许多壁报、学术演讲的通告、寻找失物、出让衣鞋的启事,形形色色、琳琅满目。这些启事、告白总不是顶天立地满满写着字,总有一些空白的地方。金先生每天晚上就带了一把剪刀,把这些空白的地方剪下来。他还把这些纸片,按大小纸质、颜色,分门别类,裁剪整齐,留作不同用处。他大概是相当笨的,因此每晚都开夜车。开夜车伤神,需要补一补。他按期买了猪肉,切成人小相等的方块,借了文嫂的鼎罐(他借用了鼎罐,都是洗都不洗就还给人家了),在学校茶水炉上炖熟了,密封在一个有盖的瓷坛里。每夜用完了功,就打开坛盖,用一支一头削尖了的筷子,瞅准了,扎出一块,闭目而食之。然后,躺在叮叮当当的什物之下,酣然睡去。

这样过了三年。到了四年级,他在聚兴诚银行里兼了职,当会计。其时他已经学了簿记、普通会计、成本会计、银行会计、统计……这些学问当一个银行职员,已是足够用的了。至于经济思想史、经济地理……这些空空洞洞的课程,他觉得没有什么用处,只要能混上学分就行,不必苦苦攻读,可以缺课。他上午还在学校听课,下午上班。晚上仍是开夜车,搜罗纸片,吃肉。自从当了会计,他添了两样毛病。一是每天提了一把黑布阳伞进出,无论冬夏,天天如此。二是穿两件衬衫,打两条领带。穿好了衬衫,打好领带;又加一件衬衫,再打一条领带。这是干什么呢?若说是显示他有不止一件衬衫、一条领带吧,里面的衬衫和领带别人又看不见;再说这鼓鼓囊囊的,舒服吗?真是令人百思不得其解。因此,同屋的那位中文系夜游神送给他一个外号,这外号很长:"二十年目睹之怪现状"。

金先生很快就要毕业了。毕业以前,他想到要做两件事。一件是加入国民党,这已经着手办了;一件是追求一个女同学,这可难。他在学校里进进出出,一向像马二先生逛西湖:他不看女人,女人也不看他。

谁知天缘凑巧,金昌焕先生竟有了一段风流韵事。一天,他正提着阳伞到聚兴诚去上班,前面走着两个女同学,她们交头接耳地谈着话。一个告诉另一个:这人穿两件衬衫,打两条领带,而且介绍他有一个很长的外号:"二十年目睹之怪现状"。听话的那个不禁回头看了金昌焕一眼,嫣然一笑。金昌焕误会了:谁知一段姻缘却落在这里。当晚,他给这女同学写了一封情书。开头写道"××女士芳鉴,敬启者……"接着说了很多仰慕的话,最后直截了当地提出:"倘蒙慧眼垂青,允订白首之约,不胜荣幸之至。随函附赠金戒指一枚,务祈笑纳为荷。"在"金戒指"三字的旁边还加了一个括弧,括弧里注明:"重一钱五"。这封情书把金先生累得够呛,到他套起钢笔,吃下一块肉时,文嫂的鸡都已经即即足足地发出声音了。

这封情书是当面递交的。

这位女同学很对得起金昌焕。她把这封信公布在校长办公室外面的布告栏里,把这枚金戒指也用一枚大头针钉在布告栏的墨绿色的绒布上。于是金昌焕一下子出了大名了。

金昌焕倒不在乎,他当着很多人,把信和戒指都取下来,收回了。

你们爱谈论,谈论去吧!爱当笑话说,说去吧!于金昌焕何有哉!金昌焕已经在重庆找好了事,过两天就要离开西南联大,上任去了。

文嫂丢了三只鸡,一只笋壳鸡,一只黑母鸡,一只芦花鸡。这三只鸡不是一次丢的,而是隔一个多星期丢一只。不知怎么丢的。早上开鸡窝放鸡时还在,晚上回窝时就少了。文嫂到处找,也找不着。她又不能像王婆骂鸡那样坐在门口骂——她知道这种泼辣做法在一个大学里很不合适,只是一个人叨叨:"我奶(的)鸡呢?我奶鸡呢?……"

文嫂的女儿回来了。文嫂吓了一跳:女儿戴得一头重孝。她明白出了大事了。她的女婿从重庆回来,车过贵州的十八盘,翻到山沟里了。女婿的同事带了信来。母女俩顾不上抱头痛哭,女儿还得赶紧搭便车到十八盘去收尸。

女儿走了,文嫂失魂落魄,有点傻了。但是她还得活下去,还得过日子,还得吃饭,还得每天把鸡放出去,关鸡窝。还得洗衣服,做被子。有很多先生都毕业了,要离开昆明,临走总得干干净净,来找文嫂洗衣服,拆被子的多了。

这几天文嫂常上先生们的宿舍里去。有的先生要走了,行李收拾好了,总还有一些带不了的破旧衣物,一件渔网似的毛衣,一个压扁了的脸盆,几只配不成对的皮鞋——那有洞的鞋底至少掌鞋还有用……这些先生就把文嫂叫了来,随她自己去挑拣。挑完了,文嫂必让先生看一看,然后就替他们把曲尺形或凹字形的单元打扫一下。

因为洗衣服、捡破烂,文嫂还能岔乎岔乎,心里不至太乱。不过她明显地瘦了。

金昌焕不声不响地走了。二十五号的朱先生叫文嫂也来看看，这位"怪现状"是不是也留下一些还值得一拣的东西。

什么都没有。金先生把一根布丝都带走了。他的凹形王国里空空如也，只留下一个跟文嫂借用的鼎罐。文嫂毫无所得，然而她也照样替金先生打扫了一下。她的竹帚扫到床下，失声惊叫了起来：床底下有三堆鸡毛，一堆笋壳色的，一堆黑的，一堆芦花的！

文嫂把三堆鸡毛抱出来，一屁股坐在地下，大哭起来。

"啊呀天呐，这是我呐鸡呀！我呐笋壳鸡呀！我呐黑母鸡。我呐芦花鸡呀！……

"我寡妇失业几十年哪，你咋个要偷我呐鸡呀！……

"我风里来雨里去呀，我呐命多苦，多艰难呀，你咋个要偷我呐鸡呀！……

"你先生是要做大事，赚大钱的呀，你咋个要偷我呐鸡呀！……

"我呐女婿死在贵州十八盘，连尸都还没有收呀，你咋个要偷我呐鸡呀！……"

她哭得很伤心，很悲痛。

她好像要把一辈子所受的委屈、不幸、孤单和无告全都哭了出来。

这金昌焕真是缺德，偷了文嫂的鸡，还借了文嫂的鼎罐来炖了。至于他怎么偷的鸡，怎样宰了，怎样煺的鸡毛，谁都无从想象。

林子大了，什么鸟都有。

一九八一年六月六日

晚饭花

晚饭花就是野茉莉。因为是在黄昏时开花,晚饭前后开得最为热闹,故又名晚饭花。

野茉莉,处处有之,极易繁衍。高二三尺,枝叶披纷,肥者可荫五六尺。花如茉莉而长大,其色多种易变。子如豆,深黑有细纹,中有瓤,白色,可作粉,故又名粉豆花。曝干作蔬,与马兰头相类。根大者如拳、黑硬,俚医以治吐血。

吴其浚:《植物名实图考》

珠子灯

这里的风俗,有钱人家的小姐出嫁的第二年,娘家要送灯。送灯的用意是祈求多子。元宵节前几天,街上常常可以看到送灯队伍。几个女佣人,穿了干净的衣服,头梳得光光的,戴着双喜字大红绒花,一人手里提着一盏灯;前面有几个吹鼓手吹着细乐。远远听到送灯的箫笛,很多人家的门就开了。姑娘、媳妇走出来,倚门而看,且指指点点,悄悄评论。这也是一年的元宵节景。

一堂灯一般是六盏。四盏较小,大都是染成红色或白色而画了红花的羊角琉璃泡子。一盏是麒麟送子:一个染色的琉璃角片扎成的娃娃骑在一匹麒麟上。还有一盏是珠子灯:绿色的琉璃珠子穿扎成的很大的宫灯。灯体是八扇玻璃,漆着红色的各体寿字,其余部分都是珠子,顶盖上伸出八个珠子的凤头,凤嘴里衔着珠子的小幡,下缀珠子的流苏。这盏灯分量相当的重,送来的时候,得两个人用一根小扁担抬着。这是一盏主灯,挂在房间的正中。旁边是麒麟送子,玻璃泡子挂在四角。

到了"灯节"的晚上,这些灯里就插了红蜡烛,点亮了。从十三"上灯"到十八"落灯",接连点几个晚上。平常这些灯是不点的。

屋里点了灯,气氛就很不一样了。这些灯都不怎么亮(点灯的目的原不是为了照明),但很柔和。尤其是那盏珠子灯,洒下一片淡绿的光,绿光中珠幡的影子轻轻地摇曳,如梦如水,显得异常安静。元宵的灯光扩散着吉祥、幸福和朦胧暧昧的希望。

孙家的大小姐孙淑芸嫁给了王家的二少爷王常生。她屋里就挂了这样六盏灯。不过这六盏灯只点过一次。

王常生在南京读书,秘密地加入了革命党,思想很新。订婚以后,他请媒人捎话过去:请孙小姐把脚放了。孙小姐的脚当真放了,放得很好,看起来就不像裹过的。

孙小姐是个才女。孙家对女儿的教育很特别,教女儿读诗词。除了《长恨歌》、《琵琶行》,孙小姐能背全本《西厢记》。嫁过来以后,她也看王常生带回来的黄遵宪的《日本国志》和林译小说《迦茵小传》、《茶花女遗事》……

两口子琴瑟和谐,感情很好。

不料王常生在南京得了重病,抬回来不到半个月,就死了。

王常生临死对夫人留下遗言:"不要守节。"

但是说了也无用。孙王二家都是书香门第,从无再婚之女。改嫁,这种念头就不曾在孙小姐的思想里出现过。这是绝不可能的事。

从此,孙小姐就一个人过日子。这六盏灯也再没有点过了。

她变得有点古怪,她屋里的东西都不许人动。王常生活着的时候是什么样子,永远是什么样子,不许挪动一点。王常生用过的手表、座钟、文具,还有他养的一盆雨花石,都放在原来的位置。孙小姐原是个爱洁成癖的人,屋里的桌子椅子、茶壶茶杯,每天都要用清水洗三遍。自从王常生死后,除了过年之前,她亲自监督着一个从娘家陪嫁过来的女佣人大洗一天之外,平常不许擦拭。里屋炕几上有一套茶具:一个白瓷的茶盘,一把茶壶,四个茶杯。茶杯倒扣着,上面落了细细的尘土。茶壶是荸荠形的扁圆的,茶壶的鼓肚子下面落不着尘土,茶盘里就清清楚楚留下一个干净的圆印子。

她病了,说不清是什么病。除了逢年过节起来几天,其余的时间都在床上躺着,整天地躺着。除了那个女佣人,没有人上她屋里去。

她就这么躺着,也不看书,也很少说话,屋里一点声音没有。她躺着,听着天上的风筝响,斑鸠在远远的树上叫着双声,"鹁鸪鸪——咕、鹁鸪鸪——咕",听着麻雀在檐前打闹,听着一个大蜻蜓振动着透明的翅膀,听着老鼠咬啮着木器,还不时听到一串滴滴答答的声音,那是珠子灯的某一处流苏散了线,珠子落在地上了。

女佣人在扫地时,常常扫到一二十颗散碎的珠子。

她这样躺了十年。

她死了。

她的房门锁了起来。

从锁着的房间里,时常还听见散线的玻璃珠子滴滴答答落在地板上的声音。

三姊妹出嫁

秦老吉是个挑担子卖馄饨的。他的馄饨担子是全城独一份,他的馄饨也是全城独一份。

这副担子非常特别。一头是一个木柜,上面有七八个扁扁的抽屉;一头是安放在木柜里的烧松柴的小缸灶,上面支一口紫铜浅锅。铜锅分两格,一格是骨头汤,一格是下馄饨的清水。扁担不是套在两头的柜子上,而是打的时候就安在柜子上,和两个柜子成一体。扁担不是直的,是弯的,像一个罗锅桥。这副担子是楠木的,雕着花,细巧玲珑,很好看。这好像是《东京梦华录》时期的东西,李嵩笔下画出来的玩意儿。秦老吉老远地来了,他挑的不像是馄饨担子,倒好像挑着一件什么文物。这副担子不知道传了多少代了,因为材料结实,做工精细,到现在还很完好。

别人卖的馄饨只有一种,葱花水打猪肉馅。他的馄饨除了猪肉馅的,还有鸡肉馅的、螃蟹馅的,最讲究的是荠菜冬笋肉末馅的,——这种肉馅不是用刀刃而是用刀背剁的!作料也特别齐全,除了酱油、醋,还有花椒油、辣椒油、虾皮、紫菜、葱末、蒜泥、韭花、芹菜和本地人一般不吃的芫荽。馄饨分别放在几个抽屉里,作料敞放在外面,任凭顾客各按口味调配。

他的器皿用具也特别精洁——他有一个拌馅用的深口大盘,是雍正青花!

笃——笃笃,秦老吉敲着竹梆,走来了。找一个柳荫,把担子卸下,竹梆敲出一串花点,立刻就围满了人。

秦老吉就用这副担子,把三个女儿养大了。

秦老吉的老婆死得早,给他留下三个女儿。大凤、二凤和小凤。三个女儿,一个比一个小一岁,梯子蹬似的。三个丫头一个模样,像一个模子脱出来的。三个姑娘,像三张画。有人跟秦老吉说:"应该叫你老婆再生一个的,好凑成一套四扇屏儿!"

姊妹三个,从小没娘,彼此提掖,感情很好。一家人都很勤快。一进门,清清爽爽,干净得像明矾澄过的清水。谁家娶了邋遢婆娘,丈夫气急了,就说:"你到秦老吉家看看去!"三姊妹各有所长,分工负责。大裁小剪,单夹皮棉——秦老吉冬天穿一件山羊皮的背心,是大姐的;锅前灶后,热水烧汤,是二姐的;小妹妹小,又娇,两个姐姐惯着她,不叫她做重活,她就成天地挑花绣朵。她把两个姐姐绣得全身都是花。围裙上、鞋尖上、手帕上、包头布上,都是花。这些花里有一样必不可少的东西,是凤。

姊妹三个都大了。一个十八,一个十七,一个十六。该嫁了。这三只凤要飞到哪棵梧桐树上去呢?

三姊妹都有了人家了。大姐许了一个皮匠,二姐许了一个剃头的,小妹许的是一个卖糖的。

皮匠的脸上有几颗麻子,一街人都叫他麻皮匠。他在东街的"乾升和"茶食店廊檐下摆一副皮匠担子。"乾升和"的门面很宽大,除了一个柜台,两边竖着的两块碎白石底子堆刻黑漆大字的木牌——一块写着"应时糕点",一块写着"满汉饽饽"。这之外,没有什么东西,放一副皮匠担子一点不碍事。麻皮匠每天一早,"乾升和"才开了门,就拿起一把长柄的笤帚把店堂打扫干净,然后就在"满汉饽饽"下面支起担子,开始绱鞋。他是个手脚很快的人。走起路来腿快,绱起鞋来手快。只见他把锥子在头发里"光"两下,一锥子扎过鞋帮鞋底,两根用猪鬃引着的蜡线对穿过去,噌,——噌,两把就绱了一针。流利合拍,均匀紧凑。他绱鞋的时候,常有人歪着头看。绱鞋,本来没有看头,但是麻皮匠绱鞋就能吸引人。大概什么事做得很精熟,就很美了。因为手快,麻皮匠一天能比别的皮匠多绱好几双鞋。不但快,绱得也好。针脚细密,楦得也到家,穿在脚上,不易走样。因此,他生意很好。也因此,落下"麻皮匠"这样一个称号。人家做好了鞋,叫佣人或孩子送去绱,总要叮嘱一句:"送到麻皮匠那里去。"这街上还有几个别的皮匠。怕送错了。他脸上的那几颗麻子就成了他的标志。他姓什么呢?好像是姓马。

二姑娘的婆家姓时。老公公名叫时福海,他开了一片剃头店,字号也就是"时福海记"。剃头的本属于"下九流",他的店铺每年贴的春联却是:"头等事业,顶上生涯"。自从满清推翻,建立民国,人们剪了辫子,他的店铺主要是剃光头,以"水热刀快"为号召。时福海像所有的老剃头待诏一样,还擅长向阳取耳(掏耳朵),捶背拿筋。剃完头,用两只拳头给顾客哗哗剥剥地捶背(捶出各种节奏和清浊阴阳的脆响),噔噔地揪肩胛胛后的"懒筋"——捶、揪之后,真是"浑身通泰"。他还专会治"落枕"。睡落了枕,歪着脖子走进去,时福海把你的脑袋搁在他弓起的大腿上,两手扶着下颏,轻试两下,"咔叭"——就扳正了!老年间,剃头匠是半个跌打医生。

这地方不知怎么会有这么一个传统,剃头的多半也是吹鼓手(不是所有的剃头匠都是吹鼓手,也不是所有的吹鼓手都是剃头匠)。时福海就也是一个吹鼓手。他吹唢呐,两腮鼓起两个圆圆的鼓包,憋得满脸通红。他还会"进曲"。好像一城的吹鼓手里只有他会，或只有他擅长于这个玩意儿。人家办丧事，"六七"开吊，在"初献"、"亚献"之后，有"进曲"这个项目。赞礼的礼生喝道"进——曲！"时福海就拿了一面荸荠鼓，由两个鼓手双笛伴奏，唱一段曲子。曲词比昆曲还要古，内容是"神仙道化"，感叹人生无常，有《薤露》《蒿里》遗意，很可能是元代的散曲。时福海自己也不知道唱的是什么，但还是唱得感慨唏嘘，自己心里都酸溜溜的。

时代变迁，时福海的这一套有点吃不开了。剃光头的人少了，"水热刀快"不那么有号召力了。卫生部门天天宣传挖鼻孔、挖耳朵不卫生。懂得享受捶背揪懒筋的乐趣的人也不多了。时福海忽然变成一个举动迟钝的老头。

时福海有两个儿子。下等人不避父讳，大儿子叫大福子，小儿子叫小福子。

大福子很能赶潮流。他把逐渐暗淡下去的"时福海记"重新装修了一下，门窗柱壁，油漆一新，全部是奶油色，添了三面四尺高、二尺宽的大玻璃镜子。三面大镜之间挂了两个狭长的镜框，里面嵌了瓷青矸银的蜡笺对联，请一个擅长书法的医生汪厚基浓墨写了一副对子：

不教白发催人老
更喜春风满面生

他还置办了"夜巴黎"的香水，"司丹康"的发蜡。顶棚上安了一面白布制成的"风扇"，有滑车牵引，叫小福子坐着，一下一下地拉"风扇"的绳子，使理发的人觉得"清风徐来"，十分爽快。这样，"时福海记"就又兴旺起来了。

大福子也学了吹鼓手。笙箫管笛，无不精通。

这地方不知怎么会流传"倒扳桨"、"跌断桥"、"剪靛花"之类的《霓裳续谱》《白雪遗音》时期的小曲。平常人不唱，唱的多是理发的、搓澡的、修脚的、裁缝、做豆腐的年轻子弟。他们晚上常常聚在"时福海记"唱，大福子弹琵琶。"时福海记"外面站了好些人在听。

二凤要嫁的就是大福子。

三姑娘许的这家苦一点，姓吴，小人叫吴颐福，是个遗腹子。家里只有两个人，一个老母亲，是个踮脚，走起路来一踮一踮的。母子二人，相依为命。妈妈很慈祥，儿子很孝顺。吴颐福是个很聪明的人，十五岁上就开始卖糖。卖糖和卖糖可不一样。他卖的不是普通的芝麻糖、花生糖，他卖的是"样糖"。他跟一个师叔学会了一宗手艺：能把白糖化了，倒在模子里，做成大小不等的福禄寿三星、财神爷、麒麟送子。高的二尺，矮的五寸，衣纹生动，须眉清楚；还能把糖里加了色，不用模子，随手吹出各种瓜果，桃、梨、苹果、佛手，跟真的一样，最好看的是南瓜：金黄的瓜，碧绿的蒂子，还开着一朵淡黄的瓜花。这种糖，人家买去，都是当摆设，不吃。——吃起来有什么意思呢，还不是都是糖的甜味！卖得最多的是糖兔子。白糖加麦芽糖熬了，切成梭子形的一块一块，两头用剪刀剪开，一头窝进腹下，是脚，一头便是耳朵。耳朵下捏一下，便是兔子脸，两边嵌进两粒马料豆，一个兔子就成了！马料豆有绿豆大，一头是通红的，一头是漆黑的。这种豆药店里卖，平常配药很少用它，好像是天生就为了做糖兔的眼睛用的！这种糖兔子很便宜，一般的孩子都买得起。也吃了，也玩了。

师叔死后，这门手艺成了绝活儿，全城只有吴颐福一个人会，因此，他的生意是不错的。

他做的这些艺术品都放在擦得晶亮的玻璃橱子里，在肩上挑着。他的糖担子好像一个小型的展览会，歇在哪里，都有人看。

麻皮匠、大福子、吴颐福，都住得离秦老吉家不远。大姑娘、二姑娘、三姑娘几乎每天都能看到她们的女婿。姐儿仨有时在一起互相嘲戏。三姑娘小凤是个镴嘴子①，咭咭呱呱，对大姐姐说：

---

① 镴嘴子是一种鸟，喙大而硬。此地说嘴尖舌巧的姑娘为镴嘴子，其实镴嘴子哑着的时候多，不善鸣叫。

"十个麻子九个俏,不是麻子没人要!"

大姐啐了她一口。

她又对二姐姐说:

"姑娘姑娘真不丑,一嫁嫁个吹鼓手。吃冷饭,喝冷酒,坐在人家大门口!"①

二姐也啐了她一口。

两个姐姐容不得小凤如此放肆,就一齐反唇相讥:

"敲锣卖糖,各干各行!"

小妹妹不干了,用拳头捶两个姐姐:

"卖糖怎么啦!卖糖怎么啦!"

秦老吉正在外面拌馅儿,听见女儿打闹,就厉声训斥道:

"靠本事吃饭,比谁也不低。麻油拌芥菜,各有心中爱,谁也不许笑话谁!"

三姊妹听了,都吐了舌头。

姐儿仨同一天出门子,都是腊月二十三。一顶花轿接连送了三个人。时辰倒是错开了,头一个是小凤,日落酉时。第二个是大凤,戌时。最后才是二凤。因为大福子要吹唢呐送小姨子,又要吹唢呐送大姨子。轮到他拜堂时已是亥时。给他吹唢呐的是他的爸爸时福海。时福海吹了一气,又坐到喜堂去受礼。

三天回门。三个姑爷,三个女儿都到了。秦老吉办了一桌酒,除了鸡鸭鱼肉,他特意包了加料三鲜馅的绉纱馄饨,让姑爷尝尝他的手艺。鲜美清香,自不必说。

三个女儿的婆家,都住得不远,两三步就能回来看看父亲。炊煮扫除,浆洗缝补,一如往日。有点小灾小病,头疼脑热,三个女儿抢着来伺候,比没出门时还殷勤。秦老吉心满意足,毫无遗憾。他只是有点发愁:他一朝撒手,谁来传下他的这副馄饨担子呢?

笃——笃笃,秦老吉还是挑着担子卖馄饨。

---

① 这是当地童谣。"吃冷饭,喝冷酒"也有说成"吃人家饭,喝人家酒"的。

真格的,谁来继承他的这副古典的,南宋时期的,楠木的馄饨担子呢?

一九八一年九月十日

晚饭花

李小龙的家在李家巷。

这是一条南北向的巷子,相当宽,可以并排走两辆黄包车。但是不长,巷子里只有几户人家。

西边的北口一家姓陈。这家好像特别的潮湿,门口总飘出一股湿布的气味,人的身上也带着这种气味。他家有好几棵大石榴,比房檐还高,开花的时候,一院子都是红彤彤的。结的石榴很大,垂在树枝上,一直到过年下雪时才剪下来。

陈家往南,直到巷子的南口,都是李家的房子。

东边,靠北是一个油坊的堆栈,粉白的照壁上黑漆八个大字:"双窨香油,照庄发客"。

靠南一家姓夏。这家进门就是锅灶,往里是一个不小的院子。这家特别重视过中秋。每年的中秋节,附近的孩子就上他们家去玩,去看院子里还在开着的荷花,几盆大桂花,缸里养的鱼;看他家在院子里摆好了的矮脚的方桌,放了毛豆、芋头、月饼、酒壶,准备一家赏月。

在油坊堆栈和夏家之间,是王玉英的家。

王家人很少,一共三口。王玉英的父亲在县政府当录事,每天一早便提着一个蓝布笔袋,一个铜墨盒去上班。王玉英的弟弟上小学。王玉英整天一个人在家。她老是在她家的门道里做针线。

王玉英家进门有一个狭长的门道。三面是墙:一面是油坊堆栈的墙,一面是夏家的墙,一面是她家房子的山墙。南墙尽头有一个小房门,里面才是她家的房屋。从外面是看不见她家的房屋的。这是

173

一个长方形的天井，一年四季，照不进太阳。夏天很凉快，上面是高高的蓝天，正面的山墙脚下密密地长了一排晚饭花。王玉英就坐在这个狭长的天井里，坐在晚饭花前面做针线。

李小龙每天放学，都经过王玉英家的门外。他都看见王玉英（他看了陈家的石榴，又看了"双窨香油，照庄发客"，还会看看夏家的花木）。晚饭花开得很旺盛，它们使劲地往外开，发疯一样，喊叫着，把自己开在傍晚的空气里。浓绿的，多得不得了的绿叶子；殷红的，胭脂一样的，多得不得了的红花；非常热闹，但又很凄清。没有一点声音。在浓绿浓绿的叶子和乱乱纷纷的红花之前，坐着一个王玉英。

这是李小龙的黄昏。要是没有王玉英，黄昏就不成其为黄昏了。

李小龙很喜欢看王玉英，因为王玉英好看。王玉英长得很黑，但是两只眼睛很亮，牙很白。王玉英有一个很好看的身子。

红花、绿叶、黑黑的脸、明亮的眼睛、白的牙，这是李小龙天天看的一张画。

王玉英一边做针线，一边等着她的父亲。她已经焖好饭了，等父亲一进门就好炒菜。

王玉英已经许了人家。她的未婚夫是钱老五。大家都叫他钱老五。不叫他的名字，而叫钱老五，有轻视之意。老人们说他"不学好"。人很聪明，会画两笔画，也能刻刻图章，但做事没有长性。教两天小学，又到报馆里当两天记者。他手头并不宽裕，却打扮得像个阔少爷，穿着细毛料子的衣裳，梳着油光光的分头，还戴了一副金丝眼镜。他交了许多"三朋四友"，风流浪荡，不务正业。都传说他和一个寡妇相好，有时就住在那个寡妇家里，还花寡妇的钱。

这些事也传到了王玉英的耳朵里。连李小龙也都听说了嘛，王玉英还能不知道？不过王玉英倒不怎么难过，她有点半信半疑。而且她相信她嫁过去，他就会改好的。她看见过钱老五，她很喜欢他的人才。

钱老五不跟他的哥哥住。他有一所小房，在臭河边。他成天不在家，门老是锁着。

李小龙知道钱老五在哪里住。他放学每天经过。他有时扒在门缝上往里看：里面有三间房，一个小院子，有几棵树。

王玉英也知道钱老五的住处。她路过时，看看两边没有人，也曾经扒在门缝上往里看过。

有一天，一顶花轿把王玉英抬走了。

从此，这条巷子里就看不见王玉英了。

晚饭花还在开着。

李小龙放学回家，路过臭河边，看见王玉英在钱老五家门前的河边淘米。只看见一个背影。她头上戴着红花。

李小龙觉得王玉英不该出嫁，不该嫁给钱老五。他很气愤。

这世界上再也没有原来的王玉英了。

鉴赏家

全县第一个大画家是季匋民,第一个鉴赏家是叶三。

叶三是个卖果子的。他这个卖果子的和别的卖果子的不一样。不是开铺子的,不是摆摊的,也不是挑着担子走街串巷的。他专给大宅门送果子。也就是给二三十家送。这些人家他走得很熟,看门的和狗都认识他。到了一定的日子,他就来了。里面听到他敲门的声音,就知道:是叶三。挎着一个金丝篾篮,篮子上插一把小秤,他走进堂屋,扬声称呼主人。主人有时走出来跟他见见面,有时就隔着房门说话。"给您称——?"——"五斤。"什么果子,是看也不用看的,因为到了什么节令送什么果子都是一定的。叶三卖果子从不说价。买果子的人家也总不会亏待他。有的人家当时就给钱,大多数是到节下(端午、中秋、新年)再说。叶三把果子称好,放在八仙桌上,道一声"得罪",就走了。他的果子不用挑,个个都是好的。他的果子的好处,第一是得四时之先。市上还没有见这种果子,他的篮子里已经有了。第二是都很大,都均匀,很香,很甜,很好看。他的果子全都从他手里过过,有疤的、有虫眼的、挤筐、破皮、变色、过小的全都剔下来,贱价卖给别的果贩。他的果子都是原装;有些是直接到产地采办来的,都是"树熟",——不是在米糠里闷熟了的。他经常出外,出去买果子比他卖果子的时间要多得多。他也很喜欢到处跑。四乡八镇,哪个园子里,什么人家,有一棵什么出名的好果树,他都知道,而且和园主打了多年交道,熟得像是亲家一样了。——别的卖果子的下不了这样的功夫,也不知道这些路道。到处走,能看很多好景致,知道各地乡风,可资谈助,对身体也好。他很少得病,就是因为路走得多。

立春前后,卖青萝卜。"棒打萝卜",摔在地下就裂开了。杏子、桃子下来时卖鸡蛋大的香白杏,白得像一团雪,只嘴儿以下有一根红线的"一线红"蜜桃。再下来是樱桃,红的像珊瑚,白的像玛瑙。端午前后,枇杷。夏天卖瓜。七八月卖河鲜:鲜菱、鸡头、莲蓬、花下藕。卖马牙枣,卖葡萄。重阳近了,卖梨:河间府的鸭梨,莱阳的半斤酥,还有一种叫作"黄金坠子"的香气扑人个儿不大的甜梨。菊花开过了,卖金橘,卖蒂部起脐子的福州蜜橘。入冬以后,卖栗子、卖山药(粗如小儿臂)、卖百合(大如拳)、卖碧绿生鲜的檀香橄榄。

他还卖佛手、香橼。人家买去,配架装盘,书斋清供,闻香观赏。

不少深居简出的人,是看到叶三送来的果子,才想起现在是什么节令了的。

叶三卖了三十多年果子,他的两个儿子都成人了。他们都是学布店的,都出了师了。老二是三柜,老大已经升为二柜了。谁都认为老大将来是会升为头柜,并且会当管事的。他天生是一块好材料。他是店里头一把算盘,年终结总时总得由他坐在账房里哗哗剥剥打好几天。接待厂家的客人,研究进货(进货是个大学问,是一年的大计,下年多进哪路货,少进哪路货,哪些必须常备,哪些可以试销,关系全年的盈亏),都少不了他。老二也很能干。量尺、撕布(撕布不用剪子开口,两手的两个指头夹着,借一点巧劲,嗤——的一声,布就撕到头了),干净利落。店伙的动作快慢,也是一个布店的招牌。顾客总愿意从手脚麻利的店伙手里买布。这是天分,也靠练习。有人就一辈子都是迟钝笨拙,改不过来。不管干哪一行,都是人比人,这是没有办法的事。弟兄俩都长得很神气,眉清目秀,不高不矮。布店的店伙穿得都很好。什么料子时新,他们就穿什么料子。他们的衣料当然是价廉物美的。他们买衣料是按进货价算的,不加利润;若是零头,还有折扣。这是布店的规矩,也是老板乐为之的,因为店伙穿得时髦,也是给店里装门面的事。有的顾客来买布,常常指着店伙的长衫或翻在外面的短衫的袖子:"照你这样的,给我来一件。"

弟兄俩都已经成了家,老大已经有一个孩子,——叶三抱孙子了。

这年是叶三五十岁整生日,一家子商量怎么给老爷子做寿。老大老二都提出爹不要走宅门卖果子了,他们养得起他。

叶三有点生气了:

"嫌我给你们丢人?两位大布店的'先生',有一个卖果子的老爹,不好看?"

儿子连忙解释:

"不是的。你老人家岁数大了,老在外面跑,风里雨里,水路旱路,做儿子的心里不安。"

"我跑惯了。我给这些人家送惯了果子。就为了季四太爷一个人,我也得卖果子。"

季四太爷即季匋民。他大排行是老四,城里人都称之为四太爷。

"你们也不用给我做什么寿。你们要是有孝心,把四太爷送我的画拿出去裱了,再给我打一口寿材。"这里有这样一种风俗,早早就把寿材准备下了,为的讨个吉利:添福添寿。于是就都依了他。

叶三还是卖果子。

他真是为了季匋民一个人卖果子的。他给别人家送果子是为了挣钱,他给季匋民送果子是为了爱他的画。

季匋民有一个脾气,一边画画,一边喝酒。喝酒不就菜,就水果。画两笔,凑着壶嘴喝一大口酒,左手拈一片水果,右手执笔接着画。画一张画要喝二斤花雕,吃斤半水果。

叶三搜罗到最好的水果,总是首先给季匋民送去。

季匋民每天一起来就走进他的小书房——画室。叶三不须通报,由一个小六角门进去,走过一条碎石铺成的冰花曲径,隔窗看见季匋民,就提着、捧着他的鲜果走进去。

"四太爷,枇杷,白沙的!"

"四太爷,东墩的西瓜,三白!——这种三白瓜有点梨花香味,别处没有!"

他给季匋民送果子,一来就是半天。他给季匋民磨墨、漂朱膘、研石青石绿、抻纸。季匋民画的时候,他站在旁边很入神地看,专心致意,连大气都不出。有时看到精彩处,就情不自禁的深深吸一口气,甚至小声地惊呼起来。凡是叶三吸气、惊呼的地方,也正是季匋民的得意之笔。季匋民从不当众作画,他画画有时是把书房门锁起来的。对叶三可例外,他很愿意有这样一个人在旁边看着,他认为叶三真懂,叶三的赞赏是出于肺腑,不是假充内行,也不是谀媚。

季匋民最讨厌听人谈画。他很少到亲戚家应酬。实在不得不去的,他也是到一到,喝半盏茶就道别。因为席间必有一些假名士高谈阔论。因为季匋民是大画家,这些名士就特别爱在他面前评书论画,借以卖弄自己高雅博学。这种议论全都是道听途说,似通不通。季匋民听了,实在难受。他还知道,他如果随声答音,应付几句,某一名士就会在别的应酬场所重贩他的高论,且说:"兄弟此言,季匋民亦深为首肯。"

但是他对叶三另眼相看。

季匋民最佩服李复堂①。他认为扬州八怪里复堂功力最深,大幅小品都好,有笔有墨,也奔放,也严谨,也浑厚,也秀润,而且不装模作样,没有江湖气。有一天叶三给他送来四开李复堂的册页,使季匋民大吃一惊:这四开册页是真的! 季匋民问他是多少钱买的,叶三说没花钱。他到三垛贩果子,看见一家的柜橱的玻璃里镶了四幅画,——他在四太爷这里看过不少李复堂的画,能辨认,他用四张"苏州片"②跟那家换了。"苏州片"花花绿绿的,又是簇新的,那家还很高兴。

---

① 李复堂,名鱓,字宗扬,复堂是他的号,又号懊道人。他是康熙年间的举人,当过滕县知县,因为得罪上级,功名和官都被革掉了,终年只做画师。他作画有时得向郑板桥去借纸,大概是相当穷困的。他本画工笔,是宫廷画家蒋廷锡的高足。后到扬州,改画写意,师法高其佩,受徐青藤、八大、石涛的影响,风度大变,自成一家。

② 仿旧的画,多为工笔花鸟,设色娇艳,旧时多为苏州画工所作,行销各地,故称"苏州片"。苏州片也有仿制得很好的,并不俗气。

叶三只是从心里喜欢画,他从不瞎评论。季匋民画完了画,钉在壁上,自己负手远看,有时会问叶三:

"好不好?"

"好!"

"好在哪里?"

叶三大多能一句话说出好在何处。

季匋民画了一幅紫藤,问叶三。

叶三说:"紫藤里有风。"

"唔! 你怎么知道?"

"花是乱的。"

"对极了!"

季匋民提笔题了两句词:

　　　　深院悄无人,风拂紫藤花乱。

季匋民画了一张小品,老鼠上灯台。叶三说:"这是一只小老鼠。"

"何以见得。"

"老鼠把尾巴卷在灯台柱上。它很顽皮。"

"对!"

季匋民最爱画荷花。他画的都是墨荷。他佩服李复堂,但是画风和复堂不似。李画多凝重,季匋民飘逸。李画多用中锋,季匋民微用侧笔,——他写字写的是章草。李复堂有时水墨淋漓,粗头乱服,意在笔先;季匋民没有那样的恣悍,他的画是大写意,但总是笔意俱到,收拾得很干净,而且笔致疏朗,善于利用空白。他的墨荷参用了张大千,但更为舒展。他画的荷叶不勾筋,荷梗不点刺,且喜作长幅,荷梗甚长,一笔到底。

有一天,叶三送了一大把莲蓬来,季匋民一高兴,画了一幅墨荷,好些莲蓬。画完了,问叶三:"如何?"

叶三说:"四太爷,你这画不对。"

"不对?"

"'红花莲子白花藕'。你画的是白荷花,莲蓬却这样大,莲子饱,墨色也深,这是红荷花的莲子。"

"是吗? 我头一回听见!"

季匋民于是展开一张八尺生宣,画了一张红莲花,题了一首诗:

> 红花莲子白花藕,
> 果贩叶三是我师。
> 惭愧画家少见识,
> 为君破例着胭脂。

季匋民送了叶三很多画。——有时季匋民画了一张画,不满意,团掉了。叶三捡起来,过些日子送给季匋民看看,季匋民觉得也还不错,就略改改,加了题,又送给了叶三。季匋民送给叶三的画都是题了上款的。叶三也有个学名。他五行缺水,起名润生。季匋民给他起了个字,叫泽之。送给叶三的画上,常题"泽之三兄雅正"。有时径题"画与叶三"。季匋民还向他解释:以排行称呼,是古人风气,不是看不起他。

有时季匋民给叶三画了画,说:"这张不题上款吧,你可以拿去卖钱,——有上款不好卖。"

叶三说:"题不题上款都行。不过您的画我不卖!"

"不卖?"

"一张也不卖!"

他把季匋民送他的画都放在他的棺材里。

十多年过去了。

季匋民死了。叶三已经不卖果子,但是他四季八节,还四处寻觅鲜果,到季匋民坟上供一供。

季匋民死后,他的画价大增。日本有人专门收藏他的画。大家

知道叶三手里有很多季匋民的画,都是精品。很多人想买叶三的藏画。叶三说:

"不卖。"

有一天有一个外地人来拜望叶三,叶三看了他的名片,这人的姓很奇怪。姓"辻",叫"辻听涛"。一问,是日本人。辻听涛说他是专程来看他收藏的季匋民的画的。

因为是远道来的,叶三只得把画拿出来。辻听涛非常虔诚,要了清水洗了手,焚了一炷香,还先对画轴拜了三拜,然后才展开。他一边看,一边不停地赞叹:

"喔!喔!真好!真是神品!"

辻听涛要买这些画,要多少钱都行。

叶三说:

"不卖。"

辻听涛只好怅然而去。

叶三死了。他的儿子遵照父亲的遗嘱,把季匋民的画和父亲一起装在棺材里,埋了。

一九八二年二月二十八日

徙

北溟有鱼,其名为鲲。鲲之大,不知其几千里也;化而为鸟,其名为鹏,鹏之背,不知其几千里也。怒而飞,其翼若垂天之云。是鸟也,海运则将徙于南溟。

《庄子·逍遥游》

很多歌消失了。

许多歌的词、曲的作者没有人知道。

有些歌只有极少数的人唱,别人都不知道。比如一些学校的校歌。

县立第五小学历年毕业了不少学生。他们多数已经是过六十的人了。他们之中不少人还记得母校的校歌,有人能够一字不差地唱出来。

西挹神山爽气,

东来邻寺疏钟,

看吾校巍巍峻宇,

连云栉比列其中。

半城半郭尘嚣远,

无女无男教育同。

桃红李白,

芬芳馥郁,

一堂济济坐春风。

愿少年，

　　乘风破浪，

　　他日毋忘化雨功！

　　每逢"纪念周"，每天上课前的"朝会"，放学前的"晚会"，开头照例是唱"党歌"，最后是唱校歌。一个担任司仪的高年级同学高声喊道："唱——校——歌！"全校学生，三百来个孩子，就用玻璃一样脆亮的童音，拼足了力气，高唱起来。好像屋上的瓦片、树上的树叶都在唱。他们接连唱了六年，直到毕业离校，真是深深地印在脑子里了。说不定临死的时候还会想起这支歌。

　　歌词的意思是没有人解释过的。低年级的学生几乎完全不懂它说的是什么。他们只是使劲地唱，并且倾注了全部感情。到了四五年级，就逐渐明白了，因为唱的次数太多，天天就生活在这首歌里，慢慢地自己就琢磨出来了。最先懂得的是第二句。学校的东边紧挨一个寺，叫作承天寺。承天寺有一口钟。钟撞起来嗡嗡地响。"神山爽气"是这个县的"八景"之一。神山在哪里，"爽气"是什么样的"气"，小学生不知道，只是无端地觉得很美，而且有一种神秘感。下面的歌词也朦朦胧胧地理解了：是说学校有很多房屋，在城外，是个男女合校，有很多同学。总的说来是说这个学校很好。十来岁的孩子很为自己的学校骄傲，觉得它很了不起，并且相信别的学校一定没有这样一首歌。到了六年级，他们才真正理解了这首歌。毕业典礼上（这是他们第一次"毕业"），几位老师讲过了话，司仪高声喊道："唱——校——歌！"这是他们最后一次大家聚在一起唱这支歌了。他们唱得异常庄重，异常激动。玻璃一样的童声高唱起来：

　　西挹神山爽气，

　　东来邻寺疏钟……

　　唱到"愿少年，乘风破浪，他日毋忘化雨功"，大家的心里都是酸酸的。眼泪在乌黑的眼睛里发光。这是这首歌的立意所在,点睛之笔,其余的,不过是敷陈其事。从语气看,像是少年对自己的勖勉,同时又像是学校老师对教了六年的学生的嘱咐。一种遗憾、悲哀而酸苦的嘱咐。他们知道,毕业出去的学生,日后多半是会把他们忘记的。

毕业生中有一些是乘风破浪,做了一番事业的;有的离校后就成为泯然众人,为衣食奔走了一生;有的,死掉了。

这不是一支了不起的歌,但很贴切。朴朴实实,平平常常,和学校很相称。一个在寺庙的废基上改建成的普通的六年制小学,又能写出多少诗情画意呢? 人们有时想起,只是为了从干枯的记忆里找回一点淡淡的童年,在歌声中想起那些校园里的蔷薇花,冬青树,擦了无数次的教室的玻璃,上课下课的钟声,和球场上像烟火一样升到空中的一阵一阵的明亮的欢笑……

校歌的作者是高先生,有些人知道,有些人不知道。

先生名鹏,字北溟,三十后,以字行。家世业儒。祖父、父亲都没有考取功名,靠当塾师、教蒙学,以维生计。三代都住在东街租来的一所百年老屋之中,临街有两扇白木的板门,真是所谓寒门。先生少孤。尝受业于邑中名士谈甓渔,为谈先生之高足。

这谈甓渔是个诗人,也是个怪人。他功名不高,只中过举人,名气却很大。中举之后,累考不进,无意仕途,就在江南江北,沭阳溧阳等地就馆。他教出来的学生,有不少中了进士,谈先生于是身价百倍,高门大族,争相延致。晚年惮于舟车,就用学生谢师的银子,回乡盖了一处很大的房子,闭户著书。书是著了,门却是大开着的。他家门楼特别高大。为什么盖得这样高大? 据说是盖窄了怕碰了他的那些做了大官的学生的纱帽翅儿。其实,哪会呢? 清朝的官戴的都是顶子,缨帽花翎,没有帽翅。地方上人这样的口传,无非是说谈老先生的阔学生很多。这座大门里每年进出的知县、知府,确实不在少数。门楼宽大,是为了供轿夫休息用的。往年,两边放了极其宽长的条凳,柏木的凳面都被人的屁股磨得光光滑滑的了。谈家门楼巍然突出，老远的就能看见，成了指明方位的一个标志，一个地名。一说"谈家门楼"东边，"谈家门楼"斜对过，人们就立刻明白了。谈甓渔的故事很多。他念了很多书，学问很大，可是不识数，不会数钱。他家里什么都有，可是他愿意到处闲逛，到茶馆里喝茶，到酒馆里喝酒，烟馆里抽烟。每天出门，家里都要把他需用的烟钱、茶钱、酒钱分别装在布口袋里，给他挂在拐杖上，成了名副其实的"杖头钱"。他常常傍花随柳，信步所之，喝得半醉，找不到自己的家。他爱吃螃蟹，可是自己不会剥，得由家里人把蟹肉剥好，又装回蟹壳里，原样摆成一个完整的螃蟹。两个螃蟹能吃三四个小时，热了凉，凉了又热。他一边吃蟹，一边喝酒，一边看书。他没有架子，没大没小，无分贵贱，三教九流，贩夫走卒，都谈得来，是个很通达的人，然而，品望很高。就是点过翰林的李三麻子远远从轿帘里看见谈老先生曳杖而来，也要赶紧下轿，避立道侧。他教学生，教时文八股，也教古文诗赋，经史百家。他说："我不愿谈甓渔教出来的学生，如郑板桥所说，对案至不能就一札！"他大概很会教书，经他教过的学生，不通的很少。

谈老先生知道高家很穷，他教高先生书，不受脩金。每回高先生的母亲封了节敬送去，谈老先生必亲自上门退回，说：

"老嫂子，我与高鹏的父亲是贫贱之交，总角之交，你千万不要这样！我一定格外用心地教他，不负故人。高鹏的天资，虽只是中上，但很知发愤。他深知先人为他取的名、字的用意。他的诗文都很有可观，高氏有子矣。北溟之鹏终将徙于南溟。高了，不敢说。青一衿，我看，如拾芥耳。我好歹要让他中一名秀才。"

果然，高先生在十六岁的时候，高高地中了一名秀才。众人说：高家的风水转了。

不想，第二年就停了科举。

废科举，兴学校，这个小县城里增添了几个疯子。有人投河跳井，有人跑到明伦堂去痛哭，就在高先生所住的东街的最东头，有一姓徐的呆子。这人不知应考了多少次，到头来还是一个白丁。平常就有点迂迂磨磨，颠颠倒倒。说起话满嘴之乎者也。他老婆骂他：

"晚饭米都没得一颗,还你妈的之乎——者也!"徐呆子全然不顾,朗吟道:"之乎者也矣焉哉,七字安排好秀才!"自从停了科举,他又添了一宗新花样。每逢初一、十五,或不是正日,而受了老婆的气,邻居的奚落,他就双手捧了一个木盘,盘中置一香炉,点了几根香,到大街上去背诵他的八股窗稿,穿着油腻的长衫,趿着破鞋,一边走,一边念,随着文气的起承转合,步履忽快忽慢;词句的抑扬顿挫,声音时高时低。念到曾经业师浓圈密点的得意之处,摇头晃脑,昂首向天,面带微笑,如醉如痴,仿佛大街上没有一个人,天地间只有他的字字珠玑的好文章。一直念到两颊绯红,双眼出火,口沫横飞,声嘶气竭。长歌当哭,其声冤苦。街上人给他这种举动起了一个名字,叫作"哭圣人"。

他这样哭了几年,一口气上不来,死在街上了。

高北溟坐在百年老屋之中,常常听到徐呆子从门外哭过来,哭过去。他恍恍惚惚觉得,哭的是他自己。

功名道断,高北溟怎么办呢?

头二年,他还能靠笔耕生活。谈先生还没有死。有人求谈先生的文字,碑文墓志,寿序挽联,谈先生都推给了高先生。所得润笔,尚可馕粥。谈先生寿终,高北溟缌麻服孝,尽礼致哀,写了一篇长长的祭文,泣读之后,忧心如焚。

他也曾像他的祖父和父亲一样,开设私塾教几个小小蒙童,教他们读三(字经)、百(家姓)、千(字文),《幼学琼林》《龙文鞭影》。然而除了少数极其守旧的人家,都已经把孩子送进学校了,他也曾挂牌行医看眼科。谈甓渔老先生的祖上本是眼科医生。他中举之后,还偶尔为人看眼疾。他劝高鹏也看看眼科医书,给他讲过平热泻肝之道。万一功名不就,也有一技之长,能够糊口。可是城里近年害眼的不多。有患赤红火眼的,多半到药店里买一付鹅翎眼药(装在一根鹅毛翎管里的红色的眼药),清水化开,用灯草点进眼内,就好了。眼科,不像"男妇内外大小方脉"那样有"走时"的时候。文章不能锅里煮,百无一用是书生,一家四口,每天至少要升半米下锅,如之何? 如之何?

正在囊空咄咄,百无聊赖,有一个平素很少来往的世交沈石君来看他。沈石君比高北溟大几岁,也曾跟谈甓渔读过书,开笔成篇以后,到苏州进了书院。书院改成学堂,革命、"光复"……他就成了新派,多年在外边做事。他有志办教育,在省里当督学。回乡视察了几个小学之后,拍开了高家的白木板门。他劝高北溟去读两年简易师范,取得一个资格,教书。

读师范是被人看不起的。师范不收学费,每月还可有伙食津贴,师范生被人称为"师范花子",但这在高北溟是一条可行的路,虽然现在还来入学读书,岁数实在太大些了。好在同学中年纪差近的也还有,而且"简师"只有两年,一晃也就过去了。

简师毕业,高先生在"五小"任教。

高先生有了职业,有了虽不丰厚但却可靠的收入,可以免于冻饿,不致像徐呆子似的死在街上了。

按规定,简师毕业,只能教初、中年级,因为高先生是谈甓渔的高足,中过秀才,声名藉藉,叫他去教"大狗跳,小狗叫,大狗跳一跳,小狗叫一叫",实在说不过去,因此,破格担任了五六年级的国文。即使是这样,当然也还不能展其所长,尽其所学。高先生并不意满志得,然而高先生教书是认真的。讲课、改作文,郑重其事,一丝不苟。

同事起初对他很敬重,渐渐地在背后议论起来,说这个人的脾气很"方"。是这样。高先生落落寡合,不苟言笑,不爱闲谈,不喜交际。他按时到校,到教务处和大家略点一点头,拿了粉笔、点名册就上教室。下了课就走。有时当中一节没有课,就坐在教务处看书。小学教师的品类也很杂。有正派的教师;也有头上涂着司丹康、脸上搽着雪花膏的纨绔子弟;戴着瓜皮秋帽、留着小胡子,琵琶襟坎肩的纽子挂着青天白日徽章,一说话不停地挤鼓眼的幕僚式的人物。他们时常凑在一起谈牌经,评"花榜"①,交换庸俗无聊的社会新闻,说猥亵

---

① 把城中妓女加以品评,定出状元、榜眼、探花、一甲、二甲,在小报上公布,谓之"花榜"。嫖客中的才子同时还写了一些很香艳的诗来咏这些"花"。

下流的荤笑话。高先生总是正襟危坐，不作一声。同事之间为了"联络感情"，时常轮流做东，约好了在星期天早上"吃早茶"。这地方"吃早茶"不是喝茶，主要是吃各种点心——蟹肉包子、火腿烧卖、冬笋蒸饺、脂油千层糕。还可叫一个三鲜煮干丝，小酌两杯。这种聚会，高先生概不参加。小学校的人事说简单也简单，说复杂也挺复杂。教员当中也有派别，为了一点小小私利，排挤倾轧，钩心斗角，飞短流长，造谣中伤。这些派别之间的明暗斗争，又与地方上的党政权势息息相关，且和省中当局遥相呼应。千丝万缕，变幻无常。高先生对这种派别之争，从不介入，有人曾试图对他笼络（高先生素负文名，受人景仰，拉过来是个"实力"），被高先生冷冷地拒绝了。他教学生，也是因材施教，无所阿私，只看品学，不问家庭。每一班都有一两个他特别心爱的学生。高先生看来是个冷面寡情的人，其实不是这样，只是他对得意的学生的喜爱不形于色，不像有些婆婆妈妈的教员。时常摸着学生的头，拉着他的手，满脸含笑，问长问短。他只是把他的热情倾注在教学之中。他讲书，眼睛首先看着这一两个学生，看他们领会了没有。改作文，改得特别仔细。听这一两个学生回讲课文，批改他们的作文课卷，是他的一大乐事。只有在这样的时候，他觉得不负此生，做了一点有意义的事。对于平常的学生，他亦以平常的精力对待之。对于资质顽劣，不守校规的学生，他常常痛加训斥，不管他的爸爸是什么局长还是什么党部委员。有些话说得比较厉害，甚至侵及他们的家长。因为这些，校中同事不喜欢他，又有点怕他。他们为他和自己的不同处而愤愤不平，说他是自命清高，沽名钓誉，不近人情，有的干脆说："这是绝户脾气！"

高先生没有儿子，只有两个女儿。

高先生性子很急，爱生气。生起气来不说话，满脸通红，脑袋不停地剧烈地摇动。他家世寒微，资格不高，故多疑。有时别人说了一两句不中听的话，或有意，或无意，高先生都会多心。比如有的教员为一点不顺心的事而牢骚，说："家有三担粮，不当孩子王！我祖上还有几亩薄田，饿不死。不为五斗米折腰，我辞职，不干了！"——"老子不是那不花钱的学校毕业的,我不受这份窝囊气!"高先生都以为这是敲打他,他气得太阳穴的青筋都绷起来了。看样子他就会拍桌大骂,和人吵一架,然而他强忍下了,他只是不停地剧烈地摇着脑袋。

高先生很孤僻,不出人情,不随份子,几乎与人不通庆吊。他家从不请客,他也从不赴宴。他教书之外,也还为人写寿序,撰挽联,委托的人家照例都得请请他。知单①送到,他照例都在自己的名字下书一"谢"字。久而久之,都知道他这脾气,也就不来多此一举了。

他不吃烟,不饮酒,不打牌,不看戏。除了学校和自己的家,哪里也不去,每天他清早出门,傍晚回家。拍拍白木的板门,过了一会,门开了。进门是一条狭长的过道,砖缝里长着扫帚苗,苦艾,和一种名叫"七里香"其实是闻不出什么气味,开着蓝色的碎花的野草,有两个黄蝴蝶寂寞地飞着。高先生就从这些野草丛中踏着沉重的步子走进去,走进里面一个小门,好像走进了一个深深的洞穴,高大的背影消失了。木板门又关了,把门上的一副春联关在外面。

高先生家的春联都是自撰的,逐年更换,不像一般人家是迎祥纳福的吉利话,都是述怀抱、抒愤懑的词句,全城少见。

这年是辛未年,板门上贴的春联嵌了高先生自己的名、字:

辛夸高岭桂

未徙北溟鹏

也许这是一个好兆,"未徙"者"将徙"也。第二年,即壬申年,高北溟竟真的"徙"了。

这县里有一个初级中学。除了初中,还有一所初级师范,一所女子师范,都是为了培养小学师资的。只有初中生,是准备将来出外升学的,因此这初中俨然是本县的最高学府。可是一向办得很糟。名

---

① 请客的单子,上面开列了要请的客。被请的人如在自己的姓名下写"敬陪末座"或一"知"字,即表示准时赴席;写一"谢"字是表示不到。

义上的校长是李三麻子,根本不来视事。教导主任张维谷(这个名字很怪)是个出名的吃白食的人。他有几句名言:"不愿我请人,不愿人请我,只愿人请我,当中有个我。"人品如此,学问可知。数学教员外号"杨半本",他讲代数、几何,从来没有把一本书讲完过,大概后半本他自己也不甚了了。历史教员姓居,是个律师,学问还不如高尔础。他讲唐代的艺术一节,教科书上说唐代的书法分"方笔"和"圆笔",他竟然望文生义,说方笔的笔杆是方的,圆笔的笔杆是圆的。连初中的孩子略想一想,也觉得无此道理。一个学生当时就站起来问:"笔杆是方的,那么笔头是不是也是方的呢?"这帮学混子简直是在误人子弟。学生家长意见很大。到了暑假,学生闹了一次风潮(这是他们第一次参加的"学潮")。事情还是从居大律师那里引起的。平日,学生在课堂上有什么不明白的问题问他,他的回答总是"书上有"。到学期考试时,学生搞了一次变相的罢考。卷子发下来,不到五分钟,一个学生以关窗为号,大家一起把卷子交了上去,每道试题下面一律写了三个字:"书上有"!张维谷及其一伙,实在有点"维谷",混不下去了。

教育局长不得不下决心对这个学校进行改组,——否则只怕连他这个局长也坐不稳。

恰好沈石君因和厅里一个科长意见不合,愤而辞职,回家闲居,正在四处写信,托人找事,地方上人挽他出山来长初中,沈石君再三推辞,禁不住不断有人踵门劝说,也就答应了。他只提出一个条件:所有教员,由他决定。教育局长沉吟了一会,说:"可以。"

沈石君是想有一番作为的。他自然要考虑各种关系,也明知局长的口袋里装了几个人,想往初中里塞,不得不适当照顾,但是几门主要课程的教员绝对不能迁就。

国文教员,他聘了高北溟。许多人都感到意外。

高先生自然欣然同意。他谈了一些他对教学的想法。沈石君认为很有道理。

高先生要求"随班走"。教一班学生,从初一教到初三,一直到送他们毕业,考上高中。他说别人教过的学生让他来教,如垦生荒,重头来起,事倍功半。教书教人,要了解学生,知己知彼。不管学生的程度,照本宣科,是为瞎教。学生已经懂得的,再来教他,是白费;暂时不能接受的,勉强教他,是徒劳。他要看着、守着他的学生,看到他是不是一月有一月的进步,一年有一年的进步。如同注水入瓶,随时知其深浅。他说当初谈老先生就是这样教他的。

他要求在部定课本之外,自选教材。他说教的是书,教书的是高北溟。"只有我自己熟读,真懂,我所喜爱的文章,我自己为之感动过的,我才讲得好。"他强调教材要有一定的系统性,要有重点。他也讲《苛政猛于虎》、《晏子使楚》、《项羽本纪》、《出师表》、《陈情表》、韩、柳、欧、苏。集中地讲的是白居易、归有光、郑板桥。最后一学期讲的是朱自清的《背影》,都德的《磨坊文札》。他好像特别喜欢归有光的文章。一个学期内把《先妣事略》、《项脊轩志》、《寒花葬志》都讲了。他要把课堂讲授和课外阅读结合起来。课上讲了《卖炭翁》、《新丰折臂翁》,同时把白居易的新乐府全部印发给学生。讲了一篇《潍县署中寄弟墨》,把郑板桥的几封主要的家书、道情和一些题画的诗也都印发下去。学生看了,很有兴趣。这种做法,在当时的初中国文教员中极为少见。他选的文章看来有一个标准:有感慨,有性情,平易自然。这些文章有一个贯穿性的思想倾向,这种倾向大体上可以归结为:人道主义。

他非常重视作文。他说学国文的最终的目的,是把文章写通。学生作文他先眉批一道,指出好处和不好处,发下去由学生自己改一遍,或同学间互相改;交上来,他再改一遍,加总批,再发给学生,让学生自己誊一遍,留起来;要学生随时回过头来看看自己的文章。他说,作文要如使航,撑一篙是一篙,作一篇是一篇。不能像驴转磨,走了三年,只在磨道里转。

为了帮助学生将来升学,他还自编了三种辅助教材。一年级是《字形音义辨》,二年级是《成语运用》,三年级是《国学常识》。

在县立初中读了三年的学生,大部分文字清通,知识丰富,他们在考高中，甚至日后在考大学时，国文分数都比较高，是高先生给他们打下的底子。更重要的是他们学会了欣赏文学——高先生讲过的文章的若干片段，许多学生过了三十年还背得；他们接受了高先生通过那些选文所传播的思想——人道主义，影响到他们一生的立身为人，呜呼，先生之泽远矣！

（玻璃一样脆亮的童声高唱着。瓦片和树叶都在唱。）

高先生的家也搬了。搬到老屋对面的一条巷子里。高先生用历年的积蓄，买了一所小小的四合院。房屋虽也旧了，但间架砖木都还结实。天井里花木扶疏，苔痕上阶，草色入帘，很是幽静。

高先生这几年心境很好，人也变随和了一些。他和沈石君以及一般同事相处甚得。沈石君每年暑假要请一次客，对校中同仁表示慰劳，席间也谈谈校务。高先生是不须催请，早早就到的。他还备了几样便菜，约几个志同道合的教员，在家里赏荷小聚。（五小的那位师爷式的教员听到此事，编了一条歇后语："高北溟请客——破天荒。"）这几年，很少看到高先生气得脑袋不停地剧烈地摇动。

高先生有两件心事。

一件是想把谈老师的诗文刻印出来。

谈老先生死后，后人很没出息，游手好闲，坐吃山空，几年工夫，把谈先生挣下的家业败得精光，最后竟至靠拆卖房屋的砖瓦维持生活。谈老先生的宅第几乎变成一片瓦砾，旧池乔木，荡然无存。门楼倒还在，也破落不堪了。供轿夫休息的长凳早没有了，剩了一个空空的架子。里面有一算卦的摆了一个卦摊。条桌上放着签筒。桌前系着桌帷，白色的圆"光"里写了四个字："文王神课"。算卦的伏在桌上打盹。这地方还叫作"谈家门楼"。过路人走过，都有不胜今昔之感，觉得沧海桑田，人生如梦。

谈老先生的哲嗣名叫幼渔。到无米下锅时，就到谈先生的学生家去打秋风。到了高北溟家，高先生总要周济他一块、两块、三块、五块。总不让他空着手回去。每年腊月，还得为他准备几斗米，一方腌肉，两条风鱼，否则这个年幼渔师弟过不去。

高北溟和谈先生的学生周济谈幼渔，是为了不忘师恩，是怕他把谈先生的文稿卖了。他已经几次要卖这部文稿。买主是有的，就是李三麻子（此人老而不死）。高先生知道，李三麻子买到文稿，改头换面，就成了他的著作。李三麻子惯于欺世盗名，这种事干得出。李三麻子出价一百，告诉幼渔，稿到即付。

高先生狠了狠心，拿出一百块钱，跟谈幼渔把稿子买了。

想刻印，却很难。松华斋可以铅印，尚古山房可以雕版。问了问价钱，都贵得吓人，为高北溟力所不及。稿子放在架上，逐年摊晒。高先生觉得对不起老师，心里很不安。

另一件心事是女儿高雪的前途和婚事。

高先生的两个女儿，长名高冰，次名高雪。

高雪从小很受宠，一家子都惯她，很娇。她用的东西都和姐姐不一样。姐姐夏天穿的衣是府绸的，她穿的是湖纺。姐姐穿白麻纱袜，她却有两条长筒丝袜。姐姐穿自己做的布鞋，她却一会是"千底一带"，一会是白网球鞋，并且在初中二年级就穿了从上海买回来的皮鞋。姐姐不嫉妒，倒说："你的脚好看，应该穿好鞋。"姐姐冬天烘黄铜的手炉，她的手炉是白铜的，姐姐扇细芭蕉扇，她扇檀香扇。东西也一样。吃鱼，脊梁、肚皮是她的（姐姐吃鱼头、鱼尾，且说她爱吃），吃鸡，一只鸡腿归她（另一只是高先生的）。她还爱吃陈皮梅、嘉应子、橄榄。她一个人吃。家务事也不管。扫地、抹桌、买菜、煮饭，都是姐姐。高起兴来，打了井水，把家里什么都洗一遍，砖地也洗一遍，大门也洗一遍，弄得家里水漫金山，人人只好缩着脚坐在凳子上。除了自己的衣服，她不洗别人的。被褥帐子，都是姐姐洗。姐姐在天井里一大盆一大盆，洗得汗马淋漓，她却躺在高先生的藤椅上看《茵梦湖》。高先生的藤椅，除了她，谁也不坐，这是一家之上的象征。只有一件事，她乐意做：浇花。这是她的特权，别人不许浇。

高先生治家很严，高师母、高冰都怕他。只有对高雪，从未碰过一指头。在外面生了一点气，回来看看这个"欢喜团"，气也就消了。她要什么，高先生都依她。只有一次例外。

高雪初三毕业,要升学(高冰没有读中学,小学毕业,就在本城读了女师,已经在教书)。她要考高中,将来到北平上大学。高先生不同意,只许她报师范,高雪哭,不吃饭。妈妈和姐姐坐在床前轮流劝她。

"不要这样。多不好。爸爸不是不想让你向高处飞,爸爸没有钱。三年高中,四年大学,路费、学费、膳费、宿费,得好一笔钱。"

"他有钱!"

"他哪有钱呀!"

"在柜子里锁着!"

"那是攒起来要给谈老先生刻文集的。"

"干吗要给他刻!"

"这孩子,没有谈老先生,爸爸就没有本事。上大学呢!你连小学也上不了。知恩必报,人不能无情无义。"

"再说那笔钱也不够你上大学。好妹妹,想开一点。师范毕业,教两年,不是还可以考大学吗?你自己攒一点,没准爸爸这时候收入会更多一些。我跟爸爸说说,我挣的薪水,一半交家里,一半给你存起来,三四年下来,也是个数目。"

"你不用?"

"我?——不用!"

高雪被姐姐的真诚感动了,眼泪晶晶的。

姐姐说得也有理。国民党教育部有个规定,师范毕业,教两年小学,算是补偿了师范三年的学杂费,然后可以考大学。那时大学生里岁数大,老成持重的,多半曾是师范生。

"快起来吧!不要叫爸爸心里难过。你看看他:整天不说话,脑袋又不停地摇了。"

高雪虽然娇纵任性,这点清清楚楚的事理她是明白的。她起来洗洗脸,走到书房里,叫了一声:

"爸爸!"

并盛了一碗饭,用茶水淘淘,就着榨菜,吃了。好像吃得很香。

高先生知道女儿回心转意了,他心里倒酸溜溜的,很不好受。

高雪考了苏州师范。

高雪小时候没有显出怎么好看。没有想到,女大十八变,两三年工夫,变成了一个美人,每年暑假回家,一身白。白旗袍(在学校只能穿制服:白上衣,黑短裙),漂白细草帽,白纱手套,白丁字平跟皮鞋,风姿楚楚,行步婀娜,态度安静,顾盼有光。不论在火车站月台上,轮船甲板上,男人女人都朝她看。男人看了她,敞开法兰绒西服上衣的扣,露出新买的时式领带,频频回首,自作多情。女的看了她,从手提包里取出小圆镜照照自己。各依年貌,生出不同的轻轻感触。

她在学校里唱歌、弹琴,都很出色。唱的歌是《茶花女》的《饮酒歌》,弹的是肖邦的小夜曲。

她一回本城,城里的女孩子都觉得自己很土。她们说高雪有一种说不出来的派头。

有女儿的人说:"高北溟生了这样一个女儿,这个爸爸当得过!"

任何小城都是有风波的。因为省长易人,直接影响到这个小县的人事。县长、党部、各局,统统来了一个大换班。公职人员,凡靠领薪水吃饭的,无不人心惶惶。

一县的人事更代,自然会波及到县立初中。

三十几个教育界人士,联名写信告了沈石君。一式两份,分送厅、局。执笔起草的就是居大律师。他虽分不清方笔、圆笔,却颇善于刀笔。主要的罪名是:"把持学政,任用私人,倡导民主,宣传赤化。"后两条是初中图书馆里买了鲁迅、高尔基的书,订了《生活周刊》,"纪念周"上讲时事。"任用私人"牵涉到高北溟。信中说:"简师毕业,而教中学,纵观全国,无此特例。只为同门受业,不惜破格躐等,遂使寰城父老疾首,而令方帽学士寒心。"指摘高北溟的教学是"不依规矩,自作主张,藐视部厅,搅乱学制"。

有人把这封信的底稿抄了一份送给沈石君。沈石君看了,置之一笑。他知道这个初中校长的位置,早已有人觊觎,自厅至局,已经内定,这封控告信,不过是制造一个查办的口实。此种官场小伎俩,是三岁小儿都知道的。和这些人纠缠,味同嚼蜡。何况他已在安徽找到事,毫无恋栈之心。为了给当局一个下马台阶,彼此不伤和气,他自己主动递了一封辞职书。不两天,批复照准。继任校长,叫尹同霖,原是办党务的。——新换上的各局首脑也都是清一色,是县党部的委员。这一调整充分体现了"以党治国"精神。没有等办理交代,尹同霖先来拜会了沈石君,这是给他一个很大的面子,免得彼此心存芥蒂。尹同霖问沈石君有什么托付,沈石君只希望他能留高北溟。尹同霖满口答应。

沈石君束装就道之前,来看了高北溟,说他已和同霖提了,这点面子料想他会给的,他叫高北溟不要另外找事,安心在家等聘书。

不料,快开学了,聘书还不下来。同时,却收到第五小学的聘书。聘书后盖着五小新校长的签名章:张维谷。这是怎么回事呢? 他并未向张维谷谋过职呀。

高先生只得再回五小去教书。

高先生到教务处看看,教员大半还是熟人。他和大家点点头,拿了粉笔、点名册往教室里走。纨绔子弟和幕僚在他身后努努嘴,演了一出双簧。一个说:"好马不吃回头草。"一个说:"前度刘郎今又来。"高北溟只当没有听见。

五年级有一个学生叫申潜,是现任教育局长的儿子,异常顽劣,上课时常捣乱。有一次他乘高先生回身写黑板时,用弹弓纸弹打人,一弹打在高先生的后脑勺上。高先生勃然大怒,把他训斥了一顿。不想申潜毫不认错,反而睃着眼睛看着高先生,眼睛里充满了鄙视。他没有说一句话,但是高先生从他的眼睛里清清楚楚听得到:"你有什么了不起! 我爸爸动一动手指头,你们的饭碗就完蛋!"高先生狂吼起来:"你仗你老子的势! 你们! 你们这些党棍子,你们欺人太甚!"他的脑袋剧烈地摇动起来。一堂学生被高先生的神气吓呆了,鸦雀无声。

谈龚渔的文稿没有刻印出来。永远也没有刻印出来的希望了。

高雪病了。

按规定,师范毕业,还要实习一年,才能正式任教,高雪在实习一年的下学期,发现自己下午潮热(同学们都看出她到下午两颊微红,特别好看),夜间盗汗,浑身没有力气。撑到学期终了,回了家,高师母知道女儿病状,说是:"可了不得!"这地方讳言这种病的病名,但是大家心里都明白。高先生请了汪厚基来给高雪看病。

汪厚基是高先生最喜欢的学生,说他"绝顶聪明"。他从一年级到六年级,各门功课都是全班第一。全县的作文比赛,书法比赛,他都是第一名,他临毕业的那年,高先生为人撰了一篇寿序。经寿翁的亲友过目之后,大家商量请谁来写,高先生一时高兴,推荐了他这个得意的学生。大家觉得叫一个孩子来写,倒很别致,而且可以沾一沾返老还童的喜气,就说不妨一试。汪厚基用多宝塔体写了十六幅寿屏,字径二寸,笔力饱满。张挂起来,满座宾客,无不诧为神童。高先生满以为这个学生一定会升学,将来一定会出人头地。他家里开爿米店,家道小康,升学没有多大困难。不想他家里决定叫他学医——学中医。高先生听说,废书而叹,连声说:"可惜,可惜!"

汪厚基跟一个姓刘的老先生学了几年,在东街赁了一间房,挂牌行医了。他看起来完全不像个中医。中医宜老不宜少,而且最好是行动蹒跚,相貌奇古,这样病家才相信。东街有一个老中医就是这样。此人外号李花脸,满脸的红记,一年多半穿着紫红色的哆啰呢夹袍,黑羽纱马褂,说话是个嗡鼻儿,浑身发出樟木气味,好像本人也才从樟木箱子里拿出来。汪厚基全不是这样,既不弯腰,也不驼背,英俊倜傥,衣着入时,像一个大学毕业生。他开了方子,总把笔套上。——中医开方之后,照例不套笔,这是一种迷信,套了笔以后就不再有人找他看病了。汪厚基不管这一套,他会写字,爱笔。他这个中医还订了好几份杂志,并且还看屠格涅夫的小说。这些都是对行医不利的,但是也许沾了"神童"的名誉的光,请他看病的不少,收入颇为可观。他家里觉得叫他学医这一步走对了。

他该成家了,来保媒的一年都有几起。汪厚基看不上。他私心爱慕着高雪。

他和高雪小学同班。两家住得不远。上学,放学,天天一起走,小时候感情很好。街上的野孩子有时欺负高雪,向她扔土坷垃,汪厚基就给她当保镖。他还时常做高雪掉在河里,他跳下去把她救起来这样的英雄的梦。高雪读了初中,师范,他看她一天比一天长得漂亮起来。隔几天看见她,都使他觉得惊奇。高雪上师范三年级时,他曾托人到高家去说媒。

高师母是很喜欢汪厚基的。高冰说:"不行!妹妹是个心高的人,她要飞到很远的地方去。她要上大学。她不会嫁一个中医。妈,您别跟妹妹说!"高北溟想了一天,对媒人说:"高雪还小。她还有一年实习,再说吧。"媒人自然知道,这是一种委婉的推托。

汪厚基每天来给高雪看病,汪厚基觉得这是一种福。高雪也很感激他。看了病,汪厚基常坐在床前,陪高雪闲谈。他们谈了好多小时候的事。彼此都记得那么清楚。高雪一天比一天地好起来了。

高雪病愈之后,就在本县一小教书,——她没有能在外地找到事,她一面补习功课,准备考大学。

接连考了两年,没有考取。

第三年,"七七"事变,抗日战争爆发,她所向往的大学,都迁到了四川、云南。日本人占领了江南,本县外出的交通断了。她想冒险通过敌占区,往云南、四川去。全家人都激烈反对。她只好在这个小城里困着。

高雪的岁数一年比一年大,该嫁人了。多少双眼睛都看着她。她老不结婚,大家就都觉得奇怪。城里渐渐有了一些流言。轻嘴薄舌的人很多。对一个漂亮的少女,有人特别爱用自己肮脏的舌头来糟蹋她,话说得很难听,说她外面有人,还说……唉,别提这些了吧。

高雪在学校是经常收到情书。有的摘录了李后主、秦少游的词,满纸伤感惆怅。有的抄了一些外国诗。有一位抄了一大段拜伦的情诗的原文,害得她还得查字典。这些信大都也有一点感情,但又都不像很认真。高雪有时也回信,写的也是一些虚无缥缈的话。她并没有一个真正的情人。

本县的小学里不断有人向她献殷勤，她一个也看不上，觉得他们讨厌。

汪厚基又托媒人来说了几次媒，都被用不同的委婉言词拒绝了。——每次家里问高雪，她都是摇摇头。

一次又一次，高家全家的心都活了，连高冰也改变了态度。她和高雪谈了半夜。

"行了吧。汪厚基对你是真心。他说他非你不娶，是实话。他脾气好，一定会对你很体贴。人也不俗。你们不是也还谈得来么？你还挑什么呢？你想要一个什么人？你想要的，这个县城里没有！妹妹，你不小了。听姐姐话，再拖下去，你真要留在家里当老姑娘？这是命，你心高命薄。退一步看，想宽一点。花开堪折直须折，莫待无花空折枝呀……"

高雪一直没有说话。

高雪同意和汪厚基结婚了。婚后的生活是平静的。汪厚基待高雪，真是含在口里怕她化了，体贴到不能再体贴。每天下床，都是厚基给她穿袜子，穿鞋。她梳头，厚基在后面捧着镜子。天凉了，天热了，厚基早给她把该换的衣服找出来放着。嫂子们常常偷偷在窗外看这小两口的无穷无尽的蜜月新婚，抿着嘴笑。

然而高雪并不快乐，她的笑总有点凄凉。半年之后，她病了。

汪厚基自己给她看病，亲自到药店去抓药，亲自煎药，还亲自尝一尝。他把全部学识都拿出来了。然而高雪的病没有起色。他把全城同行名医，包括几个西医，都请来给高雪看病。可是大家都说不出一个所以然，连一个准病名都说不出，一人一个说法。一个西医说了一个很长的拉丁病名，汪厚基请教是什么意思，这位西医说："忧郁症。"

病了半年，百药罔效，高雪瘦得剩了一把骨头。厚基抱她起来，轻得像一个孩子。高雪觉得自己不行了，叫厚基给她穿衣裳。衣裳穿好了，袜子也穿好了，高雪微微皱了皱眉，说左边的袜跟没有拉平。厚基给她把袜跟拉平了，她用非常温柔的眼光看着厚基，说："厚基，你真好!"随即闭了眼睛。

汪厚基到高先生家去报信。他详详细细叙说了高雪临死的情形,说她到最后还很清醒,"我给她穿袜子,她还说左边的袜跟没有拉平。"高师母忍不住,到房里坐在床上痛哭。高冰的眼泪不断流出来,喊了一声:"妹妹,你想飞,你没有飞出去呀!"高先生捶着书桌说:"怪我! 怪我! 怪我!"他的脑袋不停地摇动起来。——高先生近年不只在生气的时候,只要感情一激动,就摇脑袋。

汪厚基把牌子摘了下来,他不再行医了。"我连高雪的病都看不好,我还给别人看什么?"这位医生对医药彻底发生怀疑:"医道,没有用! ——骗人!"他变得有点傻了,遇见熟人就说:"她到最后还很清醒,我给她穿袜子,她还说左边袜跟没有拉平……"他不知道,他已经跟这人说过几次了。他的眼光呆滞,反应也很迟钝了。他的那点聪明灵气已经全部消失。他整天无所事事,一起来就到处乱走。家里人等他吃饭,每回看不见他,一找,他都在高雪的坟旁坐着。

高先生已经死了几年了。

五小的学生还在唱:

　　　西挹神山爽气,
　　　东来邻寺疏钟……

墓草萋萋,落照昏黄,歌声犹在,斯人邈矣。

高先生在东街住过的老屋倒塌了,临街的墙壁和白木板门倒还没有倒。板门上高先生写的春联也还在。大红朱笺被风雨漂得几乎是白色的了,墨写的字迹却还很浓,很黑。

　　　辛夸高岭桂
　　　未徙北溟鹏

　　　　　　　　　　　一九八一年八月四日于青岛黄岛

八千岁

据说他是靠八千钱起家的,所以大家背后叫他八千岁。八千钱是八千个制钱,即八百枚当十的铜元。当地以一百铜元为一吊,八千钱也就是八吊钱。按当时银钱市价,三吊钱兑换一块银元,八吊钱还不到两块七角钱。两块七角钱怎么就能起了家呢?为什么整整是八千钱,不是七千九,不是八千一? 这些,谁也不去追究,然而死死地认定了他就是八千钱起家的,他就是八千岁!

他如果不是一年到头穿了那样一身衣裳,也许大家就不会叫他八千岁了。他这身衣裳,全城无二。无冬历夏,总是一身老蓝布。这种老蓝布是本地土织,本地的染坊用蓝靛染的。染得了,还要由一个师傅双脚分叉,站在一个 U 字形的石碾上,来回晃动,加以碾研,然后摊在河边空场上晒干。自从有了阴丹士林,这种老蓝布已经不再生产,乡下还有时能够见到,城里几乎没有人穿了。蓝布长衫,蓝布夹袍,蓝布棉袍,他似乎做得了这几套衣服,就没有再添置过。年复一年,老是这几套。有些地方已经洗得露了白色的经纬,而且打许多补丁。衣服的款式也很特别,长度一律离脚面一尺。这种才能盖住膝盖的长衫,从前倒是有过,叫作"二马裾"。这些年长衫兴长,穿着拖齐脚面的铁灰洋绉时式长衫的年轻的"油儿",看了八千岁的这身二马裾,觉得太奇怪了。八千岁有八千岁的道理,衣取蔽体,下面的一截没有用处,要那么长干什么? 八千岁生得大头大脸,大鼻子大嘴,大手大脚,终年穿着二马裾,任人观看,心安理得。

他的儿子跟他长得一模一样,只是比他小一号,也穿着一身老蓝布的二马裾，只是老蓝布的颜色深一些，补丁少一些。父子二人在店堂里一站，活脱是大小两个八千岁。这就更引人注意了。八千岁这个名字也就更被人叫得死死的。

大家都知道八千岁现在很有钱。

八千岁的米店看起来不大，门面也很黯淡。店堂里一边是几个米囤子，囤里依次分别堆积着"头糙"、"二糙"、"三糙"、"高尖"。头糙是只碾一道，才脱糠皮的糙米，颜色紫红。二糙较白。三糙更白。高尖则是雪白发亮几乎是透明的上好精米。四个米囤，由红到白，各有不同的买主。头糙卖给挑箩把担卖力气的，二糙三糙卖给住家铺户，高尖只少数高门大户才用。一般人家不是吃不起，只是觉得吃这样的米有点"作孽"。另外还有两个小米囤，一囤糯米；一囤晚稻香粳——这种米是专门煮粥用的。煮出粥来，米长半寸，颜色浅碧如碧螺春茶，香味浓厚，是东乡三垛特产，产量低，价极昂。这两种米平常是没有人买的，只是既是米店，不能不备。另外一边是柜台，里面有一张账桌，几把椅子。柜台一头，有一块竖匾，白地子，上漆四个黑字，道是："食为民天"。竖匾两侧，贴着两个字条，是八千岁的手笔。年深日久，字条的毛边纸已经发黄，墨色分外浓黑。一边写的是"僧道无缘"，一边是"概不做保"。这地方每年总有一些和尚来化缘（道士似无化缘一说），背负一面长一尺、宽五寸的木牌，上画护法韦驮，敲着木鱼，走到较大铺户之前，总可得到一点布施。这些和尚走到八千岁门前，一看"僧道无缘"四个字，也就很知趣地走开了。不但僧道无缘，连叫花子也"概不做保"。叫花子知道不管怎样软磨硬泡，也不能从八千岁身上拔下一根毛来，也就都"别处发财"，省得白费工夫。中国不知从什么时候兴了铺保制度。领营业执照，向银行贷款，取一张"仰沿路军警一体放行，妥加保护"的出门护照，甚至有些私立学校填写入学志愿书，都要有两家"殷实铺保"。吃了官司，结案时要"取保释放"。因此一般"殷实"一些的店铺就有为人做保的义务。铺保不过是个名义，但也有时惹下一些麻烦。有的被保的人出了问题，官方警方不急于追究本人,却跟做保的店铺纠缠不休,目的无非是敲一笔竹杠。八千岁可不愿惹这种麻烦。"僧道无缘"、"概不做保"的店铺不止八千岁一家,然而八千岁如此,就不免引起路人侧目,同行议论。

八千岁米店的门面虽然极不起眼,"后身"可是很大。这后身本是夏家祠堂。夏家原是望族。他们聚族而居的大宅子的后面有很多大树,有合抱的大桂花,还有一湾流水,景色幽静,现在还被人称为夏家花园,但房屋已经残破不堪了。夏家败落之后,就把祠堂租给了八千岁。朝南的正屋里一长溜祭桌上还有许多夏家的显考显妣的牌位。正屋前有两棵柏树。起初逢清明,夏家的子孙还来祭祖,这几年来都不来了,那些刻字涂金的牌位东倒西歪,上面落了好多鸽子粪。这个大祠堂的好处是房屋都很高大,还有两个极大的天井,都是青砖铺的。那些高大房屋,正好当作积放稻子的仓廒,天井正好翻晒稻子。祠堂的侧门临河,出门就是码头。这条河四通八达,运粮极为方便。稻船一到,侧门打开,稻子可以由船上直接挑进仓里,这可以省去许多长途挑运的脚钱。

本地的米店实际是个粮行。单靠门市卖米,油水不大。一多半是靠做稻子生意,秋冬买进,春夏卖出,贱入贵出,从中取利。稻子的来源有二。有的是城中地主寄存的。这些人家收了租稻,并不过目,直接送到一家熟识的米店,由他们代为经营保管。要吃米时派个人去叫几担,要用钱时随时到柜上支取,年终结账,净余若干,报一总数。剩下的钱,大都仍存柜上。这些人家的大少爷,是连粮价也不知道的,一切全由米店店东经手。粮钱数目,只是一本良心账。另一来源,是店东自己收购的。八千岁每年过手到底有多少稻子,他是从来不说的,但是这瞒不住人。瞒不住同行,瞒不住邻居,尤其瞒不住挑夫的眼睛。这些挑夫给各家米店挑稻子,一眼估得出哪家的底子有多厚。他们说:八千岁是一只螃蟹,有肉都在壳儿里。他家仓廒里的堆稻的"窝积"挤得轧满,每一积都堆到屋顶。

另一件瞒不住人的事，是他有一副大碾子，五匹大骡子。这五匹骡子，单是那两匹大黑骡子，就是头三年花了八百现大洋从宋侉子手里一次买下来的。

宋侉子是个怪人。他并不侉。他是本城土生土长，说的也是地地道道的本地话。本地人把行为乖谬，悖乎常理，而又身材高大的人，都叫作侉子（若是身材瘦小，就叫作蛮子）。宋侉子不到二十岁就被人称为侉子。他也是个世家子弟，从小爱胡闹，吃喝嫖赌，无所不为；花鸟虫鱼，无所不好，还特别爱养骡子养马。父母在日，没有几年，他就把一点祖产挥霍得去了一半。父母一死，就更没人管他了，他干脆把剩下的一半田产卖了，做起了骡马生意。每年出门一两次。到北边去买骡马。近则徐州、山东，远到关外、口外。一半是寻钱，一半是看看北边的风景，吃吃黄羊肉、狍子肉、鹿肉、狗肉。他真也养成了一派侉子脾气。爱吃面食。最爱吃山东的锅盔，牛杂碎，喝高粱酒。酒量很大，一顿能喝一斤。他买骡子买马，不多买，一次只买几匹，但要是好的，花很大的价钱买来，又以很大的价钱卖出。

他相骡子相马有一绝，看中了一匹，敲敲牙齿，捏捏后胯，然后拉着缰绳领起走三圈，突然用力把嚼子往下一拽。他力气很大，一般的骡马禁不起他这一拽，当时就会打一个趔趄。像这样的，他不要。若是纹丝不动，稳若泰山，当面成交，立刻付钱，二话不说，拉了就走。由于他这种独特的选牲口的办法和豪爽性格，使他在几个骡马市上很有点名气。他选中的牲口也的确有劲，耐使，里下河一带的碾坊磨坊很愿意买他的牲口。虽然价钱贵些，细算下来，还是划得来。

那一年，他在徐州用这办法买了两匹大黑骡子，心里很高兴，下到店里，自个儿蹲在炕上喝酒。门帘一掀，进来个人：

"你是宋老大？"

"不敢，贱姓宋。请教？"

"甭打听。你喝酒？"

"哎哎。"

"你心里高兴?"

"哎哎。"

"你买了两匹好骡子?"

"哎哎。就在后面槽上拴着。你老看来是个行家,你给看看。"

"甭看,好牲口!这两匹骡子我认得!——可是你带得回去吗?"

宋侉子一听话里有话,忙问:

"莫非这两匹骡子有什么弊病?"

"你给我倒一碗酒。出去看看外头有没有人。"

原来这是一个骗局。这两匹黑骡子已经转了好几个骡马市,谁看了谁爱,可是没有一个人能把它们带走。这两匹骡子是它们的主人驯熟了的,走出二百里地,它们会突然挣脱缰绳,撒开蹄子就往家奔,没有人追得上,没有人截得住。谁买的,这笔钱算白扔。上当的已经不止一个人。进来的这位,就是其中的一个。

"不能叫这个家伙再坑人!我教你个法子:你连夜打四副铁镣,把它们镣起来。过了清江浦,就没事了,再给它砸开。"

"多谢你老!"

"甭谢!我这是给受害的众人报仇!"

宋侉子把两匹骡子牵回来,来看的人不断。碾坊、磨坊、油坊、糟坊,都想买。一问价钱,就不禁吐了舌头:"乖乖!"八千岁带着儿子小千岁到宋家看了看,心里打了一阵算盘。他知道宋侉子的脾气,一口价,当时就叫小千岁回去取了八百现大洋,一手交钱,一手交货,父子二人,一人牵了一匹,沿着大街,呱嗒呱嗒,走回米店。

这件事轰动全城。一连几个月。宋侉子贩骡子历险记和八千岁买骡子的壮举,成了大家茶余酒后的话题。谈论间自然要提及宋侉子荒唐怪诞的侉脾气和八千岁的二马裾。

每天黄昏,八千岁米店的碾米师傅要把骡子牵到河边草地上遛遛。骡子牵出来,就有一些人围在旁边看。这两匹黑骡子,真够"身高八尺,头尾丈二有余"。有一老者,捋须赞道:"我活这么大,没见过这样高大的牲口!"个子稍矮一点的,得伸手才能够着它的脊梁。浑身黑得像一匹黑缎子。一走动，身上亮光一闪一闪。去看八千岁的骡子，竟成了附近一些居民在晚饭之前的一件赏心乐事。

因为两匹骡子都是黑的，碾米师傅就给它们取了名字，一匹叫大黑子，一匹叫二黑子。这两个名字街坊的小孩子都知道，叫得出。

宋侉子每年挣的钱不少。有了钱，就都花在虞小兰的家里。

虞小兰的母亲虞芝兰是一个姓关的旗人的姨太太。这旗人做过一任盐务道，辛亥革命后在本县买田享福。这位关老爷本城不少人还记得。他的特别是说的一口京片子，走起路来一摇一摆，有点像戏台上的方巾丑，是真正的"方步"。他们家规矩特别大，礼节特别多，男人见人打千儿，女人见人行蹲安，本地人觉得很可笑。虞芝兰是他用四百两银子从北京西河沿南堂子买来的。关老爷死后，大妇不容，虞芝兰就带了随身细软，两箱子字画，领着女儿搬出来住，租的是挨着宜园的一所小四合院。宜园原是个私人花园，后来改成公园。园子不大，但北面是一片池塘，种着不少荷花，池心有一小岛，上面有几间水榭，本地人不大懂得什么叫水榭，叫它"荷花亭子"，——其实这几间房子不是亭子。南面有一带假山，沿山种了很多梅花，叫作"梅岭"。冬末春初，梅花盛开，是很好看的。园中竹木繁茂，园外也颇有野趣，地方虽在城中，却是尘飞不到。虞芝兰就是看中它的幽静，才搬来的。

带出来的首饰字画变卖得差不多了，关家一家人已经搬到上海租界去住，没有人再来管她，虞芝兰不免重操旧业。

过了几年，虞芝兰揽镜自照，觉得年华已老，不好意思再扫榻留宾，就洗妆谢客，由女儿小兰接替了她。怕关家人来寻事，女儿随了妈的姓。

宋侉子每年要在虞小兰家住一两个月，朝朝寒食，夜夜元宵。他老婆死了，也不续弦，这里就是他的家。他有个孩子，有时也带了孩子来玩。他和关家算起来有点远亲，小兰叫他宋大哥。到钱花得差不多了，就说一声："我明天有事，不来了，"跨上他的踢雪乌骓骏马，一扬鞭子,没影儿了。在一起时,恩恩义义;分开时,潇潇洒洒。

虞小兰有时出来走走,逛逛宜园。夏天的傍晚,穿了一身剪裁合体的白绸衫裤,拿一柄生丝白团扇,站在柳树下面,或倚定红桥栏杆,看人捕鱼踩藕。她长得像一颗水蜜桃,皮肤非常白嫩,腰身、手、脚都好看。路上行人看见,就不禁放慢了脚步,或者停下来装做看天上的晚霞,好好地看她几眼。他们在心里想:这样的人,这样的命,深深为她惋惜;有人不免想到家中洗衣做饭的黄脸老婆,为自己感到一点不平;或在心里轻轻吟道:"牡丹绝色三春暖,不是梅花处士妻",情绪相当复杂。

虞小兰,八千岁也曾看过,也曾经放慢了脚步。他想:长得是真好看,难怪宋侉子在她身上花了那么多钱。不过为一个姑娘花那么多钱,这值得么? 他赶快迈动他的大脚,一气跑回米店。

八千岁每天的生活非常单调。量米。买米的都是熟人,买什么米,一次买多少,他都清楚。一见有人进店,就站起身,拿起量米升子。这地方米店量米兴报数,一边量,一边唱:"一来,二来,三来——三升!"量完了,拍拍手,——手上沾了米灰,接过钱,摊平了,看看数,回身走进柜台,一扬手,把铜钱丢在钱柜里,在"流水"簿里写上一笔,入头糙三升,钱若干文。看稻样。替人卖稻的客人到店,先要送上货样。店东或洽谈生意的"先生",抓起一把,放在手心里看看,然后两手合拢搓碾,开米店的手上都有功夫,嚓嚓嚓三下,稻壳就全搓开了;然后吹去糠皮,看看米色,撮起几粒米,放在嘴里嚼嚼,品品米的成色味道。做米店的都很有经验,这是什么品种,三十子,六十子,矮脚籼,吓一跳,一看就看出来。在米店里学生意,学的也就是这些。然后谈价钱,这是好说的,早晚市价,相差无几。卖米的客人知道八千岁在这上头很精,并不跟他多磨嘴。

"前头"没有什么事的时候,他就到后面看看。进了隔开前后的屏门,一边是拴骡子的牲口槽,一边是一副巨大的石碾子。碾坊没有窗户,光线很暗,他欢喜这种暗暗的光。一近牲口槽,就闻到一股骡子粪的味道,他喜欢这种味道。他喜欢看碾米师傅把大黑子或二黑子牵出来。骡子上碾之前照例要撒一泡很长的尿,他喜欢看它撒尿。骡子上了套,石碾子就呼呼地转起来,他喜欢看碾子转,喜欢这种不紧不慢的呼呼的声音。

这二年,大部分米店都已经不用碾子,改用机器轧米了,八千岁却还用这种古典的方法生产。他舍不得这副碾子,舍不得这五匹大骡子。本县也还有些人家不爱吃机器轧的米,说是不香,有人家专门上八千岁家来买米的,他的生意不坏。

然后,去看看师傅筛米。那是一面很大的筛子,筛子有梁,用一根粗麻绳吊在房檩上,筛子齐肩高,筛米师傅就扶着筛子边框,一簸一侧地慢慢地筛。筛米的屋里浮动着细细的米糠,太阳照进来,空中像挂着一匹一匹白布。八千岁成天和米和糠打交道,还是很喜欢细糠的香味。

然后,去看看仓里的稻积子,看看两个大天井里晒的稻,或拿起"揉子"把稻子翻一遍,——他身体结实,翻一遍不觉得累,连师傅们都佩服;或轰一会麻雀。米店稻仓里照例有许多麻雀,叽叽喳喳叫成一片。宋侉子有时在天快黑的时候,拿一把竹枝扫帚拦空一扑,一扫帚能扑下十几只来。宋侉子说这是下酒的好东西,卤熟了还给八千岁拿来过。八千岁可不吃这种东西,这有什么吃头!

八千岁的食谱非常简单。他家开米店,放着高尖米不吃,顿顿都是头糙红米饭。菜是一成不变的熬青菜,——有时放两块豆腐。初二、十六打牙祭,有一碗肉或一盘咸菜煮小鲫鱼。他、小千岁和碾米师傅都一样。有肉时一人可得切得方方的两块。有鱼时一人一条,——咸菜可不少,也够下饭了。有卖稻的客人时,单加一个荤菜,也还有一壶酒。客人照例要举杯让一让,八千岁总是举起碗来说:"我饭陪,饭陪!"客菜他不动一筷子,仍是低头吃自己的青菜豆腐。

八千岁的米店的左邻右舍都是制造食品的。左边是一家厨房。这地方有这么一种厨房,专门包办酒席,不设客座。客家先期预订,说明规格,或鸭翅席,或海参席,要几桌。只需点明"头菜",其余冷盘热菜都有定规,不需吩咐。除了热炒,都是先在家做成半成品,用圆盒挑到,开席前再加汤回锅煮沸。八千岁隔壁这家厨房姓赵,人称赵厨房,连开厨房的也被人叫做赵厨房——不叫赵厨子却叫赵厨房,有点不合文法。赵厨房的手艺很好,能做满汉全席。这满汉全席前清时也只有接官送官时才用,入了民国,再也没有人来订,赵厨房祖传的一套五福拱寿油红彩的满堂红的细瓷器皿,已经锁在箱子里好多年了。右边是一家烧饼店。这家专做"草炉烧饼"。这种烧饼是一箩到底的粗面做的,做蒂子只涂很少一点油,没有什么层,因为是贴在吊炉里用一把稻草烘熟的,故名草炉烧饼,以别于在桶状的炭炉中烤出的加料插酥的"桶炉烧饼"。这种烧饼便宜,也实在,乡下人进城,爱买了当饭。几个草炉烧饼,一碗宽汤饺面,有吃有喝,就饱了。八千岁坐在店堂里每天听得见左边煎炒烹炸的声音,闻得到鸡鸭鱼肉的香味,也闻得见右边传来的一阵一阵烧饼出炉时的香味,听得见打烧饼的槌子击案的有节奏的声音:定定郭,定定郭,定郭定郭定定郭,定,定,定……

八千岁和赵厨房从来不打交道,和烧饼店每天打交道,这地方有个"吃晚茶"的习惯,每天下午五点来钟要吃一次点心。钱庄、布店,概莫能外。米店因为有出力气的碾米师傅,这一顿"晚茶"万不能省。"晚茶"大都是一碗干拌面,——葱花、猪油、酱油、虾子、虾米为料,面下在里面;或几个麻团、"油墩子",——白铁敲成浅模,浇入稀面,以萝卜丝为馅,入油炸熟。八千岁家的晚茶,一年三百六十日,都是草炉烧饼,一人两个。这里的店铺,有"客人",照例早上要请上茶馆。"上茶馆"是喝茶,吃包子、蒸饼、烧卖。照例由店里的"先生"或东家作陪。一般都是叫一笼"杂花色"(即各样包点都有),陪客的照例只吃三只,喝茶,其余的都是客人吃。这有个名堂,叫作"一壶三点"。八千岁也循例待客,但是他自己并不吃包点,还是从隔壁烧饼店买两个烧饼带去。所以他不是"一壶三点"。而是"一壶两饼"。他这辈子吃了多少草炉烧饼,真是难以计数了。

他不看戏，不打牌，不吃烟，不喝酒。喝茶，但是从来不买"雨前"、"雀舌"，泡了慢慢地品啜。他的账桌上有一个"茶壶桶"，里面焐着一壶茶叶棒子泡的颜色混浊的釅茶。吃了烧饼，渴了，就用一个特大的茶缸子，倒出一缸，咕嘟咕嘟一口气喝了下去，然后打一个很响的饱嗝。

他的令郎也跟他一样。这孩子才十六七岁，已经很老成。孩子的那点天真爱好，放风筝、掏蛐蛐、逮蝈蝈、养金铃子，都已经叫严厉的父亲的沉重的巴掌收拾得一干二净。八千岁到底还是允许他养了几只鸽子。这还是宋侉子求的情。宋侉子拿来几只鸽子，说："孩子哪儿也不去，你就让他喂几个鸽子玩玩吧。这吃不了多少稻子。你们不养，别人家的鸽子也会来。自己有鸽子，别家的鸽子不就不来了？"米店养鸽子，几乎成为通例，八千岁想了想，说："好，叫他养！"鸽子逐渐发展成一大群，点子、瓦灰、铁青子、霞白、麒麟，都有。从此夏氏宗祠的屋顶上就热闹起来，雄鸽子围着雌鸽子求爱，一面转圈儿，一面鼓着个嗉子不停地叫着："咯咯咕，咯咯咯咕……"夏家的显考显妣的头上于是就着了好些鸽子粪。小千岁一有空，就去鼓捣他的鸽子。八千岁有时也去看看，看看小千岁捉住一只宝石眼的鸽子，翻过来，正过去，鸽子眼里的"沙子"就随着慢慢地来回流动，他觉得这很有趣，而且想：这是怎么回事呢？父子二人，此时此刻，都表现了一点童心。

八千岁那样有钱，又那样俭省，这使许多人很生气。

八千岁万万没有想到，他会碰上一个八舅太爷。

这里的人不知为什么对舅舅那么有意见。把不讲理的人叫作"舅舅"，讲一种胡搅蛮缠的歪理，叫作"讲舅舅理"。

八舅太爷是个无赖浪子，从小就不安分。小学五年级就穿起皮袍子，里面下身却只穿了一条纺绸单裤。上初中的时候，代数不及格，篮球却打得很漂亮，球衣球鞋都非常出众，经常代表校队、县队，到处出风头。初中三年级时曾用这地方出名的土匪徐大文的名义写信恐吓一个土财主,限他几天之内交一百块钱放在土地庙后第七棵柳树的树洞里,如若不然,就要绑他的票。这土财主吓得坐立不安,几天睡不着觉,又不敢去报案,竟然乖乖地照办了。这土财主原来是他的一个同班同学的父亲,常见面的。他知道这老头儿胆小,所以才敲他一下。初中毕业后,他读了一年体育师范,又上了一年美专,都没上完,却在上海入了青帮,门里排行是通字辈,从此就更加放浪形骸,无所不至。他居然拉过几天黄包车。他这车没有人敢坐,——他穿了一套铁机纺绸裤褂在拉车!他把车放在会芳里弄堂口或丽都舞厅门外,专拉长三堂子的妓女和舞女。这些妓女和舞女可不在乎,她们心想:倷弗是要白相相吗?格么好,大家白相白相!又不是阎瑞生,怕点啥!后来又进了一个什么训练班,混进了军队,"安清不分远和近,三祖流传到如今",因为青洪帮的关系,结交很多朋友,虽不是黄埔出身,却在军队中很"兜得转",和冷欣、顾祝同都能拉上关系。

抗战军兴,他随着所在部队调到江北,在里下河几个县轮流转。他手下部队有四营人,名义却是一个独立混成旅。

"八·一三"以后,日本人打到扬州,就停下来,暂时不再北进。日本人不来,"国军"自然不会反攻,这局面竟维持了相当长的时间。起初人心惶惶,一夕数惊,到后来大家有点麻木了;竟好像不知道有日本兵就在一二百里之外这回事,大家该做什么还是做什么。种田的种田,做生意的做生意。长江为界,南北货源虽不那么畅通,很多人还可以通过封锁线走私贩运,虽然担点风险,获利却倍于以前。一时间,几个县竟呈现出一种畸形的繁荣,茶馆、酒馆、赌场、妓院,无不生意兴隆。

八舅太爷在这一带真是得其所哉。非常时期,军事第一,见官大一级,他到了哪里就成了这地方的最高军政长官,县长、区长,一传就到。军装给养,小事一桩。什么时候要用钱,通知当地商会一声就是。来了,要接风,叫作"驻防费";走了,要送行,叫作"开拔费"。间三岔五的,还要现金实物"劳军"。当地人觉得有一支军队驻着,可以壮壮胆,军队不走,就说明日本人不会来,也似乎心甘情愿地孝敬他。

他有时也并不麻烦商会，可以随意抓几个人来罚款。他的旅部的小牢房里经常客满。只要他一拍桌子，骂一声"汉奸"，就可以军法从事，把一个人拉出去枪毙。他一到哪里，就把当地的名花包下来，接到公馆里去住。一出来，就是五辆摩托车，他自己骑一辆，前后左右四辆，风驰电掣，穿街过市。城里和乡下的狗一见他的车队来了，赶紧夹着尾巴躲开。他是个霸王，没人敢惹他。他行八，小名叫小八子，大家当面叫他旅长、旅座，背后里叫他八舅太爷。

他这回来，公馆安在宜园。一见虞小兰，相见恨晚。他有时住在虞家，有时把虞小兰接到公馆里去。后来干脆把宜园的墙打通了，——虞家和宜园本只一墙之隔，这样进出方便。

他把全城的名厨都叫来，轮流给他做饭。座上客常满，杯中酒不空。他爱唱京戏，时常把县城的名票名媛约来，吹拉弹唱一整天。他还很风雅，爱字画。谁家有好字画古董，他就派人去，说是借去看两天。有借无还。他也不白要你的，会送一张他自己画的画跟你换，他不是上过一年美专么？他的画宗法吴昌硕，大刀阔斧，很有点霸悍之气。他请人刻了两方押角图章，一方是阴文："戎马书生"，一方是阳文："富贵英雄美丈夫"——这是《紫钗记·折柳阳关》里的词句，他认为这是中国文学里最好的词句。他也有一匹乌骓马，他请宋侉子来给他看看，嘱咐宋侉子把自己的踢雪乌骓也带来。千不该万不该，宋侉子不该褒贬了八舅太爷的马。他说："旅长，你这不是真正的踢雪乌骓。真正的踢雪乌骓是只有四个蹄子的前面有一小块白；你这匹，四蹄以上一圈都是白的，这是踏雪乌骓。"八舅太爷听了很高兴，说："有道理！"接着又问："你那匹是多少钱买的？"宋侉子是个外场人，他知道八舅太爷不是要他来相马，是叫他来进马了，反正这匹马保不住了，就顺水推舟，很慷慨地说："旅长喜欢，留着骑吧！"——"那，我怎么谢你呢？我给你画一张画吧！"

宋侉子掌了这张画，到八千岁米店里坐下，喝了一碗茶叶棒泡的酽茶，说不出话来。八千岁劝他："算了，是儿不死，是财不散，看开一点，你就当又在虞小兰家花了一笔钱吧！"宋侉子只好苦笑。

没想到,过了两天,八舅太爷派了两个兵把八千岁"请"去了。当这两个兵把八千岁铐上,推出店门时,八千岁只来得及跟儿子说一句:"赶快找宋大伯去要主意!"

　　宋侉子找到八舅太爷的秘书了解一下,案情相当严重,是"资敌"。八千岁有几船稻子,运到仙女庙去卖,被八舅太爷的部下查获了。仙女庙是敌占区。"资敌"就是汉奸,汉奸是要枪毙的。宋侉子知道罪不至此。仙女庙是粮食集散中心,本地贩粮至仙女庙,乃是常例,"抗战军兴",未尝中断。不过别的粮商都是事前运动,打通关节,拿到"准予放行"的执照的,八千岁没有花这笔钱,八舅太爷存心找他的茬,所以他就触犯了军法。宋侉子知道这是非花钱不能了事的,就转弯抹角地问秘书,若是罚款,该罚多少。秘书说:"旅座的意思,至少得罚一千现大洋。"宋侉子说:"他拿不出来。你看看他穿的这身二马裾!"秘书说:"包子有肉,不在褶儿上。他拿得出,我们了解。你可以见他本人谈谈!"

　　宋侉子见了八千岁,劝他不要舍命不舍财,这个血是非出不可的。八千岁问:"能不能少拿一点?"宋侉子叫他拿出一百块钱送给虞芝兰,托虞小兰跟八舅太爷说。八千岁说:"你做主吧。我一辈子就你这么个信得过的朋友!"说着就落了两滴眼泪。宋侉子心里也酸酸的。

　　虞小兰替八千岁说了两句好话:"这个人一辈子省吃俭用,也怪可怜的。"八舅太爷说:"那好!看你的面子,少要他二百!他叫八千岁,要他八百不算多。他肯花八百块钱买两匹骡子,还不能花八百块钱买一条命吗?叫他找两个铺保,带了钱,到旅部领人。少一个,不行!"

　　宋侉子说了好多好话,请了八千岁的两个同行,米店的张老板、李老板出面做保,带了八百现大洋,签字画押,把八千岁保了出来。张老板、李老板陪着八千岁出来,劝他:

　　"算了,是儿不死,是财不散。不就是八百块钱吗?看开一点。破财免灾,只当生了一场夹气伤寒。"

八千岁心里想:不是八百,是九百! 不过回头想想,毕竟少花了一百,又觉得有些欣慰,好像他凭空捡到一百块钱似的。

八舅太爷敲了八千岁一杠子,是有精神上和物质上两方面理由的。精神上,他说:"我平生最恨俭省的人,这种人都该杀!"物质上,他已经接到命令,要调防,和另外一位舅太爷换换地方,他要"别姬"了,需要用一笔钱。这八百块钱,六百要给虞小兰买一件西狐肷的斗篷,好让她冬天穿了在宜园梅岭踏雪赏梅;二百,他要办一桌满汉全席,在水榭即荷花亭子里吃它一整天,上午十点钟开席,一直吃到半夜!

八舅太爷要办满汉全席的消息传遍全城,大家都很感兴趣,因为这是多年没有的事了。八千岁证实这消息可靠,因为办席的就是他的紧邻赵厨房。赵厨房到他的米店买糯米,他知道这是做火腿烧卖馅子用的;还买香粳米,这他就不解了。问赵厨房:"这满汉全席还上稀粥?"赵厨房说:"满汉全席实际上满点汉菜,除了烧烤,有好几道满洲饽饽,还要上几道粥,旗人讲究喝粥,莲子粥、苡米粥、芸豆粥……""有多少道菜?"——"可多可少,八舅太爷这回是一百二十道。"——"啊?!"——"你没事过来瞧瞧。"

八千岁真还过去看了看:烧乳猪、叉子烤鸭、八宝鱼翅、鸽蛋燕窝……赵厨房说:"买不到鸽子蛋,就这几个,太小了!"八千岁说:"你要鸽子蛋,我那里有!"八千岁真是开了眼了,一面看,一面又掉了几滴泪,他想:这是吃我哪!

八千岁用一盆水把"食为民天"旁边的"概不做保"的字条闷了闷,刮下来。他这回是别人保出来的,以后再拒绝给别人做保,这说不过去。刮掉了,觉得还留着一条"僧道无缘"也没多少意思,而且单独一条,也不好看,就把"僧道无缘"也刮掉了。

八千岁做了一身阴丹士林的长袍,长短与常人等,把他的老蓝布二马裾换下来。他的儿子也一同换了装。

吃晚茶的时候,儿子又给他拿了两个草炉烧饼来,八千岁把烧饼往账桌上一拍,大声说:

"给我去叫一碗三鲜面!"

求 雨

　　昆明栽秧时节通常是不缺雨的。雨季已经来了,三天两头地下着。停停,下下;下下,停停。空气是潮湿的,洗的衣服当天干不了。草长得很旺盛。各种菌子都出来了。青头菌、牛肝菌、鸡油菌……稻田里的泥土被雨水浸得透透的,每块田都显得很膏腴,很细腻。积蓄着的薄薄的水面上停留着云影。人们戴着斗笠,把新拔下的秧苗插进稀软的泥里……

　　但是偶尔也有那样的年月,雨季来晚了,缺水,栽不下秧。今年就是这样。因为通常不缺雨水,这里的农民都不预备龙骨水车。他们用一个戽斗,扯动着两边的绳子,从小河里把浑浊的泥浆一点一点地浇进育苗的秧田里。但是这一点点水,只能保住秧苗不枯死,不能靠它插秧。秧苗已经长得过长了,再不插就不行了。然而稻田里却是干干的。整得平平的田面,晒得结了一层薄壳,裂成一道一道细缝。多少人仰起头来看天,一天看多少次。然而天蓝得要命。天的颜色把人的眼睛都映蓝了。雨呀,你怎么还不下呀! 雨呀,雨呀!

　　望儿也抬头望天。望儿看看爸爸和妈妈,他看见他们的眼睛是蓝的。望儿的眼睛也是蓝的。他低头看地,他看见稻田里的泥面上有一道一道螺蛳爬过的痕迹。望儿想了一个主意:求雨。望儿昨天看见邻村的孩子求雨,他就想过:我们也求雨。

　　他把村里的孩子都叫在一起,找出一套小锣小鼓,就出发了。

　　一共十几个孩子,大的十来岁,最小的一个才六岁。这是一个枯瘦、褴褛、有些污脏的,然而却是神圣的队伍。他们头上戴着柳条编成的帽圈,敲着不成节拍的、单调的小锣小鼓:冬冬当,冬冬当……他

们走得很慢。走一段,敲锣的望儿把锣槌一举,他们就唱起来:

> 小小儿童哭哀哀,
> 撒下秧苗不得栽。
> 巴望老天下大雨,
> 乌风暴雨一起来。

调子是非常简单的,只是按照昆明话把字音拉长了念出来。他们的声音是凄苦的,虔诚的。这些孩子都没有读过书。他们有人模模糊糊地听说过有个玉皇大帝,还有个龙王,龙王是管下雨的。但是大部分孩子连玉皇大帝和龙王也不知道。他们只知道天,天是无常的。它有时对人很好,有时却是无情的,它的心很狠。他们要用他们的声音感动天,让它下雨。

(这地方求雨和别处大不一样,都是利用孩子求雨。所以望儿他们能找出一套小锣小鼓。大概大人们以为天也会疼惜孩子,会因孩子的哀求而心软。)

他们戴着柳条圈,敲着小锣小鼓,歌唱着,走在昆明的街上。

> 小小儿童哭哀哀,
> 撒下秧苗不得栽。
> 巴望老天下大雨,
> 乌风暴雨一起来。

过路的行人放慢了脚步,或者干脆停下来,看着这支幼小的、褴褛的队伍。他们的眼睛也是蓝的。

望儿的村子在白马庙的北边。他们从大西门,一直走过华山西路、金碧路,又从城东的公路上走回来。

他们走得很累了,他们都还很小。就着泡辣子,吃了两碗包谷饭,就都爬到床上睡了。一睡就睡着了。

半夜里,望儿叫一个炸雷惊醒了。接着,他听见屋瓦上劈劈啪啪的声音。过了一会,他才意识过来:下雨了! 他大声喊起来:"爸! 妈! 下雨啦!"

　　他爸他妈都已经起来了,他们到外面去看雨去了。他们进屋来了。他们披着蓑衣,戴着斗笠。斗笠和蓑衣上滴着水。

　　"下雨了!"

　　"下雨了!"

　　妈妈把油灯点起来,一屋子都是灯光。灯光映在妈妈的眼睛里。妈妈的眼睛好黑,好亮。爸爸烧了一杆叶子烟,叶子烟的火光映在爸爸的脸上,也映在他的眼睛里。

　　第二天,插秧了!

　　全村的男女老少都出来了,到处都是人。

　　望儿相信,这雨是他们求下来的。

小姨娘

　　小姨娘章叔芳是我的继母的异母妹妹。她比我才大两岁。我们是同学,在同一所初中读书。她比我高一班。她读初三,我读初二。那年她十六岁,我十四。但是在家里我还是叫她小姨娘。

　　章家是乡下财主。他们原来在章家庄住。章家庄是一个很大的庄子。庄里有好几户靠田产致富的财主,章家在庄里是首户。后来外公在城里南门盖了一所房子,就搬到城里来了。章老头脾气很"藏",除了几家至亲(也都是他那样的乡下财主),跟谁也不来往。他和城里的上代做过官,有功名的世家绅士不通庆吊。他说:"我不巴结他们!"地方上有关公益的事情,修桥铺路、施药、开粥厂……他一毛不拔,不出一个钱。因此得了一个外号:"章臭屎"。

　　章家的房子很朴实,没有什么亭台楼阁,但是很轩敞豁亮。砖瓦木料都是全新的。外公奉行朱柏庐治家格言:"黎明即起,洒扫庭院,要内外整洁。"他虽然不亲自洒扫,但要督促佣人。他的大厅上的笀底方砖上连一根草屑也没有。桌椅只是红木的(不是"海梅"、紫檀),但是每天抹拭,定期搽核桃油,光可鉴人。榫头稍有活动,立刻雇工修理。

　　章家没有花园,却有一座桑园,种的都是湖桑。又不养蚕,种那么多桑树干什么? 大厅前面天井里的石条上却摆了十几盆橙子。橙子在我们那不多见。橙子结得很好,下雪天还黄澄澄的挂在枝头,叶子不落,碧绿的。

　　章家家规很严,我从来没有见外公笑过。他们家的人都不会喝酒。老头子生日、姑奶奶归宁,逢年过节,摆席请客,给客人预备高粱

219

酒，——其实只有我父亲一个人喝，他们自己家的人只喝糯米做的甜酒。席上没有人划拳碰杯，宴后也没有人撒酒疯。家里不许赌钱。过年准许赌五天，但也限于掷骰子赶老羊，不许打麻将，更不许推牌九。在这个家里听不到有人大声说笑，说话声音都很低，整天都是静悄悄的。

章家人都很爱干净，勤理发，勤洗澡，勤换衣裳，什么时候都是精神饱满，容光焕发。章家的人都长得很漂亮。二舅舅、三舅舅都可称为美男子。章老头只是一张圆圆的脸，身体很健壮，外婆也不见得太好看，生的儿女却都那么出众，有点奇怪。

我们初中有两个公认为最好看的女生。一个是胡增淑，一个是章叔芳。胡增淑长得很性感，她走路爱眯着眼，扭腰，袅袅婷婷，真是"烟视媚行"。她深知自己长得好看，从镜子面前经过，反光的玻璃面前，总要放慢脚步，看看自己。章叔芳和胡增淑是两种类型。她长得很挺直，头发剪得短短的，有点像男孩子。眼睛很大，很黑，闪烁有光。她听人说话都是平视。有时眨两下眼睛，表示"哦，是这样！"或"是吗？是这样吗？"她眉宇间有一股英气，甚至流露一点野性，但不细看是看不出来的，她给人的印象还是很文静，很秀雅的。

她不知为什么会爱上了宗毓琳。

宗毓琳和他的弟弟宗毓珂都和我同班。宗家原是这个县的人，宗毓琳的父亲后来到了上海，在法租界巡捕房当了"包打听"——低级的侦探。包打听都在青洪帮，否则怎么在上海混？不知道为什么宗家要把两个儿子送回家乡来读初中，可能是为了可以省一点费用。

和章叔芳同班有一个同学叫王霈。王霈的父亲是个吟诗写字的名士，他家的房子很雅致。进门是一个大花园，有一片竹子。王霈的父亲在竹丛当中盖了一个方厅——四方的厅，像一个有门有窗的大亭子。这本是王诗人宴客听雨的地方。近年诗人老去，雅兴渐减，就把方厅锁了起来，空着。宗家经人介绍，把方厅租了下来，宗家兄弟就住在方厅里。

宗家兄弟也只是初中生，不见得有特别处。他们是在上海长大的,说话有一点上海口音,但还是本地话,因为这位包打听的家里说的还是江北话。他们的言谈举止有点上海的洋气,不像本地学生那样土。衣着倒也是布料的,但是因为是宁波裁缝做的,式样较新。颜色也不只是竹布的、蓝布的,而是糙米色的、铁灰色的。宗毓珂的乒乓球打得很好,是全校的绝对冠军。宗毓琳会写散文小说,模仿谢冰心、朱自清、张资平、郁达夫。这在我们那个初中里倒是从来没有的。我们只会写"作文"。我们的初中有一个《初中壁报》,是学生自治会办的。每期的壁报刊头都是我画的。《壁报》是这个初中的才子的园地,大家都要看的。宗毓琳每期都在《壁报》上发表作品(抄在稿纸上,贴在一块黑板上)。宗毓琳中等身材,相貌并不太出众,有点鬈发,涂了"司丹康",显得颇为英俊。

小姨娘就为这些爱了他?

小姨娘第一次到宗毓琳住的方厅,是为了去借书,——宗毓琳有不少"新文学"的书,是由小舅舅章鹤鸣陪着去的,章鹤鸣和我同班、同岁。

第二次,是去还书。这天她和宗毓琳就发生了关系。章叔芳主动,她两下就脱了浑身衣服。两人都没有任何经验。他们的那点知识都是从《西厢记·佳期》、《红楼梦·贾宝玉初试云雨情》得来的。初试云雨,紧张慌乱。宗毓琳不停地发抖,浑身出汗。倒是章叔芳因为比宗毓琳大一岁,懂事较早,使宗毓琳渐渐安定,才能成事。从此以后,章叔芳三天两头就去宗毓琳住的方厅。少男少女,情色相当,哼哼唧唧,美妙非常。他们在屋里欢会的时候,章鹤鸣和宗毓珂就在竹丛中下象棋,给他们望风。他们的事有些同学知道了。因为王霈的同学常到王霈家去玩,怎么能会看不出蛛丝马迹?同学见章鹤鸣和宗毓珂在外面下象棋,就知道章叔芳和宗毓琳在里面"画地图"——他们做了"坏事",总会在被单上留下斑渍的。

没有不透风的墙。小姨娘的事终于传到外公的耳朵里。王霈的未婚妻童苓湘和章叔芳同班。童苓湘是我的大舅妈的表妹。童苓湘把章叔芳的事和我表姐谈了。大舅妈不敢不告诉婆婆。外婆不敢不告诉外公。外公听了,暴跳如雷。他先把小舅舅鹤鸣叫来,着着实实打了二十界方,小舅舅什么都说了。

外公把小姨娘揪着耳朵拉到大厅上,叫她罚跪。

伤风败俗,丢人现眼……!

才十六岁……!

一个"包打听"的儿子……!

章老头抓起一个祖传的霁红大胆瓶,叭嚓一下,摔得粉碎。

全家上下,鸦雀无声。大舅舅的小女儿三三也都吓得趴在大舅妈的怀里不敢动。

小姨娘直挺挺地跪在大厅里,不哭,不流一滴眼泪,眼睛很黑,很大。

跪了一个多小时。

后来是二嫂子——我的二舅妈拉她起来,扶她到她的屋里。

二舅妈是丹阳人。丹阳是介乎江南和江北之间的地方。她是在上海商业专科学校和二舅舅恋爱,结了婚到本县来的。——我的外公对儿子的前途有他的独特的设想,不叫他们上大学,二舅、三舅都是读的商专。二舅妈是一个典型的古典美人,瓜子脸、一双凤眼,肩削而腰细。她因为和二舅舅热恋,不顾一切,离乡背井,嫁到一个苏北小县的地方家庭来,真是要有一点勇气。她嫁过来已经一年多,但是全家都还把她当作新娘子,当作客人,对她很客气。但是她很寂寞。她在本县没有亲戚,没有同学,也没有朋友,而且和章家人语言上也有隔阂,没有什么可以说说话的人。丈夫——我的二舅舅在县银行工作,早出晚归。只有二舅舅回来,她才有说有笑(他们说的是掺杂了上海话、丹阳话和本地话的混合语言)。二舅舅上班,二舅妈就只有看看小说,写写小字——临《灵飞经》。她爱吹箫,但是在这个空气严肃的家庭里——整天静悄悄的,吹箫,似乎不大合适,她带来的一支从小吹惯的玉屏洞箫,就一直挂在壁上。她是寂寞的。但是这种寂寞又似乎是她所喜欢的。有时章叔芳到她屋里来,陪她谈谈,姑嫂二人,推心置腹,无话不谈。她是自由恋爱结婚的,对小姑子的行为是同情的,理解的,虽然也觉得她太年轻,过于任性。

二嫂子为什么敢于把章叔芳拉起来,扶到自己屋里?因为她知道公爹奈何不得,他不能冲到儿媳妇的屋里去。

章老头在外面跳脚大骂:

"你给我滚出去!滚!敢回来,我打断你的腿!"

老头气得搬了一把竹椅在桑园里一个人坐着,晚饭也不吃。

章叔芳拣了几件衣裳,打了个包袱往外走。外婆塞给她一包她攒下的私房钱,二舅妈把手上戴的一对金镯子抹下来给了她。全家送她。她给妈磕了一个头,对全家大小深深地鞠了三个躬,开了大门。门外已经雇好了一辆黄包车等着,她一脚跨上车,头也不回,走了。

第二天她和宗毓琳就买了船票,回上海。

到上海后给二嫂子来过一封信,以后就再没有消息。

初中的女同学都说章叔芳很大胆,很倔强,很浪漫主义。

过了两年,章老头生病死了,——亲戚们议论,说是叫章叔芳气死的,二哥写信叫她回来看看,说妈很想她。

她回来了,抱着一个孩子。

她对着父亲的灵柩磕了三个头。没哭。

她在娘家住了三个月,住的还是她以前住的房,睡的是她以前睡的床。

我再看见她时她抱了个一岁多的孩子在大厅里打麻将。章老头死后,章家开始打麻将了。二哥、大嫂子,还有一个表姊。她胖了。人还是很漂亮。穿得很时髦,但是有点俗气。看她抱着孩子很熟练地摸牌,很灵巧地把牌打出去,完全像一个包打听人家的媳妇。她的大胆、倔强、浪漫主义全都没有一点影子了。

章家人很精明,他们在新四军快要解放我们家乡的前一年,把全部田产都卖了,全家到南洋去做了生意。因此他们人没有受罪,家产没有损失。听说在南洋很发财。——二舅舅、三舅舅都是学的商业专科学校,懂得做生意。

　　他们是否把章叔芳也接到南洋去了呢?没听说。

　　胡增淑后来在南京读了师范,嫁了一个飞行员。飞行员摔死了,她成了寡妇。有同学在重庆见到她,打扮得花枝招展,还挺媚。后来不知怎么样了。

一九九三年七月九日

露　水

露水好大。小轮船的跳板湿了。

小轮船靠在御码头。

这条轮船航行在运河上已经有几年,是高邮到扬州的主要交通工具。单日由高邮开扬州,双日返回高邮。轮船有三层,底层有几间房舱,坐的是县政府的科长、县党部的委员,杨家、马家等几家阔人家出外就学的少爷小姐,考察河工的水利厅的工程师。房舱贵,平常坐不满。中层是统舱。坐统舱的多是生意买卖人,布店、药店、南货店的二掌柜,给学校采购图书仪器的中学教员……给茶房一点钱,可以租用一张帆布躺椅。上层叫"烟篷",四边无遮挡,风、雨都可以吹进来。坐"烟篷"的大都自己带一块油布,或躺或坐。"烟篷"乘客,三教九流。带着锯子凿子的木匠,挑着锡匠挑子的锡匠,牵着猴子耍猴的,细批流年的江湖术士,吹糖人的,到缫丝厂去缫丝的乡下女人,甚至有"关亡"的、"圆光"的、挑牙虫的。

客人陆续上船,就来了许多卖吃食的。卖牛肉高粱酒的,卖五香茶叶蛋的,卖凉粉的,卖界首茶干的,卖"洋糖百合"的,卖炒花生的。他们从统舱到烟篷来回审,高声叫卖。

轮船拉了一声汽笛,催送客的上岸,卖小吃的离船。不过都知道开船还有一会。做小生意的还是抓紧时间照做,不过把价钱都减下来了一些。两位喝酒的老江湖照样从从容容喝酒,把酒喝干了,才把豆绿酒碗还给卖牛肉高粱酒的。

轮船拉了第二声汽笛,这是真要开了。于是送客的上岸,做小生意的匆匆忙忙,三步两步跨过跳板。

正在快抽起跳板的时候,有两个人逆着人流,抢到船上。这是两个卖唱的,一男一女。

男的是个细高条,高鼻、长脸,微微驼背,穿一件退色的蓝布长衫,浑身带点江湖气,但不讨厌。

女的面黑微麻,穿青布衣裤。

男的是唱扬州小曲的。

他从一个蓝布小包里取出一个细瓷蓝边的七寸盘,一双刮得很光滑的竹筷。他用右手持瓷盘,食指中指捏着竹筷,摇动竹筷,发出清脆的、连续不断的响声;左手持另一只筷子,时时击盘边为节,他的一只瓷盘,两只竹筷,奏出或紧或慢、或强或弱的繁复的碎响,真是"大珠小珠落玉盘"。

> 姐在房中头梳手,
> 忽听门外人咬狗。
> 拾起狗来打砖头,
> 又怕砖头咬了手。
> 从来不说颠倒话,
> 满天凉月一颗星。

"那位说了,你这都是淡话!说得不错。人生在世,不过是几句淡话罢了。等人、钓鱼、坐轮船,这是'三大慢'。不错。坐一天船,难免气闷无聊。等学生给诸位唱几段小曲,解解闷,醒醒脾,冲冲瞌睡!"

他用瓷盘竹筷奏了一段更加紧凑的牌子,清了清嗓子,唱道:

> 一把扇子七寸长,
> 一个人扇风二人凉。
> 松呀,嘣呀。
> 呀呀子沁,

月照花墙。

手扶栏杆口叹一声，

鸳鸯枕上劝劝有情人呀。

一路鲜花休要采吧，

干哥哥，

奴是你的知心着意人哪！

这是短的，他还有些比较长的，《小尼姑下山》、《妓女悲秋》。他的拿手，是《十八摸》，但是除非有人点，一般是不唱的。他有一个经折子，上列他能唱的小曲，可以由客人点唱。一唱《十八摸》，客人就兴奋起来。统舱的客人也都挤到"烟篷"里来听。

唱了七八段，托着瓷盘收钱。给一个铜板、两个铜板，不等，加上点唱的钱，他能弄到五六、七八角钱。

他唱完了，女的唱：

你把那冤枉事对我来讲，

一桩桩一件件，

桩桩件件对小妹细说端详。

最可叹你死在那梦里以内，

高堂哭坏二老爹娘……

这是《枪毙阎瑞生·莲英惊梦》的一段。枪毙阎瑞生是上海实事。莲英是有名的妓女，阎瑞生是她的熟客。阎瑞生把莲英骗到郊外，在麦田里勒死了她，劫去她手上戴的钻戒。案发，阎瑞生被枪毙。这案子在上海很轰动，有人编成了戏。这是时装戏。饰莲英的结拜小妹的是红极一时的女老生露兰春。这出戏唱红了，灌了唱片，由上海 ·直传到里下河。几乎凡有留声机的人家都有这张唱片，大人孩子会唱"你把那冤枉事"。这个女的声音沙哑，不像露兰春那样响堂挂味。她唱的时候没有人听，唱完了也没有多少人给钱。这个女人每次都唱这一段,好像也只会这一段。

唱了一回,客人要休息,他们也随便找个旮旯蹲蹲。

到了邵伯,有些客人下船,新上一批客人,他们又唱一回。

到了扬州,吃一碗虾籽酱油汤面,两个烧饼,在城外小客栈的硬板床上喂一夜臭虫,第二天清早蹚着露水,赶原班轮船回高邮,船上还是卖唱。

扬州到高邮是下水,五点多钟就靠岸了。

这两个卖唱的各自回家。

他们也还有自己的家。

他们的家是"芦席棚子"。芦笆为墙,上糊湿泥。棚顶也以"钢芦柴"(一种粗如细竹、极其坚韧的芦苇)为椽,上覆茅草。这实际上是一个窝棚,必须爬着进,爬着出。但是据说除了大雪天,冬暖夏凉。御码头下边,空地很多,这样的"芦席棚子"是不少的。棚里住的是叉鱼的、照蟹的、捞鸡头米的、串糖球(即北京所说的"冰糖葫芦")的、煮牛杂碎的……

到家之后,头一件事是煮饭。女的永远是糙米饭、青菜汤。男的常煮几条小鱼(运河旁边的小鱼比青菜还便宜),炒一盘咸螺蛳,还要喝二两稗子酒。稗子酒有点苦味,上头,是最便宜的酒。不知道糟房怎么能收到那么多稗子做酒,一亩田才有多少稗子?

吃完晚饭,他们常在河堤上坐坐,看看星,看看水,看看夜渔的船上的灯,听听下雨一样的虫声,七搭八搭地闲聊天。

渐渐地,他们知道了彼此的身世。

男的原来开一个小杂货店,就在御码头下面不远,日子满过得去。他好赌,每天晚上在火神庙推牌九,把一间杂货店输得精光。老婆也跟了别人。他没脸在街里住,就用一个盘子、两根筷子上船混饭吃。

女的原是一个里下河草台班子里唱戏的。草台班子无所谓头牌二牌,派什么唱什么。后来草台班子散了,唱戏的各奔东西。她无处投奔就到船上来卖唱。

"你有过丈夫吗?"

"有过。喝醉了酒栽在大河里,淹死了。"

"生过孩子没有?"

"出天花死了。"

"命苦! ……你这么一个人干唱,有谁要听? 你买把胡琴,自拉自唱。"

"我不会拉。"

"不会拉……这么着吧,我给你拉。"

"你会拉胡琴?"

"不会拉还到不了这个地步。泰山不是堆的。牛×不是吹的。你别把土地爷不当神仙。横的、竖的、吹的、拉的,我都拿得起来。十八般武艺件件精通,——件件稀松。不过给你拉'你把那冤枉事'还是富富有余!"

"你这是真话?"

"哄你叫我掉到大河里喂王八!"

第二天,他们到扬州辕门桥乐器店买了一把胡琴。男的用手指头弹弹蛇皮,弹弹胡琴筒子,担子,拧拧轸子,撅撅弓子,说:"就是它!"买胡琴的钱是男的付的。

第二天回家。男的在胡琴上滴了松香,安了琴码,定了弦,拉了一段西皮,一段二黄,说:"声音不错! ——来吧!"男的拉完了原板过门,女的顿开嗓子唱了一段《莲英惊梦》,引得芦席棚里邻居都来听,有人叫好。

从此,因为有胡琴伴奏,听女的唱的客人就多起来。

男的问女的:"你就会这一段?"

"你真是隔着门缝看人! 我还会别的。"

"都是什么?"

"《卖马》《斩黄袍》……"

"够了! 以后你轮换着唱。"

于是除了《莲英惊梦》,她还唱"店主东,带过了,黄骠马……",

"孤王酒醉桃花宫"。当时刘鸿声大红,里下河一带很多人爱唱《斩黄袍》。唱完了,给钱的人渐渐多起来。

男的进一步给女的出主意。

"你有小嗓没有?"

"有一点。"

"你可以一个人唱唱生旦对儿戏:《武家坡》、《汾河湾》……"

最后女的竟能一个人唱一场《二进宫》。

男的每天给她吊嗓子,她的嗓子"出来"了,高亮打远,有味。

这样女的在运河轮船上红起来了。她得的钱竟比唱扬州小曲的男的还多。

他们在一起过了一个月。

男的得了绞肠痧,折腾一夜,死了。

女的给他刨了一个坟,把男的葬了。她给他戴了孝,在坟头烧钱化纸。

她一张一张地烧纸钱。

她把剩下的纸钱全部投进火里。

火苗冒得老高。

她把那把胡琴丢进火里。

首先发出爆裂的声音的是蛇皮,接着毕卜一声炸开的是琴筒,然后是担子,最后轸子也烧着了。

女的拍着坟土,大哭起来:

"我和你是露水夫妻,原也不想一篙子扎到底。可你就这么走了!

"就这么走了!

"就这么走了!

"你走得太快了!

"太快了!

"太快了!

"你是个好人!

"你是个好人!
"你是个好人哪!"
她放开声音号啕大哭,直哭得天昏地暗,树上的乌鸦都惊飞了。

第二天,她还是在轮船上卖唱,唱"你把那冤枉事对我来讲……"
露水好大。

一九九三年七月三十一日

辜家豆腐店的女儿

豆腐店是一个"店",怎么会有个女儿? 然而螺蛳坝一带的人背后都是这么叫她。或者称作"辜家的女儿"、"豆腐店的女儿"。背后这样的提她,有一种特殊的意味。姓辜的人家很少,这个县里好像就是两三家。

螺蛳坝是"后街",并没有一个坝,只是一片不小的空场。七月十五,这里做盂兰盆会。八九月,如果这年年成好,就有人发起,在平桥上用杉篙木板搭起台来唱戏。约的是里下河的草台戏子,京戏、梆子"两下锅",既唱《白水滩》这样捽"壳子"的武打戏,也唱《阴阳河》这样踩跷的戏。做盂兰盆会、唱大戏,热闹几天,平常这里总是安安静静的。孩子在这里踢毽子,踢铁球,滚钱,抖空竹(本地叫"抖天嗡子")。有时跑过来一条瘦狗,匆匆忙忙,不知道要赶到哪里去干什么。忽然又停下来,竖起耳朵,好像听见了什么。停了一会,又低了脑袋匆匆忙忙地走了。

螺蛳坝空场的北面有几户人家。有两家是打芦席的。每天看见两个中年的女人破苇子,编席。一顿饭工夫,就织出一大片。芦席是为大德生米厂打的。米厂要用很多芦席。东头一家是个"茶炉子",即卖开水的,就是上海人所说的"老虎灶"。一个像柜子似的砖砌的炉子,四角有四个很深的铁铸的"汤罐",满满四罐清水,正中是火眼,烧的是粗糠。粗糠用一个小白铁簸箕倒进火眼,"呼——"火就猛升上来,"汤罐"的水就呱呱地开了。这一带人家用开水——冲茶、烫鸡毛、拆洗被窝,都是上"茶炉子"去灌,很少人家自己烧开水。因为上"茶炉子"灌水很方便,省得费柴费火,烟熏火燎,又用不了多少。

"茶炉子"卖水,不是现钱交易,而是一次卖出一堆"茶筹子"——一个一个长方形的小竹片,一面用铁模子烙出"十文"、"二十文"……灌了开水,给几根茶筹子就行了。"茶炉子"烧的粗糠是成挑的从大德生米厂趸来的。一进"茶炉子",除了几口很大的水缸,一眼看到的便是靠后墙堆得像山一样的粗糠。

螺蛳坝一带住的都是"升斗小民",称得起殷实富户的,是大德生米厂。大德生的东家姓王,街上人都称他王老板。大德生原来的底子就厚实,一盘很大的麻石碾子,喂着两头大青骡子,后面仓里的稻子堆齐二梁。后来王老板把骡子卖了,改用机器碾米,生意就更兴旺了。大德生原是一个米店,改用机器后就改称为"米厂"。这算是螺蛳坝唯一的"工厂"。每天这一带都听得到碾米的柴油机的铁烟筒里发出节奏均匀的声音:蓬——蓬——蓬……

王老板身体很好,五十多岁了,走路还飞快,留一撮乌黑的牙刷胡子,双眼有神。

他的大儿子叫王厚辽,在米厂里量米,记账。他有个外号叫"大呆鹅",看样子也确是有点呆相。

二儿子叫王厚堃,跟一个姓刘的老先生学中医。长得眉清目秀,一表人才。

大德生东墙外住着一个姓薛的裁缝。薛裁缝是个老实人,整天只知道低头做活,穿针引线。他的老婆人称薛大娘。薛大娘跟老头子可不是一样的人,她也"穿针引线",但引的是另外一种线,说白了,就是拉皮条。

大德生门前有一条小巷,就叫作辜家巷,因为巷子里只有一家人家。辜家的后门就开在巷子里,和大德生斜对门,两步就到了。后面是住家,前面是做豆腐的作坊,前店后家。

辜家很穷。

从螺蛳坝到草巷口,有两家豆腐店。豆腐店是发不了财的,但是干了这一行也只有一直干下去。常言说:"黑夜思量千条路,清早起来依旧磨豆腐。"不过草巷口的一家生意不错。一清早卖豆浆,热气腾腾的满满一锅。卖豆腐，四大屉。压百叶，百叶很薄，很白。夏天卖凉粉皮。这凉粉皮是用莴苣汁和的绿豆粉，颜色是浅绿的，而且有一股莴苣香。生意好，小老板两个月前还接了亲。新媳妇坐在磨子一边，往磨眼里注水，加黄豆，头上插一朵大红剪绒的小小的囍字。

相比之下，辜家豆腐店就显得灰暗，残旧，一点生气也没有。每天只做两屉豆腐，有时一屉，有时一屉也没有。没本钱，买不起黄豆。辜老板是病病歪歪的，没有一点精神。

辜老板老婆死得早，没有留下一个儿子，跟前只有一个女儿。

辜家的女儿长得有几分姿色，在螺蛳坝算是一朵花。她长得细皮嫩肉，只是面色微黄，好像是用豆腐水洗了脸似的。身上也有点淡淡的豆腥气。

一天三顿饭，几乎顿顿是炒豆腐渣，不过总得有点油滑滑锅。牵磨的"蚂蚱驴"也得扔给它一捆干草。更费钱的是她爹的病。他每天吃药，王厚堃的师父开的药又都很贵，这位刘先生爱用肉桂，而且旁注："要桂林产者"。每天辜家女儿把药渣倒在路口，对面打芦席和烧茶炉子的大娘看见辜家的女儿在门前倒药渣，就叹了一口气："难！"

大德生的王老板找到薛大娘，说是辜家的日子很难，他想帮他们家一把。

"怎么个帮法？"

"叫他女儿陪我睡睡。"

"什么？人家是黄花闺女，比你的女儿还小一岁！我不干这种缺德事！"

"你去说说看。"

媒人的嘴两张皮，辣椒能说成大鸭梨。七说八说，辜家女儿心里活动了，说："你叫他晚上来吧。"

没想到大呆鹅也找到薛大娘。

王老板是包月，按月给五块钱。

大呆鹅是现钱交易。每次事完，摸出一块现大洋，还要用两块洋钱叮叮当当敲敲，以示这不是灌了铅的"哑板"。

没有不透风的墙,螺蛳坝巴掌大的一块地方,那么多双眼睛,辜家女儿的事情谁都知道了。烧茶炉子、打芦席的大娘指指戳戳,咬耳朵,点脑袋,转眼珠子,撇嘴唇子。大德生的碾米的师傅、量米的伙计议论:"两代人操一张×,这叫什么事!"——"船多不碍港,客多不碍路,一个羊也是放,两个羊也是赶,你管他是几代人!"

辜家的女儿身体也不好,脸上总是黄白黄白的,她把王厚堃请到屋里看病。王厚堃给她号了脉,看了舌苔,开了脉案,大体说是气血两亏,天癸不调……辜家女儿问什么是"天癸不调",王厚堃说就是月经不正常。随即写了一个方子,无非是当归、枸杞之类。

王厚堃站起身来要走,辜家女儿忽然把门闩住,一把抱住了王厚堃,把舌头吐进他的嘴里,解开上衣,把王厚堃的手按在胸前,让他摸她的奶子,含含糊糊地说:"你要要我、要要我,我喜欢你,喜欢你……"

王厚堃没有想到她会这样,只好和她温存了一会,轻轻地推开了她,说:"不行。"

"不行?"

"我不能欺负你。"

王厚堃给她掩了前襟,扣好纽子,开门走了。

王厚堃悬崖勒马,也因为他就要结婚了,他要保留一个童身。

过了两个月,王厚堃结婚了。花轿从辜家豆腐店门前过,前面吹着唢呐,放着三眼铳。螺蛳坝的人都出来看花轿,辜家的女儿也挤在人丛里看。

花轿过去了,辜家的女儿坐在一张竹椅上,发了半天呆。忽然她奔到自己的屋里,伏在床上号啕大哭。哭的声音很大,对面烧茶炉子的和打芦席的大娘都听得见,只是听不清她哭的是什么。三位大娘听得心里也很难受,就相对着也哭了起来,哭得稀溜稀溜的。

辜家的女儿哭了一气,洗洗脸,起来泡黄豆,眼睛红红的。

一九九四年二月十五日

薛 大 娘

薛大娘是卖菜的。

她住在螺蛳坝南面,占地相当大,房屋也宽敞,她的房子有点特别,正面、东西两边各有三间低低的瓦房,三处房子各自独立,不相连通。没有围墙,也没有院门,老远就能看见。

正屋朝南,后枕臭河边的河水。河水是死水,但并不臭;当初不知怎么起了这么一个地名。有时雨水多,打通螺蛳坝到越塘之间的淤塞的旧河,就成了活水。正屋当中是"堂屋",挂着一轴"家神菩萨"的画。这是逢年过节磕头烧香的地方,也是一家人吃饭的地方。正屋一侧是薛大娘的儿子大龙的卧室,另一侧是贮藏室,放着水桶、粪桶、扁担、勺子、菜种、草灰。正屋之南是一片菜园,种了不少菜。因为土好,用水方便——下河坎就能装满一担水,菜长得很好。每天上午,从路边经过,总可以看到大龙洗菜、浇水、浇粪。他把两桶稀粪水用一个长柄的木勺子扇面似的均匀地洒开。太阳照着粪水,闪着金光,让人感到:这又是新的一天了。菜园的一边种了一畦韭菜,垄了一畦葱还有几架宽扁豆。韭菜、葱是自家吃的,扁豆则是种了好玩的。紫色的扁豆花一串一串,很好看。种菜给了大龙一种快乐。他二十岁了,腰腿矫健,还没有结婚。

薛大娘的丈夫是个裁缝,人很老实,整天没有几句话。他住东边的三间,带着两个徒弟裁、剪、缝、连、锁边、打纽子。晚上就睡在这里。他在房事上不大行。西医说他"性功能不全",有个江湖郎中说他"只能生子,不能取乐"。他在这上头也就看得很淡,不大有什么欲望。他很少向薛大娘提出要求,薛大娘也不勉强他。自从生了大龙,两口子就不大同房,实际上是分开过了。但也是和和睦睦的,没有听到过他们吵架。

薛大娘自住在西边三间里。

她卖菜。

每天一早,大龙把青菜起出来,削去泥根,在两边扁圆的菜筐里码好,在臭河边的水里濯洗干净,薛大娘就担了两筐菜,大步流星地上市了。她的菜筐多半歇在保全堂药店的廊檐下。

说不准薛大娘的年龄。按说总该过四十了,她的儿子都二十岁了嘛。但是看不出。她个子高高的,腰腿灵活,眼睛亮灼灼的。引人注意的是她一对奶子,尖尖耸耸的,在蓝布衫后面顶着。还不像一个有二十岁的儿子的人。没有人议论薛大娘好看还是不好看,但是她眉宇间有点英气。算得上是个一丈青。

她的菜肥嫩水足。很快就卖完了。卖完了菜,在保全堂店堂里坐坐,从茶壶焐子里倒一杯热茶,跟药店的"同事"说说话。然后上街买点零碎东西,回家做饭。她和丈夫虽然分开过,但并未分灶,饭还在一处吃。

薛大娘有个"副业",给青年男女拉关系——拉皮条。附近几条街上有一些"小莲子"——本地把年轻的女佣人叫作"小莲子",她们都是十六七、十七八,都是从农村来的。这些农村姑娘到了这个不大的县城里,就觉得这是花花世界。她们的衣装打扮变了。比如,上衣掐了腰,合身抱体,这在农村里是没有的。她们也学会了搽脂抹粉。连走路的样子都变了,走起来扭扭答答的。不少小莲子认了薛大娘当干妈。

街上有一些风流潇洒的年轻人,本地叫作"油儿"。这些"油儿"的眼睛总在小莲子身上转。有时跟在后面,自言自语,说一些调情的疯话:"花开花谢年年有,人过青春不再来";"易求无价宝,难得有情郎"。小莲子人都脸色矜持,不理他。跟的次数多了,不免从眼角瞟几眼,觉得这人还不讨厌,慢慢地就能说说话了。"油儿"问小莲子是哪个乡的人,多大了,家里还有谁。小莲子都小声回答了他。

"油儿"到觉得小莲子对他有点意思了,就找到薛大娘,求她把小莲子弄到她家里来会会。薛大娘的三间屋就成了"台基"——本地把提供男女欢会的地方叫作"台基"。小莲子来了,薛大娘说:"你们好好谈吧,"就把门带上,从外面反锁了。她到熟人家坐半天,有一搭无一搭地聊聊,估计时间差不多了才回来开锁推门。她问小莲子"好么?"小莲子满脸通红,低了头,小声说:"好,"——"好,以后常来。不要叫主家发现,扯个谎,就说在街上碰到了舅舅,陪他买了会东西。"

欢会一次,"油儿"总要丢下一点钱,给小莲子,也包括给大娘的酬谢。钱一般不递给小莲子手上,由大娘分配。钱多钱少,并无定例。但大体上有个"时价"。臭河边还有一处"台基",大娘姓苗。苗大娘是要开价的。有一次一个"油儿"找一个小莲子,苗大娘索价二元。她对这两块钱作了合理的分配,对小莲子说:"枕头五毛炕五毛,大娘五毛你五毛。"

薛大娘拉皮条,有人有议论。薛大娘说:"他们一个有情,一个愿意,我只是拉拉纤,这是积德的事,有什么不好?"

薛大娘每天到保全堂来,和保全堂上上下下都很熟。保全堂的东家有一点很特别,他的店里不用本地人,从上到下:管事(经理)、"同事"(本地把店员叫"同事")、"刀上"(切药的)乃至挑水做饭的,全都是淮安人。这些淮安人一年有一个月假期。轮流回去,做传宗接代的事,其余十一个月吃住都在店里。他们一年要打十一个月的光棍。谁什么时候回家,什么时候假满回店,薛大娘了如指掌。她对他们很同情,有心给他们拉拉纤,找两个干女儿和他们认识,但是办不到。这些"同事"全都是拉家带口,没有余钱可以做一点风流事。

保全堂调进一个新"管事"——老"管事"刘先生因病去世了,是从万全堂调过来的。保全堂、万全堂是一个东家。新"管事"姓吕,街上人都称之为吕先生,上了年纪的则称之为"吕三"——他行三,原是万全堂的"头柜",因为人很志诚可靠,也精明能干,被东家看中,调过来了。按规矩,当了"管事",就有"身股",或称"人股",算是股东之一。年底可以分红,因此"管事"都很用心尽职。

也是缘分,薛大娘看到吕三,打心里喜欢他。吕三已经是"管事"了,但岁数并不大,才三十多岁。这样年轻就当了管事的,少有。"管事"大都是"板板六十四"的老头,"同事"、学生意的"相公"都对"管事"有点害怕。吕先生可不是这样,和店里的"同事"、来闲坐喝茶的街邻全都有说有笑,而且他的话都很有趣。薛大娘爱听他说话,爱跟他说话,见了他就眉开眼笑。薛大娘对吕先生的喜爱毫不遮掩。她心里好像开了一朵花。

吕三也像药店的"同事"、"刀上",每年回家一次,平常住在店里。他一个人住在后柜的单间里。后柜里除了现金、账簿,还有一些贵重的药:犀牛角、鹿茸、高丽参、藏红花……

吕先生离开万全堂到保全堂来了,他还是万全堂的老人,有时有事要和万全堂的"管事"老苏先生商量商量,请教请教。从保全堂到万全堂,要经过臭河边,经过薛大娘的家。有时他们就做伴一起走。

有一次,薛大娘到了家门口,对吕三说:"你下午上我这儿来一趟。"

吕先生从万全堂办完事回来,到了薛家,薛大娘一把把他拉进了屋里。进了屋,薛大娘就解开上衣,让吕三摸她的奶子。随即把浑身衣服都脱了,对吕三说:"来!"

她问吕三:"快活吗?"——"快活。"——"那就弄吧,痛痛快快地弄!"薛大娘的儿子已经二十岁,但是她好像第一次真正做了女人。

好事不出门,坏事传千里,薛大娘和吕三的事渐渐被人察觉,议论纷纷。薛大娘的老姊妹劝她不要再"偷"吕三,说:

"你图个什么呢?"

"不图什么,我喜欢他。他一年打十一个月光棍,我让他快活快活,——我也快活,这有什么不对? 有什么不对? 谁爱嚼舌头,让她们嚼去吧!"

薛大娘不爱穿鞋袜,除了下雪天,她都是赤脚穿草鞋,十个脚趾舒舒展展,无拘无束。她的脚总是洗得很干净。这是一双健康的,因而是很美的脚。

薛大娘身心都很健康。她的性格没有被扭曲、被压抑。舒舒展展,无拘无束。这是一个彻底解放的,自由的人。

一九九五年九月二十二日

名士和狐仙

　　杨渔隐是个怪人。怪处之一,是不爱应酬。杨家在县里是数一数二的高门望族,功名奕世,很是显赫。杨渔隐的上一代曾经是一门三进士,实属难得。杨家人口多,共八房。杨家子弟彼此住得很近,都是深宅大院。门外有石鼓,后园有紫藤、木香。他们常来常往,遇有年节寿庆,都要相互宴请。上一顿的肴核才撤去,下一顿的席面即又铺开。照例要给杨渔隐送一回"知单"请大爷过来坐坐(杨渔隐是大房),杨渔隐抓起笔来画了一个字:"谢",意思是不去。他的堂兄堂弟知道他的脾气,也不再派人催请。杨渔隐住的地方比较偏僻,地名大淖大巷。一个小小的红漆独扇板扉,不像是大户人家的住处。这是一个侧门,想必是另有一座大门的,但是大门开在什么方向,却很少人知道。便是这扇侧门也整天关着,好像里面没有住人。只有厨子老王到大淖挑水,老花匠出来挖河泥(栽花用),女佣人小莲子上街买鱼虾菜蔬,才打开一会儿。据曾经向门里窥探过的人说:这座房子外面看起来很朴素,里面的结构装修却是很讲究的,而且种了很多花木。杨渔隐怎么会住到这么一个地方来? 也许这是祖上传下来的一所别业,也许是杨渔隐自己挑中的,为了清静,可以远离官衙闹市。

　　杨渔隐很少出来,有时到南纸店去买一点纸墨笔砚,顺便去街上闲走一会儿,街坊邻居就可以看到"大太爷"的模样。他长得微胖,稍矮,很结实,留着一把乌黑的浓髯,双目炯炯有神。

　　杨渔隐不爱理人,有时和一个邻居面对面碰见了,连招呼都不打一个。因此一街人都说杨渔隐架子大,高傲。这实在也有点冤枉了杨渔隐,他根本不认识你是谁!

杨渔隐交游不广，除了几个做诗的朋友，偶然应渔隐折简相邀，到他的书斋里吟哦唱和半天，是没有人敲那扇红漆板扉的。

杨渔隐所做的一件极大的怪事，是他和女佣人小莲子结了婚。

这地方把年轻的女佣人叫作"小莲子"。小莲子原来是伺候杨渔隐夫人的病的。杨渔隐的夫人很喜欢她，一见面就觉得很投缘。杨渔隐的夫人得的是肺痨，小莲子伺候她很周到，给她煎药、熬燕窝、煮粥。杨夫人没有胃口，每天只能喝一点晚米稀粥，就一碟京冬菜。她在床上躺了三年，一天不如一天。她知道没有多少日子了，就叫小莲子坐在床前的机凳上，跟小莲子说："我不行了。我死后，你要好好照顾老爷。这样我就走得放心了。我在地下会感激你的。"小莲子含泪点头。

杨夫人安葬之后，小莲子果然对杨渔隐伺候得很周到。每逢换季，单夹皮棉，全都准备好了。冬天床上铺了厚厚的稻草，夏天换了凉席。杨渔隐爱吃鱼，小莲子很会做鱼。鳊、鲦、清蒸、氽汤、不老不嫩，火候恰到好处。

日长无事，杨渔隐就教小莲子写字(她原来跟杨夫人认了不少字)，小字写《洛神赋》，教她读唐诗，还教她做诗。小莲子非常聪明，一学就会。杨渔隐把小莲子的窗课拿给他的做诗的朋友看，他们都大为惊异，连说："诗很像那么回事，小楷也很娟秀，真是有夙慧！夙慧！"

杨渔隐经过长期考虑，跟小莲子提出，要娶她。"你跟我那么久，我已经离不开你；外人也难免有些闲话。我比你大不少岁，有点委屈了你。你考虑考虑。"小莲子想起杨夫人临终的嘱咐，就低了头说："我愿意。"

把房屋裱糊了一下，请诗友写了几首催妆诗，贴在门后，就算办了事。杨渔隐请诗友们不要把诗写得太"艳"，说："我这不是扶正，更不是纳宠，是明媒正娶地续弦，小莲子的品格很高，不可亵玩！"

杨渔隐娶了小莲子，在他们亲戚本家、街坊邻居间掀起了轩然大波。他们认为这简直是岂有此理！这是杨渔隐个人的事，碍着别人什么了？然而他们愤愤不平起来，好像有人踩了他的鸡眼。这无非是身份门第间的观念作怪。如果杨渔隐不是和小莲子正式结婚，而是娶小莲子为妾，他们就觉得这可以，这没有什么，这行！杨渔隐对这些议论纷纷、沸沸扬扬，全不理睬。

杨渔隐很爱小莲子，毫不避讳。他时常揆着小莲子的手，到文游台凭栏远眺。文游台是县中古迹，苏东坡、秦少游诗酒流连的地方，西望可见运河的白帆从柳树梢头缓缓移过。这地方离大淖很近，几步就到了。若遇到天气晴和，就到西湖泛舟。有人说："这哪里是杨渔隐，这是《儒林外史》里的杜少卿！"

杨渔隐忽然得了急病。一只筷子掉到地上，他低头去捡，一头栽下去就没有起来。

小莲子痛不欲生，但是方寸不乱，她把杨渔隐的过继侄子请来，商量了大爷的后事。根据杨渔隐生前的遗志，桐棺薄殓，送入杨氏祖茔安葬，不在家里停灵。

送走了大爷，小莲子觉得心里空得很。她整天坐在杨渔隐的书房里，整理大爷的遗物：藏书法帖、古玩字画，蕉叶白端砚、田黄鸡血图章，特别是杨渔隐的诗稿，全部装订得整整齐齐，一首不缺。

小莲子不见了！不知道她是什么时候走的。厨子老王等了她几天，也不见她回来。老花匠也不见了。老王禀告了杨渔隐的过继侄儿，杨家来人到处看了看，什么东西都井井有条，一样不缺。书桌上留下一把泥金折扇，字是小莲子手写的。"奇怪！"杨家的本家叔侄把几扇房门用封条封了，就带着满脸的狐疑各自回家。厨子老王把泥金扇偷偷掖了起来，倒了一杯酒，反复看这把扇子，他也说："奇怪！"

老王常在晚上到保全堂药铺找人聊天。杨家出了这样的事，他一到保全堂，大家就围上他问长问短。老王把他所知道的一五一十都说了。还把那把折扇拿出来给大家看。

座客当中有一个喜欢白话的张汉轩，此人走南闯北，无所不知，是个万事通。他把小莲子写的泥金折扇拿在手里翻来覆去地看，一边摇头晃脑，说："好诗！好字！"大家问他："张老，你对杨家的事是怎么看的?"张汉轩慢条斯理地说:"他们不是人。"——"不是人?"——"小莲子不是人。小莲子学做诗,学写字,时间都不长,怎么能得如此境界? 诗有点女郎诗的味道,她读过不少秦少游的诗,本也无足怪。字,是至玉版十三行,我们县能写这种字体的小楷的,没人!老花匠也不是人。他种的花别人种不出来。牡丹都起楼子,荷花是'大红十八瓣',还都勾金边,谁见过?"

"他们都不是人,那,是什么?"

"是狐仙。——谁也不知道他们是从哪里来的,又向何处去了。飘然而来,飘然而去,不是狐仙是什么?"

"狐仙?"大家对张汉轩的高见将信将疑。

小莲子写在扇子上的诗是这样的:

三十六湖蒲荇香,

侬家旧住在横塘,

移舟已过琵琶闸,

万点明灯影乱长。

这需做一点解释:高邮西边原有三十六口小湖,后来汇在一处,遂成巨浸,是为高邮湖。琵琶闸在南门外,是一个码头。

礼俗大全

这条河叫准提河，因为河上巷子里有一个小庵准提庵。这条巷子也就叫准提巷。出准提河，在准提河上有一道砖桥，叫准提桥。准提桥是平桥，铺着立砖，两边白石栏杆。挺好看的。下雨天，雨水从准提巷流出来，流过桥面。这时候没有多少行人来往。偶尔听到钉鞋穿过巷子的声音，由近而远，让人觉得很寂寞。

这是一条不宽的河，孩子打水漂，噌噌噌噌，瓦片可以横越河面，由北边到南边，到河边一直窜到岸上。

吕虎臣住在河南边，挨着准提庵。河南边就只有这一家，单门独院，四面不挨人家。谁都知道，这是吕家，吕虎臣家。孩子都知道。

吕家人口简单。吕虎臣中年丧妻，没有再娶。没有儿子，只有个女儿。女儿叫吕蕊，小时候放鞭炮，崩瞎了一只左眼。因此整天戴了深蓝色的卵形眼镜。有个女婿叫李成模，菱塘桥人。女婿不是招赘的，而是从小和吕蕊订了婚，为了考大学，复习功课住到丈人家来的。小两口很亲热。吕蕊很好看，缺了一只眼睛还是很好看。他们每天都在门前闲眺，看人打鱼，日子过得很舒心自在。有一次互相打闹，吕蕊在李成模屁股上踢了一脚。正好吕虎臣从外面回来，装得很生气："玩归玩，闹归闹，哪有这样闹法！叫过路人看见了笑话！"吕蕊和李成模一伸舌头。

吕虎臣在家的时候少，在外面的时候多。

河北岸，正对着准提巷，是方家。方家的大人去世早，留下一儿一女，兄妹二人相依为命。哥哥方继淦在一个工厂当会计。抗战爆发后随厂到了重庆。妹妹方景心高气傲,一心想读大学,但读了初中,就没有再升学,留在家乡,在一个电话公司当接线员(由于吕虎臣的介绍),她很不甘心。而且医生发现她得了肺结核:全身无力,每天下午面色潮红,有时还咯两口血。她连班都上不了了,只好在家休养。吕虎臣和方家是亲戚,又和方景的父亲同过学(都是邑中名士杨渔隐的学生),对方景很关心。方景爱靠在栏杆上看准提河的水,一看半天。吕虎臣看见,总要走过去安慰她几句,他怕方景会一时想不开。方景看看吕虎臣,说:"大姨夫(她总是叫吕虎臣大姨夫),我不会跳下去的!您放心!"——"那好,那好!你不要灰心,你的日子还长着哪!等身体好了,你还可以飞得高高的!"——"谢谢你大姨夫!"吕虎臣知道方景生活艰难,只靠哥哥辗转托人带一点钱来,有时给她一点帮助。看病的诊费、买药的药钱都由吕虎臣代付了(写在吕虎臣的账上了)。

方景长得黑黑的,眉毛、眼睫毛都很重,眼睛亮晶晶的,走路时脑袋爱往一边偏,是个很好看的黑姑娘。

吕虎臣和城里的几大户,马家、杨家、孙家都是亲戚,时常走动。尤其和孙家是至亲。孙家有什么事,婚丧嫁娶,需要吕虎臣来借箸代筹,一请就到,不请也到。吕虎臣对孙家的世谊姻亲,了如指掌。一切想得很周到,绝对落不了褒贬。他和孙家男女上下都非常熟悉。孙家的姑奶奶都跟他很亲热,爱听他说话。姑奶奶都叫他"虎臣大哥"。吕虎臣有点齉鼻子,说话瓮声瓮气,但是听起来很诚恳。

这孙家是有点特别的人家。既不像马家一样是冠盖如云的大绅士,也不像杨家功名奕世,出过几个进士,他家有些田产,并不很多,但是盖的房子却很讲究。东西两座大厅,磨砖对缝,厅前是一处很大的白矾石的天井。靠东围墙是一间大书房,平常不用;靠西一间小书房,壁隔里摆着古玩瓶盘,是四姑奶奶的绣房,这是名副其实的"绣房",四姑奶奶不久即将出嫁,她整天在小书房里绣花。

孙老头儿名莜波,但是满城人都叫他"孙小辫",因为他一直留着一条黄不黄白不白的小辫子,辫根还要系一截红头绳。

孙小辫不喜欢花鸟虫鱼,却喂了一对鹤——灰鹤。这对灰鹤在四姑奶奶绣房后面的假山跟前老是踱来踱去,时不时停下来剔剔翎毛,从泥里搜出一根蚯蚓,吃掉。孙家总是很安静,四姑奶奶飞针走线,绣花针插进绣绷的声音都听得很清楚。

孙莜波的另一特别处是把一位名士宣瘦梅请到家里来教女儿读书。这位宣先生能诗能画,终身不应科举。他教女学生不是读"女四书"之类,而是诗词歌赋。孙家的女儿都能通背《长恨歌》、《琵琶行》、《董西厢》:

> 碧云天,
> 黄花地,
> 秋风紧,
> 北雁南飞,
> 晓来谁染霜林醉?
> 都是离人泪。

孙家女儿都有点多愁善感。孙小辫为什么让宣先生教女儿这些东西,令人百思不得其解。但是男女老少又都会背一篇东西。这篇东西说古文不是古文,说诗词不是诗词,说道情不是道情,不俗不雅,不文不白,是一种奇怪的文体:

> 三子三鼎甲,
> 五婿五传胪。
> 鼎甲本不贵,
> 贵的是三子三鼎甲;
> 传胪本不难,
> 难的是五婿五传胪。

> 齐家治国平天下，
>
> 儿辈承当。
>
> 这些事，
>
> 老夫也管些儿个：
>
> 竹篱石井，
>
> 鹤食猴粮。

这算是什么东西呢？是谁的作品？不知道。有人说这是孙莜波作，经宣瘦梅润色过的。这表达了谁的思想？是孙莜波的还是宣瘦梅的？不知道。但是孙家男女老少全都会摇头晃脑地高声背诵，俨然这写的就是孙家。怎么可能呢？"三子三鼎甲"、"五婿五传胪"，哪里会有这样的人家！这只能说是孙莜波的白日梦，或孙家一家的白日梦。孙家不是书香世家，却以世家自居。几个姑奶奶尤其是这样，说起话来引经据典，咬文嚼字，似乎很高雅。女人而说"雅言"叫人很反感。

孙莜波得了一种怪病，两脚不能下地，一着地就疼得不得了。找了几个医生，内科、外科切脉服药，都不见效。吕虎臣来看他，孙莜波说："这是无名之病，势将不治矣！"吕虎臣叫他把袜子脱了，看了看，说："嘻！"原来是他平常不洗脚，洗脚也不剪趾甲，趾甲反屈弯曲，抠进了脚心，那着地还有不疼的？吕虎臣到澡堂里请来一位修脚师傅，师傅用几把刀给他修了脚，他下地走了几步，没事了！

不久，孙莜波真的病了。没几天就呜呼哀哉，伏维尚飨了。也没有什么大病，心力衰竭，老死的。盛殓之后，因为日本人已经打到离县城不远，兵荒马乱，难以成礼，经子女亲戚计议，决定移柩三垛镇，六七开吊。当然得惊动吕虎臣。吕虎臣头两天就到了三垛，料理一切。

吕虎臣是个礼俗大全，亲戚朋友家有婚丧嫁娶，必须请他到场，擘画斟酌。

做寿倒没他什么事,他只是看看寿堂:这家有一幅吕纪的豹(报)喜图应该挂在正面、寿屏的次序有没有挂错、寿联的上下联颠倒了没有、陈曼生汪琬的对联应该分挂在不同地方;来客应于何处侍茶、何处吸(鸦片)烟,都得安排妥当了。开宴时席位的尊卑长幼更得有个讲究。吕虎臣左顾右盼,添酒布菜,三杯寿酒是绝对喝不安生的。

办喜事,吕虎臣事不多。找一个胖小子押轿;花轿到门,姑爷射三箭;新娘子跨火、过马鞍……直到坐床撒帐,这都是由姑奶奶、姨奶奶张罗,属于"妈妈令",吕虎臣只关心一件事,找一位"全福太太"点燃龙凤喜烛。"全福太太"即上有公婆父母,下有儿女的那么一个胖乎乎的半大老太太。这样的"全福人"不大好找。吕虎臣早就留心,道一声"请",全福太太就带点腼腆,款款起身,接过纸媒子,把喜烛点亮,于是洞房里顿时辉煌耀眼,喜气洋洋。

最麻烦复杂的是办丧事。一到三垛,进了门,吕虎臣就问:"已经请了李棻了没有?"——"请了,请了! 明天上午派船,三老爷擦黑准到!"——"那好,要派妥当的人去!"——"没错您哪!"——"准备云土!"——"是!"

李棻抽大烟,而且必须是云土。

吕虎臣第一件事是用一张白宣纸,裁成四指宽、一尺多长,写了三个扁宋体的字:"盥洗处",贴好了,检查检查"初献、亚献、终献"的金漆小木屏,察看了由敞厅到灵堂的道路,想了想遗漏了什么事。

"开吊"有点像演戏。"初献"、"亚献"、"终献",各有其人。礼生执金漆小屏前导,司献戚友踱方步至灵前"拜"——"兴",退出。"亚献"、"终献"亦如此。这当中还要有"进曲",一名鼓手执荸荠鼓,唱曲一支,内容多是神仙道化,感叹人世无常;另有二鼓手吹双笛随。以后是"读祝",即读祭文,祭文不知道为什么叫作"祝"。礼生高唱:"读祝者祝",一个嗓音清亮,声富表情的亲戚(多半是本地才子)就抑扬顿挫,感慨唏嘘地朗读起来。有人读祝有名,读到沉痛婉转处可令女眷失声而哭。其实"祝"里说的是什么,她们根本不知道,只是各哭其所哭。"祝"里许多词句是通用的,可以用之于晴雯,也可以用之于西门庆。

"开吊"最庄严肃穆的一个节目是"点主"。"神主"枣木牌位上原来只写某某之"神王",主字上面一点空着,经过一"点",显考或显妣的灵魂就进入牌内,以后这小木牌就成了显考显妣们的代表。点主要请一位官大功高的耆宿。李菉是常被请的。他点过翰林,在本县可说是最高功名。他脸上有几颗麻子,仆人们都叫他"李三麻子",因为他架子大,很不好伺候。

礼生高唱:"凝神——想象,请加墨主!"李菉就用一支新笔舔了墨在"神王"上点了一个瓜子点。"凝神,想象,请加朱主。"李三麻子用白芨调好的朱砂,盖在"墨主"上。于是礼成。

"凝神——想象"这是开吊所用的最叫人感动、最富人情味的最艺术的语言,其余的都只是照章办事,行礼如仪而已。

孙筱波的丧事把吕虎臣累得够呛。没想到这是他一生中操办的最后一件丧事。

吕虎臣送客回来,摔了一跤,当时口眼歪斜,中风失语。他自己知道,这一回势将不救。——他曾经中过一次风,这回是复发了。中风最怕复发。他脑子还清楚,也还能含含糊糊,断断续续交代几句后事:

> 时值兵燹,人心惶惶,不要惊动亲友,殓以常服,薄葬,
> 入土为安;
> 不要通知吕蓁。吕蓁已经结婚怀孕,在菱塘桥婆婆家
> 生孩子,
> 不能受刺激,等她生养休息后再慢慢告诉她;
> 遗著一卷,有机会刻印若干本送人。

他的遗著是:

　　吕蕤回来,看到父亲的新坟,扑上去号啕大哭,把坟土都湿了一圈,怎么劝也劝不住。

　　陪着吕蕤一起哭的,是方景。

一九九六年十月五日

侯银匠

白果子树，开白花，
南面来了小亲家。
亲家亲家你请坐，
你家女儿不成个货。
叫你家女儿开开门，
指着大门骂门神。
叫你家女儿扫扫地，
拿着笤帚舞把戏。
……

侯银匠店是个不大点的小银匠店。从上到下，老板、工匠、伙计，就他一个人。他用一把灯草浸在油盏里，又用一个弯头的吹管把银子烧软，然后用一个小锤子在一个铜模子或一个小铁砧上丁丁笃笃敲打一气，就敲出各种银首饰。麻花银镯，小孩子虎头帽上钉的银罗汉、银链子、发蓝簪子、点翠簪子……侯银匠一天就这样丁丁笃笃地敲，戴着一副老花镜。

侯银匠店特别处是附带出租花轿。有人要租，三天前订好，到时候就由轿夫抬走。等新娘拜了堂，再把空轿抬回来。这顶花轿平常就停在屏门前的廊檐上，一进侯银匠家的门槛就看得见。银匠店出租花轿，不知是一个什么道理。

侯银匠中年丧妻，身边只有一个女儿，他这个女儿很能干。在别的同年的女孩子还只知道梳妆打扮、抓子儿、踢毽子的时候，她已经把家务全撑了起来。开门扫地、掸土抹桌、烧茶煮饭、浆洗缝补,事事都做得很精到。她小名叫菊子,上学之后学名叫侯菊。街坊四邻都很羡慕侯银匠有这么个好女儿,有的女孩子躲懒贪玩,妈妈就会骂一句:"你看人家侯菊!"

一家有女百家求,头几年就不断有媒人来给侯菊提亲。侯银匠总是说:"孩子还小,孩子还小!"千挑选万挑选,侯银匠看定了一家。这家姓陆,是开粮行的。弟兄三个,老大老二都已经娶了亲,说的是老三。侯银匠问菊子的意见,菊子说:"爹作主!"侯银匠拿出一张小照片让菊子看,菊子噗噗一声笑了。"笑什么?"——"这个人我认得! 他是我们学校的老师,教过我英文。"从菊子的神态上,银匠知道女儿对这个女婿是中意的。

侯菊十六那年下了小定。陆家不断派媒人来催侯银匠早点把事办了。三天一催,五天一催。陆家老三倒不着急,着急的是老人。陆家的大儿媳妇,二儿媳妇进门后都没有生养,陆老头子想三媳妇早进陆家门,他好早一点抱孙子。三天一催,五天一催,侯菊有点不耐烦说:"总得给人家一点时间准备准备。"

侯银匠拿出一堆银首饰叫菊子自己挑。菊子连正眼都不看,说:"我都不要! 你那些银首饰都过了时。现在只有乡下人才戴银镯子、发蓝簪子、点翠簪子,我往哪儿戴,我又不梳髻! 你那些银五半半现在人都不知道是干什么用的!"侯银匠明白了,女儿是想要金的。他搜罗了一点金子给女儿打了一对秋叶形的耳坠、一条金链子、一个五钱重的戒指。侯菊说:"不是我稀罕金东西。大嫂子、二嫂子家里都是有钱的,金首饰戴不完。我嫁过去,有个人来客往的,戴两件金的,也显得不过于寒碜。"侯银匠知道这也是给当爹的做脸,于是加工细做,心里有点甜,又有点苦。

爹问菊子还要什么,菊子指指廊檐下的花轿,说:"我要这顶花轿。"

"要这顶花轿? 这是顶旧花轿,你要它干什么?"

"我看了看,骨架都还是好的,这是紫檀木的,我会把它变成一顶新的！"

侯菊动手改装花轿，买了大红缎子、各色丝绒，飞针走线，一天忙到晚。轿顶绣了丹凤朝阳，轿顶下一圈鹅黄丝线流苏走水。"走水"这词儿想得真是美妙，轿子一抬起来，流苏随轿夫脚步轻轻地摆动起伏，真像是水在走。四边的帏子上绣的是八仙庆寿。最出色的是轿前的一对飘带，是"纳锦"的。"纳"的是两条金龙，金龙的眼珠是用桂圆核剪破了钉上去的（得好些桂圆才能挑得出四只眼睛），看起来乌黑闪亮。她又请爹打了两串小银铃，作为飘带的坠脚。轿子一动，银铃碎响。轿子完工，很多人都来看，连声称赞："菊子姑娘的手真巧，也想得好！"

转过年来，春暖花开，侯菊就坐了这顶手制的花轿出门。临上轿时，菊子说了声："爹！您多保重。"鞭炮一响，老银匠的眼泪就下来了。

花轿没有再抬回来，侯菊把轿子留下了。这顶簇新的花轿就停在陆家的廊檐下。

侯菊有侯菊的打算。

大嫂、二嫂家里都有钱。大嫂子娘家有田有地，她的嫁妆是金堂红木，压箱底一张田契，这是她的陪嫁。二嫂子娘家是开糖坊的。侯菊有什么呢？她有这顶花轿。她把花轿出租。全城还有别家出租花轿，但都不如侯菊的花轿鲜亮，接亲的人家都愿意租侯菊的花轿。这样她每月都有进项。她把钱放在迎桌抽屉里。这是她的私房钱，她想怎么花就怎么花。她对新婚的丈夫说："以后你要买书订杂志，要用钱，就从这抽屉里拿。"

陆家一天三顿饭都归侯菊管起来。大嫂子、二嫂子好吃懒做，饭摆上桌，拿碗盛了就吃，连洗菜剥葱，刷锅、刷碗都不管。陆家人多，众口难调。老大爱吃硬饭，老二爱吃软饭，公公婆婆爱吃焖饭，各人吃菜爱咸爱淡也都不同。侯菊竟能在一口锅里煮出三样饭，一个盘子里炒出不同味道的菜。

公公婆婆都喜欢三儿媳妇。婆婆把米柜的钥匙交给了她，公公连粮行账簿都交给了她,她实际上成了陆家的当家媳妇。她才十七岁。

侯银匠有时以为女儿还在身边。他的灯碗里油快干了,就大声喊:"菊子!给我拿点油来!"及至无人应声,才一个人笑了:"老了!糊涂了!"

女儿有时提了两瓶酒回来看看他,椅子还没有坐热就匆匆忙忙走了。侯银匠想让女儿回来住几天,他知道这办不到,陆家一天也离不开她。

侯银匠常常觉得对不起女儿,让她过早地懂事,过早地当家。她好比一树桃子,还没有开花,就结了果子。

女儿走了,侯银匠觉得他这个小银匠店大了许多,空了许多。他觉得有些孤独,有些凄凉。

侯银匠不会打牌,也不会下棋,他能喝一点酒,也不多,而且喝的是慢酒。两块从连万顺买来的茶干,二两酒,就够他消磨一晚上。侯银匠忽然想起两句唐诗,那是他錾在"一封书"样式的银簪子上的(他记得的唐诗并不多)。想起这两句诗,有点文不对题:

姑苏城外寒山寺,
夜半钟声到客船。

黄油烙饼

萧胜跟着爸爸到口外去。

萧胜满七岁,进八岁了。他这些年一直跟着奶奶过。他爸爸的工作一直不固定。一会儿修水库啦,一会儿大炼钢铁啦。他妈也是调来调去。奶奶一个人在家乡,说是冷清得很。他三岁那年,就被送回老家来了。他在家乡吃了好些萝卜白菜,小米面饼子,玉米面饼子,长高了。

奶奶不怎么管他。奶奶有事。她老是找出一些零碎料子给他接衣裳,接褂子、接裤子、接棉袄、接棉裤。他的衣服都是接成一道一道的,一道青,一道蓝。倒是挺干净的。奶奶还给他做鞋。自己打袼褙,剪样子,纳底子,自己绱。奶奶老是说:“你的脚上有牙,有嘴?”“你的脚是铁打的?”再就是给他做吃的。小米面饼子,玉米面饼子,萝卜白菜,炒鸡蛋,熬小鱼。他整天在外面玩。奶奶把饭做得了,就在门口嚷:“胜儿! 回来吃饭咧——!”

后来办了食堂。奶奶把家里的两口锅交上去,从食堂里打饭回来吃。真不赖! 白面馒头,大烙饼,卤虾酱炒豆腐,焖茄子,猪头肉! 食堂的大师傅穿着白衣服,戴着白帽子,在蒸笼的白蒙蒙的热气中晃来晃去,拿铲子敲着锅边,还大声嚷叫。人也胖了,猪也肥了。真不赖!

后来就不行了。还是小米面饼子,玉米面饼子。

后来小米面饼子里有糠,玉米面饼子里有玉米核磨出的碴子,拉嗓子。人也瘦了,猪也瘦了。往年,攥个猪可费劲哪。今年,一伸手就把猪后腿攥住了。挺大一个克郎,一挤它,咕咚就倒了。掺假的饼

256

子不好吃,可是萧胜还是吃得挺香。他饿。

奶奶吃得不香。她从食堂打回饭来,掰半块饼子,嚼半天,其余的,都归了萧胜。

奶奶的身体原来就不好,她有个气喘的病,每年冬天都犯。白天还好,晚上难熬。萧胜躺在炕上,听奶奶喝喽喝喽地喘。睡醒了,还听她喝喽喝喽。他想,奶奶喝喽了一夜。可是奶奶还是喝喽着起来了,喝喽着给他到食堂去打早饭,打掺了假的小米饼子,玉米饼子。

爸爸去年冬天回来看过奶奶。他每年回来,都是冬天。爸爸带回来半麻袋土豆,一串口蘑,还有两瓶黄油。爸爸说,土豆是他分的;口蘑是他自己采、自己晾的;黄油是"走后门"搞来的。爸爸说,黄油是牛奶炼的,很"营养",叫奶奶抹饼子吃。土豆,奶奶借锅来蒸了,煮了,放在灶火里烤了,给萧胜吃了。口蘑过年时打了一次卤。黄油,奶奶叫爸爸拿回去:"你们吃吧。这么贵重的东西!"爸爸一定要给奶奶留下,奶奶把黄油留下了,可是一直没有吃。奶奶把两瓶黄油放在躺柜上,时不时地拿抹布擦擦。黄油是个啥东西?牛奶炼的?隔着玻璃,看得见它的颜色是嫩黄嫩黄的。去年小三家生了小四,他看见小三他妈给小四用松花粉扑痱子。黄油的颜色就像松花粉。油汪汪的,很好看,奶奶说,这是能吃的。萧胜不想吃。他没有吃过,不馋。

奶奶的身体越来越不好。她从前从食堂打回饼子,能一气走到家。现在不行了,走到歪脖柳树那儿就得歇一会。奶奶跟上了年纪的爷爷、奶奶们说:"只怕是过得了冬,过不得春呀。"萧胜知道这不是好话。这是一句骂牲口的话。"嗳! 看你这乏样儿! 过得了冬过不得春!"果然,春天不好过。村里的老头老太太接二连三地死了。镇上有个木业生产合作社,原来打家具、修犁耙,都停了,改了打棺材。村外添了好些新坟,好些白幡。奶奶不行了,她浑身都肿。用手指按一按,老大一个坑,半天不起来。她求人写信叫儿子回来。

爸爸赶回来,奶奶已经咽了气了。

爸爸求木业社把奶奶屋里的躺柜改成一口棺材,把奶奶埋了。晚上,坐在奶奶的炕上流了一夜眼泪。

257

萧胜一生第一次经验什么是"死"。他知道"死"就是"没有"了。他没有奶奶了。他躺在枕头上，枕头上还有奶奶的头发的气味。他哭了。

奶奶给他做了两双鞋，做得了，说："来试试!"——"等会儿!"吱溜，他跑了。萧胜醒来，光着脚把两双鞋都试了试。一双正合脚，一双大一些。他的赤脚接触了搪底布，感觉到奶奶纳的底线，他叫了一声"奶奶!"又哭了一气。

爸爸拜望了村里的长辈，把家里的东西收拾收拾，把一些能用的锅碗瓢盆都装在一个大网篮里。把奶奶给萧胜做的两双鞋也装在网篮里。把两瓶动都没有动过的黄油也装在网篮里。锁了门，就带着萧胜上路了。

萧胜跟爸爸不熟。他跟奶奶过惯了。他起先不说话。他想家，想奶奶，想那棵歪脖柳树，想小三家的一对大白鹅，想蜻蜓，想蝈蝈，想挂大扁飞起来格格地响，露出绿色硬翅膀底下的桃红色的翅膜……后来跟爸爸熟了。他是爸爸呀! 他们坐了汽车，坐火车，后来又坐汽车。爸爸很好，爸爸老是引他说话，告诉他许多口外的事。他的话越来越多，问这问那。他对"口外"产生了很浓厚的兴趣。

他问爸爸啥叫"口外"。爸爸说"口外"就是张家口以外，又叫"坝上"。"为啥叫坝上?"他以为"坝"是一个水坝。爸爸说到了就知道了。

敢情"坝"是一溜大山。山顶齐齐的，倒像个坝。可是真大! 汽车一个劲地往上爬。汽车爬得很累，好像气都喘不过来，不停地哼哼。上了大山，嘿，一片大平地! 真是平呀! 又平又大，像是擀过的一样。怎么可以这样平呢! 汽车一上坝，就撒开欢了。它不哼哼了，"刷——"一直往前开。一上了坝，气候忽然变了。坝下是夏天，一上坝就像秋天。忽然，就凉了。坝上坝下，刀切的一样。真平呀! 远远有几个小山包，圆圆的。一棵树也没有。他的家乡有很多树。榆树，柳树，槐树。这是个什么地方! 不长一棵树! 就是一大片大平地，碧绿的，长满了草。有地。这地块真大。从这个小山包一匹布似的一直扯到了那个小山包。地块究竟有多大？爸爸告诉他：有一个农民牵了一头母牛去犁地，犁了一趟，回来时候母牛带回来一个新下的小牛犊，已经三岁了！

汽车到了一个叫沽源的县城，这是他们的最后一站。一辆牛车来接他们。这车的样子真可笑，车轱辘是两个木头饼子，还不怎么圆，骨鲁鲁，骨鲁鲁，往前滚。他仰面躺在牛车上，上面是一个很大的蓝天。牛车真慢，还没有他走得快。他有时下来掐两朵野花，走一截，又爬上车。

这地方的庄稼跟口里也不一样。没有高粱，也没有老玉米，种莜麦，胡麻。莜麦干净得很，好像用水洗过，梳过。胡麻打着把小蓝伞，秀秀气气，不像是庄稼，倒像是种着看的花。

喝，这一大片马兰！马兰他们家乡也有，可没有这里的高大。长得齐大人的腰那么高，开着巴掌大的蓝蝴蝶一样的花。一眼望不到边。这一大片马兰！他这辈子也忘不了。他像是在一个梦里。

牛车走着走着。爸爸说：到了！他坐起来一看，一大片马铃薯，都开着花，粉的、浅紫蓝的、白的，一眼望不到边，像是下了一场大雪。花雪随风摇摆着，他有点晕。不远有一排房子，土墙、玻璃窗。这就是爸爸工作的"马铃薯研究站"。土豆——山药蛋——马铃薯。马铃薯是学名。爸说的。

从房子里跑出来一个人。"妈妈——！"他一眼就认出来了！妈妈跑上来，把他一把抱了起来。

萧胜就要住在这里了，跟他的爸爸、妈妈住在一起了。

奶奶要是一起来，多好。

萧胜的爸爸是学农业的，这几年老是干别的。奶奶问他："为什么总是把你调来调去的？"爸说："我好欺负。"马铃薯研究站别人都不愿来，嫌远。爸愿意。妈是学画画的，前几年老画两个娃娃拉不动的大萝卜啦，上面张个帆可以当作小船的豆荚啦。她也愿意跟爸爸一起来，画"马铃薯图谱"。

妈给他们端来饭。真正的玉米面饼子，两大碗粥。妈说这粥是

259

草籽熬的。有点像小米,比小米小。绿莹莹的,挺稠,挺香。还有一大盘鲫鱼,好大。爸说别处的鲫鱼很少有过一斤的,这儿"淖"里的鲫鱼有一斤二两的,鲫鱼吃草籽,长得肥。草籽熟了,风把草籽刮到淖里,鱼就吃草籽。萧胜吃得很饱。

爸说把萧胜接来有三个原因。一是奶奶死了,老家没有人了。二是萧胜该上学了,暑假后就到不远的一个完小去报名。三是这里吃得好一些。口外地广人稀,总好办一些。这里的自留地一个人有五亩!随便刨一块地就能种点东西。爸爸和妈妈就在"研究站"旁边开了一块地,种了山药,南瓜。山药开花了,南瓜长了骨朵了。用不了多久,就能吃了。

马铃薯研究站很清静,一共没有几个人。就是爸爸、妈妈,还有几个工人。工人都有家。站里就是萧胜一家。这地方,真安静。成天听不到声音,除了风吹莜麦穗子,沙沙地像下小雨;有时有小燕吱喳地叫。

爸爸每天戴个草帽下地跟工人一起去干活,锄山药。有时查资料,看书。妈一早起来到地里掐一大把山药花,一大把叶子,回来插在瓶子里,聚精会神地对着它看,一笔一笔地画。画的花和真的花一样!萧胜每天跟妈一同下地去,回来鞋和裤脚沾得都是露水。奶奶做的两双新鞋还没有上脚,妈把鞋和两瓶黄油都锁在柜子里。

白天没有事,他就到处去玩,去瞎跑。这地方大得很,没遮没挡,跑多远,一回头还能看到研究站的那排房子,迷不了路。他到草地里去看牛、看马、看羊。

他有时也去莳弄莳弄他家的南瓜、山药地。锄一锄,从机井里打半桶水浇浇。这不是为了玩。萧胜是等着要吃它们。他们家不起火,在大队食堂打饭,食堂里的饭越来越不好。草籽粥没有了,玉米面饼子也没有了。现在吃红高粱饼子,喝甜菜叶子做的汤。再下去大概还要坏。萧胜有点饿怕了。

他学会了采蘑菇。起先是妈妈带着他采了两回,后来,他自己也会了。下了雨,太阳一晒,空气潮乎乎的,闷闷的,蘑菇就出来了。蘑菇这玩意很怪,都长在"蘑菇圈"里。你低下头,侧着眼睛一看,草地上远远的有一圈草,颜色特别深,黑绿黑绿的,隐隐约约看到几个白点,那就是蘑菇圈。滴溜圆。蘑菇就长在这一圈深颜色的草里。圈里面没有,圈外面也没有。蘑菇圈是固定的。今年长,明年还长。哪里有蘑菇圈,老乡们都知道。

有一个蘑菇圈发了疯。它不停地长蘑菇,呼呼地长,三天三夜一个劲地长,好像是有鬼,看着都怕人。附近七八家都来采,用线穿起来,挂在房檐底下。家家都挂了三四串,挺老长的三四串。老乡们说,这个圈明年就不会再长蘑菇了,它死了。萧胜也采了好些。他兴奋极了,心里直跳。"好家伙!好家伙!这么多!这么多!"他发了财了。

他为什么这样兴奋?蘑菇是可以吃的呀!

他一边用线穿蘑菇,一边流出了眼泪。他想起奶奶,他要给奶奶送两串蘑菇去。他现在知道,奶奶是饿死的。人不是一下饿死的,是慢慢地饿死的。

食堂的红高粱饼子越来越不好吃,因为掺了糠。甜菜叶子汤也越来越不好喝,因为一点油也不放了。他恨这种掺糠的红高粱饼子,恨这种不放油的甜菜叶子汤!

他还是到处去玩,去瞎跑。

大队食堂外面忽然热闹起来。起先是拉了一牛车的羊砖来。他问爸爸这是什么,爸爸说:"羊砖。"——"羊砖是啥?"——"羊粪压紧了,切成一块一块。"——"干啥用?"——"烧。"——"这能烧吗?"——"好烧着呢!火顶旺。"后来盘了个大灶。后来杀了十来只羊。萧胜站在旁边看杀羊。他还没有见过杀羊。嘿,一点血都流不到外面,完完整整就把一张羊皮剥下来了!

这是要干啥呢?

爸爸说,要开三级干部会。

"啥叫三级干部会?"

"等你长大了就知道了!"

三级干部会就是三级干部吃饭。

大队原来有两个食堂,南食堂,北食堂,当中隔一个院子,院子里还搭了个小棚,下雨天也可以两个食堂来回串,原来"社员"们分在两个食堂吃饭。开三级干部会,就都挤到北食堂来。南食堂空出来给开会干部用。

三级干部会开了三天,吃了三天饭。头一天中午,羊肉口蘑销子蘸莜面。第二天炖肉大米饭。第三天,黄油烙饼。晚饭倒是马马虎虎的。

"社员"和"干部"同时开饭。社员在北食堂,干部在南食堂。北食堂还是红高粱饼子,甜菜叶子汤。北食堂的人闻到南食堂里飘过来的香味,就说:"羊肉口蘑销子蘸莜面,好香好香!""炖肉大米饭,好香好香!""黄油烙饼,好香好香!"

萧胜每天去打饭,也闻到南食堂的香味。羊肉、米饭,他倒不稀罕;他见过,也吃过。黄油烙饼他连闻都没闻过。是香,闻着这种香味,真想吃一口。

回家,吃着红高粱饼子,他问爸爸:"他们为什么吃黄油烙饼?"

"他们开会。"

"开会干吗吃黄油烙饼?"

"他们是干部。"

"干部为啥吃黄油烙饼?"

"哎呀!问得太多了!吃你的红高粱饼子吧!"

正在咽着红饼子的萧胜的妈忽然站起来,把缸里的一点白面倒出来,又从柜子里取出一瓶奶奶没有动过的黄油,启开瓶盖,挖了一大块,抓了一把白糖,兑点起子,擀了两张黄油发面饼。抓了一把莜麦秸塞进灶火,烙熟了。黄油烙饼发出香味,和南食堂里的一样。妈把黄油烙饼放在萧胜面前,说:

"吃吧,儿子,别问了。"

萧胜吃了两口,真好吃。他忽然咧开嘴痛哭起来,高叫了一声:"奶奶!"

妈妈的眼睛里都是泪。

爸爸说:"别哭了,吃吧。"

萧胜一边流着一串一串的眼泪,一边吃黄油烙饼。他的眼泪流进了嘴里。黄油烙饼是甜的,眼泪是咸的。

一九八〇年三月

七里茶坊

我在七里茶坊住过几天。

我很喜欢七里茶坊这个地名。这地方在张家口东南七里。当初想必是有一些茶坊的。中国的许多计里的地名，大都是行路人给取的。如三里河、二里沟、三十里铺。七里茶坊大概也是这样。远来的行人到了这里，说："快到了，还有七里，到茶坊里喝一口再走。"送客上路的，到了这里，客人就说："已经送出七里了，请回吧!"主客到茶坊又喝了一壶茶，说了些话，出门一揖，就此分别了。七里茶坊一定系过很多人的感情。不过现在却并无一家茶坊。我去找了找，连遗址也无人知道。"茶坊"是古语，在《清明上河图》、《东京梦华录》、《水浒传》里还能见到。现在一般都叫"茶馆"了。可见，这地名的由来已久。

这是一个中国北方的普通的市镇。有一个供销社，货架上空空的，只有几包火柴，一堆柿饼。两只乌金釉的酒坛子擦得很亮，放在旁边的酒提子却是干的。柜台上放着一盆麦麸子做的大酱。有一个理发店，两张椅子，没有理发的，理发员坐着打瞌睡。一个邮局。一个新华书店，只有几套毛选和一些小册子。路口矗着一面黑板，写着鼓动冬季积肥的快板，文后署名"文化馆宣"，说明这里还有个文化馆。快板里写道："天寒地冻百不咋①，心里装着全天下。"轰轰烈烈的大跃进已经过去，这种豪言壮语已经失去热力。前两天下过一场小雨，雨点在黑板上抽打出一条一条斜道。路很宽，是土路。两旁的

---

① "百不咋"是无所谓，没关系的意思。

住户人家,也都是土墙土顶(这地方风雪大,房顶多是平的)。连路边的树也都带着黄土的颜色。这个长城以外的土色的冬天的市镇,使人产生悲凉的感觉。

除了店铺人家,这里有几家车马大店。我就住在一家车马大店里。

我头一回住这种车马大店。这种店是一看就看出来的,街门都特别宽大,成天敞开着,为的好进出车马。进门是一个很宽大的空院子。院里停着几辆大车,车辕向上,斜立着,像几尊高射炮。靠院墙是一个长长的马槽,几匹马面墙拴在槽头吃料,不停地甩着尾巴。院里照例喂着十多只鸡。因为地上有撒落的黑豆、高粱,草里的稗子,这些母鸡都长得极肥大。有两间房,是住人的。都是大炕。想住单间,可没有。谁又会上车马大店里来住一个单间呢?"炕大炕热",就成了这类大店招徕顾客的口碑。

我是怎么住到这种大店里来的呢?

我在一个农业科学研究所下放劳动,已经两年了。有一天生产队长找我,说要派几个人到张家口去掏公共厕所,叫我领着他们去。为什么找到我头上呢?说是以前去了两拨人,都闹了意见回来了。我是个下放干部,在工人中还有一点威信,可以管得住他们,云云。究竟为什么,我一直也不太明白。但是我欣然接受了这个任务。

我打好行李,挎包里除了洗漱用具,带了一只大号的3B烟斗,一袋掺了一半榆树叶的烟草,两本四部丛刊本《分类集注杜工部诗》,坐上单套马车,就出发了。

我带去了三个人,一个老刘、一个小王、还有一个老乔,连我四个。

我拿了介绍信去找市公共卫生局的一位"负责同志"。他住在一个粪场子里。一进门,就闻到一股奇特的酸味。我交了介绍信,这位同志问我:

"你带来的人,咋样?"

"咋样?"

"他们,啊,啊,啊……"

他"啊"了半天,还是找不到合适的词句。这位负责同志大概不大认识字。他的意思我其实很明白,他是问他们政治上可靠不可靠。他怕万一我带来的人会在公共厕所的粪池子里放一颗定时炸弹。虽然他也知道这种可能性极小,但还是问一问好。可是他词不达意,说不出这种报纸语言。最后还是用一句不很切题的老百姓话说:

"他们的人性咋样?"

"人性挺好!"

"那好。"

他很放心了,把介绍信夹到一个卷宗里,给我指定了桥东区的几个公厕。事情办完,他送我出"办公室",顺便带我参观了一下这座粪场。一边堆着好几垛晒好的粪干,平地上还晒着许多薄饼一样的粪片。

"这都是好粪,不掺假。"

"粪还掺假?"

"掺!"

"掺什么? 土?"

"哪能掺土!"

"掺什么?"

"酱渣子。"

"酱渣子?"

"酱渣子,味道、颜色跟大粪一个样。也是酸的。"

"粪是酸的?"

"发了酵。"

我于是猛吸了一口气,品味着货真价实、毫不掺假的粪干的独特的,不能代替的,余韵悠长的酸味。

据老乔告诉我,这位负责同志原来包掏公私粪便,手下用了很多人,是一个小财主。后来成了卫生局的工作人员,成了"公家人",管理公厕。他现在经营的两个粪场,还是很来钱。这人紫膛脸,阔嘴岔,方下巴,眼睛很亮,虽然没有文化,但是看起来很精干。他虽不大长于说"字儿话",但是当初在指挥粪工、洽谈生意时,所用语言一定是很清楚畅达,很有力量的。

掏公共厕所,实际上不是掏,而是凿。天这么冷,粪池里的粪都冻得实实的,得用冰镩凿开,破成一二尺见方大小不等的冰块,用铁锹起出来,装在单套车上,运到七里茶坊,堆积在街外的空场上。池底总有些没有冻实的稀粪,就刮出来,倒在事先铺好的干土里,像和泥似的和好。一夜功夫,就冻实了。第二天,运走。隔三四天,所里车得空,就派一辆三套大车把积存的粪冰运回所里。

看车把式装车,真有个看头。那么沉的、滑滑溜溜的冰块,照样装得整整齐齐,严严实实,拿绊绳一煞,纹丝不动。走个百八十里,不兴掉下一块。这才真叫"把式"!

"叭——"的一鞭,三套大车走了。我心里是高兴的。我们给所里做了一点事了。我不说我思想改造得如何好,对粪便产生了多深的感情,但是我知道这东西很金贵。我并没有做多少,只是在地面上挖一点干土,和粪。为了照顾我,不让我下池凿冰。老乔呢,说好了他是来玩的,只是招招架架,跑跑颠颠。活,主要是老刘和小王干的。老刘是个使冰镩的行家,小王有的是力气。

这活脏一点,倒不累,还挺自由。

我们住在骡马大店的东房,——正房是掌柜的一家人自己住的。南北相对,各有一铺能睡七八个人的炕,——挤一点,十个人也睡下了。快到春节了,没有别的客人,我们四个人占据了靠北的一张炕,很宽绰。老乔岁数大,睡炕头。小王火力壮,把门靠边。我和老刘睡当间。我那位置很好,靠近电灯,可以看书。两铺炕中间,是一口锅灶。

天一亮,年轻的掌柜就推门进来,点火添水,为我们做饭,——推莜面窝窝。我们带来一口袋莜面,顿顿饭吃莜面,而且都是推窝窝。——莜面吃完了,三套大车会又给我们捎来的。小王跳到地下帮掌柜的拉风箱,我们仨就拥着被窝坐着,欣赏他的推窝窝手艺。——这么冷的天，一大清早就让他从内掌柜的热被窝里爬出来为我们做饭，我心里实在有些歉然。不大一会，莜面蒸上了，屋里弥漫着白蒙蒙的蒸汽，很暖和，叫人懒洋洋的。可是热腾腾的窝窝已经端到炕上了。刚出屉的莜面，真香！用蒸莜面的水，洗洗脸，我们就蘸着麦麸子做的大酱吃起来。没有油，没有醋，尤其是没有辣椒！可是你相信我说的是真话：我一辈子很少吃过这么好吃的东西。那是什么时候呀？——一九六〇年！

我们出工比较晚。天太冷。而且得让过人家上厕所的高潮。八点多了，才赶着单套车到市里去，中午不回来。有时由我掏钱请客，去买一包"高价点心"，找个背风的角落，蹲下来，各人抓了几块嚼一气。老乔、我、小王拿一副老掉了牙的扑克牌接龙、鳖七。老刘在呼呼的风声里居然能把脑袋缩在老羊皮袄里睡一觉，还挺香！下午接着干。四点钟装车，五点多就回到七里茶坊了。

一进门，掌柜的已经拉动风箱，往灶火里添着块煤，为我们做晚饭了。

吃了晚饭，各人干各人的事。老乔看他的《啼笑因缘》。他这本《啼笑因缘》是个古本了，封面封底都没有了，书角都打了卷，当中还有不少缺页。可是他还是戴着老花镜津津有味地看，而且老看不完。小王写信，或是躺着想心事。老刘盘着腿一声不响地坐着。他这样一声不响地坐着，能够坐半天。在所里，我就见过他到生产队请一天假，哪儿也不去，什么也不干，就是坐着。我发现不止一个人有这个习惯。一年到头的劳累，坐一天是很大的享受，也是他们迫切的需要。人，有时需要休息。他们不叫休息，就叫"坐一天"。他们去请假的理由，也是"我要坐一天"。中国的农民，对于生活的要求真是太小了。我，就靠在被窝上读杜诗。杜诗读完，就压在枕头底下。这铺炕，炕沿的缝隙跑烟，把我的《杜工部诗》的一册的封面熏成了褐黄色，留下一个难忘的，美好的纪念。

有时，就有一句没一句，东拉西扯地瞎聊天。吃着柿饼子，喝着蒸锅水，抽着掺了榆树叶子的烟。这烟是农民用包袱包着私卖的，颜色是灰绿的,劲头很不足,抽烟的人叫它"半口烟"。榆树叶子点着了,发出一种焦煳的,然而分明地辨得出是榆树的气味。这种气味使我多少年后还难于忘却。

小王和老刘都是"合同工",是所里和公社订了合同,招来的。他们都是柴沟堡的人。

老刘是个老长工,老光棍。他在张家口专区几个县都打过长工,年轻时年年到坝上割莜麦。因为打了多年长工,庄稼活他样样精通。他有过老婆,跑了,因为他养不活她。从此他就不再找女人,对女人很有成见,认为女人是个累赘。他就这样背着一卷行李,——一块毡子,一床"盖窝"(即被),一个方顶的枕头,到处漂流。看他捆行李的利索劲儿和背行李的姿势,就知道是一个常年出门在外的老长工。他真也是自由自在,也不置什么衣服,有两个钱全喝了。他不大爱说话,但有时也能说一气,在他高兴的时候,或者不高兴的时候。这二年他常发牢骚,原因之一,是喝不到酒。他老是说:"这是咋搞的?咋搞的?"——"过去,七里茶坊,啥都有:驴肉、猪头肉、炖牛蹄子、茶鸡蛋……,卖一黑夜。酒!现在!咋搞的!咋搞的!"——"'楼上楼下,电灯电话'!做梦娶媳妇,净慕好事!多会儿?"①他年轻时曾给八路军送过信,带过路。"俺们那阵,有什么好吃的,都给八路军留着!早知这样,哼!……"他说的话常常出了圈,老乔就喝住他:"你瞎说点啥!没喝酒,你就醉了!你是想'进去'住几天是怎么的?嘴上没个把门的,亏你活了这么大!"

小王也有些不平之气。他是念过高小的。他给自己编了一口顺口溜:"高小毕业生,白费六年工。想去当教员,学生管我叫老兄。想去当会计,珠算又不通!"他现在一个月挣二十九块六毛四,要交社里一部分,刨去吃饭,所剩无几。他才二十五岁,对老刘那样的自由自在的生活并不羡慕。

---

① 那时农村宣传"共产主义",都说是"楼上楼下,电灯电话"。慕,是思量、向往的意思。这是很古的语言,元曲中常见。张家口地区保留了很多宋元古语。

老乔，所里多数人称之为乔师傅。这是个走南闯北，见多识广，老于世故的工人。他是怀来人。年轻时在天津学修理汽车。抗日战争时跑到大后方，在资源委员会的运输队当了司机，跑仰光、腊戍。抗战胜利后，他回张家口来开车，经常跑坝上各县。后来岁数大了，五十多了，血压高，不想再跑长途，他和农科所的所长是亲戚，所里新调来一辆拖拉机，他就来开拖拉机，顺便修修农业机械。他工资高，没负担。农科所附近一个小镇上有一家饭馆，他是常客。什么贵菜、新鲜菜，饭馆都给他留着。他血压高，还是爱喝酒。饭馆外面有一棵大槐树，夏天一地浓荫。他到休息日，喝了酒，就睡在树荫里。树荫在东，他睡在东面；树荫在西，他睡在西面，围着大树睡一圈！这是前二年的事了。现在，他也很少喝了。因为那个饭馆的酒提潮湿的时候也很少了。他在昆明住过，我也在昆明待过七八年，因此他老愿意找我聊天，抽着榆叶烟在一起怀旧。他是个技工，掏粪不是他的事，但是他自愿报了名。冬天，没什么事，他要来玩两天。来就来吧。

　　这天，我们收工特别早，下了大雪，好大的雪啊！

　　这样的天，凡是爱喝酒的都应该喝两盅，可是上哪儿找酒去呢？

　　吃了莜面，看了一会书，坐了一会，想了一会心事，照例聊天。

　　像往常一样，总是老乔开头。因为想喝酒，他就谈起云南的酒。市酒、玫瑰重升、开远的杂果酒、杨林肥酒……

　　"肥酒？酒还有肥瘦？"老刘问。

　　"蒸酒的时候，上面吊着一大块肥肉，肥油一滴一滴地滴在酒里。这酒是碧绿的。"

　　"像你们怀来的青梅煮酒？"

　　"不像。那是烧酒，不是甜酒。"

　　过了一会，又说："有点像……"

　　接着，又谈起昆明的吃食。这老乔的记性真好，他可以从华山南路、正义路、一直到金碧路，数出一家一家大小饭馆，又岔到护国路和甬道街，哪一家有什么名菜，说得非常详细。他说到金钱片腿、牛干巴、锅贴乌鱼、过桥米线……

"一碗鸡汤,上面一层油,看起来连热气都没有,可是超过一百度。一盘子鸡片、腰片、肉片,都是生的。往鸡汤里一推,就熟了。"

"那就能熟了?"

"熟了!"

他又谈起汽锅鸡。描写了汽锅是什么样子,锅里不放水,全凭蒸汽把鸡蒸熟了,这鸡怎么嫩,汤怎么鲜……

老刘很注意地听着,可是怎么也想象不出汽锅是啥样子,这道菜是啥滋味。

后来他又谈到昆明的菌子:牛肝菌,青头菌,鸡㙡①,把鸡㙡夸赞了又夸赞。

"鸡㙡? 有咱这儿的口蘑好吃吗?"

"各是各的味儿。"

……

老乔刮话的时候,小王一直似听不听,躺着,张眼看着房顶。忽然,他问我:

"老汪,你一个月挣多少钱?"

我下放的时候,曾经有人劝告过我,最好不要告诉农民自己的工资数目,但是我跟小王认识不止一天了,我不想骗他,便老实说了。小王没有说话,还是张眼躺着。过了好一会,他看着房顶说:

"你也是一个人,我也是一个人,为什么你就挣那么多?"

他并没有要我回答,这问题也不好回答。

沉默了一会。

老刘说:"怨你爹没供你书②。人家老汪是大学毕业!"

老乔是个人情练达的人,他琢磨出小王为什么这两天老是发呆,为什么会提出这样的问题,说:

"小王,你收到一封什么信,拿出来我看看!"

---

① 鸡㙡是一种菌,长在白蚁窝上,味极腴美。
② "供书"是拿钱供学生读书的意思。

前天三套大车来拉粪冰的时候,给小王捎来一封寄到所里的信。

事情原来是这样的:小王搞了一个对象。这对象搞得稍微有点离奇:小王有个表姐,嫁到邻村李家。李家有个姑娘,和小王年貌相当,也是高小毕业。这表姐就想给小姑子和表弟撮合撮合,写信来让小王寄张照片去。照片寄到了,李家姑娘看了,不满意。恰好李家姑娘的一个同学陈家姑娘来串门,她看了照片,对小王的表姐说:"晓得人家要俺们不要?"表姐跟陈家姑娘要了一张照片,寄给小王,小王满意。后来表姐带了陈家姑娘到农科所来,两人当面相了一相,事情就算定了。农村的婚姻,往往就是这样简单,不像城里人有逛公园、轧马路、看电影、写情书这一套。

陈家姑娘的照片我们都见过,挺好看的,大眼睛,两条大辫子。

小王收到的信是表姐寄来的,催他办事。说人家姑娘一天一天大了,等不起。那意思是说,过了春节,再拖下去,恐怕就要吹。

小王发愁的是:春节他还办不成事!柴沟堡一带办喜事倒不尚铺张,但是一床里面三新的盖窝,一套花直贡呢的棉衣,一身灯芯绒裤袄、绒衣绒裤、皮鞋、球鞋、尼龙袜子……总是要有的。陈家姑娘没有额外提什么要求,只希望要一枚金星牌钢笔。这条件提得不俗,小王倒因此很喜欢。小王已经作了长期的储备,可是算来算去还差五六十块钱。

老乔看完信,说:

"就这个事吗.？值得把你愁得直眉瞪眼的!叫老汪给你拿二十,我给你拿二十!"

老刘说:"我给你拿上十块!现在就给!"说着从红布肚兜里就摸出一张十元的新票子。

问题解决了,小王高兴了,活泼起来了。

于是接着瞎聊。

从云南的鸡枞聊到内蒙古的口蘑,说到口蘑,老刘可是个专家。黑片蘑、白蘑、鸡腿子、青腿子……

"过了正蓝旗,捡口蘑都是赶了个驴车去。一天能捡一车!"

不知怎么又说到独石口。老刘说他走过的地方没有比独石口再冷的了，那是个风窝。

"独石口我住过，冷!"老乔说，"那年我们在独石口吃了一洞子羊。"

"一洞子羊?"小王很有兴趣了。

"风太大了，公路边有一个涵洞，去避一会风吧。一看，涵洞里白糊糊的，都是羊。不知道是谁的羊，大概是被风赶到这里的，挤在涵洞里，全冻死了。这倒好，这是个天然冷藏库! 俺们想吃，就进去拖一只，吃了整整一个冬天!"

老刘说:"肥羊肉炖口蘑，那叫香! 四家子的莜面，比白面还白。坝上是个好地方。"

话题转到了坝上。老乔、老刘轮流说，我和小王听着。

老乔说:坝上地广人稀，只要收一季莜麦，吃不完。过去山东人到口外打把势卖艺，不收钱。散了场子，拿一个大海碗挨家要莜面，"给!"一给就是一海碗。说坝上没果子。怀来人赶一个小驴车，装一车山里红到坝上，下来时驴车换成了三套大马车，车上满满地装的是莜面。坝上人都豪爽，大方。吃起肉来不是论斤，而是放开肚子吃饱。他说坝上人看见坝下人吃肉，一小碗，都奇怪:"这吃个什么劲儿呢?"他说，他们要是看见江苏人、广东人炒菜:几根油菜，两三片肉，就更会奇怪了。他还说坝上女人长得很好看。他说，都说水多的地方女人好看，坝上没水，为什么女人都长得白白净净? 那么大的风沙，皮色都很好。他说他在崇礼县看过两姐妹，长得像傅全香。

傅全香是谁，老刘、小王可都不知道。

老刘说:坝上地大，风大，雪大，雹子也大。他说有一年沽源下了一场大雪，西门外的雪跟城墙一般高。也是沽源，有一年下了一场雹子，有一个雹子有马大。

"有马大? 那掉在头上不砸死了?"小王不相信有这样大的雹子!

老刘还说，坝上人养鸡，没鸡窝。白天扦了门，把鸡放出去。鸡到处吃草籽，到处下蛋。他们也不每天去捡。隔十天半月，挑了一副筐,到处捡蛋,捡满了算。他说坝上的山都是一个一个馒头样的平平的山包。山上没石头。有些山很奇怪,只长一样东西。有一个山叫韭菜山,一山都是韭菜;还有一座芍药山,夏天开了满满一山的芍药花……

老乔、老刘把坝上说得那样好,使小王和我都觉得这是个奇妙的、美丽的天地。

芍药山,满山开了芍药花,这是一种什么景象?

"咱们到韭菜山上掐两把韭菜,拿盐腌腌,明天蘸莜面吃吧。"小王说。

"见你的鬼!这会会有韭菜?满山大雪!——把钱收好了!"

聊天虽然有趣,终有意兴阑珊的时候。天已经很黑了,房顶上的雪一定已经堆了四五寸厚了,摊开被窝,我们该睡了。

正在这时,屋门开处,掌柜的领进三个人来。这三个人都反穿着白茬老羊皮袄,齐膝的毡疙瘩。为头是一个大高个儿,五十来岁,长方脸,戴一顶火红的狐皮帽。一个四十来岁,是个矮胖子,脸上有几颗很大的痘疤,戴一顶狗皮帽子。另一个是和小王岁数仿佛的后生,雪白的山羊头的帽子遮齐了眼睛,使他看起来像一个女孩子。——他脸色红润,眼睛太好看了!他们手里都拿着一根六道木二尺多长的短棍。虽然刚才在门外已经拍打了半天,帽子上、身上,还粘着不少雪花。

掌柜的说:"给你们做饭?——带着面了吗?"

"带着哩。"

后生解开老羊皮袄,取出一个面口袋。——他把面口袋系在腰带上,怪不道他看起来身上鼓鼓囊囊的。

"推窝窝?"

高个儿把面口袋交给掌柜的:

"不吃莜面!一天吃莜面。你给俺们到老乡家换几个粑粑头吃。多时不吃粑粑头,想吃个粑粑头。把火弄得旺旺的,烧点水,俺们喝一口。——没酒?"

274

"没。"

"没咸菜？"

"没。"

"那就甜吃！"①

老刘小声跟我说："是坝上来的。坝上人管窝窝头叫粑粑头。是赶牲口的，——赶牛的。你看他们拿的六道木的棍子。"随即，他和这三个坝上人搭喀起来："今天一早从张北动的身？"

"是。——这天气！"

"就你们仨？"

"还有仨。"

"那仨呢？"

"在十多里外，两头牛掉进雪窟窿里了。他们仨在往上弄。俺们把其余的牛先送到食品公司屠宰场，到店里等他们。"

"这样天气，你们还往下送牛？"

"没法子。快过年了。过年，怎么也得叫坝下人吃上一口肉！"

不大一会，掌柜的搞了粑粑头来了，还弄了几个腌蔓菁来。他们把粑粑头放在火里烧了一会，水开了，把烧焦的粑粑头拍打拍打，就吃喝起来。

我们的酱碗里还有一点酱，老乔就给他们送过去。

"你们那里今年年景咋样？"

"好！"高个儿回答得斩钉截铁。显然这是反话，因为痘疤脸和后生都噗嗤一声笑了。

"不是说去年你们已经过了'黄河'了？"

"过了！那还不过！"

老乔知道他话里有话，就问：

"也是假的？"

"不假。搞了'标准田'。"

---

① 张家口一带不说"淡"，说"甜"。

"啥叫'标准田'？"

"把几块地里打了粮算在一起。"

"其余的地？"

"不算产量。"

"坝上过'黄河'？不用什么'科学家'，我就知道，不行！"老刘用了一个很不文雅的字眼说："过'黄河'，过毬的个河吧！"

老乔向我解释："老刘说的是对的。坝上的土层只有五寸，下面全是石头。坝上一向是广种薄收，要求单位面积产量，是主观主义。"

痘疤脸说："就是！俺们和公社的书记说，这产量是虚的。他人家说：有了虚的，就会带来实的。"

后生说："还说这是：以虚带实。"

我还从来没有听说过"以虚带实"是这样的解释的。

高个儿沉重地叹了一口气："这年月！当官的都说谎！"

老刘接口说："当官的说谎，老百姓遭罪！"

老乔把烟口袋递给他们：

"牲畜不错？"

"不错！也经不起胡糟践。头二年，大跃进，大炼钢铁，夜战，把牛牵到地里，杀了，在地头架起了大锅，大块大块地煮烂，大伙儿，吃！那会吃了个痛快；这会，想去吧！——他们仨咋还不来？去看看。"

高个儿说着把解开的老羊皮袄又系紧了。

痘疤脸说："我们俩去。你啦就甭去了。"

"去！"

他们和掌柜的借了两根木杠，把我们车上的缆绳也借去了，拉开门，就走了。

听见后生在门外大声说："雪更大了！"

老刘起来解手，把地下三根六道木的棍子归在一起，上了炕，说：

"他们真辛苦！"

过了一会，又自言自语地说：

"咱们也很辛苦。"

老乔一面钻被窝,一面说:

"中国人都很辛苦啊!"

小王已经睡着了。

"过年,怎么也得叫坝下人吃上一口肉!"我老是想着高个儿的这句话,心里很感动,很久未能入睡。这是一句朴素、美丽的话。

半夜,朦朦胧胧地听到几个人轻手走进来,我睁开眼,问:

"牛弄上来了?"

高个儿轻轻地说:

"弄上来了。把你吵醒了! 睡吧!"

他们睡在对面的炕上。

第二天,我们起得很晚。醒来时,这六个赶牛的坝上人已经走了。

一九八一年五月十一日写成

八月骄阳

张百顺年轻时拉过洋车，后来卖了多年烤白薯。德胜门豁口内外没有吃过张百顺的烤白薯的人不多。后来取缔了小商小贩，许多做小买卖的都改了行，张百顺托人谋了个事由儿，到太平湖公园来看门。一晃，十来年了。

太平湖公园应名儿也叫作公园，实在什么都没有。既没有亭台楼阁，也没有游船茶座，就是一片野水，好些大柳树。前湖有几张长椅子，后湖都是荒草。灰菜、马苋菜都长得很肥。牵牛花，野茉莉。飞着好些粉蝶儿，还有北京人叫作"老道"的黄蝴蝶。一到晚不晌，往后湖一走，都瘆得慌。平常是不大有人去的。孩子们来掏蛐蛐。遛鸟的爱来，给画眉抓点活食：油葫芦、蚂蚱，还有一种叫作"马晰儿"的小四脚蛇。看门，看什么呢？这个公园不卖门票。谁来，啥时候来，都行。除非怕有人把柳树锯倒了扛回去。不过这种事还从来没有发生过。因此张百顺非常闲在。他没事时就到湖里捞点鱼虫、苲草，卖给养鱼的主。进项不大，但是够他抽关东烟的。"文化大革命"一起来，很多养鱼的都把鱼"处理"了，鱼虫、苲草没人买，他就到湖边摸点螺蛳，淘洗干净了，加点盐，搁两个大料瓣，煮咸螺蛳卖。

后湖边上住着两户打鱼的。他们这打鱼，真是三天打鱼，两天晒网，有一搭无一搭。打得的鱼随时就在湖边卖了。

每天到园子里来遛早的，都是熟人，他们进园子，都有准钟点。

来得最早的是刘宝利。他是个唱戏的。坐科学的是武生。因为个头矮点，扮相也欠英俊，缺少大将风度，来不了"当间儿的"。不过他会的多，给好几位名角打个"下串"，"傍"得挺严实。他粗通文字，

278

爱抄本儿。他家里有两箱子本子,其中不少是已经失传了的。他还爱收藏剧照,有的很名贵。杨老板《青石山》的关平、尚和玉的《四平山》、路玉珊的《醉酒》、梅兰芳的《红线盗盒》、金少山的《李七长亭》、余叔岩的《盗宗卷》……有人出过高价,想买他的本子和剧照,他回绝了:"对不起,我留着殉葬。"剧团演开了革命现代戏,台上没有他的活儿,领导上动员他提前退休,——他还不到退休年龄。他一想:早退,晚退,早晚得退,退!退了休,他买了两只画眉,每天天一亮就到太平湖遛鸟。他戏瘾还挺大。把鸟笼子挂了,还拉拉山膀,起两个云手,踢踢腿,耗耗腿。有时还念念戏词。他老念的是《挑滑车》的《闹帐》:

"且慢!"

"高王爷为何阻令?"

"末将有一事不明,愿在元帅台前领教。"

"高王爷有话请讲,何言领教二字。"

"岳元帅!想俺高宠,既已将身许国,理当报效皇家。今逢大敌,满营将官,俱有差遣,单单把俺高宠,一字不提,是何理也?"

……

"吓、吓、吓吓吓吓吓……岳元帅! 大丈夫临阵交锋,不死而带伤,生而何欢,死而何惧!"

跟他差不多时候进园子遛弯的顾止庵曾经劝过他:

"爷们! 您这戏词,可不要再念了哇!"

"怎么啦?"

"如今晚儿演了革命现代戏,您念老戏词——韵白! 再说,您这不是借题发挥吗? '满营将官,俱有差遣,单单把俺高宠,一字不提,是何理也?'这是什么意思? 这不是说台上不用您,把你刷了吗? 这要有人听出来,您这是'对党不满'呀! 这是什么时候啊,爷们!"

"这么一大早,不是没人听见吗!"

"隔墙有耳! ——小心无大错。"

顾止庵,八十岁了。花白胡须,精神很好。他早年在豁口外设帐授徒，——教私塾。后来学生都改上学堂了，他的私塾停了，他就给人抄书、抄稿子。他的字写得不错，欧底赵面。抄书、抄稿子有点委屈了这笔字。后来找他抄书、抄稿子的也少了，他就在邮局门外树阴底下摆了一张小桌，代写家信。解放后，又添了一项业务：代写检讨。"老爷子，求您代写一份检讨。"——"写检讨？这检讨还能由别人代写呀？"——"劳您驾！我写不了。您写完了。我按个手印，一样！"——"什么事儿？"因为他的检讨写得清楚，也深刻，比较容易通过，来求的越来越多，业务挺兴旺。后来他的孩子都成家立业，混得不错，就跟老爷子说："我们几个养活得起您。您一支笔挣了不少杂和面儿，该清闲几年了。"顾止庵于是搁了笔。每天就是遛遛弯儿，找几个年岁跟他相仿佛的老友一块堆儿坐坐、聊聊、下下棋。他爱瞧报，——站在阅报栏前一句一句地瞧。早晚听"匣子"。因此他知道的事多，成了豁口内外的"伏地圣人"①。

这天他进了太平湖，刘宝利已经练了一遍功，正把一条腿压在树上耗着。

"老爷子今儿早！"

"宝利！今儿好像没听您念《闹帐》？"

"不能再念啦！"

"怎么啦？"

"待会儿跟您说。"

顾止庵向四边的树上看看：

"您的鸟呢？"

"放啦！"

"放啦？"

"您先慢慢往外溜达着。今儿我带着一包高末。百顺大哥那儿有开水，叶子已经闷上了。我耗耗腿。一会儿就来。咱们爷儿仨喝一壶，聊聊。"

---

① 伏地，北京土话。本地生产的叫"伏地"，如"伏地小米""伏地蒜苗"。

顾止庵遛到门口,张百顺正在湖边淘洗螺蛳。

"顾先生!椅子上坐。茶正好出味儿了,来一碗。"

"来一碗!"

"顾先生!您说这文化大革命,它是怎么一回子事?"

"您问我?——有人知道。"

"这红卫兵,它是怎么回子事。呼啦——全起来了。它也不用登记,不用批准,也没有个手续,自己个儿就拉起来了。我真没见过。一戴上红袖箍,就变人性。想怎么着就怎么着,想揪谁就揪谁。他们怎么有这么大的权?谁给他们的权?"

"头几天,八·一八,不是刚刚接见了吗?"

"当大官的,原来都是坐小汽车的主,都挺威风,一个一个全都头朝了下了。您说,他们心里是怎么想的?"

"他们怎么想,我哪儿知道。反正这心里不大那么好受。"

"还有章程没有?我可是当了一辈子安善良民,从来奉公守法。这会儿,全乱了。我这眼面前就跟'下黄土'似的,简直的,分不清东西南北了。"

"您多余操这份儿心。粮店还卖不卖棒子面?"

"卖!"

"还是的。有棒子面就行。咱们都不在单位,都这岁数了。咱们不会去揪谁,斗谁,红卫兵大概也斗不到咱们头上。过一天,算一日,这太平湖眼下不还挺太平不是?"

"那是!那是!"

刘宝利来了。

"宝利,您说要告诉我什么事?"

"昨儿,我可瞧了一场热闹!"

"什么热闹?"

"烧行头。我到交道口一个师哥家串门子,听说成贤街孔庙要烧行头——烧戏装。我跟师哥说:咱们瞜瞜去!嗬!堆成一座小山啊!大红官衣、青褶子,这没什么!'帅盔'、'八面威'、'相貂'、'驸马套'……这也没有什么！大蟒大靠，苏绣平金，都是新的，太可惜了！点翠'头面'，水钻'头面'，这值多少钱哪！一把火，全烧啦！火苗儿蹿起老高。烧煳了的碎绸子片飞得哪儿哪儿都是。"

"唉！"

"火边上还围了一圈人，都是文艺界的头头脑脑。有跪着的，有撅着的。有的挂着牌子，有的脊背贴了一张大纸，写着字。都是满头大汗，您想想：这么热的天，又烤着大火，能不出汗吗？一群红卫兵，攥着宽皮带，挨着个抽他们。劈头盖脸！有的，一皮带下去，登时，脑袋就开了，血就下来了。——皮带上带着大铜头子哪！哎呀，我长这么大，没见过这么打人的。哪能这么打呢？您要我这么打，我还真不会！这帮孩子，从哪儿学来的呢？有的还是小妞儿。他们怎么能下得去这么狠的手呢？"

"唉！"

"回来，我一琢磨，把两箱子剧本、剧照捆巴捆巴，借了一辆平板三轮，我就都送到街道办事处去了。他们爱怎么处理怎么处理，我不能自己烧。留着，招事！"

"唉！"

"那两只画眉，'口'多全！今儿一早起来，我也放了。——开笼放鸟！'提笼架鸟'，这也是个事儿！"

"唉！"

这工夫，园门口进来一个人。六十七八岁，戴着眼镜，一身干干净净的藏青制服，礼服呢千层底布鞋，挂着一根角把棕竹手杖，一看是个有身份的人。这人见了顾止庵，略略点了点头，往后面走去了。这人眼神有点直勾勾地，脸上气色也不大好。不过这年头，两眼发直的人多的是。这人走到靠近后湖的一张长椅旁边，坐下来，望着湖水。

顾止庵说："茶也喝透了，咱们也该散了。"

张百顺说："我把这点螺蛳送回去，叫他们煮煮。回见！"

"回见！"

"回见!"

张百顺把螺蛳送回家。回来,那个人还在长椅上坐着,望着湖水。

柳树上知了叫得非常欢势。天越热,它们叫得越欢。赛着叫。整个太平湖全归了它们了。

张百顺回家吃了中午饭。回来,那个人还在椅子上坐着,望着湖水。

粉蝶儿、黄蝴蝶乱飞。忽上,忽下,忽起,忽落。黄蝴蝶,白蝴蝶。白蝴蝶,黄蝴蝶……

天黑了,张百顺要回家了,那人还在椅子上坐着,望着湖水。

蛐蛐、油葫芦叫成一片。还有金铃子。野茉莉散发着一阵一阵的清香。一条大鱼跃出了水面,欻的一声,又到水里。星星出来了。

第二天天一亮,刘宝利到太平湖练功。走到后湖:湖里一团黑乎乎的,什么?哟,是个人!这是他的后脑勺!有人投湖啦!

刘宝利叫了两个打鱼的人,把尸首捞了上来,放在湖边草地上。这工夫,顾止庵也来了。张百顺也赶了过来。

顾止庵对打鱼的说:"您二位到派出所报案。我们仨在这儿看着。"

"您受累!"

顾止庵四下里看看,说:

"这人想死的心是下铁的。要不,怎么找到这么个荒凉偏僻的地方来呢?他投湖的时候,神智很清醒,不是迷迷糊糊一头扎下去的。你们看,他的上衣还整整齐齐地搭在椅背上,手杖也好好地靠在一边。咱们掏掏他的兜儿,看看有什么,好知道死者是谁呀。"

顾止庵从死者的上衣兜里掏出一个工作证,是北京市文联发的:

姓名:舒舍予

职务:主席

　　顾止庵看看工作证上的相片,又看看死者的脸,拍了拍工作证:
"这人,我认得!"

　　"您认得?"

　　"怪不得昨儿他进园子的时候,好像跟我招呼了一下,他原先叫舒庆春。这话有小五十年了!那会儿我教私塾,他是劝学员,正管着德胜门这一片的私塾。他住在华严寺。我还上他那儿聊过几次。人挺好,有学问!他对德胜门这一带挺熟,知道太平湖这么个地方!您怎么会走南闯北,又转回来啦?这可真是:树高千丈,叶落归根哪!"

　　"您等等!他到底是谁呀?"

　　"他后来出了大名,是个作家,他,就是老舍呀!"

　　张百顺问:"老舍是谁?"

　　刘宝利说:"老舍您都不知道?瞧过《骆驼祥子》没有?"

　　"匣子里听过。好!是写拉洋车的。祥子,我认识。——'骆驼祥子'嘛!"

　　"您认识?不能吧!这是把好些拉洋车的搁一块堆儿,攒巴攒巴,捏出来的。"

　　"唔!不对!祥子,拉车的谁不知道!他和虎妞结婚,我还随了份子。"

　　"您八成是做梦了吧?"

　　"做梦?——许是,岁数大了,真事、梦景,常往一块掺和。——他还写过什么?"

　　"《龙须沟》哇!"

　　"《龙须沟》,瞧过!瞧过!电影!程疯子、娘子、二妞……这不是金鱼池,这就是咱这德胜门豁口!太真了!太真了,就叫人掉泪。"

　　"您还没瞧过《茶馆》哪!太棒了!王利发!'硬硬朗朗的,我硬硬朗朗地干什么?'我心里这酸呀!"

"合着这位老舍他净写卖力气的、耍手艺的、做小买卖的。苦哈哈、穷命人?"

"那没错!"

"那他是个好人!"

"没错!"

刘宝利说:"这么个人,我看他本心是想说共产党好啊!"

"没错!"

刘宝利看着死者:

"我认出来了! 在孔庙挨打的,就有他! 您瞧,脑袋上还有伤,身上净是血嘎巴! ——我真不明白。这么个人,旧社会能容得他,怎么咱这新社会倒容不得他呢?"

顾止庵说:"'我本将心托明月,谁知明月照沟渠',这大概就是他想不通的地方。"

张百顺撅了两根柳条,在老舍的脸上摇晃着,怕有苍蝇。

"他从昨儿早起就坐在这张椅子上,心里来回去,不知道想了多少事哪!"

"'千古艰难唯一死'呀!"

张百顺问:"这市文联主席够个什么爵位?"

"要在前清,这相当个翰林院大学士。"

"那干吗要走了这条路呢? 忍过一阵肚子疼! 这秋老虎虽毒,它不也有凉快的时候吗?"

顾止庵环顾左右,沉沉地叹了一口气:"'士可杀,而不可辱'啊!"

刘宝利说:"我去找张席,给他盖上点儿!"

一九八六年六月二十二日   二稿

讲　用

　　郝有才一辈子没有什么露脸的事,也没有多少现眼的事。他是个极其普通的人,没有什么特点。要说特点,那就是他过日子特别仔细,爱打个小算盘。话说回来了,一个人过日子仔细一点,爱打个小算盘,这碍着别人什么了? 为什么有些人总爱拿他的一些小事当笑话说呢?

　　他是三分队的。三分队是舞台工作队。一分队是演员队,二分队是乐队。管箱的,——大衣箱、二衣箱、旗包箱,梳头的,检场的……这都归三分队。郝有才没有坐过科,拜过师,是个"外行",什么都不会,他只会装车、卸车、搬布景、挂吊杆,干一点杂活。这些活,看看就会,没有三天力巴。三分队的都是"苦哈哈",他们的工资都比较低。不像演员里的"好角",一月能拿二百多、三百。也不像乐队里的名琴师、打鼓佬,一月也能拿一百八九。他们每月都只有几十块钱。"开支"的时候,工资袋里薄薄的一叠,数起来很省事。他们的家累也都比较重,孩子多。因此,三分队的过日子都比较俭省,郝有才是其尤甚者。

　　他们家的饭食很简单,不过够吃饱。一年难得吃几次鱼,都是带鱼,熬一大盆,一家子吃一顿。他们家的孩子没有吃过虾。至于螃蟹,更不知道是什么滋味了。中午饭有什么吃什么,窝头、贴饼子、烙饼、馒头、米饭。有时也蒸几屉包子,菠菜馅的、韭菜馅的、茴香馅的,肉少菜多。这样可以变变花样,也省粮食。晚饭一般是吃面。炸酱面、麻酱面;茄子便宜的时候,茄子打卤;扁豆老了的时候,焖扁豆面,——扁豆焖熟了,把面往锅里一下,一翻个儿,得! 吃面浇什么,不论，但是必须得有蒜。"吃面不就蒜，好比杀人不见血！"他吃的蒜也都是紫皮大瓣。"青皮萝卜紫皮蒜，抬头的老婆低头的汉，这是上讲的！"他的蒜都是很磁棒，很鼓立的，一头是一头，上得了画，能拿到展览会上去展览。每一头都是他精心挑选过，挨着个儿用手捏过的。

不但是蒜，他们家吃的菜也都是经他精心挑选的。他每天中午、晚晌下班，顺便买菜。从剧团到他们家共有七家菜摊，经过每一个菜摊，他都要下车——他骑车，问问价，看看菜的成色。七家都考察完了，然后决定买哪一家的，再骑车返回去选购。卖菜的约完了，他都要再复一次秤，——他的自行车后架上随时带着一杆小秤。他买菜回来，邻居见了他买的菜都羡慕："你瞧有才买的这菜，又水灵，又便宜！"郝有才偏腿下车，说："货买三家不吃亏，——您得挑！"

郝有才干了一件稀罕事。他对他们家附近的烧饼、焦圈作了一次周密的调查研究。他早点爱吃个芝麻烧饼夹焦圈。他家在西河沿。他曾骑车西至牛街，东至珠市口，把这段路上每家卖烧饼焦圈的铺子都走遍，每一家买两个烧饼、两个焦圈，回家用戥子一一约过。经过细品，得出结论：以陕西巷口大庆和的质量最高。烧饼分量足，焦圈炸得透。他把这结论公之于众，并买了几套大庆和的烧饼焦圈，请大家品尝。大家嚼食之后，一致同意他的结论。于是纷纷托他代买。他也乐于跑这个小腿。好在西河沿离陕西巷不远，骑车十分钟就到了。他的这一番调查给大家留下深刻印象，因为别人都没有想到。

剧团外出，他不吃团里的食堂。每次都是烙了几十张烙饼，用包袱皮一包，带着。另外带了好些卤虾酱、韭菜花、臭豆腐、青椒糊、豆儿酱、芥菜疙瘩、小酱萝卜，瓶瓶罐罐，丁零当啷。他就用这些小菜就干烙饼。一到烙饼吃完，他就想家了，想北京，想北京的"吃儿"。他说，在北京，哪怕就是虾米皮熬白菜，也比外地的香。"为什么呢？因为，——五味神在北京！""五味神"是什么神？至今尚未有人考证过，不见于载籍。

他抽烟，抽烟袋，关东烟。他对于烟叶，要算个行家。什么黑龙江的亚布利、吉林的交河烟、易县小叶,及至云南烤烟,他只要看看,捏一撮闻闻,准能说出个子午卯酉。不过他一般不上烟铺买烟,他逛烟摊。这摊上的烟叶子厚不厚,口劲强不强,是不是"灰白火亮",他老远地一眼就能瞧出来。卖烟的要的"手彩"别想瞒过他。什么"插翎儿"、"酒药",全都逃不过他的眼睛。"几捆烟摆在地下,你一瞧,色气好,叶儿挺厚实,拐子不多,不赖! 卖烟的打一捆里,噌——抽出了一根:'尝尝! 尝尝!'你揉一揉往烟袋里一摁,点火,抽! 真不赖,'满口烟',喷香! 其实他这几捆里就这一根是好的,是插进去的,——卖烟的知道。你再抽抽别的叶儿,不是这个味儿子! ——这为'插翎'。要说,这个'侃儿'①起得挺有个意思,烟叶可不有点像鸟的翎毛么? 还有一种,归'酒药'。地下一堆碎烟叶。你来了,卖烟的抢过你的烟袋:'来一袋,尝尝! 试试!'给你装了一袋,一抽:真好! 其实这一袋,是他一转身的那工夫,从怀里掏出来给你装上的,——这是好烟。你就买吧! 买了一包,地下的,一抽,咳! ——屁烟! ——'酒药'!"

他爱喝一口酒。不多,最多二两。他在家不喝。家里不预备酒,免得老想酒。在小铺里喝。不就菜,抽关东烟就酒。这有个名目,叫"云彩酒"。

他爱逛寄卖行。他家大人孩子们的鞋、袜、手套、帽子,都是处理品。剧团外出,他爱逛商店,逛地摊,买"俏货"。他买的俏货都不是什么贵重东西。凉席、雨伞、马莲根的炊帚、铁丝笊篱……他买俏货,也有吃亏上当的时候。有一次,他从汉口买了一套套盆,——绿釉的陶盆,一个套着一个,一套五个,外面最大的可以洗被窝,里面最小的可以和面。他就像收藏家买了一张唐伯虎的画似的,高兴得不得了。费了半天劲,才把这套宝贝弄上车。不想到了北京,出了前门火车站,对面一家山货店里就有,东西和他买的一样,价钱比汉口便宜。他一气之下,恨不能把这套套盆摔碎了。——当然没有,他还是咬着

①　侃儿即行话,甚至可说是"黑话"。

嘴唇把这几十斤重的东西背回去了。"郝有才千里买套盆",落下一个"哏",供剧团的很多说笑了个把月。

说话,到了"文化大革命"。"文化大革命"乍一起来的时候,郝有才也懵了。这是怎么回事呢?昨天还是书记、团长、三叔、二大爷,一宿的工夫,都成了走资派、"三名三高"。大字报铺天盖地。小伙子们都像"上了法",一个个杀气腾腾,瞧着都瘆得慌。大家都学会了嚷嚷。平日言迟语拙的人忽然都长了口才,说起话一套一套的。郝有才心想:这算哪一出呢?渐渐地他心里踏实了。他知道"革命"革不到他头上。他头一回知道:三分队的都是红五类——工人阶级。各战斗组都拉他们。三分队的队员顿时身价十倍。有的人趾高气扬,走进走出都把头抬得很高。他们原来是人下人,现在翻身了!也有老实巴交的,还跟原来一样,每天上班,抽烟喝水,低头听会。郝有才基本上属于后一类。他也参加大批判,大辩论,跟着喊口号,叫"打倒",但是他没有动手打过人,往谁脸上啐过唾沫,给谁嘴里抹过糨糊。他心里想:干吗呀,有朝一日,还要见面。只有一件事少不了他。造反派上谁家抄家时总得叫上他,让他蹬平板三轮,去拉抄出来的"四旧"。他翻翻抄出来的东西,不免生一点感慨:真有好东西呀!

没多久,派来了军、工宣队,搞大联合,成立了革命委员会。

又没多久,这个团被指定为样板团。

样板团有什么好处?——好处多了!

样板团吃样板饭。炊事班每天变着样给大伙做好吃的。番茄焖牛肉、香酥鸡、糖醋鱼、包饺子、炸油饼……郝有才觉得天天过年。肚子里油水足,他胖了。

样板团发样板服。每年两套的确良制服,一套深灰,一套浅灰。穿得仔细一点,一年可以不用添置衣裳。——三分队还有工作服。到了冬天,还发一件棉军大衣。领大衣时,郝有才闹了一点小笑话。

棉大衣共有三个号:一号、二号、三号——大、中、小。一般身材,穿二号。矮小一点的,三号就行了。能穿一号的,全团没有几个。三分队的队长拿了一张表格,叫大家报自己的大衣号,好汇总了报上去。到了郝有才，他要求登记一件一号的。队长愣了："你多高？"——"一米六二。"——"那你要一号的？你穿三号的！——你穿上一号的像什么样子，那不成了道袍啦？"——"一号的，一号的！您给我登一件一号的！劳您驾！劳您驾！"队长纳了闷了，问他："你这是什么意思？"他说了实话："我拿回去，改改。下摆铰下来，能缝一副手套。"——"呸！什么人呐！全团有你这样的吗？领一件大衣，还饶一副手套！亏你想得出来！"队长把这事汇报了上去，军代表把他叫去训了一通。到底还是给他登记了一件三号的。

郝有才干了一件不大露脸的事，拿了人家五个羊蹄。他到一家回民食堂挑了五个羊蹄，趁着人多，售货员没注意，拿了就走，——没给钱。不想售货员早注意上他了，一把拽住："你给钱了吗？"——"给啦！"——"给了多少？我还没约呐，你就给了钱啦？"——"我现在给！"——"现在给？——晚啦！"旁边围了一圈人，都说："真不像话！""还是样板团的哪！"（他穿着样板服哪。）售货员非把他拉到公安局去不可，公安局的人一看，就五个羊蹄，事不大，就说："你写个检查吧！"——"写不了！我不认字。"公安局给剧团打了个电话，让剧团把他领回去。

军、工宣队研究了一下，觉得问题不大，影响不好，决定开一个小会，在队里批评批评他。

会上发言很热烈，每个人都说了。有人念了好几段毛主席语录。有一位能看"三列国"①的管箱的师傅掏出一本《雷锋日记》，念了好几篇，说："你瞧人家雷锋，风格多高。你瞧你，什么风格！——你简直的没有格！你好好找找差距吧！拿人家五个羊蹄，五个羊蹄，能值多少钱！你这么大的人了！小孩子也干不出这种事来！哎哟哎哟，你叫我说你什么好噢！我都替你寒碜。"军代表参加了这次会，看大家发言差不多了，就说："郝有才，你也说说。"

---

① 《三国演义》及《东周列国志》，合称"三列国"。凡能读"三列国"的，在戏班里即为有学问的圣人。

"我说。我这叫'爱小',贪小便宜。贪小便宜吃大亏呀！我怎么会贪小便宜？我打小就穷。我爸死得早,我妈是换取灯的①……"

军代表不知道什么是"换取灯的",旁边有人给他解释半天,军代表明白了,"哦。"

"我打小什么都干过。拣煤核,打执事②……"

什么是打执事,军代表也不懂,又得给他解释半天。"哦。"

"后来,我拉排子车,——拉小绊,我力气小,驾不了辕,只能拉小绊。

"有一回,大夏天,我发了痧,死过去了。也不知是哪位好心的,把我搭在前门门洞里。我醒过来了,瞅着瓮券上的城砖:'我这是在哪儿呐?'……"

三分队的出身都比较苦,类似的经历,他们也都有过,听了心里都有点难受,有人眼圈都红了。

"后来,我拉了两年洋车。

"后来,给陈××拉包月。"陈××是个名演员,唱老生的。

"拉包月,倒不累。除了拉大爷上馆子——"

"上馆子? 陈××爱吃馆子?"军代表不明白。

又得给他解释:"上馆子就是上剧场。"

"除了拉大爷上馆子,就是拉大奶奶上东安市场买买东西。"

军代表听到"大爷、大奶奶",觉得很不舒服,就打断了他:"不要说'大爷'、'大奶奶'。"

"对! 他是老板,我是拉车的。我跟他是两路人,除了,……咳,陈××爱吃红菜汤,他老让我到大地餐厅去给他端红菜汤。放在车上给他拉回来。我拉车、拉人,还拉红菜汤,你说这叫什么事!"

军代表听着,不知道他要说到哪里去,就又打断了他:"不要扯得

---

① 取灯即早先的火柴。换取灯的即收破烂的。收得破烂,或以取灯偿值,也有给钱的。

② 执事是出殡和迎亲的仪仗,金瓜钺斧朝天凳,旗锣伞扇……出殡则有幡、雪柳。打执事的都是穷人家的孩子。打一回执事,所得够一顿饭钱。

太远,不要离题,说说你对自己的错误的认识。"

"对,说认识。我这就要回到本题上来了。好容易,解放了,我参加了剧团。剧团改国营,我每月有了准收入,冻不着,饿不死了。这都亏了共产党呀!——中国共产党万岁!"

他抽不冷子来了这么一句,大伙不能不举起手来跟着他喊:

"中国共产党万岁!"

"这以后,剧团归为样板团,咱们是一步登天哪!'板儿饭','板儿服',真是没的说!可我居然干出这种丢人现眼的事,我给样板团抹了黑。我对得起谁?你们说:我对得起谁?嗯?……"

他问得理直气壮,简直有点咄咄逼人。

军代表觉得他再也说不出什么了,就做了简短的结论:

"郝有才同志的检查不够深刻。不过态度还是好的,也有沉痛感,一个人犯了错误,不要紧,只要改正了就好。对于犯错误的同志,我们不应该歧视他,轻视他,而是要热情地帮助他。"接着又说:"对于任何人,都要一分为二。比如郝有才同志,他有点缺点,爱打个小算盘。他也有优点嘛!比如,他每天给大家打开水,这就是优点。这也是为人民服务嘛!希望他今后能发扬优点,克服缺点,做一名无愧于样板团称号的文艺战士!"

会就开到这里。

过了没多久,郝有才可干了一件十分露脸的事。他早起上班打开水,上楼梯的时候绊了一下,暖壶碰在栏杆上,"砰!"把一个暖壶胆瓹了①,暖壶胆瓹了,照例是可以拿到总务科去领一个的,郝有才不知怎么一想,他没去总务科去领,自己掏钱,到菜市口配了一个。——而且没有告诉任何人。不过人们还是知道了,大家传开了:"有才这回干了一件漂亮事!"——"他这样的人,干出这样的事,尤其难得!"见了他,都说:"有才!好样儿的!"——"有才!你这进步可是不小哇!——我简直都不敢相信。"郝有才觉得美不滋儿的。

———————

① 瓹,音 cèi,北京土话,打碎了的意思。

军、工宣队知道了,也都认为这是他们的思想工作的成果。事情不大,意义不小,于是决定让他在全团大会上作一次讲用。

要他讲用,可是有点困难。他不认字,不能写讲稿。让别人替他写讲稿也不成,他念不下来。只好凭他用口讲。军代表把他叫去,启发了半天,让他讲讲自己的活思想,——当时是怎么想的,怎样让公字占领了自己的思想,克服了私心,最好能引用两段毛主席语录。军代表心想,他虽不识字,可是大家整天念语录,他听也应该听会几段了。

那天讲用一共三个人。前面两个,都讲得不错,博得全场掌声。第三个是郝有才。郝有才上了台,向毛主席像行了一个礼,然后转过身来,大声地说:

"毛主席教导我们说:甭了就甭了!"

大家先是一愣,接着都忍不住哈哈大笑起来。主持会议的军代表原来还绷着脸,终于憋不住,随着大家一同哈哈大笑。他一边大笑,一边挥手:"散会!"

金冬心

召应博学鸿词杭郡金农字寿门别号冬心先生、稽留山民、龙棕仙客、苏伐罗吉苏伐罗,早上起来觉得很无聊。

他刚从杭州扫墓回来。给祖坟加了加土,吩咐族侄把聚族而居的老宅子修理修理,花了一笔钱。杭州官员馈赠的程仪殊不丰厚,倒是送了不少花雕和莼菜,坛坛罐罐,装了半船。装莼菜的瓷罐子里多一半是西湖水。我能够老是饮花雕酒喝莼菜汤过日脚么?开玩笑!

他是昨天日落酉时回扬州的。刚一进门,洗了脸,给他装裱字画、收拾图书的陈聋子就告诉他:袁子才把十张灯退回来了。是托李馥馨茶叶庄的船带回来的。附有一封信。另外还有十套《随园诗话》。金冬心当时哼了一声。

去年秋后,来求冬心先生写字画画的不多,他又买了两块大砚台,一块红丝碧端,一块蕉叶白,手头就有些紧。进了腊月,他忽然想起一个主意:叫陈聋子用乌木做了十张方灯的架子,四面由他自己书画。自以为这主意别致。他知道他的字画在扬州实在不大卖得动了,——太多了,几乎家家都有。过了正月初六,就叫陈聋子搭了李馥馨的船到南京找袁子才,托他去卖。凭子才的面子,他在南京的交往,估计不难推销出去。他希望一张卖五十两。少说,也能卖二十两。不说别的,单是乌木灯架,也值个三两二两的。那么,不无小补。

袁子才在小仓山房接见了陈聋子,很殷勤地询问了冬心先生的起居,最近又有什么轰动一时的诗文,说:"灯是好灯!诗、书、画,可称三绝。先放在我这里吧。"

金冬心原以为过了元宵,袁子才就会兑了银子来。不想过了清明,还没有消息。

现在,退回来了!

袁枚的信写得很有风致:"……金陵人只解吃鸭脯,光天白日,尚无目识字画,安能于灯光烛影中别其嫫妍耶?……"

这个老奸巨猾!不帮我卖灯,倒给我弄来十部《诗话》,让我替他向扬州的醝贾打秋风!——俗!

晚上吃了一碗鸡丝面,早早就睡了。

今天一起来,很无聊。

喝了几杯苏州新到的碧螺春,念了两遍《金刚经》,趿着鞋,到小花圃里看了看。宝珠山茶开得正好,含笑也都有了骨朵了。然而提不起多大兴致。他惦记着那十盆兰花。他去杭州之前,瞿家花园新从福建运到十盆素心兰。那样大的一盆,每盆不愁有百十个箭子!索价五两一盆,不贵!要是袁子才替他把灯卖出去,这十盆剑兰就会摆在他的小花圃苇棚下的石条上。这样的兰花,除了冬心先生,谁配?然而……

他踱回书斋里,把袁枚的信摊开又看了一遍,觉得袁枚的字很讨厌,而且从字里行间嚼出一点挖苦的意味。他想起陈聋子描绘的随园:有几棵柳树,几块石头,有一个半干的水池子,池子边种了十来棵木芙蓉,到处是草,草里有蜈蚣……这样一个破园子,会是江宁织造的大观园么?可笑①!此人惯会吹牛,装模作样!他顺手把《随园诗话》打开翻了几页,到处是倚人自重,借别人的赏识,为自己吹嘘。有的诗,还算清新,然而,小聪明而已。正如此公自道:"诗被人嫌只为多!"再看看标举的那些某夫人、某太夫人的诗,都不见佳。哈哈,竟然对毕秋帆也揄扬了一通!毕秋帆是什么?——商人耳!郑板桥对袁子才曾作过一句总评,说他是"斯文走狗",不为过分!

他觉得心里痛快了一点,——不过,还是无聊。

他把陈聋子叫来,问问这些天有什么函件柬帖。陈聋子捧出了

① 袁枚曾说大观园就是他的随园。

一叠。金冬心拆看了几封,都没有什么意思,问:"还有没有?"

陈聋子把脑门子一拍,说:"有!——我差一点忘了,我把它单独放在拜匣里了:程雪门有一张请帖,来了三天了!"

"程雪门?"

"对对对! 请你陪客。"

"请谁?"

"铁大人。"

"哪个铁大人?"

"新放的两淮盐务道铁保珊铁大人。"

"几时?"

"今天! 中饭! 平山堂!"

"你多误事!——去把帖子给我拿来!——去订一顶轿子!——你真是!——快去!——哎哟!"

金冬心开始觉得今天有点意思了。

等着催请了两次,到第三次催请时,冬心先生换了衣履,坐上轿子,直奔平山堂。

程雪门是扬州一号大盐商,今天宴请新任盐务道,非比寻常! 果然,等金冬心下了轿,往平山堂一看,只见扬州的名流显贵都已到齐。藩臬二司、河工漕运、当地耆绅、清客名士,济济一堂。花翎补服,辉煌耀眼;轻衣缓带,意态萧闲。程雪门已在正面榻座上陪着铁保珊说话,一眼看见金冬心来了,站起身来,铁保珊早抢步迎了出来。

"冬心先生! 久仰! 久仰得很哪!"

"岂敢岂敢! 农本布衣,幸瞻风采! 铁大人从都里来,一路风霜,辛苦了!"

"请!"

"请! 请!"

铁保珊拉了金冬心入座。程雪门道了一声"得罪!"自去应酬别的客人。大家只见铁保珊侧着身子和金冬心谈得十分投机,金冬心不时点头拊掌,不知他们谈些什么,不免悄悄议论。

"雪翁今天请金冬心来陪铁保珊,好大的面子!"

"听说是铁保珊指名要见的。"

"金冬心这时候才来,架子搭得不小!"

"看来他的字画行情要涨!"

少顷宴齐,更衣入席。平山堂中,雁翅般摆开了五桌。正中一桌,首座自然是铁保珊。次座是金冬心。金冬心再三谦让,铁保珊一把把他按得坐下,说:"你再谦,大家就不好坐了!"金冬心只得从命。程雪门在这桌的主座上陪着。

今天的酒席很清淡。铁大人连接吃了几天满汉全席,实在是没有胃口,接到请帖,说:"请我,我到!可是我只想喝一碗晚米稀粥,就一碟香油拌疙瘩丝!"程雪门说一定照办。按扬州请客的规矩,菜单曾请铁保珊过了目。凉碟是金华竹叶腿、宁波瓦楞明蚶、黑龙江熏鹿脯、四川叙府糟蛋、兴化醉蛏鼻、东台醉泥螺、阳澄湖醉蟹、糟鹌鹑、糟鸭舌、高邮双黄鸭蛋、界首茶干拌荠菜、凉拌枸杞头……热菜也只是蟹白烧乌青菜、鸭肝泥酿怀山药、鲫鱼脑烩豆腐、烩青腿子口蘑、烧鹅掌。甲鱼只用裙边。鳟花鱼不用整条的,只取两块脑后腮边眼下蒜瓣肉。车螯只取两块瑶柱。炒芙蓉鸡片塞牙,用大兴安岭活捕来的飞龙剁泥、鸽蛋清。烧烤不用乳猪,用果子狸。头菜不用翅唇参燕,清炖杨妃乳——新从江阴运到的河豚鱼。铁大人听说有河豚,说:"那得有炒蒌蒿呀!——'竹外桃花三两枝,春江水暖鸭先知,蒌蒿满地芦芽短,正是河豚欲上时',有蒌蒿,那才配称。"——"有有有!"随饭的炒菜也极素净:素炒蒌蒿薹、素炒金花菜、素炒豌豆苗、素炒紫芽姜、素炒马兰头、素炒凤尾——只有三片叶子的嫩莴苣尖、素烧黄芽白……铁大人听了菜单(他没有看)说是"这样好,'咬得菜根,则百事可做'。"他请金冬心过目,冬心先生说:"'一箪食,一瓢饮',农一介寒士,无可无不可的。"

金冬心尝了尝这一桌非时非地清淡而名贵的菜肴,又想起袁子才,想起他的《随园食单》,觉得他把几味家常鱼肉说得天花乱坠,真是寒乞相,嘴角不禁浮起一丝冷笑。

酒过三巡,铁保珊提出寡饮无趣,要行一个酒令。他提出的这个酒令叫作"飞红令",各人说一句或两句古人诗词,要有"飞、红"二字,或明嵌、或暗藏,都可以。这令不算苛。他自己先说了两句:"花谢花飞飞满天,红消香断有谁怜?"有人不识出处。旁边的人提醒他:"《红楼梦》!"这时正是《红楼梦》大行的时候,"开谈不说《红楼梦》,纵读诗书也枉然",不知出处的怕露怯,连忙说:"哦,《红楼梦》!《红楼梦》!"下面也有说"一片花飞减却春"的,也有说"桃花乱落如红雨"的。有的说不上来,甘愿罚酒。也有的明明说得出,为了谦抑,故意说:"我诗词上有限,认罚认罚!"借以凑趣的。临了,到了程雪门。程雪门说了一句:

"柳絮飞来片片红。"

大家先是愕然,接着就哗然了:

"柳絮飞来片片红,柳絮如何是红的?"

"无是理!无是理!"

"杜撰!杜撰无疑!"

"罚酒!罚酒!"

"满上!满上!喝了!喝了!"

程雪门也不知道自己怎么会诌出这样一句不通的诗来,正在满脸紫涨,无地自容,忽听得金冬心放下杯箸,从容言道:

"诸位莫吵。雪翁此诗有出处。这是元人咏平山堂的诗,用于今日,正好对景。"他站起身来,朗吟出全诗:

廿四桥边廿四风,
凭栏犹忆旧江东。
夕阳返照桃花渡,
柳絮飞来片片红。

大家一听,全都击掌:

"好诗!"

"好一个'柳絮飞来片片红'！妙！妙极了！"

"如此尖新,却又合情合理,这定是元人之诗,非唐非宋!"

"到底是冬心先生!元朝人的诗,我们知道得太少,惭愧惭愧!"

"想不到程雪翁如此博学!佩服!佩服!"

程雪门哈哈大笑,连说:"过奖,过奖!——菜凉了,河豚要趁热!"

于是大家的筷子一齐奔向杨妃乳。

铁保珊拈须沉吟:这是元朝人的诗么?

金冬心真是捷才!出口成章,不动声色。快,而且,好!有意境……

第二天,一清早,程雪门派人给金冬心送来一千两银子。金冬心叫陈聋子告诉瞿家花园,把十盆剑兰立刻送来。

陈聋子刚要走,金冬心叫住他:

"不忙。先把这十张灯收到厢房里去。"

陈聋子提起两张灯,金冬心又叫住他:

"把这个——搬走!"

他指的是堆在地下的《随园诗话》。

陈聋子抱起《诗话》,走出书斋,听见冬心先生骂道:

"斯文走狗!"

陈聋子心想:他这是骂谁呢?

一九八三年十月二十五日

云致秋行状

云致秋是个乐天派,凡事看得开,生死荣辱都不太往心里去,要不他活不到他那个岁数。

我认识致秋时,他差不多已经死过一次。肺病。很严重了。医院通知了剧团,剧团的办公室主任上他家给他送了一百块钱。云致秋明白啦:这是让我想吃点什么吃点什么呀!——吃!涮牛肉,一天涮二斤。那阵牛肉便宜,也好买。卖牛肉的和致秋是老街坊,"发孩",又是个戏迷,致秋常给他找票看戏。他知道致秋得的这个病,就每天给他留二斤嫩的,切得跟纸片儿似的,拿荷叶包着,等着致秋来拿。致秋把一百块钱牛肉涮完了,上医院一检查,你猜怎么着:好啦!大夫直纳闷:这是怎么回事呢?致秋说:"我的火炉子好!"他说的"火炉子"指的是消化器官。当然他的病也不完全是涮牛肉涮好了的,组织上还让他上小汤山疗养了一阵。致秋说:"还是共产党好啊!要不,就凭我,一个唱戏的,上小汤山,疗养——姥姥!"肺病是好了,但是肺活量小了。他说:"我这肺里好些地方都是死膛儿,存不了多少气!"上一趟四楼,到了二楼,他总得停下来,摆摆手,意思是告诉和他一起走的人先走,他缓一缓,一会就来。就是这样,他还照样到楼梓庄参加劳动,到番字牌搞四清,上井冈山去体验生活,什么也没有落下。

除了肺不好,他还有个"犯肝阳"的毛病。"肝阳"一上来,两眼一黑,什么都看不见。他从口袋里摸出一个干辣椒(他口袋里随时都带几个干辣椒)放到嘴里嚼嚼,闭闭眼,一会就好了。他说他平时不吃辣,"肝阳"一犯,多辣的辣椒嚼起来也不辣。这病我没听说过,不知是一种什么怪病。说来就来,一会儿又没事了。原来在起草一个什么材料。戴上花镜接茬儿下笔千言离题万里地写下去;原来在给人拉胡琴说戏,把合上的弓子抽开,定定弦,接茬儿说;原来在聊天,接茬儿往下聊。海聊穷逗,谈笑风生,一点不像刚刚犯过病。

致秋家贫,少孤。他家原先开一个小杂货铺,不是唱戏的,是外行。——梨园行把本行以外的人和人家都称为"外行"。"外行"就是不是唱戏的,并无褒贬之意。谁家说了一门亲事,俩老太太遇见了,聊起来。一个问:"姑娘家里是干什么的?"另一个回答是干嘛干嘛的,完了还得找补一句:"是外行。"为什么要找补一句呢?因为梨园行的嫁娶,大都在本行之内选择。门当户对,知根知底。因此剧团的演员大都沾点亲,"论"得上,"私底下"都按亲戚辈分称呼。这自然会影响到剧团内部人跟人的关系。剧团领导曾召开大会反过这种习气,但是到了还是没有改过来。

致秋上过学,读到初中,还在青年会学了两年英文。他文笔通顺,字也写得很清秀,而且写得很快。照戏班里的说法是写得很"溜"。他有一桩本事,听报告的时候能把报告人讲的话一字不落地记下来。他曾在邮局当过一年练习生,后来才改了学戏。因此他和一般出身于梨园世家的演员有些不同,有点"书卷气"。

原先在致兴成科班。致兴成散了,他拜了于连萱。于先生原先也是"好角",后来塌了中①,就不再登台,在家教戏为生。

那阵拜师学戏,有三种。一种是按月致送束脩的。先生按时到学生家去,或隔日一次,或一个月去个十来次。一种本来已经坐了科,能唱了,拜师是图个名,借先生一点"仙气",到哪儿搭班,一说是谁谁谁的徒弟,"那没错!"台上台下都有个照应。这就说不上固定报酬了,只是三节两寿——五月节,八月节,年下,师父、师娘生日,送一笔礼。另一种,是"写"给先生的。拜师时立了字据。教戏期间分文

---

① 中年嗓子失音,谓之"塌中"。

不取。学成之后,给先生效几年力。搭了班,唱了戏,头天晚上开了戏份——那阵都是当天开份,戏没有打住,后台管事就把各人的戏份封好了,第二天,原封交给先生。先生留下若干,下剩的给学生。也有的时候,班里为了照顾学生,会单开一个“小份”,另外封一封,这就不必交先生了。先生教这样的学生,是实授的,真教给东西。这种学生叫作“把手”的徒弟。师徒之间,情义很深。学生在先生家早晚出入,如一家人。

云致秋很聪明,模仿能力很强,他又有文化,能抄本子,这比口传心授自然学得快得多,于先生很喜欢他。没学几年,就搭班了。他是学“二旦”的,但是他能唱青衣,——一般二旦都只会花旦戏,而且文的武的都能来,《得意缘》的郎霞玉,《银宝山》的代战公主,都行。《四郎探母》,他的太后。——那阵班里派戏,都有规矩。比如《探母》,班里的旦角,除了铁镜公主,下来便是萧太后,再下来是四夫人,再下来才是八姐、九妹。谁来什么,都有一定。所开戏份,自有差别。致秋唱了几年戏,不管搭什么班,只要唱《探母》,太后都是他的。

致秋有一条好嗓子。据说年轻时扮相不错,——我有点怀疑。他是一副窄长脸,眼睛不大,鼻大挺长,鼻子尖还有点翘。我认识他时,他已经是干部,除了主演忙,或领导上安排布置,他不再粉墨登场了。我一共看过他两出戏:《得意缘》和《探母》。他那很多地方是死腔的肺里的氧气实在不够使,我看他扮着郎霞玉,拿着大枪在台上一通折腾,不停地呼哧呼哧喘气,真够他一呛!不过他还是把一出《得意缘》唱下来了。《探母》那回是“大合作”,在京的有名的须生、青衣都参加了,在中山公园音乐堂。那么多的“好角”,可是他的萧太后还真能压得住,一出场就来个碰头好。观众也有点起哄。一来,他确实有个太后的气派,“身上”,穿着花盆底那两步走,都是样儿;再则,他那扮相实在太绝了,京剧演员扮戏,早就改了用油彩。梅兰芳、程砚秋、尚小云,后来都是用油彩。他可还是用粉彩,鹅蛋粉、胭脂,眉毛描得笔直,樱桃小口一点红,活脱是一幅“同光十三绝”,俨然陈德霖再世。

云致秋到底为什么要用粉彩化妆,这是出于一种什么心理,我一直没有琢磨透。问他,他说:"粉彩好看!油彩哪有粉彩精神呀!"这是真话么?这是标新(旧)立异?玩世不恭?都不太像。致秋说:"粉彩怎么啦,公安局管吗?"公安局不管,领导上不提意见,就许他用粉彩扮戏。致秋是个凡事从众随俗的人,有的时候,在无害于人,无损于事的情况下,也应该容许他发一点小小的狂。这会使他得到一点快乐,一点满足:"这就是我——云致秋!"

致秋有个习惯,说着说着话,会忽然把眉毛、眼睛、鼻子"纵"在一起,嘴唇紧闭;然后又用力把嘴张开,把眼睛鼻子挣回原处。这是用粉彩落下的毛病,小时在科班里,化妆,哪儿给你准备蜜呀,用一大块冰糖,拿开水一沏,师父给你抹一脸冰糖水,就往上扑粉。冰糖水干了,脸上绷得难受,老想活动活动肌肉,好松快些,久而久之成了习惯,几十年也改不了。看惯了,不觉得。生人见面,一定很奇怪。我曾跟致秋说过:"你当不了外交部长!——接见外宾,正说着世界大事,你来这么一下,那怎么行?"致秋说:"对对对,我当不了外交部长!——我会当外交部长吗?"

致秋一辈子走南闯北,跑了不少码头,搭过不少班,"傍"过不少名角。他给金少山、叶盛章、唐韵笙都捂过刀[1]。他会的戏多,见过的也多,记性又好,甭管是谁家的私房秘本,什么四大名旦,哪叫麒派、马派,什么戏缺人,他都来顶一角,而且不用时戏,拿起来就唱。他很有戏德,在台上保管能把主角傍得严严实实,不洒汤,不漏水,叫你唱得舒舒服服。该你得好的地方,他事先给你垫足了,主角略微一使劲,"好儿"就下来了;主角今天嗓音有点失润,他也能想法帮你"遮"过去,不特别"卯上",存心"啃"你一下。临时有个演员,或是病了,或是家里出了点事,上不去,戏都开了,后台管事急得乱转:"云老板,您来一个!""救场如救火",甭管什么大小角色,致秋二话不说,包上头就扮戏。他好说话。后台嘱咐"马前",他就可以掐掉几句;

---

[1] 当主要配角,叫作"捂刀"。

"马后"，他能在台上多"绷"一会。有一次唱《桑园会》，老生误了场，他的罗敷，愣在台上多唱出四句大慢板！——临时旋编词儿。一边唱，一边想，唱了上句，想下句。打鼓佬和拉胡琴的直纳闷：他怎还唱呀！下来了，问他："您这是哪一派？"——"云派！"他聪明，脑子快，能"钻锅"，没唱过的戏，说说，就上去了，还保管不会出错。他台下人缘也好。从来不"拿糖"、"吊腰子"。为了戏份、包银不合适，临时把戏"砍"下啦，这种事他从来没干过。戏班里的事，也挺复杂，三叔二大爷，师兄、师弟，你厚啦，我薄啦，你鼓啦，我瘪啦，仨一群，俩一伙，你踩和我，我挤对你，又合啦，又"咧"啦……经常闹纷纷。常言说："宁带千军，不带一班。"这种事，致秋从来不往里掺和。戏班里流传两句"名贤集"式的处世格言，一是"小心干活，大胆拿钱"，一是"不多说，不少道"，致秋是身体力行的。他爱说，但都是海聊穷逗，从不钩心斗角，搬弄是非。因此，从南到北，都愿意用他，来约的人不少，他在家赋闲当"散仙"的时候不多。

他给言菊朋挂过二牌，有时在头里唱一出，也有时陪着言菊朋唱唱《汾河湾》一类的"对儿戏"。这大概是云致秋的艺术生涯登峰造极的时候了。

我曾问过致秋："你为什么不自己挑班？"致秋说："有人撺掇过我。我也想过。不成，我就这半碗。唱二路，我有富裕，挑大梁，我不够。不要小鸡吃绿豆，强努。挑班，来钱多，事儿还多哪。挑班，约人，处好了，火炉子，热烘烘的；处不好，'虱子皮袄'，还得穿它，又咬得慌。还得到处请客、应酬、拜门子，我淘不了这份神。这样多好，我一个唱二旦的，不招风，不惹事。黄金荣、杜月笙、袁良、日本宪兵队，都找寻不到我头上。得，有碗醋卤面吃就行啦！"

致秋在外码头搭班唱戏了，所得包银，就归自己了。不过到哪儿，回北京，总得给于先生带回点什么。于先生病故，他出钱买了口好棺材，披麻戴孝，致礼尽哀。

攒了点钱，成了家。媳妇相貌平常，但是性情温厚，待致秋很好，净变法子给他做点好吃的，好让他的"火炉子"烧得旺旺的。

跟云致秋在一起,待一天,你也不会闷得慌。他爱聊天,也会聊,他的聊天没有什么目的。聊天还有什么目的? 有。有人爱聊,是在显示他的多知多懂。剧团有一位就是这样,他聊完了一段,往往要来这么几句:"这种事你们哪知道啊! 爷们,学着点吧!"致秋的爱聊,只是反映出他对生活,对人,充满了近于童心的兴趣。致秋聊天,极少臧否人物。"闲谈莫论人非",他从不发人阴私,传播别人一点不大见得人的秘闻,以博大家一笑。有时说到某人某事,也会发一点善意的嘲笑,但都很有分寸,决不流于挖苦刻薄。他的嘴不损。他的语言很生动,但不装腔作势,故弄玄虚。有些话说得很逗,但不是"胳肢"人,不"贫"。他走南闯北,知道的事情很多,而且每个细节都记得非常清楚,——这真是一种少有的才能,一个小说家必备的才能! 这事发生在哪一年,那年洋面多少钱一袋;是樱桃、桑葚下来的时候,还是韭花开的时候,一点错不了。我写过一个关于裘盛戎的剧本,把初稿送给他看过,为了核对一些事实,主要是盛戎到底跟杨小楼合唱过《阳平关》没有。他那时正在生病,给我写了一个字条:

> 盛戎和杨老板合演《阳平关》实有其事。那是一九三五年,盛戎二十,我十七。在华乐。那天杨老板的三出。头里一出是朱琴心的《采花赶府》(我的丫环)。盛戎那时就有观众,一个引子满堂好。……

这大概是致秋留在我这里的唯一的一张"遗墨"了。头些日子我翻出来看过,不胜感慨。

致秋是北京解放后戏曲界第一批入党的党员。在第一届戏曲演员讲习会的时候就入党了。他在讲习会表现好,他有文化,接受新事物快。许多闻所未闻的革命道埋,他听来很新鲜,但是立刻就明白了,"是这么个理儿!"许多老艺人对"猴变人",怎么也想不通。在学

305

习"谁养活谁"时，很多底包演员一死儿认定了是"角儿"养活了底包。他就掰开揉碎地给他们讲，他成了一个实际上的学习辅导员，——虽然讲了半天，很多老艺人还是似通不通。解放，对于云致秋，真正是一次解放，他的翻身感是很强烈的。唱戏的不再是"唱戏低"了，不是下九流了。他一辈子傍角儿。他和挑班的角儿关系处得不错，但他毕竟是个唱二旦的，不能和角儿平起平坐。"是龙有性"，角儿都有角儿的脾气。角儿今天脸色不好，全班都像顶着个雷。入了党，致秋觉得精神上长了一块，打心眼儿里痛快。"从今往后，我不再傍角儿！我傍领导！傍组织！"

他回剧团办过扫盲班。这个"盲"真不好扫呀。

舞台工作队有个跟包打杂的，名叫赵旺。他本叫赵旺财。《荷珠配》里有个家人，叫赵旺，专门伺候员外吃饭。员外后来穷了，还是一来就叫"赵旺！——我要吃饭了。""赵旺"和"吃饭"变成了同义语。剧团有时开会快到中午了，有人就提出："咱们该赵旺了吧！"这就是说，该吃饭了。大家就把赵旺财的财字省了，上上下下都叫他赵旺。赵旺出身很苦(他是个流浪孤儿，连自己的出生年月都不知道)，又是"工人阶级"，"文化大革命"中就成了几个战斗组争相罗致的招牌，响当当的造反派。

就是这位赵旺老兄，曾经上过扫盲班。那时扫盲没有新课本，还是沿用"人手足刀尺"。云致秋在黑板上写了个"足"字，叫赵旺读。赵旺对着它相了半天面。旁边有个演员把脚伸出来，提醒他。赵旺读出来了："鞋！"云致秋摇摇头。那位把鞋脱了，赵旺又读出来了："哦，袜子。"云致秋又摇摇头。那位把袜子也脱了，赵旺大声地读出来："脚巴丫子！"(云致秋想：你真行！一个字会读成四个字！)

扫盲班结束了，除了赵旺，其余的都认识了不少字，后来大都能看《北京晚报》了。

后来，又办了一期学员班。

学员班只有三个人是脱产的，都是从演员里抽出来的，一个贾世荣，是唱里子老生的，一个云致秋，算是正副主任。还有一个看功的老师马四喜。

马四喜原是唱武花脸的，台上不是样儿，看功却有经验。他父亲就是在科班里抄功的。他有几个特点。一是抽关东烟，闻鼻烟，绝对不抽纸烟。二是肚子里很宽，能读"三列国"、《永庆升平》、《三侠剑》，倒背如流。另一个特点是讲话爱用成语，又把成语的最后一个字甚至几个字"歇"掉。他在学员练功前总要讲几句话：

"同志们，你们可都是含苞待，大家都有锦绣前！这练功，一定要硬砍实，可不能偷工减！千万不要少壮不，将来可就要老大徒啦！——踢腿：走！"

贾世荣是个慢性子，什么都慢。台上一场戏，他一上去，总要比别人长出三五分钟。他说话又喜欢咬文嚼字，引经据典。所据经典，都是戏。他跟一个学员谈话，告诫他不要骄傲："可记得关云长败走麦城之故耳？……"下面就讲开了《走麦城》。从科班到戏班，除此以外，他哪儿也没去过。不知道谁的主意，学员班要军事化。他带操，"立正！报数！齐步走！"这都不错。队伍走到墙根了，他不叫"左转弯走"或"右转弯走"，也不知道叫"立定"，一下子慌了，就大声叫："吁……！"云致秋和马四喜也跟在队后面走。马四喜炸了："怎么碴！把我们全当成牲口啦！"

贾世荣和马四喜各执其事，不负全面责任，学员班的一切行政事务，全面由云致秋一个人操持。借房子，招生，考试，政审，请教员。谁的五音不全，谁的上下身不合。谁正在倒仓，能倒过来不能。谁的半月板扭伤了，谁撕裂了韧带，请大夫，上医院。男生干架，女生斗嘴……事无巨细，都得要管。每天还要说戏。凡是小嗓的，他全包了，青衣、花旦、刀马，唱做念打，手眼身法步，一招一式地教。

学员班结业，举行了汇报演出。剧团的负责人，主要演员都到场看了，——一半是冲着云致秋的面子去的。"咱们捧捧致秋！办个学员班，不易！"——"捧捧！"党委书记讲话，说学员班办得很有成绩，为剧团输送了新的血液。实际上是输送了一些"院子过道"、宫女丫环。真能唱一出的，没有两个。当初办学员班，目的就在招"院子过道",宫女丫环,没打算让他们唱一出。这一期学员,后来在"文化大革命"中可没少热闹。

致秋后来又当了一任排练科长。排练科是剧团最敏感的部门。演员们说,剧团只有两件事是"过真格"的。一是"拿顶"。"拿顶"就是领工资,——剧团叫"开支"。过去领工资不兴签字,都要盖戳。戳子都是字朝下,如拿顶,故名"戳子拿顶"。一简化,就光剩下"拿顶"了。"嗨,快去,拿顶来!"另一件,是排戏。一个演员接连排出几出戏,观众认可了,噌噌噌,就许能红了。几年不演戏,本来有两下子的,就许窝了回去。给谁排啦,不给谁排啦;派谁什么角色啦,讨俏不讨俏,费力不费力,广告上登不登,戏单上有没有名字……剧团到处喊喊喳喳,交头接耳,咬牙跺脚,两眼发直,整天就是这些事儿。排练科长,官不大,权不小。权这个东西是个古怪东西。人手里有它,就要变人性。说话调门儿也高啦,用的字眼儿也不同啦,神气也变啦。谁跟我不错,"好,有在那里!"谁得罪过我,"小子,你等着吧,只要我当一天科长,你就甭打算痛快!"因此,两任排练科长,没有不招恨的。有人甚至在死后还挨骂:"×××,真他妈不是个东西!"云致秋当了两年排练科长,风平浪静。他排出来的戏码,定下的"人位"(戏班把分派角色叫作"定人位"),一碗水端平,谁也挑不出什么来。有人给他家装了一条好烟,提了两瓶酒,几斤苹果,致秋一概婉词拒绝:"哥们!咱们不兴这个!我要不想抽您那条大中华,喝您那两瓶西凤,我是孙子!可我现在在这个位置上,不能让人戳我的脊梁骨。您拿回去!咱们天知地知,你知我知,就当没有这回事!"

后来致秋调任了办公室副主任,——主任是贾世荣。

他这个副主任没地儿办公。办公室里会计、出纳、总务、打字员,还有贾世荣独据一张演《林则徐》时候特制的维多利亚时代硬木雕花的大写字台(剧团很多家具都是舞台上撤下来的大道具),都满了。党委办公室还有一张空桌子,"得来,我就这儿就乎就乎吧!"我们很欢迎他来,他来了热闹。他不把我们看成"外行",对于从老解放区来的,部队下来的,老郭、老吴、小冯、小梁,还有像我这样的"秀才",天

308

生来有一种好感。我们很谈得来。他事实上成了党委会的一名秘书。党委和办公室的工作原也不大划得清。在党委会工作的几个人,没有十分明确的分工。有了事,大家一齐动手;没事,也可以瞎聊。致秋给自己的工作概括成为四句话:跑跑颠颠,上传下达,送往迎来,喜庆堂会。

党委会经常要派人出去开会。有的会,谁也不愿去,就说:"嗨,致秋,你去吧!""好,我去!"市里或区里布置春季卫生运动大检查、植树、"交通安全宣传周",以及参加刑事杀人犯公审(公审后立即枪决)……这都是他的事。回来,传达。他的笔记记得非常详细,有闻必录。让他念念笔记,他开始念了:"张主任主持会议。张主任说:'老王,你的糖尿病好了一点没有?'……"问他会议的主要精神是什么,什么是张主任讲话的要点,答曰:"不知道。"他经常起草一些向上面汇报的材料,翻翻笔记本,摊开横格纸就写,一写就是十来张。写到后来,写不下去了,就叫我:"老汪,你给我瞧瞧,我这写的是什么呀?"我一看:迤迤拉拉,啰嗦重复,不知所云。他写东西还有个特点,不分段,从第一个字到末一个句号,一气到底,一大篇!经常得由我给他"归置归置",重新整理一遍。他看了说:"行!你真有两下。"我说:"你写之前得先想想,想清楚再写呀。李笠翁说,要袖手于前,才能疾书于后哪!"——"对对对!我这是疾书于前,袖手于后!写到后来,没了辙了!"

他的主要任务,实际是两件。一是做上层演员的统战工作。剧团的党委书记曾有一句名言:剧团的工作,只要把几大头牌的工作做好,就算搞好了一半(这句话不能算是全无道理,可是在"文化大革命"中成为群众演员最为痛恨的一条罪状)。云致秋就是搞这种工作的工具。另一件,是搞保卫工作。

致秋经常出入于头牌之门,所要解决的都是些难题。主要演员彼此常为一些事情争,争剧场(谁都愿上工人俱乐部、长安、吉祥,谁也不愿去海淀,去圆恩寺……),争日子口(争节假日,争星期六,星期天),争配角,争胡琴,争打鼓的。致秋得去说服其中的一个顾全大局,让一让。最近"业务"不好,希望哪位头牌把本来预订的"歇工戏"改成重头戏;为了提拔后进,要请哪位头牌"捧捧"一个青年演员,跟她合唱一出"对儿戏";领导上决定,让哪几个青年演员"拜"哪几位头牌,希望头牌能"收"他们……这些等等,都得致秋去说。致秋的工作方法是进门先不说正事,三叔二舅地叫一气,插科打诨,嘻嘻哈哈,然后才说:"我今儿来,一来是瞧瞧您,再,还有这么档事……"他还有一个偏方,是走内线。不找团长(头牌都是团长,副团长),却找"团太"。这是戏班里兴出来的特殊称呼,管团长的太太叫"团太"。团太知道他无事不登三宝殿,有时绷着脸:"三婶今儿不高兴,给三婶学一个!"致秋有一个绝活:学人。甭管是台上、台下,几个动作,神情毕肖。凡熟悉梨园行的,一看就知道是谁。他经常学的是四大须生出场报名,四人的台步各有特色,音色各异,对比鲜明。"漾(杨)抱(宝)森"(声音浑厚,有气无力);"谭富音(英)"(又高又急又快,"英"字抵腭不穿鼻,读成"鬼音");"奚啸伯"(嗓音很细,"奚、啸"皆读尖字,"伯"字读入声);"马——连——良呃!"(吊儿郎当,满不在乎)。逗得三婶哈哈一乐:"什么事? 说吧!"致秋把事情一说。"就这么点事儿呀? 嘿! 没什么大不了的! 行了,等老头子回来,我跟他说说!"事情就算办成了。

党委会的同志对他的这种做法很有意见。有时小冯或小梁跟他一同去,出了门就跟他发作:"云致秋! 你这是干什么! ——小丑!"——"是小丑! 咱们不是为把这点事办圆全了吗? 这是党委交给我的任务,我有什么办法? 你当我愿意哪!"

云致秋上班有两个专用的包。一个是普通双梁人造革黑提包,一个是带拉链、有一把小锁的公文包。他一出门,只要看他的自行车把上挂的是什么包,就知道大概是上哪里去。如果是双梁提包,就不外是到区里去,到文化局或市委宣传部去。如果是拉锁公文包,就一定是到公安局去。大家还知道公文包里有一个蓝皮的笔记本。这笔记本是编了号的,并且每一页都用打号机打了页码。这里记的都是有关治安保卫的材料。材料有的是公安局传达的,有的是他向公安局汇报的。这些笔记本是绝对保密的。他从公安局开完会,立刻回家,把笔记本锁在一口小皮箱里。云致秋那么爱说,可是这些笔记本里的材料,他绝对守口如瓶,没有跟任何人谈过。谁也不知道这里面写的是什么,不少人都很想知道。因为他们知道这些材料关系到很多人的命运。出国或赴港演出,谁能去,谁不能去;谁不能进人民大会堂,谁不能到小礼堂演出;到中南海给毛主席演戏,名单是怎么定的……这些等等,云致秋的小本本都起着作用。因为那只拉锁公文包和包里的蓝皮笔记本,使很多人暗暗地对云致秋另眼相看,一看见他登上车,车把上挂着那个包,就彼此努努嘴,暗使眼色。这些笔记本,在云致秋心里,是很有分量的。他感到党对自己的信任,也为此觉得骄傲,有时甚至有点心潮澎湃,壮怀激烈。

因为工作关系,致秋不但和党委书记、团长随时联系,和文化局的几位局长也都常有联系。主管戏曲的、主管演出的和主管外事的副局长,经常来电话找他。这几位局长的办公室、家里,他都是推门就进。找他,有时是谈工作,有时是托他办点私事,——在全聚德订两只烤鸭,到前门饭店买点好烟、好酒……有时甚至什么也不为,只是找他来瞎聊,解解闷(少不得要喝两盅)。他和局长们虽未到了称兄道弟的程度,但也可以说是"忘形到尔汝"了。他对局长,从来不称官衔,人前人后,都是直呼其名。他在局长们面前这种自由随便的态度很为剧团许多演员所羡慕,甚至嫉妒。他们很纳闷:致秋怎么能和头儿们混得这样熟呢?

致秋自己说的"四大任务"之一的"喜庆堂会",不是真的张罗唱堂会——现在还有谁家唱堂会呢?第一是张罗拜师。有一阵戏曲界大兴拜师之风。领导上提倡,剧团出钱。只要是看来有点出息的演员,剧团都会由一个老演员把他(她)们带着,到北京来拜一个名师。名演员哪有工夫教戏呀?他们大都有一个没有嗓子可是戏很熟的大徒弟当助教。外地的青年演员来了,在北京住个把月,跟着大师哥学一两出本门的戏,由名演员的琴师说说唱腔,临了,走给老师看看,老师略加指点,说是"不错!"这就高高兴兴地回去,在海报上印上"×××

老师亲授"字样,顿时身价十倍,提级加薪。到北京来,必须有人"引见"剧团的老演员。很多都是先投云致秋,因为北京的名演员的家里,致秋哪家都能推门就进。拜师照例要请客。文化局的局长、科长,剧团的主要演员、琴师、鼓师,都得请到。云致秋自然少不了。致秋这辈子经手操办过的拜师仪式,真是不计其数了。如果你愿意听,他可以给你报一笔总账,保管落不下一笔。

致秋忙乎的另一件事是帮着名角办生日。办生日不过是借名请一次客。致秋是每请必到,大都是头一个。他既是客人,也一半是主人,——负责招待。他是不会忘记去吃这一顿的,名角们的生辰他都记得烂熟。谁今年多大,属什么的,问他,张口就能给你报出来。

我们对致秋这种到处吃喝的作风提过意见。他说:"他们愿意请,不吃白不吃!"

致秋火炉子好,爱吃喝,但平常家里的饭食也很简单。有一小包天福号的酱肘子,一碟炒麻豆腐,就酒菜、饭菜全齐了。他特别爱吃醋卤面。跟我吹过几次,他一做醋卤,半条胡同都闻见香。直到他死后,我才弄清楚醋卤面是一种什么面。这是山西"吃儿"(致秋原籍山西)。我问过山西人,山西人告诉我:"嘻!茄子打卤,搁上醋!"这能好吃到哪里去么?然而我没能吃上致秋亲手做的醋卤面,想想还是有些怅然,因为他是诚心请我的。

"文化大革命"一来,什么全乱了。

京剧团是个凡事落后的地方,这回可是跑到前面去了。一夜之间,剧团变了模样。成立了各色各样,名称奇奇怪怪的战斗组。所有的办公室、练功厅、会议室、传达室,甚至堆煤的屋子、烧暖气的锅炉间、做刀枪靶子的作坊……全都给瓜分占领了。不管是什么人,找一个地方,打扫一番,搬来一些箱箱柜柜,都贴了封条,在门口挂出一块牌子,这就是他们的领地了。——只有会计办公室留下了,因为大家知道每个月初还得"拿顶",得有个地方让会计算账。大标语,大字报,高音喇叭,语录歌,五颜六色,乱七八糟。所有的人都变了人性。

"小心干活，大胆拿钱"，"不多说，不少道"，全都不时兴了。平常挺斯文的小姑娘，会站在板凳上跳着脚跟人辩论，口沫横飞，满嘴脏字，完全成了一个泼妇。连贾世荣也上台发言搞大批判了。不过他批远不批近，不批团领导、局领导，他批刘少奇，批彭真。他说的都是报上的话，但到了他嘴里都有点"上韵"的味道。他批判这些大头头，不用"反革命修正主义"之类的帽子，他一律称之为"××老儿！"云致秋在下面听着，心想：真有你的！大家听着他满口"××老儿"，都绷着。一个从音乐学院附中调来的弹琵琶的女孩终于忍不住噗哧一声笑出来了。有一回，他又批了半天"××老儿"，下面忽然有人大声嚷嚷："去你的'××老儿'吧！你给他们捧的臭脚还少哇！——下去啵你！"这是马四喜。从此，贾世荣就不再出头露面。他自动地走进了牛棚。进来跟"黑帮"们抱拳打招呼，说："我还是在这儿好。"

从学员班毕业出来的这帮小爷可真是神仙一样的快活。他们这辈子没有这样自由过，没有这样随心所欲，想干什么就干什么过。他们跟社会上的造反团体挂钩，跟"三司"，跟"西纠"，跟"全艺造"，到处拉关系。他们学得很快。社会上有什么，剧团里有什么。不过什么事到了他们手里，就都还有所发明，有所创造，有所前进，就都带上了京剧团的特点，也更加闹剧化。京剧团真是藏龙卧虎哇！一下子出了那么多司令、副司令，出了那么多理论家，出了那么多笔杆子（他们被称为刀笔）和那么多"糨子手"。——这称谓是京剧团以外所没有的，即专门刷大字报糨糊的。戏台上有"牢子手"、"刽子手"，专刷糨子的于是被称为"糨子手"。赵旺就是一名"糨子手"。外面兴给黑帮挂牌子了，他们也挂！可是他们给黑帮挂的牌子却是外面见不到的：《拿高登》里的石锁，《空城计》诸葛亮抚的瑶琴，《女起解》苏三戴的鱼枷。——这些"砌末"上自然都写了黑帮的姓名过犯。外面兴游街，他们也得让黑帮游游。几个战斗组开了联席会议，会上决定，给黑帮"扮上"：给这些"敌人"勾上阴阳脸，戴上反王盔，插一根翎子，穿上各色各样古怪戏装，让黑帮打着锣，自己大声报名，谁声音小了，就从后腰眼儿狠狠地杵一锣槌。

马四喜跟这些小将不一样。他一个人成立一个战斗组。他这个战斗组随时改换名称，这些名称多半与"独"字有关，一会叫"独立寒秋战斗组"，一会叫"风景这边独好战斗组"。用得较久的是"不顺南不顺北战士"（北京有一句俗话："骑着城墙骂鞑子，不顺南不顺北"）。团里分两大派，他哪一派不参加，所以叫"不顺南不顺北"。他上午睡觉。下午写大字报。天天写，谁都骂，逮谁骂谁。晚上是他最来精神的时候。他自愿值夜，看守黑帮。看黑帮，他并不闲着，每天找一名黑帮"单个教练"。他喝完了酒，沏上一壶酽茶，抽上关东烟，就开始"单个教练"了。所谓"单个教练"，是他给黑帮上课，讲马列主义。黑帮站着，他坐着。一教练就是两个小时，从十二点到次日凌晨两点，准时不误。

（不知道为什么，他没有把我叫去"教练"过，因此，我不知道他讲马列主义时是不是也是满口的歇后成语。要是那样，那可真受不了！）

云致秋完全懵了。他从旧社会到新社会形成的、维持他的心理平衡的为人处世哲学彻底崩溃了。他不但不知道怎么说话，怎么待人，甚至也不知道怎么思想。他习惯了依靠组织，依靠领导，现在组织砸烂了，领导都被揪了出来。他习惯于有事和同志们商量商量，现在同志们一个个都难于自保，谁也怕担干系，谁也不给谁拿什么主意。他想和老伴谈谈，老伴吓得犯了心脏病躺在床上，他什么也不敢跟她说。他发现他是孤孤零零一个人活在这个乱乱糟糟的世界上，这可真是难哪！每天都听到熟人横死的消息。言慧珠上吊了（他是看着她长大的）。叶盛章投了河（他和他合演过《酒丐》）。侯喜瑞一对爱如性命的翎子叫红卫兵撅了（他知道这对翎子有多长）。裘盛戎演《姚期》的白满叫人给铰了（他知道那是多少块现大洋买的）……"今夜脱了鞋，不知明天来不来。"谁也保不齐今天会发生什么事。过一天，算一日！云致秋倒不太担心被打死，他担心被打残废了，那可就恶心了！每天他还得上团里去。老伴每天都嘱咐："早点回来!"——"晚不了!"每天回家,老伴都得问一句:"回来了?——没什么事?"——"没事。全须全尾——吃饭!"好像一吃饭,他今天就胜利了,这会至少不会有人把他手里的这杯二锅头夺过去泼在地上!不过,他喝着喝着酒,又不禁重重地叹气:"唉!这乱到多会儿算一站?"

云致秋在"文化大革命"中做了三件他在平时绝不会做的事。这三件事对致秋以后的生活产生了相当深远的影响。

一件是揭发批判剧团的党委书记。他是书记的亲信,书记有些直送某某首长"亲启"的机密信件都是由致秋用毛笔抄写送出的。他不揭发,就成了保皇派。他揭发了半天,下面倒都没有太强烈的反应,有一个地方,忽然爆发出哄堂的笑声。致秋说:"你还叫我保你!——我保你,谁保我呀!"这本来是一句大实话,这不仅是云致秋的真实思想,也是许多人灵魂深处的秘密,很多人"造反"其实都是为了保住自己。不过这种话怎么可以公开地,在大庭广众之前说出来呢?于是大家觉得可笑,就大声地笑了,笑得非常高兴。他们不是笑自己的自私,而是笑云致秋的老实。

第二件,是他把有关治安保卫工作的材料,就是他到公安局开会时记了本团有关人事的蓝皮笔记本,交出去了。那天他下班回家,正吃饭,突然来了十几个红卫兵:"云致秋!你他妈的还喝酒!跪下!"红卫兵随即展读了一道"勒令",大意谓:云致秋平日专与人民为敌,向反动的公检法多次提供诬陷危害革命群众的黑材料。是可忍熟(原文如此)不可忍。云致秋必须立即将该项黑材料交出,否则后果自负。"后果自负"是具有很大威力的恐吓性的词句,云致秋糊里糊涂地把放这些材料的皮箱的钥匙交给了革命群众。革命群众拿到材料,点点数目,几个人分别装在挎包里,登上自行车,呼啸而去。

第二天上班,几个党员就批评他。"这种材料怎么可以交出去?"——"他们说这是黑材料。"——"这是黑材料吗?你太软弱了!如果国民党来了,你怎么办!你还算个党员吗?"——"我怕他们把我媳妇吓死。"这也是一句实情话,可是别人是不会因此而原谅他的。

当时事情也就过去了，后来到整党时，他为这件事多次通不过，他痛哭流涕地检查了好多回。他为这件事后悔了一辈子。他知道，以后他再也不适合干带机要性质的工作了。

第三件，是写了不少揭发材料，关于局领导的，团领导的。这些材料大都不是什么重大政治问题，都是些鸡毛蒜皮的生活小事。但是这些材料都成了斗争会上的炮弹，虽然打不中要害，但是经过添油加醋，对"搞臭"一个人却有作用。被批判的人心里明白，这些材料是云致秋提供，只有他能把时间、地点、事情的经过记得那样清楚。

除了陪着黑帮游了两回街，听了几次马四喜的"单个教练"，云致秋在"文化大革命"中没有受太大的罪。他是旧党委的"黑班底"，但够不上是走资派，他没有进牛棚，只是由革命群众把他和一些中层干部集中在"干部学习班"学习，学毛选，写材料。后来两派群众热衷于打派仗，也不大管他们，他觉得心里踏实下来，在没人注意他们时，他又悄悄传播一些外面的传闻，而且又开始学人、逗乐了。干部学习班的空气有时相当活跃。

云致秋"解放"得比较早。

成立了革委会。上面指示：要恢复演出。团里的几出样板戏，原来都是云致秋领着样板团去"刻模子"刻出来的，他记性好，能把原剧复排出来。剧中有几个角色有政治问题，得由别人顶替，这得有人给说。还有几个红五类的青年演员要培养出来接班。军代表、工宣队和革委会的委员们一起研究：还得把云致秋"请"出来。说是排戏，实际上是教戏。

云致秋爱教戏，教戏有瘾，也会教。有的在北京、天津、南京已经颇有名气的演员，有时还特意来找云致秋请教，不管哪一出，他都能说出个么二三，官中大路是怎样的，梅在哪里改了改，程在哪里走的是什么，简明扼要，如数家珍。单是《长坂坡》的"抓帔"，我就见他给不下七八个演员说过。只要高盛麟来北京演出《长坂坡》，给盛麟配戏的旦角都得来找致秋。他教戏还是有教无类，什么人都给说。连在党委会工作的小梁,他都愣给她说了一出《玉堂春》,一出《思凡》。

不过培养这几个红五类接班人,可把云致秋给累苦了。这几个接班人完全是"小老斗"①,连脚步都不会走,致秋等于给她们重新开蒙。他给她们"掰扯"嘴里,"抠唲"身上,得给她们说"范儿"。"要先有身上,后有手"。"劲儿在腰里,不在肩膀上","先出左脚,重心在右脚,再出右脚,把重心移过来"……他帮她们找共鸣,纠正发音位置,哪些字要用丹田,哪些字"嘴里唱"就行了。有一些演员嗓音缺乏弹性,唱不出"擞音",声音老是直的,他恨不得钻进她的嗓子,提溜着她的声带让它颤动。好不容易,有一天,这个演员有了一点"擞",云致秋大叫了一声:"我的妈呀,你总算找着了!"致秋一天三班,轮番给这几位接班人说戏,每说一个"工时",得喝一壶开水。

致秋教学生不收礼,不受学生一杯茶。剧团有这么一个不成文的规矩,老师在教戏,学生得给预备一包好茶叶。先生把保温杯拿出来,学生立刻把茶叶折在里面,给沏上,闷着。有的老师就有一个杯子由学生保存,由学生在提兜里装着,老师来到,茶已沏好。致秋从不如此,他从来是自己带着一个"瓶杯"——玻璃水果罐头改制的,里面装好了茶叶。他倒有几个很好看的杯套,是女生用玻璃丝编了送他的。

于是云致秋又成了受人尊敬的"云老师","云老师"长,"云老师"短,叫得很亲热。因为他教学有功,几出样板戏都已上演,有时有关部门招待外国文化名人的宴会,他也收到请柬。他的名字偶尔在报上出现,放在"知名人士"类的最后一名。"还有知名人士×××、×××、云致秋"。干部学习班的"同学"有时遇见他,便叫他"知名人士",云致秋:"别逗啦!我是'还有'!"

在云致秋又"走正字"的时候,他得了一次中风,口眼歪斜。他找了小孔。孔家世代给梨园行瞧病,演员们都很信服。致秋跟小孔大夫很熟。小孔说:"你去找两丸安宫牛黄来,你这病,我包治!"两丸安

---

① 未经过严格训练,一举一动都不是样儿,叫作"老斗"。

宫牛黄下去,吃了几剂药,真好了。致秋拄了几天拐棍,后来拐棍也扔了,他又来上班了。

"致秋,又活啦!"

"又活啦。我寻思这回该上八宝山了,没想到,到了五棵松,我又回来啦!"

"还喝吗?"

"还喝!——少点。"

打倒"四人帮",百废俱兴,政策落实,没想到云致秋倒成了闲人。

原来的党委书记兼团长调走了。新由别的剧团调来一位党委书记兼团长。辛团长(他姓辛)和云致秋原来也是老熟人,但是他带来了全部班底,从副书记到办公室、政工、行政各部门的主任、会计出纳、医务室的大夫,直到扫楼道的工人、看传达室的……他没有给云致秋安排工作。局里的几位副局长全部"起复"了,原来分工干什么的还干什么。有人劝致秋去找他们,致秋说:"没意思。"这几位头头,原来三天不见云致秋,就有点想他。现在,他们想不起他来了。局长们的胸怀不会那样狭窄,他们不会因为致秋曾经揭发过他们的问题而耿耿于怀,只是他们对云致秋的感情已经很薄了。有时有人在他们面前提起致秋,他们只是淡淡地说:"云致秋,还是那么爱逗吗?"

致秋是个热闹惯了、忙活惯了的人,他闲不住。闲着闲着,就闲出病来了。病走熟路,他那些老毛病挨着个儿来找他。他于是就在家里歇病假,哪儿也不去。他的工资还是团里领,每月月初,由他的女儿来"拿顶",他连团里大门也不想迈。

他的老伴忽然死了,死于急性心肌梗死。这对于致秋的打击是难以想象的。他整个的垮了。在他老伴的追悼会上,他站不起来,只是瘫坐在一张椅子里,不停地流泪。熟人走过,跟他握手,他反复地说:"我完了!我完了!"老伴火化了,他也就被送进了医院。

他出院后,我和小冯、小梁去看他。他精神还好,见了我们挺高兴。

"哎呀,你们几位还来呀!——我这儿现在没有什么人来了!"

我们给他带了一点水果,一只烧鸡,还有一瓶酒。他用手把烧鸡撕开,喝起来。

喝着酒,他说:"老汪,小冯,小梁,我告诉你们,我活不了多久了。"

我们都说:"别瞎说!你现在挺好的。"

"不骗你们!这一阵我老是做梦,梦见我媳妇。昨儿夜里还梦见。我出外,她送我。跟真事一模一样。那年,李世芳坐飞机摔死那年,我要上青岛去。下大雨。前门火车站前面水深没脚脖子。她蹚着水送我。火车快开了,她说:'咱们别去了!咱们不挣那份钱!'那回她是这么说来着。一样!清清楚楚,说话的声音,神气!快了,我们就要见面了。"

小冯说:"你是一个人在家里闷的,胡思乱想!身体再好些,外边走走,找找熟人,聊聊!"

"我原说我走在她头里,没想到她倒走在我头里。一辈子的夫妻,没红过脸。现在我要换衣服,得自己找了。——我女儿她们不知道在哪儿。这是怎么话说的,就那么走了!"

又喝了两杯酒,他说,像是问我们,又像是自言自语:

"我这也是一辈子,我算个什么人呢?"

小冯调到戏校管人事,她和戏校的石校长说:

"云致秋为什么老让他闲着?他还能发挥作用。咱们还缺教员,是不是把他调过来?"

石校长一听,立刻同意:"这个人很有用!他们不要,我们要!你就去办这件事!"

小冯找到致秋,致秋欣然同意。他说:"过了冬天,等我身体好一点,不太喘了,就去上班。"

我因事到南方去转了一圈,回来时,听小梁说:"云致秋死了。"

"什么病?"

"他的病多了! 前一阵他觉得身体好了些,想到戏校上班。别人劝他再休息休息。他弄了一台录音机,对着录音机说戏,想拿到戏校给学生先听着。接连说了五天,第六天,不行了。家里没有人。邻居老关发现了,赶紧叫了几个人,弄了一辆车,把他送到医院,到了医院,已经没有脉了。他在车上人还清楚,还说了一句话:'给我一条手绢'。车上人很急乱,他的声音很小,谁也没有注意,只有老关听见了。"

这时候,他要一条手绢干什么?"给我一条手绢"是他最后说的一句话,但是这大概不能算是"遗言"。

要给致秋开追悼会。我们几个人算是他的老战友了,大家都说:"去,一定去! 别人的追悼会可以不去,致秋的追悼会一定得去!"

我们商量着要给致秋送一副挽联。我想了想,拟了两句。小梁到荣宝斋买了两张云南宣,粘接好了,我试了试笔,就写起来:

跟着谁,傍着谁,立志甘当二路角;

会几出,教几出,课徒不受一杯茶。

大家看了,都说:"贴切"。

论演员,不过是二路;论职务,只是办公室副主任和戏校教员,我们知道,致秋的追悼会的规格是不会高的,——追悼会也讲规格,真是叫人丧气! 但是没有想到会是这样凄惨。来的人很少。一个小礼堂,稀稀落落地站了不满半堂人。戏曲界的名人,致秋的"生前好友"、甚至他教过的学生,很多都没有来。来的都是剧团的一些老熟人:贾世荣、马四喜、赵旺……花圈倒不少,把两边墙壁都摆满了。这是向火葬场一总租来的。落款的人名好些是操办追悼会的人自作主张地写上去的,本人都未必知道。挽联却只有我们送的一副,孤零零的,看起来颇有点嘲笑的味道。石校长致悼词。上面供着致秋的遗像。致秋大概第一次把照片放得这样大。小冯入神地看着致秋的像,轻轻地说:"致秋这张像拍得很像。"小梁点点头:"很像!"

我们到后面去向致秋的遗体告别。我参加追悼会,向来不向遗体告别,这次是破例。致秋和生前一样,只是好像瘦小了些。头发发干了,干得像草。脸上很平静。一个平日爱跟致秋逗的演员对着致秋的脸端详了很久,好像在想什么。他在想什么呢? 该不会是想:你再也不能把眉毛眼睛鼻子纵在一起了吧?

天很晴朗。

我坐在回去的汽车里,听见一个演员说了一句什么笑话,车里一半人都笑了起来。我不禁想起陶渊明的《拟挽歌辞》:"向来相送人,各自还其家。亲戚或余悲,他人亦已歌。"不过,在云致秋的追悼会后说说笑话,似乎是无可非议的,甚至是很自然的。

致秋死后,偶尔还有人谈起他:"致秋人不错。"

"致秋教戏有瘾。他也会教,说的都是地方,能说到点子上。——他会得多,见得也多。"

最近剧团要到香港演出,还有人念叨:"这会要是有云致秋这样一个又懂业务,又能做保卫工作的党员,就好了!"

一个人死了,还会有人想起他,就算不错。

一九八三年七月二日写完,为纪念一位亡友而作

天鹅之死

"阿姨,都白天了,怎么还有月亮呀?

"阿姨,月亮是白色的,跟云的颜色一样。

"阿姨,天真蓝呀。

"蓝色的天,白色的月亮,月亮里有蓝色的云,真好看呀!"

"真好看!"

"阿姨,树叶都落光了。树是紫色的。树干是紫色的。树枝也是紫色的。树上的风也是紫色的。真好看!"

"真好看!"

"阿姨,你好看!"

"我从前好看。"

"不!你现在也好看。你的眼睛好看。你的脖子,你的肩,你的腰,你的手,都好看。你的腿好看。你的腿多长呀。阿姨,我们爱你!"

"小朋友,我也爱你们!"

"阿姨,你的腿这两天疼了吗?"

"没有。要上坡了,小朋友,小心!"

"哦!看见玉渊潭了!"

"玉渊潭的水真清呀!"

"阿姨,那是什么?雪白雪白的,像花一样的发亮,一,二,三,四。"

白蕤从心里发出一声惊呼:

"是天鹅!"

"是天鹅?"

"冬泳的叔叔,那是天鹅吗?"

"是的,小朋友。"

"它们是怎么来的?"

"它们是自己飞来的。"

"它们从哪儿飞来?"

"从很远很远的北方。"

"是吗?——欢迎你,白天鹅!"

"欢迎你到我们这儿来作客!"

天鹅在天上飞翔,

去寻找温暖的地方。

飞过了大兴安岭,

雪压的落叶松的密林里,闪动着鄂温克族狩猎队篝火的红光。

白蘬去看乌兰诺娃,去看天鹅。

大提琴的柔风托起了乌兰诺娃的双臂,钢琴的露珠从她的指尖流出。

她的柔弱的双臂伏下了。

又轻轻地挣扎着,抬起了脖颈。

钢琴流尽了最后的露滴,再也没有声音了。

天鹅死了。

白蘬像是在一个梦里。

她的眼睛里都是泪水。

她的眼泪流进了她的梦。

天鹅在天上飞翔,

去寻找温暖的地方。

飞过了呼伦贝尔草原,

草原一片白茫茫。

圈儿河依恋着家乡,

它流去又回头。
在雪白的草原上，
画出了一个又一个铁青色的圆圈。

白蕊考进了芭蕾舞校。经过刻苦的训练，她的全身都变成了音乐。

她跳《天鹅之死》。

大提琴和钢琴的旋律吹动着她的肢体，她的手指和足尖都在想象。

天鹅在天上飞翔，
去寻找温暖的地方。

某某去看了芭蕾。

他用猥亵的声音说：

"这他妈的小妞儿！那胸脯，那小腰，那么好看的大腿！……"

他满嘴喷着酒气。

他做了一个淫荡的梦。

天鹅在天上飞翔，
去寻找温暖的地方。

"文化大革命"。中国的森林起了火了。

白蕊被打成了现行反革命。因为她说：

"《天鹅之死》就是美！乌兰诺娃就是美！"

天鹅在天上飞翔，

某某成了"工宣队员"。他每天晚上都想出一种折磨演员的花样。

他叫她们背着床板在大街上跑步。

他叫她们做折损骨骼的苦工。

他命令白蕊跳《天鹅之死》。

"你不是说《天鹅之死》就是美吗？你给我跳,跳一夜!"

录音机放出了音乐。音乐使她忘记了眼前的一切。她快乐。

她跳《天鹅之死》。

她看看某某,发现他的下牙突出在上牙之外。北京人管这种长相叫"地包天"。

她跳《天鹅之死》。

她羞耻。

她跳《天鹅之死》。

她愤怒。

她跳《天鹅之死》。

她摔倒了。

她跳《天鹅之死》。

天鹅在天上飞翔,

去寻找温暖的地方。

飞过太阳岛,

飞过松花江。

飞过华北平原,

越冬的麦粒在松软的泥土里睡得正香。

经过长途飞行,天鹅的体重减轻了,但是翅膀上增添了力量。

天鹅在天上飞翔,

在天上飞翔,

玉渊潭在月光下发亮。

"这儿真好呀! 这儿的水不冻,这儿暖和,咱们就在这儿过冬,好吗?"

四只天鹅翩然落在玉渊潭上。

白蕊转业了。她当了保育员。她还是那样美,只是因为左腿曾经骨折,每到阴天下雨,就隐隐发痛。

自从玉渊潭来了天鹅,她隔两三天就带着孩子们去看一次。

孩子们对天鹅说:

"天鹅天鹅你真美!"

"天鹅天鹅我爱你!"

"天鹅天鹅真好看!"

"我们和你来做伴!"

甲、乙两青年,带了一支猎枪,偷偷走近玉渊潭。

天已经黑了。

一声枪响,一只天鹅毙命。其余的三只,惊恐万状,一夜哀鸣。

被打死的天鹅的伴侣第二天一天不鸣不食。

傍晚七点钟时还看见它。

半夜里,它飞走了。

白蕤看着报纸,她的眼前浮现出一张"地包天"的脸。

"阿姨,咱们去看天鹅。"

"今天不去了,今天风大,要感冒的。"

"不嘛!去!"

天鹅还在吗?

在!

在那儿,在靠近南岸的水面上。

"天鹅天鹅你害怕吗?"

"天鹅天鹅你别怕!"

湖岸上有好多人来看天鹅。

他们在议论。

"这个家伙,这么好看的东西,你打它干什么?"

"想吃天鹅肉。"

"想吃天鹅肉。"

"都是这场'文化大革命'闹的!把一些人变坏了,变得心狠了!

不知爱惜美好的东西了!"

　　有人说,那一只也活不成。天鹅是非常恩爱的。死了一只,那一只就寻找一片结实的冰面,从高高的空中摔下来,把自己的胸脯在坚冰上撞碎。

　　孩子们听着大人的议论,他们好像是懂了,又像是没有懂。他们对着湖面呼喊:

　　"天鹅天鹅你在哪儿?"

　　"天鹅天鹅你快回来!"

　　孩子们的眼睛里有泪。

　　他们的眼睛发光,像钻石。

　　他们的眼泪飞到天上,变成了天上的星。

　　　　　　　　　　　　　　一九八〇年十二月二十九日清晨
　　　　　　　　　　　　　　一九八七年六月七日校,泪不能禁

安 乐 居

安乐居是一家小饭馆,挨着安乐林。

安乐林围墙上开了个月亮门,门头砖额上刻着三个经石峪体的大字,像那么回事。走进去,只有巴掌大的一块地方,有几十棵杨树。当中种了两棵丁香花,一棵白丁香,一棵紫丁香,这就是仅有的观赏植物了。这个林是没有什么逛头的,在林子里走一圈,五分钟就够了。附近一带养鸟的爱到这里来挂鸟。他们养的都是小鸟,红子居多,也有黄雀。大个的鸟,画眉、百灵是极少的。他们不像那些以养鸟为生活中第一大事的行家,照他们的说法是"瞎玩儿"。他们不养大鸟,觉得那太费事,"是它玩我,还是我玩它呀?"把鸟一挂,他们就蹲在地下说话儿,——也有自己带个马扎儿来坐着的。

这么一片小树林子,名声却不小,附近几条胡同都是依此命名。安乐林头条、安乐林二条……这个小饭馆叫作安乐居,挺合适。

安乐居不卖米饭炒菜。主食是包子、花卷。每天卖得不少,一半是附近的居民买回去的。这家饭馆其实叫个小酒铺更合适些。到这儿来的喝酒比吃饭的多。这家的酒只有一毛三分一两的。北京人喝酒,大致可以分为几个层次:喝一毛三的是一个层次,喝二锅头的是一个层次,喝红粮大曲、华灯大曲乃至衡水老白干的是一个层次,喝八大名酒是高层次,喝茅台的是最高层次。安乐居的"酒座"大都是属于一毛三层次,即最低层次的。他们有时也喝二锅头,但对二锅头颇有意见,觉得还不如一毛三的。一毛三他们喝"服"了,觉得喝起来"顺"。他们有人甚至觉得大曲的味道不能容忍。安乐居天热的时候也卖散啤酒。

酒菜不少。煮花生豆、炸花生豆。暴腌鸡子。拌粉皮。猪头肉，——单要耳朵也成，都是熟人了！猪蹄，偶有猪尾巴，一忽的工夫就卖完了。也有时卖烧鸡、酱鸭，切块。最受欢迎的是兔头。一个酱兔头，三四毛钱，至多也就是五毛多钱，喝二两酒，够了。——这还是一年多以前的事，现在如果还有兔头也该涨价了。这些酒客们吃兔头是有一定章法的，先掰哪儿，后掰哪儿，最后磕开脑绷骨，把兔脑掏出来吃掉。没有抓起来乱啃的，吃得非常干净，连一丝肉都不剩。安乐居每年卖出的兔头真不老少。这个小饭馆大可另挂一块招牌："兔头酒家"。

酒客进门，都有准时候。

头一个进来的总是老吕。安乐居十点半开门。一开门，老吕就进来。他总是坐在靠窗户一张桌子的东头的座位。一年三百六十五天，天天如此。这成了他的专座。他不是像一般人似的"垂足而坐"，而是一条腿盘着，一条腿曲着，像老太太坐炕似的踞坐在一张方凳上，——脱了鞋。他不喝安乐居的一毛三，总是自己带了酒来，用一个扁长的瓶子，一瓶子装三两。酒杯也是自备的。他是喝慢酒的，三两酒从十点半一直喝到十二点差一刻："我喝不来急酒。有人结婚，他们闹酒，我就一口也不喝，——回家自己再喝！"一边喝酒，吃兔头，一边不住的抽关东烟。他的烟袋如果丢了，有人捡到一定会还给他的。谁都认得：这是老吕的。白铜锅儿，白铜嘴儿，紫铜杆儿。他抽烟也抽得慢条斯理的，从不大口猛吸。这人整个儿是个慢性子。说话也慢。他也爱说话，但是他说一个什么事都只是客观地叙述，不大参加自己的意见，不动感情。一块儿喝酒的买了兔头，常要发一点感慨："那会儿，兔头，五分钱一个，还带俩耳朵！"老吕说："那是多会儿？——说那个，没用！有兔头，就不错。"西头有一家姓屠的，一家子都很浑愣，爱打架。屠老头儿到永春饭馆去喝酒，和服务员吵起来了，伸手就揪人家脖领子。服务员一胳臂把他搡开了。他憋了一肚子气。回去跟儿子一说。他儿子二话没说，捡了块砖头，到了永春，一砖头就把服务员脑袋开了！结果：儿子抓进去了，屠老头还得负责

人家的医药费。这件事老吕亲眼目睹。一块儿喝酒的问起,他详详
细细叙述了全过程。坐在他对面的老聂听了,说:

"该!"

坐在里面犄角的老王说:

"这是什么买卖!"

老吕只是很平静地说:"这回大概得老实两天。"

老吕在小红门一家木材厂下夜看门。每天骑车去,路上得走四
十分钟。他想往近处挪挪,没有合适的地方,他说:"算了! 远就远
点吧。"

他在木材厂喂了一条狗。他每天来喝酒,都带了一个塑料口袋,
安乐居的顾客有吃剩的包子皮,碎骨头,他都捡起来,给狗带去。

头几天,有人要给他说一个后老伴,——他原先的老伴死了有二
年多了。这事他的酒友都知道,知道他已经考虑了几天了,问起他:
"成了吗?"老吕说:"——不说了。"他说的时候神情很轻松,好像解
决了一个什么难题。他的酒友也替他感到轻松。他们几乎异口同声
地说:

"不说了?——不说了好! 添乱!"

老吕于是慢慢地喝酒,慢慢地抽烟。

比老吕稍晚进店的是老聂。老聂总是坐在老吕的对面。老聂有
个小毛病,说话爱眨巴眼。凡是说话爱眨眼的人,脾气都比较急。他
喝酒也快,不像老吕一口一口地抿。老聂每次喝一两半酒,多一口也
不喝。有人强往他酒碗里倒一点,他拿起酒碗就倒在地下。他来了,
搁下一个小提包,转身骑车就去"奔"酒菜去了。他"奔"来的酒菜大
都是羊肝、沙肝。这是为他的猫"奔"的,——他当然也吃点。他喂着
一只小猫。"这猫可仁义! 我一回去,它就在你身上蹭——蹭!"他爱
吃豆制品。熏干、鸡腿、麻辣丝……小葱下来的时候,他常常用铝饭
盒装来一些小葱拌豆腐。有一回他装来整整两饭盒腌香椿。"来
吧!"他招呼全店酒友。"你哪来这么多香椿?——这得不少
钱!"——"没花钱! 乡下的亲家带来的。我们家没人爱吃。"于是酒

友们一人抓了一撮。剩下的,他都给了老吕。"吃完了,给我把饭盒带来!"一口把余酒喝净,退了杯,"回见!"出门上车,吱溜——没影儿了。

老聂原是做小买卖的。他在天津三不管卖过相当长时期炒肝。现在退休在家。电话局看中他家所在的"点",想在他家安公用电话。他嫌钱少,麻烦。挨着他家的汽水厂工会愿意每月贴给他三十块钱,把厂里职工的电话包了。他还在犹豫。酒友们给他参谋:"行了!电话局每月给钱,汽水厂三十,加上传电话、送电话,不少!坐在家里拿钱,哪儿找这么好的事去!"他一想,也是!

老聂的日子比过去"滋润"了,但是他每顿还是只喝一两半酒,多一口也不喝。

画家来了。画家风度翩翩,梳着长长的背发,永远一丝不乱。衣着入时而且合体。春秋天人造革猎服,冬天羽绒服。——他从来不戴帽子。这样的一表人才,安乐居少见。他在文化馆工作,算个知识分子,但对人很客气,彬彬有礼。他这喝酒真是别具一格:二两酒,一扬脖子,一口气,下去了。这种喝法,叫作"大车酒",过去赶大车的这么喝。西直门外还管这叫"骆驼酒",赶骆驼的这么喝。文墨人,这样喝法的,少有。他和老王过去是街坊。喝了酒,总要走过去说几句话。"我给您添点儿?"老王摆摆手,画家直起身来,向在座的酒友又都点了点头,走了。

我问过老王和老聂:"他的画怎么样?"

"没见过。"

上海老头来了。上海老头久住北京,但是口音未变。他的话很特别,在地道的上海话里往往掺杂一些北京语汇:"没门儿!"、"敢情!"甚至用一些北京的歇后语:"那么好!武大郎盘杠子——上下够不着!"他把这些北京语汇、歇后语一律上海话化了,北京字眼,上海语音,挺绝。上海老头家里挺不错,但是他爱在外面逛,在小酒馆喝酒。

"外面吃酒,——香!"

他从提包里摸出一个小饭盒,里面有一双截短了的筷子、多半块熏鱼、几只油爆虾、两块豆腐干。要了一两酒,用手纸擦擦筷子,吸了一口酒。

"您大概又是在别处已经喝了吧?"

"啊!我们吃酒格人,好比天上飞格一只鸟(读如'屌'),格小酒馆,好比地上棵树。鸟飞在天上,看到树,总要落一落格。"

如此妙喻,我未之前闻,真是长了见识!

这只鸟喝完酒,收好筷子,盖好小饭盒,拎起提包,要飞了:

"晏歇会!——明儿见!"

他走了,老王问我:"他说什么?喝酒的都是屌?"

安乐居喝酒的都很有节制,很少有人喝过量的。也喝得很斯文,没有喝了酒胡咧咧的。只有一个人例外。这人是个瘸子,左腿短一截,走路时左脚跟着不了地,一晃一晃的。他自己说他原来是"勤行"——厨子,煎炒烹炸,南甜北咸,东辣西酸。说他能用两个鸡蛋打三碗汤,鸡蛋都得成片儿!但我没有再听到他还有什么特别的手艺,好像他的绝技只是两个鸡蛋打三碗汤。以这样的手艺自豪,至多也只能是一个"二荤铺"的"二把刀"。——"二荤铺"不卖鸡鸭鱼,什么菜都只是"肉上找",——炒肉丝、熘肉片、扒肉条……。他现在在汽水厂当杂工,每天蹬平板三轮出去送汽水。这辆平板归他用,他就半公半私地拉一点生意。口袋里一有钱,就喝。外边喝了,回家还喝;家里喝了,外面还喝。有一回喝醉了,摔在黄土坑胡同口,脑袋碰在一块石头上,流了好些血。过两天,又来喝了。我问他:"听说你摔了?"他把后脑勺伸过来,挺大一个口子。"唔!唔!"他不觉得这有什么丢脸,好像还挺光彩。他老婆早上在马路上扫街,挺好看的。有两个金牙,白天穿得挺讲究,色儿都是时兴的,走起路来扭腰拧胯,咳,挺是样儿。安乐居的熟人都替她惋惜:"怎么嫁了这么个主儿!——她对瘸子还挺好!"有一回瘸子刚要了一两酒,他媳妇赶到安乐居来了,夺过他的酒碗,顺手就泼在了地上:"走!"拽住瘸子就往外走,回头向喝酒的熟人解释:"他在家里喝了三两了,出来又喝!"瘸子也不生气，也不发作，也不觉有什么难堪，乖乖地一摇一晃地家去了。

瘫子喝酒爱说。老是那一套，没人听他的。他一个人说。前言不搭后语，当中杂了很多"唔唔唔"：

"……宝三，宝善林，唔唔唔，知道吗？宝三摔跤，唔唔唔。宝三的跤场在哪儿？知道吗？唔唔唔。大金牙、小金牙，唔唔唔。侯宝林。侯宝林是云里飞的徒弟，唔唔唔。《逍遥律》，'欺寡人'——'七挂人'，唔唔唔。干吗老是'七挂人'？'七挂人'唔唔唔。天津人讲话：'嘛事你啦？'唔唔唔。二娃子，你可不咋着！唔唔唔……"

喝酒的对他这一套已经听惯了，他爱说让他说去吧！只有老聂有时给他两句：

"老是那一套，你贫不贫？有新鲜的没有？你对天桥熟，天桥四大名山，你知道吗？"

瘫子爱管闲事。有一回，在李村胡同里，一个市容检查员要罚一个卖花盆的款，他插进去了："你干吗罚他？他一个卖花盆的，又不脏，又没有气味，'污染'，他'污染'什么啦？罚了款，你们好多拿奖金？你想钱想疯了！卖花盆的，大老远地推一车花盆，不容易！"他对卖花盆的说："你走，有什么话叫他朝我说！"很奇怪，他跟人辩理的时候话说得很明快，也没有那么多"唔唔唔"。

第二天，有人问起，他又把这档事从头至尾学说了一遍，有声有色。

老聂说："瘫子，你这回算办了件人事！"

"我净办人事！"

喝了几口酒，又来了他那一套：

"宝三，宝善林，知道吗？唔唔唔……"

老吕、老聂都说："又来了！这人，不经夸！"

"四大名山？"我问老王：

"天桥哪儿有个四大名山？"

"咳！四块石头。永定门外头过去有那么一座小桥，——后来拆了。桥头一边有两块石头,这就叫'四大名山'。你要问老人们,这永定门一带景致多哩!这会儿都没有人知道了。"

老王养鸟,红子。他每天沿天坛根遛早,一手提一只鸟笼,有时还架着一只。他把架棍插在后脖领里。吃完早点,把鸟挂在安乐林,聊会天,大约十点三刻,到安乐居。他总是坐在把角靠墙的座位。把鸟笼放好,架棍插在老地方,打酒。除了有兔头,他一般不吃荤菜,或带一条黄瓜,或一个西红柿、一个橘子、一个苹果。老王话不多,但是有时打开话匣子,也能聊一气。

我跟他聊了几回,知道:

他原先是扛包的。

"我们这一行,不在三百六十行之内。三百六十行,没这一行!"

"你们这一行没有祖师爷?"

"没有!"

"有没有传授?"

"没有! 不像给人搬家的,躺箱、立柜、八仙桌、桌子上还常带着茶壶茶碗自鸣钟,扛起来就走,不带磕着碰着一点的,那叫技术! 我们这一行,有力气就行!"

"都扛什么?"

"什么都扛,主要是粮食。顶不好扛的是盐包,——包硬,支支楞楞的,硌。不随体。扛起来不得劲儿。扛包,扛个几天就会了。要说窍门,也有。一包粮食,一百多斤,搁在肩膀上,先得颤两下。一颤,哎,包跟人就合了槽了,合适了! 扛熟了的,也能换换样儿。跟递包的一说:'您跟我立一个!'哎,立一个!"

"竖着扛?"

"竖着扛。'您给我'搭'一个!'"

"斜搭着?"

"斜搭着。"

"你们那会拿工资? 计件?"

"不拿工资,也不是计件。有把头——"

"把头，把头不是都是坏人吗？封建把头嘛！"

"也不是！他自己也扛，扛得少点。把头接了一批活：'哥几个！就这一堆活，多会扛完了多会算。'每天晚半晌，先生结账，该多少多少钱。都一样。有临时有点事的，觉得身上不大合适的，半路地儿要走，您走！这一天没您的钱。"

"能混饱了？"

"能！哪会吃得多！早晨起来，半斤猪头肉，一斤烙饼。中午，一样。每天每晚半晌吃得少点，半斤饼，喝点稀的，喝一口酒。齐啦。——就怕下雨。赶上连阴天，惨啰：没活儿。怎么办呢，拿着面口袋，到一家熟粮店去：'掌柜的！''来啦！几斤？'告诉他几斤几斤，'接着！'没的说。赶天好了。拿了钱，赶紧给人家送回去。为人在世，讲信用。家里揭不开锅的时候，少！……

"……三年自然灾害，可把我饿惨了。浑身都膀了。两条腿，棉花条。别说一百多斤，十来多斤，我也扛不动。我们家还有一辆自行车，凤凰牌，九成新。我妈跟我爸说：'卖了吧，给孩子来一顿丰泽园！'我叫了三个扒肉条，喝了半斤酒，开了十五个馒头，——馒头二两一个，三斤！我妈直害怕：'别把杂种操的撑死了哇'……"

"您现在每天还能吃……？"

"一斤粮食。"

"退休了？"

"早退了！——后来我们归了集体。干我们这行的，四十五就退休，没有过四十五的。现在扛包的也没有了，都改了传送带。"

老王现在每天夜晚在一个幼儿园看门。

"没事儿！扫扫院子，归置归置，下水道不通了，——通通！活动活动。老待着干吗呀，又没病！"

老王走道低着脑袋，上身微微往前倾，两腿叉得很开，步子慢而稳，还看得出有当年扛包的痕迹。

这天，安乐居来了三个小伙子：长头发，小胡子、大花衬衫、苹果牌牛仔裤、尖头高跟大盖鞋，变色眼镜。进门一看："嗨，有兔头!"——他们是冲着兔头来了。这三位要了十个兔头、三个猪蹄、一只鸭子、三盘包子,自己带来八瓶青岛啤酒,一边抽着"万宝路",一边吃喝起来。安乐林喝酒的老酒座都瞟了他们一眼。三位吃喝了一阵,把筷子一摔,走了。都骑的是亚马哈。嘟嘟嘟……桌子上一堆碎骨头、咬了一口的包子皮,还有一盘没动过的包子。

老王看着那盘包子,撇了撇嘴:

"这是什么买卖!"

这是老王的口头语。凡是他不以为然的事,就说:"这是什么买卖!"

老王有两个鸟友,也是酒友。都是老街坊,原先在一个院里住。这二位现在都够万元户。

一个是佟秀轩,是裱字画的。按时下的价目,裱一个单条:十四至十六元。他每天总可以裱个五六幅。这二年,家家都又愿意挂两条字画了。尤其是退休老干部。他们收藏"时贤"字画,自己也爱写、爱画。写了、画了,还自己掏钱裱了送人。因此,佟秀轩应接不暇。他收了两个徒弟。托纸、上板、揭画,都是徒弟的事。他就管管配绫子,装轴。他每天早上遛鸟。遛完了,如果活儿忙,就把鸟挂在安乐林,请熟人看着,回家刷两刷子。到了十一点多钟,到安乐林摘了鸟笼子,到安乐居。他来了,往往要带一点家制的酒菜:炖吊子、烩鸭血、拌肚丝儿。……佟秀轩穿得很整洁,尤其是脚下的两只鞋。他总是穿礼服呢花旗底的单鞋,圆口的或是双脸皮梁靸鞋。这种鞋只有右安门一家高台阶的个体户能做。这个个体户原来是内联升的师傅。

另一个是白薯大爷。他姓白,卖烤白薯。卖白薯的总有些邋遢,煤呀火呀的。白薯大爷出奇的干净。他个头很高大,两只圆圆的大眼睛,顾盼有神。他腰板绷直,甚至微微有点后仰,精神!蓝上衣,白套袖,腰系一条黑人造革的围裙,往白薯炉子后面一站,嘿!有个样儿!就说他的精神劲儿,让人相信他烤出来的白薯必定是栗子味儿的。白薯大爷烤白薯只卖一上午。天一亮,把白薯车子推出来,把鸟——红子,往安乐林一挂,自有熟人看着,他去卖他的白薯。到了十二点,收摊。想要吃白薯,明儿见啦您哪! 摘了鸟笼,往安乐居。他喝酒不多。吃菜! 他没有一颗牙了,上下牙床子光光的,但是什么都能吃,——除了铁蚕豆,吃什么都香。"烧鸡烂不烂?"——"烂!""来一只!"他买了一只鸡,撕巴撕巴,给老王来一块脯子,给酒友们让让:"您来块?"别人都谢了,他一人把一只烧鸡一会的工夫全开了。"不赖,烂!"把鸡架子包起来,带回去熬白菜。"回见!"

这天,老王来了,坐着,桌上搁一瓶五星牌二锅头,看样子在等人。一会儿,佟秀轩来了,提着一瓶汾酒。

"走啊!"

"走!"

我问他们:"不在这儿喝了?"

"白薯大爷请我们上他家去,来一顿!"

第二天,老王来了,我问:

"昨儿白薯大爷请你们吃什么好的了?"

"荞面条! ——自己家里擀的。青椒! 蒜!"

老吕、老聂一听:

"嘿!"

安乐居已经没有了。房子翻盖过了。现在那儿是一个什么贸易中心。

一九八六年七月五日晨写完

子孙万代

　　傅玉涛是"写字"的。"写字"就是给剧场写海报,给戏班抄本子。抄"总讲"(全剧),抄"单提"(分发给演员的,只有该演员所演角色的单独的唱词)。他的字写得不错。"欧底赵面"。时不常的,有人求他写一个单条,写一个扇面。后来,海报改成了彩印的,剧本大都油印了或打字了,他就到剧场卖票。日子还算混得过去。

　　他有个癖好,爱收藏小文物。他有一面葡萄海马镜,一个"长乐未央"瓦当,一块藕粉地鸡血石章,一块"都陵坑"田黄,一对赵子玉的蛐蛐罐,十几把扇子。齐白石、陈衡恪、姚茫父、王梦白、金北楼、王雪涛。最名贵的是一把吴昌硕画的,画的是枇杷,题句是"鸟疑金弹不敢啄"。他不养花,不养鸟,没事就是反反复复地欣赏他的藏品。这些小文物大都是花不多的钱从打小鼓的小赵手里买的。小赵和他是街坊,收到什么东西愿意让傅玉涛过过眼,小赵佩服傅玉涛,认为他懂行。傅玉涛也确实帮小赵鉴定过一些字画瓷器,使小赵卖了一个好价钱。

　　一天,小赵拿了一对核桃,请傅玉涛看看,能不能卖个块儿八毛的。傅玉涛接过来一看,用手掂了掂两颗核桃,说:

　　"哎呀,这可是好东西!两颗核桃的大小、分量、形状,完全一样,是天生的一对。这是'子孙万代'呀!"

　　"什么叫'子孙万代'?"

　　"这你都不懂,亏你还是个打小鼓的呢!你看,这核桃的疙瘩都是一个一个小葫芦。这就叫'子孙万代'。这是真的'子孙万代'。"

　　"'子孙万代'还有真假之分?"

"真的葫芦是生成的,假'子孙万代'动过刀,有的葫芦是刻出来的。这对核桃可够年份了。大概已经经过两代人的手。没有个几十年,揉不出这样。你看看这颜色:红里透紫,紫里透红,晶莹发亮,乍一看,像是外面有一层水。这种色,是人的血气透进核桃所形成。好东西!好东西!——让给我吧!"

"傅先生喜欢,拿去玩吧。"

"得说个价。"

"咳,说什么价,我一毛钱收来的。"

"那,这么着吧,我给两块钱,算是占了你的大便宜了。"

"傅先生,您这是干什么!咱们是老街坊,我受过您的好处,一对核桃还过不着吗?"

傅玉涛掏出两块钱,塞进小赵的口袋。

"傅先生!傅先生!唉,这是怎么话说的!"

傅玉涛对这一对核桃真是爱如性命,他做了两个平绒小口袋,把两颗核桃分别装在里面,随身带着。一有空,就取出来看看,轻轻地揉两下,不多揉。这对核桃正是好时候,再多揉,就揉过了,那些小葫芦就会圆了,模糊了。

文化大革命。

红卫兵到傅玉涛家来破四旧,把他的小文物装进一个麻袋,呼啸而去。

四人帮垮台。

傅玉涛不再收藏文物,但是他还是爱逛地摊,逛古玩店。有时他想也许能遇到这对核桃。随即觉得这想法很可笑。十年浩劫,多少重要文物都毁了,这对核桃还能存在人间么?

一天,他经过缸瓦市一个小古玩店,进去看了看。一看,他的眼睛亮了:他的那对核桃!核桃放在一个玛瑙碟子里。他掏出放大镜,隔着橱柜的玻璃细细地看看:没错!这对核桃他看的次数太多了,核桃上有多少个小葫芦他都数得出来。他问售货员:"这对核桃是什么人卖的?"——"保密。"——"原先核桃有两个绒小口袋装着的。"——"有。扔了。——你怎么知道?"——"小口袋是我缝的。"——"?"傅玉涛看了看标价:外汇券250。这时进来一个老外。老外东看看,西看看,看见这对核桃。

"这是什么?"

售货员答:"核桃。"

"玉的?"

"不是玉的。就是核桃。"

"那为什么卖那么贵?"

售货员请傅玉涛给老外解释解释。

傅玉涛说:

"这不是普通的核桃,是山核桃。"

"山核桃?"

"这种核桃不是吃的,是揉的。"

"揉的?"

傅玉涛叫售货员把玻璃柜打开。傅玉涛把两颗核桃拿在手里,熟练地揉了几圈。

"这样。"

"揉? 有什么好处?"

"舒筋活血。"

"舒,筋,活,血?"

"您看这核桃的色,红里透紫,紫里透红,这是人的血气透进了核桃。"

"血——气?"

"把核桃揉成这样,得好几十年。"

"好几十年?"

"两代人。"

"两代人,揉一对核桃?"

"Yes!"

"这对核桃,有一个名堂,叫'子孙万代'。"

"子孙万代?"

"您看这一个一个小疙瘩,都是小葫芦。"傅玉涛把放大镜给老外,老外使劲地看。

"是雕刻的?"

"No,是天生的。"

"天生的? 噢,上帝!"

"这样的核桃,全中国,您找不出第二对。"

"我买了!"

老外付了钱,对傅玉涛说:

"Thank you,——谢谢你!"

老外拿了这对子孙万代核桃,一路上嘟哝:

"子,孙,万,代! 子孙万代!"

傅玉涛回家,炒了一个麻豆腐,喝了二两酒,用筷子,敲着碗边唱了一句西皮慢三眼:

"我好比笼中鸟有翅难展……"

一九九三年八月二十七日

341

祁茂顺

祁茂顺在午门历史博物馆蹬三轮车。

他原先不是蹬车的,他有手艺:糊烧活,裱糊顶棚。

单件的烧活,接三轿马,一个人鼓捣一天,就能完活。祁茂顺在家里糊烧活。他家的门敞着,为的是做活有地方,也才豁亮。他在糊烧活的时候,总有一堆孩子围着看。糊得了,就在门外放着:一匹高头大白马——跟真马一样大,金鞍玉辔紫丝缰;拉着一辆花轱辘轿子车,蓝车帷,紫红软帘,软帘贴着金纸的团寿字。不但是孩子,就是路过的大人也要停步看看,而且连声赞叹:"地道!祁茂顺心细手巧!"

如果是成堂的大活:三进大厅、亭台楼阁、花园假山……一个人忙不过来,就得约两三个同行一块干。订烧活的规矩,事前不付定钱,由承活的先凑出一份钱垫着,好买色纸、秫秸、金粉、银粉、鳔胶、糨糊。交活的时候再收钱,早先订烧活,都是老式的房屋家具,后来有要糊洋房的,要糊小汽车、摩托车、收音机、电风扇的……。人家要什么,他们都能糊出来。后来订烧活的越来越少了,都兴火葬了,谁家还会弄了一堂"车船轿马"拉到八宝山去?

祁茂顺主要的活就剩下裱糊顶棚了。后来糊顶棚的活也少了。北京的平房讲究"灰顶花砖地"。纸糊的顶棚很少见了——容易坏,而且招蟑螂,招耗子。钢筋水泥的楼房更没有谁家糊个纸顶棚的。

祁茂顺只好改行。

午门历史博物馆原来编制很小,没有几个职员,不知道为什么,却给馆长配备了一辆三轮车,用以代步。经人介绍,祁茂顺到历史博物馆来蹬三轮车。馆长姓韩。祁茂顺每天一早蹬车接韩馆长上班，中午送他回家吃饭，下午再接他到馆里，下班送他回家。韩馆长是个方正守法的人，除了上下班，到什么地方开会，平常不为私人的事用车，因此祁茂顺的工作很轻松。

祁茂顺很爱护这辆三轮车，总是擦洗得干干净净的。晚上把车蹬回家，锁上，不许院里的孩子蹬着玩。

不过街坊邻居有事求他，他总是有求必应的。

隔壁陈大妈来找祁茂顺。

"茂顺大哥，你大兄弟病了，高烧不退，想麻烦您送他上一趟医院，不知您的车这会儿得空不得空？"

"没事！交给我了！"

祁茂顺把病人送到医院。挂号、陪病人打针、领药，他全都包了。

祁茂顺人缘很好。

离祁茂顺家不远，住着一家姓金的。他是旗人皇室宗亲，是"世袭罔替"的贝勒，行四。旗人见面时还称他为"四贝勒"，街坊则称之为金四爷，辛亥革命以后，旗人再也不能吃皇粮了。旗人不治产业，不会种地，不会经商，不会手艺，坐吃山空，日渐穷困。"四贝勒"怎么生活呢？幸好他的古文底子很好，又学过中医，协和医学院典籍教研所知道他，特约他校点中医典籍，这样他就有了稳定的收入，吃麻酱面没有问题，他过过豪华的日子，再也不能摆贝勒的谱，有麻酱面也就知足——不过他吃一碟水疙瘩咸菜还得切得像头发丝那么细。

他中年丧偶，无儿无女，只有一个侄女帮他做做饭，洗洗衣裳。

贝勒府原是很大的四合院，后来大部分都卖给同仁堂乐家当了堆放药材的楼房，他只保留了三间北房。

三间北房，两个人，也够住的了。金四爷还保留一些贝勒的习惯。他不爱"灰顶花砖地"，爱脚踩方砖，头上是纸顶棚，"四白落地"。

上个月下雨，顶棚漏湿了，垮下了一大片。金四爷找到了祁茂

顺,说:

"茂顺,你给我把顶棚裱糊一下。"

祁茂顺说:"行！星期天。"

祁茂顺星期天一早就来了,带了他的全套工具:棕刷子,棕笤帚,一盆稀稀的糨子,一大沓大白纸。这大白纸是纸铺里切好的,四方的,每一张都一样大小,不是要用时现裁。

金四爷看着祁茂顺做活。

只见他用棕刷子在大白纸上噌噌两刷子,轻轻拈起来,用棕笤帚托着,腕子一使劲,大白纸就"吊"上了顶棚。棕笤帚抹两下,大白纸就在顶棚上待住了。一张一张大白纸压着韭菜叶宽的边,平平展展、方方正正、整整齐齐。拐弯抹角用的纸也都用眼睛量好了的,不宽不窄,正合适,棕笤帚一抹,连一点褶子都没有。而且,用的大白纸正好够数,不多一张,也不少一张。连糨子都正好使完,没有一点糟践。金四爷看着祁茂顺的"表演",看得傻了,说:"茂顺,你这两下子真不简单！眼睛、手里怎么能有那么准?"

"也就是个熟。"

"没有个三年五载,到不了这功夫！"

"那倒是。"

金贝勒给祁茂顺倒了一杯沏了两开的热茶。祁茂顺尝了一口:"好茶！还是叶和元的双窨香片?"

"喝惯了。"

祁茂顺告辞。

"茂顺,别走,咱们到大酒缸喝两个去(大酒缸用的都是豆绿酒碗,一碗二两,叫作'一个')。"

"大酒缸？现在上哪儿找大酒缸去?"

"八面槽不就有一家吗？他们的酥鱼做得好。"

"金四爷,您这可真是老皇历了！八面槽大酒缸早都没了。现在那儿改了门脸儿,卖手表照相机。酥鱼？可着北京,现在大概都找不出一碟酥鱼！”

　　“大酒缸没有了?”

　　“没有喽!”

　　金贝勒喝着茶,连说了几句:

　　“大酒缸没有了。大酒缸没有了。”

　　很难说得清他的话是什么意思。

瑞 云
——聊斋新义

瑞云越长越好看了。初一十三她到灵隐寺烧香,总有一些人盯着她傻看。她长得很美,姑娘媳妇偷偷向她的跟妈打听:"她搽的是什么粉?"——"她不搽粉,天生的白嫩。"平常日子,街坊邻居也不大容易见到她,只听见她在小楼上跟师傅学吹箫,拍曲子念诗。

瑞云过了十四,进十五了,按妓院里的规矩,该接客了。养母蔡妈妈上楼来找瑞云。

"姑娘,你大了。是花,都得开口,该找一个人梳拢了。"

瑞云在行院中长大,哪有不明白的。她脸上微红的一阵,倒没有怎么太扭捏,爽爽快快地说:

"妈妈说的是。但求妈妈依我的一件:钱,由妈妈定;人,要由我自己选。"

"你要选一个什么样的?"

"要一个有情的。"

"有钱的、有势的,好找。有情的没有。"

"这是我一辈子头一回。哪怕只跟这个过一夜,也就心满意足了。以后,就顾不了许多了。"

蔡妈妈看看这棵摇钱树,寻思了一会,说:

"好,钱由我定,人由你选,不过得有个期限:一年,一年之内,由你,过了一年,由我! 今天是三月十四。"

于是瑞云开门见客。

蔡妈妈定例,上楼小坐,十五两,见面贽礼不限。

王孙公子、达官贵人、富商巨贾,纷纷登门求见。瑞云一一接待。赘礼厚的,陪着下一局棋,或当场画一个小条幅、一把扇面。赘礼薄的,敬一杯香茶而已。这些狎客对瑞云各有品评。有的说是清水芙蓉,有的说是未放梨蕊,有的说是一块羊脂玉,一传十,十传百,瑞云身价渐高,成了杭州红极一时的名妓。

余杭贺生,素负才名,家道中落,二十未娶,偶然到西湖闲步,见一画舫,飘然而来。中有美人,低头吹箫。岸上游人,纷纷指点:"瑞云!瑞云!"贺生不觉注目,画舫已经远去,贺生还在痴立。回到寓所,茶饭无心,想了一夜,备了一份薄薄的赘礼,往瑞云院中求见。

原来以为瑞云阅人已多,一定不把他这寒酸当一回事,不想一见之后,瑞云款待得很殷勤,亲自涤器烹茶。问长问短。问余杭有什么山水,问他家里都有什么人,问他二十岁了为什么还不娶妻……语声柔细,眉目含情。有时默坐,若有所思。贺生觉得坐得太久了,应该知趣,起身将欲告辞。瑞云拉住他的手,说:"我送你一首诗。"

诗曰:

> 何事求浆者,
> 蓝桥叩晓关。
> 有心寻玉杵,
> 端只在人间。

贺生得诗狂喜,还想再说点什么,小丫头来报:"客到!"贺生只好仓促别去。

贺生回寓,把诗展读了无数遍,才夹到一本书里,过一会,又抽出来看看。瑞云分明属意于我,可是玉杵向哪里去寻?

过一二日,实在忍不住,备了一份赘礼,又去看瑞云。听见他的声音,瑞云揭开门帘,把他让进去,说:

"我以为你不来了。"

"想不来,还是来了!"

瑞云很高兴。虽然只见了两面,已经好像很熟了。山南海北,琴棋书画,无所不谈。瑞云从来没有和人说过那么多的话,贺生也很少说话说得这样聪明,不知不觉,炉内香灰堆积,帘外落花渐多。瑞云把座位移近贺生,悄悄地说:

"你能不能想一点办法,在我这里住一夜?"

贺生说:"看你两回,于愿已足。肌肤之亲,何敢梦想!"

他知道瑞云和蔡妈妈有成约:人由自选,价由母定。

瑞云说:"娶我,我知道你没这个能力。我只是想把女儿身子交给你。以后你再也不来了,山南海北,我老想着你,这也不行么?"

贺生摇头。

两个再没有话了,眼对眼看着。

楼下蔡妈妈大声喊:

"瑞云!"

瑞云站起来,执着贺生的两只手,一双眼泪滴在贺生手背上。

贺生回去,辗转反侧。想要回去变卖家产,以博一宵之欢;又想到更尽分别,各自东西,两下牵挂,更何以堪。想到这里,热念都消。咬咬牙,再不到瑞云院里去。

蔡妈妈催着瑞云择婿。接连几个月,没有中意的。眼看花朝已过,离三月十四没有几天了。

这天,来了一个秀才,坐了一会,站起身来,用一个指头在瑞云额头上按了一按,说:"可惜,可惜!"说完就走了。瑞云送客回来,发现额头有一个黑黑的指印。越洗越真。

而且这块黑斑逐渐扩大,几天的工夫,左眼的上下眼皮都黑了。

瑞云不能再见客,蔡妈妈拔了她的簪环首饰,剥了上下衣裙,把她推下楼来,和老妈子丫头一块干粗活。瑞云娇养惯了,身子又弱,怎么受得了这个!

贺生听说瑞云遭了奇祸,特地去看看。瑞云蓬着头,正在院里拔草。贺生远远喊了一声:"瑞云!"瑞云听出是贺生的声音,急忙躲到一边,脸对着墙壁。贺生连喊了几声,瑞云就是不回头。贺生一头去找到蔡妈妈,说是愿意把瑞云赎出来。瑞云已经是这样,蔡妈妈没有多要身价银子。贺生回余杭,变卖了几亩田产,向蔡妈妈付了身价,一乘花轿把瑞云抬走了。

到了余杭,拜堂成礼。入了洞房后,瑞云乘贺生关房门的工夫,自己揭了盖头,一口气,噗把两支花烛吹灭了。贺生知道瑞云的心思,并不嗔怪。轻轻走拢,挨着瑞云在床沿坐下。

瑞云问:"你为什么娶我?"

"以前,我想娶你,不能。现在能把你娶回来了,不好么?"

"我脸上有一块黑。"

"我知道。"

"难看么?"

"难看。"

"你说了实话。"

"看看就会看惯的。"

"你是可怜我么?"

"我疼你。"

"伸开你的手。"

瑞云把手放在贺生的手里。贺生想起那天在院里瑞云和他执手相看,就轻轻抚摸瑞云的手。

瑞云说:"你说的是真话。"接着叹了一口气,"我已经不是我了。"

贺生轻轻咬了一下瑞云的手指:"你还是你。"

"总不那么齐全了!"

"你不是说过,愿意把身子给我吗?"

"你现在还要吗?"

"要!"

两口儿日子过得很甜。不过瑞云每晚临睡,总把所有灯烛吹灭了。好在贺生已经逐渐对她的全身读得很熟,没灯胜似有灯。

花开花落,春去秋来。一窗细雨,半床明月。少年夫妻,如鱼如水。

贺生真的对瑞云脸上那块黑看惯了。他不觉得有什么难看。似乎瑞云脸上本来就有,应该有。

瑞云还是一直觉得歉然。她有时晨妆照镜,会回头对贺生说:

"我对不起你!"

"不许说这样的话!"

贺生因事到苏州,在虎丘吃茶。隔茶是一个秀才,自称姓和,彼此攀谈起来。秀才听见贺生是浙江口音,便问:

"你们杭州,有个名妓瑞云,她现在怎么样了?"

"已经嫁人了。"

"嫁了一个什么样的人?"

"一个和我差不多的人。"

"真能类似阁下,可谓得人! ——不过,会有人娶她么?"

"为什么没有?"

"她脸上——"

"有一块黑,是一个什么人用指头在她额头一按,留下的。这个人真不知道安的是什么心肠! ——你怎么知道的?"

"实不相瞒,你说的这个人,就是在下。"

"你为什么要做这件事?"

"昔在杭州,也曾一觐芳仪,甚惜其以绝世之姿而流落不偶,故以小术晦其光而保其璞,留待一个有情人。"

"你能点上,也能去掉么?"

"怎么不能?"

"我也不瞒你,娶瑞云的,便是小生。"

"好! 你别具一双眼睛,能超出世俗嫫妍,是个有情人! 我这就同你到余杭,还君一个十全的佳妇。"

到了余杭,秀才叫贺生用铜盆打一盆水,伸出中指,在水面上写写画画,说:"洗一洗就会好的。好了,须亲自出来一谢医人。"

贺生笑说:"那当然!"贺生捧盆入内室,瑞云掬水洗面,面上黑斑随手消失,晶莹洁白,一如当年,瑞云照照镜子,不敢相信,反复照视,大叫一声:"这是我!这是我!"

夫妻二人,出来道谢,一看,秀才没有了。

这天晚上,瑞云高烧红烛,剔亮银灯。

贺生不像瑞云一样欢喜,明晃晃的灯烛,粉扑扑的嫩脸,他觉得不惯,他若有所失。

瑞云觉得他的爱抚不像平日那样温存,那样真挚,她坐起来,轻轻地问:

"你怎么了?"

一九八七年八月一日　北京

双　灯

——聊斋新义

　　魏家二小,父母双亡,没念过几年书,跟着舅舅卖酒。舅舅开了一座糟坊,就在村口,不大,生意也清淡,顾客不多。糟坊前边,有一些甑子、水桶、酒缸。后面是一个很大的院子,荒荒凉凉,什么也没有,开了一地的野花。后院有一座小楼。楼下是空的,二小住在楼上。每天太阳落了山,关了大门,就剩下二小一个人了。他倒不觉得闷。有时反反复复想想小时候的事,背两首还记得的千家诗,或是伏在楼窗口看南山。南山暗蓝暗蓝的,没有一星灯火。南山很深,除了打柴的、采药的,不大有人进去。天边的余光退尽了,南山的影子模糊了,星星一个一个地出齐了,村里有几声狗叫,二小睡了,连灯都不点。一年一年,二小长得像个大人了,模样很清秀。因为家寒,还没有说亲。

　　一天晚上,二小已经躺下了,听见楼下有脚步声,还似不止一个人。不大会,踢踢踏踏,上了楼梯。二小一骨碌坐起来:“谁?”只见两个小丫环挑着双灯,已经到了床跟前。后面是一个少年书生,领着一个女郎。到了床前,微微一笑。二小惊得说不出话来。一想:这是狐狸精! 腾地一下,汗毛都立起来了,低着头,不敢斜视一眼。书生又笑了笑说:“你不要猜疑。我妹妹和你有缘,应该让她和你做伴。”二小看看书生,一身貂皮绸缎、华丽耀眼;看看自己,粗布衣裤,自己直觉得寒碜,不知道说什么好。书生领着丫环,丫环留下双灯,他们径自走了。

　　剩下女郎一个人。

二小细细地看了女郎,像画上画的仙女,越看越喜欢,只是自己是个卖酒的,浑身酒糟气,怎么配得上这样的仙女呢?想说两句风流一点的话,一句也说不出,傻了。女郎看看他,说:"你是不是念'子曰'的,怎么那么书呆子气!我手冷,给我焐焐!"一步走向前,把二小推倒在床上,把手伸在他怀里。焐了一会,二小问:"还冷吗?"——"不冷了,我现在身上冷。"二小翻身把她搂了起来。二小从来没有干过这种事。不过这种事是不需要人教的。

鸡叫了,两个小丫环来,挑起双灯,把女郎引走了。到楼梯口,女郎回头:

"我晚上来。"

"我等你。"

夜长,他们赌猜枚。二小拎了一壶酒,筐箩里装了一堆豆子:"我猜你藏,猜对了,我喝一口酒。"他用右手攥了豆子:"几颗?"

"三颗。"

摊开手:三颗!

又攥了一把:"几颗?"

"十一!"

摊开手,十一颗!

猜了十次,都猜对了,二小喝了好几杯酒。

"这样猜法,你要喝醉了,你没个赢的时候,不如我藏,你猜,这样你还能赢几把。"

这样过了半年。

一天,太阳将落,二小关了大门,到了后院,看见女郎坐在墙头上,这天她打扮得格外标致,水红衫子,白蝶绢裙,鬓边插了一支珍珠编凤。她招招手:"你过来。"把手伸给二小,墙不高,轻轻一拉,二小就过了墙。

"你今天来得早?"

"我要走了,你送送我。"

"要走?为什么要走?"

"缘尽了。"

"什么叫'缘'?"

"缘就是爱。"

"……"

"我喜欢你,我来了。我开始觉得我就要不那么喜欢你了,我就得走。"

"你忍心?"

"我舍不得你,但是我得走。我们,和你们人不一样,不能凑合。"

说着已到村外,那两个小丫环挑着双灯等在那里,他们一直走向南山。

到了高处,女郎回头:

"再见了。"

二小呆呆地站着,远远看见双灯一会明,一会灭,越来越远,渐渐看不见了,二小好像掉了魂。

这天夜晚,山上的双灯,村里人都看见了。

一九八八年六月十日

樟 柳 神

(出《夜雨秋灯录》)

张大眼是个催租隶。这天,把租催齐了,要进城去完秋赋。这时正是秋老虎天气,为了赶早凉,起了个五更。懵懵懂懂,行了一气。到了一处,叫作秋稼湾,太阳上来了,张大眼觉得热起来。看了看,路旁有一户人家,茅草屋,门关着,看样子,这家主人还在酣睡未起,门外,搭着个豆花棚,为的是遮阴。豆花棚耷拉过来,接上了几棵半大柳树。下面有一条石凳,干干净净的。一摸,潮乎乎的,露水还没干。掏出布手巾来擦了擦。

"歇会儿啵!"

张大眼心想:这会城门刚开,进城的,出城的,人多,等乱劲儿过去了,再说。好在离城也不远了。

"抽袋烟!"

嚓嚓嚓,打亮火石,点着火绒,咝——吸了一口,"嗨! 好烟!"

张大眼正在品烟,听到有唱歌的声音。声音挺细,跟一只小秋蝈蝈似的。听听,唱的是什么?

> 郎在东来妾在西,
> 少小两个不相离。
> 自从接了媒红订,
> 朝朝相遇把头低。
> 低头莫碰豆花架,
> 一碰露水湿郎衣。

唔?

张大眼听得真真的,有腔有字。是怎么回事?

张大眼四处这么一找:是一个小小婴儿,两寸来长,眉清目秀、唇红齿白,穿一个红兜兜,光着屁股,笑嘻嘻的,在豆花穗上一趤一趤地跳,张大眼再一看,原来这小人的颈子上拴着一根头发丝,头发丝扣在豆花棚缝里的芦苇秆上,他跑不了,只能一趤一趤地跳。张大眼心想:这是个樟柳神! 他看看路边的茅屋:一定有个会法术的人在屋里睡觉,昨天晚上把樟柳神拴在这儿,让他吃露水。张大眼听人说过樟柳神,这一定就是! 他听说过,樟柳神能未卜先知,有什么事将要发生,他早就料到。捉住他,可以消灾免祸。于是张大眼掐断了头发丝,把樟柳神藏在袖子里,让他在手腕上待着。

可樟柳神不肯老实待着,老是一蹦一蹦的。张大眼就把他取出来,放在斗笠里,戴在头上。这一下,樟柳神安生了,不蹦了,只是小声地说话:

张大眼,

好大胆,

捉住咱,

一千铜钱三十板。

张大眼想:这才是没影子的事! 钱粮如数催齐,我身无过犯,会挨三十板? 不理他! 他把斗笠按了按,低着头噌噌噌噌往城里走。

不想刚进城,听得一声大喝:

"拿下!"

张大眼瞪着两只大眼。

原来这天是初一,县官王老爷出城到东岳庙行香,张大眼早晨起早了,懵里懵懂,一头撞在喝道的锣夫身上,把锣夫撞了个仰八交,哐当一声,锣也甩出去老远。王老爷推开轿帘,问道:"什么人?"衙役们七手八脚把张大眼摁倒在地。张大眼不知道咋的,一句话也回不出来,只是不停地喘气,大汗珠子直往下掉。"看他神色慌张,必定不是好人。来!打他三十板!"衙役褪下张大眼的裤子,张大眼趴在大街上,哈哈大笑。"你笑什么?打你屁股,你不怕疼,还笑?"张大眼说:"我早知道今天要挨三十个板子。"——"你怎么知道?"张大眼于是把他怎么催租,怎么路过秋稼湾,怎么在豆花棚上看到一个樟柳神,樟柳神是怎么怎么说的,一五一十,说了个倍儿细。

"你有樟柳神?"

"有。"

"呈上来!"

县太爷把樟柳神放在轿子里的伏手板上,樟柳神直跟他点头招手,笑嘻嘻的。

"樟柳神归我了。来,赏他——你叫什么?"

"张大眼。"

"赏张大眼一千铜钱!"

"禀老爷,樟柳神爱在斗笠里待着。"

"那成,我让他待在我的红缨大帽里。——起轿!"

"喳!"

王老爷得了樟柳神,心想:这可好了,我以后审案子,不管多么疑难,只要问他,是非曲直,一断便知。我一向有些糊涂,从今以后,清如水,明如镜,这锦绣前程么,是稳拿把掐的了!

于是每次升堂,都在大帽里藏着樟柳神。不想樟柳神一声不言语。

王老爷退堂,问樟柳神:

"你怎么不说话?"

樟柳神说:

老爷去审案,
按律秉公断。

问我樟柳神，
要你做什么？——吃饭？

当县官的，最关心的是官场的浮沉升降，乃至变法维新，国家大事。王老爷对自己的进退行止，拿不定主意，就请樟柳神。樟柳神说：

大事我了然，
就是不说破。
问我为什么，
我也怕惹祸。

"你是神，你还怕惹祸？"
"瞧你说的！神就不怕惹祸？神有神的难处。"
樟柳神倒也不闲着，随时向王老爷报一些事。
一早起来，说：

清早起来雾漫漫，
黑鸡下了个白鸡蛋。

到了前半晌，说：

黄牛角，
水牛角，
牛打架，
角碰角。

快到中午了，说：

> 一个面铺面冲南，
> 三个老头来吃面。
> 一个老头吃半斤，
> 三个老头吃斤半。

到了夜晚，王老爷困得不得了，摘下了大帽，歪靠在榻上，迷迷糊糊睡着了，听见樟柳神在大帽里又说又唱：

> 唧唧唧，啾啾啾，
> 老鼠来偷油。
> 乒乒乓乓——噗，
> 吱溜！

王老爷一激灵，醒了。
"乒乒乓乓？"
"猫来了，猫追老鼠。"
"噗？"
"猫追老鼠，碰倒了油瓶，——噗！"
"吱溜？"
"老鼠跑了。"
樟柳神老是在王老爷耳朵根底下说这些少盐没醋的淡话，没完没了，弄得王老爷实在烦得不行，就从大帽下面把他捏出来，摔到窗外。

不想，一会儿就又听到帽子底下一趣一趣地蹦。老爷掀开大帽子：
"你怎么又回来啦？"
"请神容易送神难。"
"你是不是要跟着我一辈子？"
"那没错！"

附记

　　宣鼎,号瘦梅,安徽天长人,生活于同光间,曾在我的故乡高邮住过,在北市口开一家书铺,兼卖画。我的祖父曾收得他的一幅条山。《夜雨秋灯录》是他的主要的笔记小说。也许因为他是高邮隔湖邻县的文人,又在高邮住过,所以高邮人不少看过他的这本书。《夜雨秋灯录》的思想平庸,文笔也很酸腐,只有这篇《樟柳神》却很可喜,樟柳神所唱的小曲尤其清新有韵致,于是想起把这篇东西用语体文重写一遍。前面一部分基本上是按原文翻译,结尾则以己意改作。这样的改变可能使意思过于浅露,少蕴藉了。

一九九一年六月三十日

鹿井丹泉

"鹿井丹泉"是"秦邮八景"中的一景,遗址在今南石桥南。

有一少年比丘,名叫归来,住在塔院深处,平常极少见人。归来仪容俊美,面如朗月,眼似莲花,如同阿难。——阿难在佛弟子中俊美第一。归来偶或出寺乞食,游春士女有见之者,无不赞叹,说:"好一个漂亮和尚!"

归来饮食简单,每日两粥一饭,佐以黄齑苦荬而已。

出塔院门,有一花坛,遍植栀子。花坛之外为一小小菜园。菜园外即为荆棘草丛,苍茫无际,并无人烟。花坛菜圃之间有一石栏方井,井栏洁白如玉,水深而极清,归来每天汲水浇花灌园。

当归来浇灌之时,有一母鹿,恒来饮水。久之稔熟,略无猜忌。

一日,归来将母鹿揽取,置之怀中,抱归塔院。鹿毛柔细温暖,归来不觉男根勃起,伸入母鹿腹中。归来未曾经此况味,觉得非常美妙。母鹿亦声唤嘤嘤,若不胜情。事毕之后,彼此相看,不知道他们做了一件什么事。

不久,母鹿胸胀流奶,产下一个女婴。鹿女面目姣美,略似其父,而行步姗姗,犹有鹿态,则似母亲。一家三口,极其亲爱。

事情渐为人知,嘈嘈杂杂,纷纷议论。

当浴佛日,僧众会集,有一屠户,当众大声叱骂:

"好你个和尚!你玩了母鹿,把母鹿肚子玩大了,还生下一个鹿女!鹿女已经十六岁,你是不是也要玩她?你把鹿女借给弟兄们玩两天行不行?你把鹿女藏到哪里去啦?"

说着以手痛捆其面,直至流血。归来但垂首趺坐,不言不语。

正在众人纷闹、营营訇訇，鹿女从塔院走出，身着轻绡之衣，体被璎珞，至众人前，从容言说："我即鹿女。"

鹿女拭去归来脸上血迹，合十长跪。然后珊珊款款，步出塔院之门，走入栀子丛中，纵身跃入井内。

众人骇然，百计打捞，不见鹿女尸体，但闻空中仙乐飘飘，花香不散。

当夜归来汲水澡身讫，在栀子丛中累足而卧。比及众人发现，已经圆寂。

按：此故事在高邮流传甚广，故事本极美丽，但理解者不多。传述故事者用语多鄙俗，屠夫下流秽语尤为高邮人之奇耻。因为改写。

一九九五年春节

创作要目

1948 年

文化生活出版社出版《邂逅集》(小说集)

1963 年

中国少年儿童出版社出版《羊舍的夜晚》(小说集)

1982 年

北京出版社出版《汪曾祺短篇小说选》

1985 年

人民文学出版社出版《晚饭花集》(小说集)

1987 年

漓江出版社出版《汪曾祺自选集》(诗歌小说散文集)

台湾新地出版社出版《寂寞与温暖》(小说散文集)

1988 年

浙江文艺出版社出版《晚翠文谈》(论文集)

台湾联合文学出版社出版《茱萸集》(小说集)

1989 年

作家出版社出版《蒲桥集》(散文集)

1992 年

广东旅游出版社出版《旅食集》(散文集)

中国人民大学出版社出版《汪曾祺小品》

人民文学出版社出版《汪曾祺》中国当代作家选集丛书(小说散文集)

1993 年

沈阳出版社出版《汪曾祺散文随笔选集》(当代散文大系)

浙江文艺出版社出版《菰蒲深处》(小说集)

中国华侨出版社出版《榆树村杂记》(散文集)

成都出版社出版《草花集》(散文集)

江苏文艺出版社出版《汪曾祺文集》(小说散文文论戏剧五卷本)

群众出版社出版《塔上随笔》(散文集)

陕西人民出版社出版《老学闲抄》(随笔集)

1994 年

甘肃文艺出版社出版《异秉——汪曾祺小说选》

香港天地图书有限公司出版《蒲桥集》(散文集)

1996 年

台湾幼狮文化事业公司出版《五味集》(散文集)

中国青年出版社出版《逝水》(自传体散文集)

长江文艺出版社出版《矮纸集》(小说集)

宁夏人民出版社出版《独坐小品》

百花文艺出版社出版《汪曾祺散文选集》

1997 年

长江文艺出版社出版《中国当代才子书·汪曾祺卷》(书画诗歌散文小说集)

北京燕山出版社出版《去年属马》(小说散文剧本集)

1998 年

人民文学出版社出版《中华散文珍藏本·汪曾祺卷》

北京师范大学出版社出版《汪曾祺全集》(八卷本)

1999 年

华夏出版社出版《汪曾祺代表作》(小说散文论文集)

四川人民出版社出版《汪曾祺小说精选》

2000 年

中国青年出版社出版《汪曾祺短篇小说选》(百年百种中国文学优秀图书)

三联书店(香港)有限公司出版《受戒》(小说集)

2001 年

浙江文艺出版社出版《汪曾祺散文》

海天出版社出版《京华心影》(当代中国散文八大家)

2002 年

大象出版社出版《汪曾祺自述》(散文集)

生活·读书·新知三联书店出版《晚翠文谈新编》(论文集)

2003 年

浙江文艺出版社出版《汪曾祺小说》

广西人民出版社出版《四方食事·胡嚼文人》(散文集)(汪曾祺、汪朗著)

2004 年

山东画报出版社出版《昆明的雨》(散文集)

2005 年

山东画报出版社出版《汪曾祺文与画》(散文书画集)

山东画报出版社出版《五味》(散文集)

长江文艺出版社出版《汪曾祺作品精选》(小说散文诗歌书信集)

江苏文艺出版社出版《人间草木》(散文集)

京华出版社出版《随遇而安》(散文集)

人民文学出版社出版《汪曾祺散文》(插图珍藏版)

作家出版社出版《草木春秋》(散文集)

同心出版社出版《汪曾祺人生漫笔》(散文集)

人民文学出版社出版《汪曾祺小说经典》

季红真

图书在版编目(CIP)数据

汪曾祺精选集／汪曾祺著.—北京:北京燕山出版社,2015.8(2020.11 重印)
ISBN 978-7-5402-3880-3

Ⅰ.①汪… Ⅱ.①汪… Ⅲ.①短篇小说-小说集-中国-当代 Ⅳ.①I247.7

中国版本图书馆 CIP 数据核字(2015)第 163596 号

汪曾祺精选集

汪曾祺 著

编 选 者／季红真
责任编辑／张红梅　王　然
装帧设计／小　贾　张　佳

北京燕山出版社出版发行
北京市丰台区东铁营苇子坑路 138 号嘉城商务中心 C 座　邮编 100079
全国新华书店经销
北京市松源印刷有限公司印刷

开本 850mm×1168mm　1/32　印张 12　字数 315,000
2015 年 11 月第 1 版　2020 年 11 月第 5 次印刷

定价:58.00 元